Mniejsza połowa

Dominika STEC

Mniejsza połowa

Prószyński i S-ka

Projekt okładki
Paweł Panczakiewicz

Zdjęcie na okładce
Fot. Valentina Photos/Shutterstock.com;
Grażyna Rutowska/Narodowe Archiwum Cyfrowe

Redaktor prowadzący
Anna Derengowska

Redakcja
Sara Kubus

Korekta
Irma Iwaszko
Sylwia Kozak-Śmiech

Łamanie
Alicja Rudnik

ISBN 978-83-7961-008-2

Warszawa 2014

Wydawca
Prószyński Media Sp. z o.o.
02-697 Warszawa, ul. Rzymowskiego 28
www.proszynski.pl

Druk i oprawa
Drukarnia POZKAL Spółka z o.o.
88-100 Inowrocław, ul. Cegielna 10-12

Nad rzekami Babilonu siedzieliśmy i płakali...

Księga Psalmów

Owszem, odejdę z nią. To jest mój bagaż.

Landru

Prolog

ON

Podkręcił knot lampy naftowej, a filujące światło zadrżało na szarej podrapanej ścianie. Na dworze wiało, jesienny wiatr zawiewał liśćmi i giął gałęzie drzew, powietrze huczało jak ogień w palenisku, ale tutaj nie było tego słychać, podobnie jak żaden odgłos nie wydostawał się stąd na zewnątrz. Teraz na przykład na cały regulator grało radio na baterie. Był spokojny, że nikt go nie usłyszy, nikogo nie zwabi tutaj dźwięk piosenki.

By the rivers of Babylon, there we sat down,
Yeah, we wept, when we remembered Zion…

Stanął przed pękniętym lustrem zawieszonym na wystającym z muru kawałku zardzewiałego żelastwa. Lubił przeglądać się właśnie tutaj, nie gdzie indziej. Tu widział swoją prawdziwą twarz, taką, jaka mu się podobała.

W jego samotni nie było innych sprzętów oprócz prującego się materaca i taboretu, więc lampę stawiał na betonowej podłodze. Światło padało na niego od dołu, jak w filmach grozy. Ten widok łechtał jego próżność. Wyglądał przerażająco. Ktoś, kto miałby chęć zaśmiać mu się w nos, dwa razy by się zastanowił. A potem czym prędzej odszedłby w milczeniu.

Przed lustrem zaczesał włosy do góry, żeby odsłonić czoło. Przecinała je poszarpana, odrażająca blizna. Strzygł się tak, żeby ją wyeksponować. Podobało mu się, kiedy na jej widok ludzie nie wiedzieli, gdzie podziać oczy. Odwracali głowy, uciekali wzrokiem. Spod spodu, spod rozłażącej się, źle zrośniętej skóry, miejscami przezierała naga kość. Nie potrafili tego znieść.

A on musiał.

Bolała go prawa stopa. Nienawidził tego! Nienawidził tego cholernego uczucia! Tupnął raz i drugi, z wściekłością kopnął czubkiem buta w ścianę, ale ból nie przeszedł. Takie drobne na pozór rzeczy potrafiły go wyprowadzić z równowagi.

Ludzie są głupi i źli. Pewno, że bywają wyjątki. Niektórych ludzi da się wykorzystać dla własnej przyjemności jak wiązkę słomy pod głowę albo butelkę wina do wypicia. Użyć i wyrzucić. Niekoniecznie od razu. Od razu to łatwe. Pobić, skopać, zadrzeć kieckę na głowę i uciec. Robił tak niejeden raz. Ale chciałoby się mieć kogoś, kogo się nie wyrzuci od razu. Pobawi się z nim. Pokocha. Wyciśnie się z niego żywotne soki. Zobaczy, jak zamienia się w pusty worek o przerażonych oczach, w których odbija się tylko blizna. Jego straszliwa blizna. Jedyny wszechświat w tej okolicy, jedyny na świecie.

Dlatego przytargał tu materac. Założył kłódkę, przymocował łańcuch do rury w murze. W narożniku poprzylepiał zdjęcia gołych bab powycinane z kolorowych czasopism. Z „Razem", „Itd", „Panoramy". Żadna z nich nie była tą właściwą. Na tę dopiero polował. Ale wyobrażał sobie, że stworzył tu swoisty kokon. Wymoszczony jego pragnieniami wielki kokon, który czeka na motyla. Motyl w kokonie, tak, bo rzeczy będą szły na opak. Jak rak. Umieści tu motyla i zrobi z niego poczwarkę. Pełzającą bezradnie ludzką poczwarkę. To będzie mu się naprawdę podobało.

Nie mógł się doczekać.

Było ciemno, gdy wyszedł na zewnątrz. Już nie wiało. Noc wisiała nad szosą czarna i wysoka. Światła samochodu monotonnie sunęły po asfalcie, w ich mglistej poświacie zjawiały się na poboczach kępy krzaków jak przydrożne maszkary i wędrowne zmory. Czuł, jak dreszcze pełzną mu po plecach. Tak grają pod skórą mięśnie drapieżnika, gdy zwęszy w pobliżu łup.

Jeździł już tędy niejeden raz. Nie miał pewności, że akurat dzisiaj mu się powiedzie. Ale nie tracił nadziei. Tacy jak on nigdy nie tracą nadziei. Najwyżej odbierają ją innym.

Na horyzoncie, za rzeką, wyłoniły się dalekie światła, jaskrawe punkciki rozrzucone po nocnym niebie. Zbliżały się, rosły, zamieniały w prostokąty okien, wypełniające domyślne kontury wieżowców. Niby czerwony księżyc zajaśniały litery neonu ALUMINIUM na dachu jednego z nich. Wysoki połysk latarń rozpełzał się jak mgła nad niewidocznymi stąd jeszcze ulicami.

Na ten widok oblizał się niecierpliwie, otarł dłonią wąsy.

Tam było jego wielkie łowisko. Miasto Konin.

Rozdział I

SIOSTRY

Tej jesieni Julka najczęściej wstawała z łóżka lewą nogą. Otwierała oczy już nadąsana na cały boży świat. Na ludzi, których dopiero spotka, a którzy na pewno będą opryskliwi i samolubni, na konieczność uprasowania żółtej bluzki, którą przedwczoraj uprała w rękach, a która teraz wisiała pod sufitem łazienki jak wyrzut sumienia, nawet na kaktusy w doniczkach na parapecie, spokojne i przyjazne, które nie ukłuły jej od wieków…

Rankiem tego dnia patrzyła skwaszona na wiszący nad jej tapczanikiem kalendarz ozdobiony plakatem Świerzego. Artysta utrzymał go w niebieskawej tonacji, na wpół mglistej, jakbyśmy patrzyli na twarz modelki poprzez zalotny woal, spod którego wyglądają tylko soczyste karminowe usta. Portret był równie piękny jak poprzednie – oba wakacyjne oraz wrześniowy – ale teraz każdy z nich kojarzył się Julce fatalnie.

11

Wszystko było nie tak.

Emitowało złe fluidy.

Secesyjna czcionka liter w nazwie miesiąca – „październik" – i cyfr w narożniku oznaczających rok – 1978. Odęta mina ślicznotki na obrazku. Podwinięty narożnik kredowej karty, rzucający cień podobny do zakrzywionego sępiego dzioba. Na co tylko zerknęła – siało wokół siebie niepokój. Także siódemka w kwadraciku z napisem „sobota".

Mimo to Julka ani trochę nie przeczuwała, że akurat tę datę zapamięta na zawsze. Zdawało jej się, biedaczce, że to będzie po prostu zły dzień. Jak te przed nim i te, które mają nadejść. Jeśli już miałaby wybierać – obstawiałaby jako najgorszą całkiem inną datę ze swego życiorysu, a może nawet dwie całkiem inne daty.

Tymczasem to sobota siódmego października tysiąc dziewięćset siedemdziesiątego ósmego roku przeszywała skrycie jej rozczochraną po nocy głowę niczym karabinowy pocisk. Na wylot.

Przeciągając się, Julka sięgnęła pod poduszkę po *Zbrodniarza i pannę* Kwaśniewskiego, żeby poczytać kolejny rozdział bez wyłażenia spod kołdry. Opowieść o brzyduli, która za sprawą wyższych funkcjonariuszy państwowych została ślicznotką, żeby walczyć ze złem. Śledzenie jej bajkowych losów było przyjemniejsze niż stawianie czoła kolejnemu porankowi. Ale przy zasuniętych zasłonach Julka źle widziała blade literki wydrukowane na szarym, oszczędnościowym papierze, toteż chciał nie chciał, usiadła na tapczanie i opuściła bose stopy na parkiet.

Ziewnęła, ukryła głowę w dłoniach, jakby chciała zadusić w niej resztki snu, który wymęczył ją nad ranem. Niekiedy miewała nocne lęki. Tym razem atakował ją czarny wilczur wielkości cielaka, szczekający piskliwym głosem ratlerka. Pomimo że jedno z drugim wyglądało groteskowo, Julka panicznie się bała kapiącego śliną psiska. Uciekała przed nim przez kłujące w podeszwy rżyska, przez zagony parzących pokrzyw i ostów boleśnie czepiających się skóry, serce wyrywało jej się z piersi, dusiła się własnym oddechem, ale kiedy tylko obejrzała się za siebie, piekielny stwór był tuż za nią. Ziajał z wywieszonym jęzorem i usiłował wgryźć się w jej gołe łydki. Bo trzeba dodać, że Julka uciekała przed nim nago. Pewnie dlatego trzęsła się z zimna jak w ataku malarii, mimo że wokół niej parowała duszna, tropikalna noc, pełna niesamowitych świateł i przemieszczających się na ich tle złowrogich cieni.

Tak jest, gdy czytuje się do poduszki kryminały zamiast wartościowej literatury. Majka, siostra Julki, miała obok siebie przy łóżku *Sto lat samotności* Márqueza, więc nie narzekała, że we śnie kąsają ją psy z piekła rodem. Przeciwnie, uważała życie za bardzo fajną sprawę. Taki sobie realizm magiczny, w którym raz po raz bywa kiepsko, nie ma co ukrywać, ale ostatecznie wszystko kończy się dobrze. Być może akurat naszemu życiu, peerelowskiemu, jeszcze sporo brakowało do wzmiankowanego ideału, ale na Zachodzie, o, tam można się nażyć za stu!

Nic dziwnego, że Majka marzyła o wycieczce do Paryża albo do Rzymu, koniecznie z Januszem u boku, między uśmiechniętych ludzi, słoneczne cyprysy i dobrze zaopatrzone butiki. Daleko od prywatnego chamstwa i partyjnego buractwa panoszących się w Polsce. Ciężko znosiła nasz amoralny klimat, który w Julce, o dziwo, nie budził odruchów wymiotnych. Widocznie przyszła na świat z większą zdolnością adaptacji albo z mniejszym poczuciem godności osobistej.

Majka zaś od przedszkolnych lat znała swoją wartość. Bystra, kulturalna, umiała się znaleźć bez względu na okoliczności. Julce zawsze stawiano starszą siostrę za wzór, co bywało irytujące. Wyzwalało w młodszej siostrze najgorsze cechy charakteru, o jakie wcześniej się nie podejrzewała. Zwłaszcza że mądra, rozsądna, pełna wszelkich cnót Majka była starsza od Julki raptem o dwadzieścia minut. Wielkie halo!

Budzik na półce, z kolorową Myszką Miki na cyferblacie, pokazywał jedenastą czternaście. Dawniej obu dziewczętom, jak bywa w przypadku bliźniaczek, kupowano takie same sukienki w grochy, takie same zabawki, pióprniki i podkolanówki, więc Majka miała w swoim pokoju identyczny zegar, ale wyrzuciła go pięć lat temu. Razem z pluszowym Pimpusiem Sadełko i lampką z plastikowym kloszem ozdobionym gromadką dzieci z Bullerbyn, i kubkiem na nóżkach w kształcie Koziołka Matołka... Uznała, że osiemnastoletniej licealistce, interesującej się Grotowskim oraz Fellinim, nie wypada trzymać przy łóżku bajek dla dzieci. Jakichś kompromitujących wspomnień o naiwnym świecie. Czas z tym skończyć, gdy się rozpoczyna dorosłe życie.

Julka nie miała tak wygórowanego mniemania o sobie, toteż budzik z Myszką Miki cykał nad jej głową po dziś dzień.

Poza tym w mieszkaniu panowała cisza. Tylko za oknem rzęziło zapalane z uporem i na nowo gasnące auto. W bloku jedynie krawiec Seweryn miał wartburga, którego trzymał w blaszanym garażu na Powstańców. Jeździł nim w weekendy, więc dzisiejsza wolna sobota była dla niego jak znalazł. Ojciec i Majka jeszcze nie wstali. Albo on zjadł śniadanie i wybył w swoich sprawach, a siostra Julki odsypiała wczorajszą dyskotekę.

Fatalną jak pryszcz na tyłku!

Julka przeczuwała taki obrót rzeczy, zanim jeszcze dotarły spacerkiem pod dom kultury. Wybrały się same, bo Julka nie miała z kim, a Janusz, ukochany Majki, wyjechał na Wybrzeże. Spotkały paru znajomych, potańczyły z paroma nieznajomymi, jako że na brak powodzenia u płci męskiej nie narzekały. Ale szału nie było, tym bardziej że w Julce dojrzewała nieposkromiona chęć zwierzeń. Zdawała sobie sprawę, że dłużej nie wytrzyma sam na sam ze swoją tajemnicą.

Po północy wyszły na zewnątrz we dwie, żeby ochłonąć i zapalić. Wieżowce po przeciwnej stronie Dworcowej i bloki wzdłuż Alej stały ciemne, miasto spało. Za niecką wielkiego skweru można było dostrzec okna dawnego mieszkania sióstr nad Kolorową.

Stanęły na tarasie upstrzonym jesiennymi liśćmi, które wiatr zwiał z leciwych klonów.

Majka, oparta o betonową poręcz, miała przed oczami przeszklone drzwi klubu. Migały zza nich czerwone i niebieskie refleksy stroboskopów, a gdy ktoś wychodził, potężniał metaliczny pogłos muzyki, dudniącej w zadymionym, dusznym wnętrzu. Amatorski zespół z pobliskiego

Kramska grał *Rivers of Babylon*, nie szczędząc gardeł ani przesterowanych wzmacniaczy.

Julka natomiast opierała się o poręcz łokciami, widziała więc pod sobą pogrążoną w nocnym cieniu Dworcową, którą o tej porze z rzadka przejeżdżał samochód, a przez gałęzie drzew wystających ponad taras ćmiły samotne latarnie. I zanim jeszcze się odezwała, przyszło jej do głowy, że obie patrzą teraz w przyszłość. Każda w swoją. W przypadku Majki ta przyszłość jest świetlista i rozśpiewana, a w jej przypadku przypomina ciemny tunel wyasfaltowanej ulicy. Czarną czeluść.

Wydmuchnęła dym, rzuciła w dół rozjarzony niedopałek mentolowego zefira i powiedziała głośno, żeby siostra w przygłuszonym dyskotekowym łomocie usłyszała każde słowo:

– Jestem w ciąży, Majka!

Majka oderwała pupę od poręczy, jakby się o nią oparzyła.

– Co ty? Chyba żartujesz?

Patrzyła w twarz siostry oczami wielkości spodeczków, i Julka wiedziała, że zrozumiały się w pół słowa, jak zawsze. Majka odczuwa teraz bliźniaczy lęk przed tym, co będzie. Tę samą gonitwę myśli i ściskanie w dołku. Poza tym musiała coś podejrzewać wcześniej, skoro od razu uwierzyła w szokującą nowinę.

– Ja piernicze! Od kiedy? – zapytała obcym głosem, poirytowanym, wypłoszonym, zupełnie nie jak Majka.

– Czwarty miesiąc.

Miesiąc był trzeci, ale Julka chciała docisnąć pedał do dechy, sprawdzić reakcję siostry. Przekazać jej swój otchłanny strach wobec maleństwa rosnącego gdzieś w środku niej, w głębi jej lekko już wydętego brzucha. Na razie to coś, co w niej siedziało, niewiele się różniło od paru kęsów źle strawionego posiłku, wywołujących drobne żołądkowe sensacje. Ale przecież jest różnica. Nieprawdopodobna różnica. Więc skoro tak, niech Majka przytuli Julkę do piersi i zbagatelizuje tę różnicę. Niech powie, że to nic. Bywają gorsze nieszczęścia. Niech Julka dostrzeże zrozumienie w jej oczach, które są dokładnie takie jak oczy jej samej, bliźniacze.

Ale zobaczyła tylko, że oczy jej siostry mogą się zrobić jeszcze większe. Jak dwa puste i dalekie księżyce widziane z bliska, tuż przed nosem.

– Nie wierzę! Nie wierzę, jak Boga kocham! Czwarty miesiąc i nic nie mówiłaś, Julka? Chyba ci odbiło!

– Co miałam powiedzieć?

– Że jesteś w ciąży! Że Hermaszewski poleciał w kosmos, to sama wiem! A ty dzisiaj mówisz?! Co ci teraz na to poradzą? Chyba ćwiczenia oddechowe!

Choć Majka wypowiedziała wszystko to, o czym Julka myślała dzień i noc, słowa siostry ją zaskoczyły. No bo Julka to co innego, ale jak Majce, zamierzającej wżenić się w bogobojną Januszową familię, mogła strzelić do głowy myśl o skrobance? Przecież ona przez całe życie nie nalatała się tyle do kościoła, ile przez ostatni rok. Jeżeli planuje się mieć w rodzinie biskupa, czyli rodzonego Januszowego wujka, to nieślubne dziecko okazuje się nie mniej upiorne od usuniętego. Dla wszystkich będzie bękartem, nie czarujmy się. Nowoczesna świadomość socjalistyczna postępuje, ale nie tak, żeby sobie nogi z tyłka powyrywać.

Cywilizujemy się rozważnie. Europeizujemy niespiesznie. Sto lat za Murzynami. Więc co tu się dziwić, że Majka straciła zimną krew mądrzejszej bliźniaczki? Popadła w taki sam popłoch, w jaki Julka popadła parę tygodni wcześniej.

– Byłaś u lekarza? Dlaczego nic nie wiem?

– U Rapackiego.

– I co powiedział?

– Że zabieg jest już ryzykowny, ale decyzja należy do mnie.

– Kiedy?

– Ze dwa tygodnie temu.

Majka przykucnęła na środku tarasu, jakby nogi się pod nią ugięły. Jakby zaszumiał jej w głowie Oddech Łosia, szklaneczka żubrówki z sokiem jabłkowym, bo tyle zdążyły wypić, nie więcej. Miała na sobie peweksowską minispódniczkę, spod której wystawały zgrabne uda w ciemnych rajstopach. Objęła nogi ciasno rękami, nie zdając sobie sprawy, że przybrała pozycję embrionalną. Aluzyjną. Wcisnęła brodę między sterczące ku górze kolana, gapiąc się ponuro w asfalt.

Może zacięłaby się w milczeniu, jak potrafiła, kiedy się naprawdę zdenerwowała, gdyby Julka nie zadała jej najgłupszego pytania pod słońcem. A może nie jej, tylko bezgwiezdnej nocy, która wisiała nad domem kultury huczącym jak rzeki Babilonu.

– Co ja mam teraz zrobić? – spytała bezradnie.

Wtedy w Majce jak na pstryknięcie palcem otworzył się worek z pretensjami. Z wymówkami. Z zakazami nie w porę. Ze spóźnionymi dobrymi radami. Z całą tą musztardą po obiedzie.

Miała rację. To było najgorsze, że Majka miała rację. Nie miała współczucia dla siostry, zrozumienia, pobłażania, nie miała w tym momencie za grosz serca, ale miała swoją zakichaną rację. No bo jak teraz żyć? Za co utrzymać dziecko? Gdzie zamieszkać i z kim? Rozsądek ostry jak żyletka. Strach. Ale na pewno nie siostrzane wsparcie.

Julce zachciało się płakać – i nie chciała, żeby mądra, roztropna Majka zobaczyła jej łzy. Głupie łzy głupiej dziewuchy, która ma dwadzieścia trzy lata, a rozumuje jak smarkula z podstawówki! Więc odpyskiwała siostrze coraz głośniej i bez sensu. Widziała wokół siebie mgłę gęstniejącą od łez, które siłą utrzymywała pod powiekami rozżalonych oczu. A łzy i tak spływały jej na policzki, niszcząc wypracowany makijaż. Aż zostawiła Majkę na tarasie i pobiegła do łazienki, obijając się o ludzi i ściany jak ćma.

Majka była zbyt wściekła, zbyt oszołomiona, żeby empatycznie popędzić śladem siostry. Dostrzec jej bezbrzeżną krzywdę. Przytulić ją do siostrzanej piersi. Weszła za nią do sali, bo co miała robić sama jedna na tarasie, gdzie nieznajomi chłopcy tłukli z ułańską fantazją butelki po piwie? Ale w środku wmieszała się z naburmuszoną miną w podrygujący na parkiecie tłum.

– Co ci zrobili? Pomóc? – odezwał się do Julki ktoś obcy, na kogo wpadła w mrocznym korytarzyku.

Nie obcy. Któryś z bawiących się tu dzisiaj znajomych, bo rozpoznała głos, mimo że za żadne skarby nie potrafiła rozpoznać jego twarzy. Zamiast niej widziała rozpływającą się plamę z cieniem wąsów i nisko podstrzyżonych baczków. Całkiem ją zaćmiło.

– Nie potrzeba! Zaraz wrócę! – odburknęła bez zastanowienia i zatrzasnęła za sobą drzwi łazienki.

Stała przed lustrem oparta oburącz o umywalkę i widziała przed sobą taką samą mglistą plamę, tyle że bez wąsów i baczków. Z bujającym się cieniem srebrnych kolczyków. Też nie rozpoznałaby tej plamy nigdy w życiu, gdyby nie wiedziała skądinąd, że to ona sama, naiwna jak szczypiorek Julka Małecka u progu wolnej soboty siódmego października tysiąc dziewięćset siedemdziesiątego ósmego roku.

Wyszła z toalety po obu stronach zabudowanej szeregiem klozetowych drzwi, szeregiem umywalek i luster nad nimi, i przemknęła się do wyjścia. Chyłkiem, boczkiem, żeby Majka jej nie widziała. Najlepiej, żeby nikt jej nie widział, cały ten huczący i szalejący w rytmie muzyki tłum.

Na dworze noc ścieliła się nad ziemią jak opar, ale powietrze było przejrzyste, chłodne, wypełnione poświatą niewidocznych latarń. Zaledwie parę z nich stało wzdłuż domu kultury, dalej światło dochodziło znikąd, rozproszone i zimne. Julka weszła po stromych stopniach na położony wyżej skwer, zostawiając w dole milczący budynek Komitetu Miejskiego. Dudniąca sala taneczna oddaliła się, zamilkła za jej plecami, przed nią nie było żywego ducha. Osiedle o wygaszonych oknach zakrzepło jak w kawałku pleksi w niewidzialnych snach mieszkańców, które nocami zasiedlały tę przestrzeń zamiast ludzi. Na ścianach bloków kładły się po ostatnie piętra skłębione, księżycowe cienie drzew czarniejszych niż noc, a między tymi płaskimi arabeskami piął się w górę wszechobecny zapach kurzu i samochodowych spalin, który o tej porze parował z asfaltowych jezdni.

Idąc, Julka zapaliła papierosa. Bez ochoty do życia przemierzała ciasne uliczki. Mówiąc ściśle, bała się życia – i tak samo bała się śmierci, choć dzielił ją od niej ocean nocy takich jak ta i dni umownych jak linia horyzontu. Jednoczesność tych uczuć wyglądała na absurd, więc Julka uznała, że do niej należy tylko jedno z nich. Strach przed życiem. A strach przed śmiercią wypełnia to małe coś, zwinięte w kłębek, co nieproszone zagnieździło się w jej ciele i teraz słusznie czuje nad sobą topór losu. Boi się go. I dobrze mu tak!

Światła na opustoszałym skrzyżowaniu pulsowały pomarańczowo. W bloku, który został za Julką, gdy skręciła w Aleje 1 Maja, ona i siostra spędziły z rodzicami dzieciństwo. Żadna z nich nie bała się wtedy życia. Przeciwnie, miały na nie niepospolity apetyt, nie mogły się doczekać, kiedy się zacznie naprawdę. Dorosłe, namiętne, wspaniałe. Takie jak w filmach nie dla dzieci albo u znajomych rodziców, ale takich, o których rodzice mówili szeptem, żeby córki nie słyszały. Na razie obie taplały się zaledwie w niedoskonałym przeczuciu tego, co je czeka.

Huśtały się na trzepaku, ganiały po łąkach pod żelaznym mostem, które po zejściu wody z roztopów albo deszczów zamieniały się w bezkresną zieloną dolinę wypełnioną odurzającym zapachem traw i kwiatów, migotem owadzich skrzydeł, słonecznym pyłem drżącym nad baldachami roślin i fruwającym śniegiem dmuchawców.

Majka wkładała wianek na głowę, garbiła się i naciągała palcami kąciki ust i oczu, aż jej buzia przemieniała

21

się w twarz staruchy-wiedźmuchy. Trzęsącym się głosem opowiadała historie, które według niej zdarzyły się naprawdę, tylko dawno temu, jak w bajkach Andersena albo braci Grimm.

W jej opowieściach biegały po łąkach dzikie konie znające ludzkie myśli. Miały szlachetne serca i grzywy długie jak weselne treny. Miały też żelazne kopyta. Pod ich ciosami z trzaskiem wigilijnych orzechów łupały się czaszki zbójców, od których roiły się bory. A tam, gdzie dzikie konie uratowały dobrego człowieka, wyrastał z ziemi skrawek dachu z dachówką albo okna, albo fragment malowanej ściany z glinianej cegły. Piął się ku słońcu coraz gęstszy ceglany las, aż na brzegu rzeki urosło murowane miasto.

Konie galopowały nocami po jego dachach, aż klekotały dachówki od tętentu ich kopyt, przeskakiwały przez kominy, anteny telewizyjne i sznury z suszącym się praniem. Lecz którejś nocy jeden za drugim wskoczyły na płynące pod księżycem chmury i słuch po nich zaginął. Jeszcze sto lat temu w gwiaździste noce słychać było z oddali ich rżenie, a od stuku kopyt spadały na ziemię gwiazdy, ale teraz wszystko już ucichło, zamilkło, zamieniło się w śnieg i wiatr, i cztery pory roku.

Dopiero długo później Julka zorientowała się, że to była legenda o założeniu Konina w autorskiej wersji Majki. Wcześniej po prostu żałowała dobrych koni, które odeszły stąd daleko i wysoko.

– A jeśli przyjdą zbójcy? – pytała.

– To co? Ja cię uratuję! – odpowiadała Majka. – Niczego się nie bój! Po to dzikie konie wyczarowały miasto spod ziemi, żeby ludzie sobie sami pomagali, a im nie zawracali głowy, kiedy pasą się spokojnie na chmurach!

To były czasy! Siostry, z wiankami na głowach, dzikie konie, miasto, śnieg i wiatr – wszystko pochodziło z jednej i tej samej bajki. Aż chciało się fruwać nad dachami!

Julka nie brała w rachubę ponurej możliwości, że z biegiem lat z dawnej bajki wykluje się smutna nocna ulica płynąca jak czarna rzeka w mdłym świetle latarń. A ona będzie tą ulicą wracała z najgorszej dyskoteki w życiu.

Ktoś za nią szedł, usłyszała odgłos szybkich kroków między blokami. Może to Majka ją goni? Chce się pogodzić? Na wszelki wypadek poczekała na nią w takim miejscu, żeby siostra nie poznała, że Julka czeka. Przed oświetloną witryną sklepu na parterze bloku mieszkalnego. Ale im bardziej zbliżały się kroki, tym wyraźniej słyszała, że to nie Majka. Zza bloku wyszedł mężczyzna w ortalionowej kurtce. Nosił długie włosy i baki, z początku wydało jej się, że to ten sam, na którego niedawno wpadła w przejściu do toalet. Ale tego tutaj nie znała, podczas gdy tamten wydawał jej się znajomy. Przynajmniej jego głos.

– Ma pani zapałki? – odezwał się długowłosy zupełnie obcym głosem.

Sięgnęła do kieszeni i podała mu grzechoczące pudełko.

– Pani zapali? – Podsunął jej napoczęte klubowe.

– Palę.

Pokazała mu trzymany w drugiej ręce niedopałek. Rzuciła go na chodnik i przydepnęła butem.

– Właśnie skończyłam – sprecyzowała.

Skinął głową, przypalił sobie klubowego i oddał zapałki.

– Senkju! Po drodze nam?

– Nie – odpowiedziała Julka.

Wsunął ręce w kieszenie i odszedł w stronę, w którą ona także zamierzała iść. Przy budynku biurowca obejrzał się jeszcze. Julka wciąż stała przed wystawą sklepu, gdzie na tle biało-czerwonej flagi z napisem „Sojusz polsko-radziecki gwarantem dobrobytu narodu" ułożono w gustowny stosik plastikowe atrapy kiełbasy szynkowej i wielkich krążków sera ementaler, wykonane z detalami. Gdy był już na wysokości księgarni, Julka poszła dalej.

On też, jak wszystko od jakiegoś czasu, nie zrobił na niej dobrego wrażenia, więc wolała, żeby sobie poszedł w swoją stronę.

Gdy skręcała za budką z włoskimi lodami, widziała, jak wsiadł do nocnego autobusu na przystanku przy kiosku Ruchu. Spojrzała jeszcze przez ramię, ale aż do skrzyżowania z Dworcową Aleje były puste. Siostra nie zamierzała jej gonić i kajać się za bezduszność.

Potem nie było już nic oprócz cielakowatego psiska z jej snu. Julka nie pamiętała, jak i kiedy zasnęła. Nie słyszała powrotu Majki. Nie wiedziała, czy ojciec już wstał, czy jeszcze nie. Zobaczyła dopiero kalendarz Świerzego z karmazynowymi ustami malowanej ślicznotki, wiszący nad nią jak katowski topór, i dotarło do niej, że od nowa Polska Ludowa.

Sobota pójdzie na straty i niedziela też, bo przez dwa dni nie zdążą się z Majką pogodzić po takiej awanturze, a gdy już się pogodzą w poniedziałek albo we wtorek – co to zmieni?

Spójrzmy prawdzie w oczy, no co to zmieni?

Stanęła pod drzwiami pokoju Majki, nastawiając uszu. W środku było cicho jak makiem zasiał. Jeśli siostra zasiedziała się w klubie godzinę lub dwie dłużej – tyle samo jeszcze pośpi. Dzisiaj odbędzie się samotne chłeptanie porannej kawy. O ile coś zostało w błyszczącej torebce, którą Majka wysępiła spod lady. Julka nie miała takich chodów w delikatesach. Jej siostra sprawiała na ekspedientkach sympatyczniejsze wrażenie, więc starały się jej dogodzić, niezależnie od permanentnych braków w handlowym zaopatrzeniu.

W kuchni cichutko grało radio, które ojciec nastawił przed wyjściem z domu. Julka pogłośniła je odrobinę.

By the rivers of Babylon, there we sat down,
Yeah, we wept, when we remembered Zion…

Boney M. Cały świat uparł się na piosenkę *Rzeki Babilonu*. Jakby Julka wcale nie wyszła z domu kultury, tylko ugrzęzła na zawsze w tej zakichanej kłótni z Majką.

Wypaliła zefira w łazience, siedząc w piżamie na obciągniętej pluszem klapie sedesu, zawahała się, zamykając za sobą drzwi z matową szybką na górze – i kierowana impulsem wparowała do pokoju siostry.

Był pusty. Okna odsłonięte. Porcelanowa popielniczka opróżniona i czysta jak łza. A wersalka już zaścielona…

Nie, nie już. Jeszcze nierozścielona.

Leżała na niej apaszka, którą wczorajszego wieczoru zamierzała włożyć Majka. Przymierzyła ją i stwierdziwszy, że nie pasuje, rzuciła byle jak na wersalkę, popędzana przez Julkę, żeby w końcu wyszły.

Apaszka leżała w tym samym miejscu co wczoraj, czyli Majka nie wróciła na noc do domu i do tej pory szwendała się Bóg wie gdzie. Dla ukarania występnej siostry odmrażała sobie uszy!

Niezły z niej numerek! Tego jeszcze w żadnym kinie nie grali!

Rozdział II

CHULIGANI

Romek Zdun urodził się wiosną tysiąc dziewięćset pięćdziesiątego pierwszego roku w tak zwanej kamienicy Essowej na Staszica. Zanim dwadzieścia lat później stanął przed wielkim, przykrytym taflą szkła biurkiem Skalskiego, odbierając swój pierwszy zawodowy przydział, zdążył doświadczyć trzech epok i jednej śmierci.

Ale po kolei.

Pierwszą epokę, stalinowską, przeżył w błogiej nieświadomości. Gdy Wielki Chorąży Pokoju oddał ducha kremlowskim lekarzom i historii, Romek miał dwa latka. Drugie tyle mu przybyło, nim z impetem ruszyły lody politycznej odwilży. Raczkując w powyciąganych rajtuzach po mieszkaniu przy Staszica, widywało się otumanione trutką myszy znikające niemrawo w dziurach podłogowych desek, to owszem, jak najbardziej, ale nie miało się bladego pojęcia o lokatorach z sąsiedztwa niknących bezpowrotnie w czeluściach ubeckich pobied lub wołg. Jeśli przez nieuwagę nie przygrzmociło się czołem w klamkę, świat wydawał się dobry z natury.

Któregoś słonecznego popołudnia, wytykając rączkę między szczebelkami ganku, malutki Romeczek pomachał z góry nieznajomemu panu z posiniaczoną twarzą, wychodzącemu przez podwórko studnię w asyście dwóch innych panów z podniesionymi na sztorc kołnierzami. Wszyscy trzej odmachali mu jakby nigdy nic. Może odrobinę desperacko, zaciskając usta w ponurą bliznę, ale było miło.

Epoka gomułkowska nastała, gdy Romek ganiał z kolegami po zakamarkach kamienicy Essowej. Służyły one za kryjówki dla bohaterskich partyzantów lub miejsca zasadzek na szkopów, ubijanych bezlitośnie z krzywych patyków i wytkniętych palców. Wbrew nieudolnym staraniom matki – gdyż ojciec zajmował się głównie apokaliptycznym piciem – przez parę pierwszych lat „za Gomułki" Romek robił, co mógł, żeby zejść na złą drogę.

Razem z kumplami, dajmy na to, wyciągali przez okienka piwnic zapasy zapobiegliwie szykowane na zimę przez gospodynie. Zarzucali na słoiki zmyślne pętle z drutu i szpagatu. Nie wiadomo, czyj to był patent, ale sprawdzał się bez pudła. Z wilczym apetytem wyjadali palcami konfitury i pikle w parkowych zaroślach. Albo tłukli się do krwi z chłopakami z Hajmatu, nie łamiąc sobie głowy nad niejasnymi powodami wzajemnej wrogości. Byle się działo, byle krew nie krzepła w żyłach jak u staruszków obsiadających ławki na rynku niczym znudzone wróble. Albo podprowadzali zostawiony przed sklepikiem rower, a potem ścigali się po wale na czas, skandowany chóralnie, bo zegarka nikt nie miał, po czym porzucali zbędnego grata. Zatrzymanie roweru *na wsiegda* nie kalkulowało się w takim małym mieście. Tu każdy poznawał z daleka, co jest czyje. Byłyby baty.

Tymczasem do Romka docierała stopniowo stara prawda, że jeśli człowiek nie da się złapać, świat stoi przed nim otworem. A on był zwinny, umiał szybko przebierać nogami i niczego się nie bał.

Przestał się wałęsać z zielonym gilem u nosa, poszedł do szkoły i odniósł znaczący sukces, kradnąc plażowiczowi nad Pową radziecki zegarek marki Pobieda. Zagrzebał go w piasku na wydmie, wieczorem odkopał bez ryzyka, w piątek spieniężył na targowisku u przyjezdnego sprzedawcy gumek i sprężyn do weków. W czerwcu wraz z kolegą spalił w pokoju nauczycielskim dziennik lekcyjny i wyparł się tego w żywe oczy, a w sierpniu, pierwszy z całej paczki, wybrał się na jabłka do sadu Michalaka, który miał najostrzejsze psy w mieście. Wrócił z dwoma siatkami dorodnych papierówek. Aż chciało się fruwać ze szczęścia – gdy nastąpił koniec świata.

Zimą matka Romka, sprzątaczka w podstawówce na nowym osiedlu, dostała od zakładu opiekuńczego przydział na mieszkanie. Kopalniane – w oddawanych do użytku blokach przy Energetyka.

Nieliczne graty przewieźli furmanką najętą za ćwiartkę czystej. Droga wydawała się Romkowi długa jak za morze, a nie na drugi brzeg skutej lodem Warty. Zwłaszcza że wiodła jak gdyby donikąd. W beznadziejną dal. Całun śniegu spowijał uliczkę Energetyka, która na dobrą sprawę jeszcze nie istniała, spowijał drewniany warzywniak u jej

29

wylotu, przedwojenną willę na drugim końcu oraz parę ceglanych bloków w stanie surowym. Także jedyną tutejszą atrakcję, czyli kolejowe tory za betonowym płotem, po których z łoskotem pełzły towarowe i osobowe pociągi. Bliżej rozciągało się pasmo zaniedbanego parku, a może zagajnik w środku miasta. Wyglądał jak ponura parodia wielkiego parku w starym Koninie, pełnego altan, mostków na stawie, tęczowych pawi, śnieżnobiałych łabędzi, rudych wiewiórek. Tamten był wyspą skarbów, terenami łowieckimi Apaczów, dżunglą afrykańskich ludożerców, czym tylko się chciało, a ten tutaj zdawał się do bólu nijaki. Pusty i smętny.

Dopiero wiosną, gdy śnieg stopniał z dnia na dzień, do Romka dotarło z rozpaczliwą jasnością, na jaką pustynię go wygnano. Na jaką nędzną wegetację skazano jego obiecujące życie. W starym Koninie, z którego się wynieśli, spod tającego śniegu co roku ukazywała się, jak z zachwytem powiadano, „przyroda" – ogrody, błonia, klomby. Pachniało nią powietrze, pachniały nią coraz cieplejsze noce za otwartym oknem. Tu nie. Tu spod śniegu wyłoniła się przeraźliwa nicość. Ceglane pryzmy, rusztowania, samochodowe koleiny, królestwo jałowości i nudy, od niedawnej zimowej pustki różniące się tylko burą barwą wszechobecnego błota. A cuchnęło dookoła odmarzającą ziemią, wszędzie ziemią i ziemią, jak na cmentarzu.

Potem było już tylko gorzej.

Mama Romka, która na jesieni miała mu urodzić brata, spadła z drabiny, myjąc okna. Przeleżała w szpitalu dobry tydzień. Gdy wróciła wymizerowana i przybita, oznajmiła

Romkowi, że brata nie będzie. Nigdy! Na nic się zdały prośby, obietnice, że poprawi stopień ze sprawowania, nie szło jej przekonać. Pojął, że pozostanie sam jak palec na tym bezlitosnym osiedlu.

Tak, bezlitosnym. Nie zdążył się tu jeszcze zapoznać z nowymi kolegami, a już dorobił się wrogów. Większość z nich stanowili chłopacy, których rodziny wcześniej zasiedliły bloki. Ci nie byli najgorsi. Bywało, że z nudów napluli Romkowi na głowę, gdy przechodził pod oknami, albo pobili się z nim na pięści, ale bez zawziętości. Jakby czekali, aż wystarczająco zasiedzi się na nowym miejscu, żeby dało się go uznać za swojaka.

Gorzej z tymi, których nuda przyganiała z okolicznych wiosek. W starym Koninie baliby się pokazać, ale tę okolicę wciąż traktowali jak ziemię niczyją. Pogwizdując, przeklinając, paradując rządkiem z rękami w kieszeniach i nie ustępując z drogi miejscowym dzieciakom, dawali do zrozumienia, że jeśli zechcą tu rządzić, nikt im nie przeszkodzi. Silni, bezlitośni, mimo swoich jedenastu czy dwunastu lat zaprawieni w świniobiciach i młockach, urządzali raban, gdy tylko ich licho przyniosło.

Etne, petne, w dupę cię wetknę,
Kołkiem zabiję, dratwą zaszyję,
A ty w mojej dupie siedź!…

Pozostawiony samemu sobie Romek nauczył się, że ta wyliczanka zwiastuje niebezpieczeństwo. Rozbrzmiewała wrzaskliwie zza płotu, zza śmietnika, zza bloku, i jak jej echo wypadali z ukrycia tamci. To był ich okrzyk wojenny. Zaczynała się okrutna zabawa. Gonitwy, próby osaczenia, wyzwiska. Przeważnie udawało mu się zmylić pogonie. Czasem dosięgały go ciskane cegłówki, a sińce po nich ukrywał przed matką. Nie ulitowałaby się nad nim. Spytałaby, po co zaczynał. Grzecznym chłopcom nie przytrafiają się złe przygody – wyrzekałaby. A to bajka, jedna z bajek, jakimi dorośli karmią dzieciaki.

Najbardziej bał się herszta wsiowych, na którego wołano Szmaja. Jawił się w jego oczach jako czyste zło. Wcielony diabeł. Prawda, że sam Romek nie był harcerzykiem o umytych uszach i obciętych paznokciach, ale to co innego. On schodził na złą drogę, ponieważ była ciekawsza. A Szmaja w chudym ciele o białej skórze nosił podłą duszę.

Wyglądał przerażająco. Jego oczy, jakby wypełnione wodą, patrzyły z nienawistną drwiną. Podgoloną czaszkę zdobiła ulizana, przycięta w skos grzywka, biała, podobna do starczej siwizny. A zajęcza warga nadawała ustom Szmai nieludzki wygląd. Jeśli dołożyć do tego agresywną, zwierzęcą mimikę – była to twarz, której widok mroził Romkowi krew w żyłach. Zwłaszcza że Szmaja był od niego wyższy o głowę, co najmniej o rok starszy i bez wątpienia silniejszy. Trochę wolniej tylko biegał, dzięki czemu Romek nie był zupełnie bez szans.

Ale wiadomo, że jeśli się nie jest tancerką z baletu, do udanego życia nie wystarczą same zwinne nogi.

Dopadli go w październikowe południe, gdy wracał do domu po lekcjach. Nie wdeptywał w podejrzane rewiry, nie zbaczał, gdzie nie trzeba, zamierzał wdrapać się na komin kotłowni przy Alejach, żeby zerknąć, co nowego w okolicy, ale i z tego zrezygnował. Wybrał obiad. Nie jadł od dużej przerwy, w czasie której wymusił gryza na pierwszaku. Kęs kajzerki z twarożkiem.

Jesień była ciepła. Romek nawet kurtki nie włożył na bluzę z granatowej podszewki. Z fasonem przerzucił przez ramię oba paski tornistra, w środku grzechotał piórnik. Widział już swój blok u wylotu Górniczej, gdy wyrosło przed nim trzech tamtych. Ostrzyżone do gołej skóry głowy, przykrótkie spodnie, rozklapane buty ze strzępami sznurowadeł. Spluwając pod nogi przez szczerby w zębach, czekali na dobrą zabawę.

Niewiele myśląc, Romek skręcił biegiem w Kotłową, między bloki. Tornister na jego ramieniu grzechotał na trwogę. Na rogu Kolejowej i Dworcowej, w labiryncie drewnianych płotów, przysiadły zmurszałe przedwojenne domki, gąszcz ceglanych ruder, wśród których łatwo było zmylić trop. Ale źle wybrał. Za trzypiętrowym blokiem wymalowanym na buraczkowy róż, w zaciszu grodzonych siatką lokatorskich grządek, zaczaiła się reszta wsiowych. Pułapka.

– *Etne, petne, w dupę cię wetknę!* – zaintonował na powitanie sam Szmaja, wystrojony w prujący się sweter z wełny.

– *Kołkiem zabiję, dratwą zaszyję!* – zawtórowała mu reszta.

Romek zawrócił na pięcie, ale za nim stali rzędem trzej, którzy go gonili. Blokowali przesmyk w szczycie bloku, jedyną drogę odwrotu.

– *A ty w mojej dupie sieeeedź!* – dołączyli chórem.

Nie uległ bez walki. Szarpnął się tu, tam, odbił się od wrażych pięści, zawisł oburącz na siatce ogródka, żeby przeleźć na drugą stronę.

33

W ostatniej chwili któryś z napastników chwycił go za biały kołnierzyk przy bluzie. Ścisnął w brudnej łapie, szarpnął. Podciągnięty do krtani górny guzik omal nie udusił Romka. Ale nagle trzasnęło przeciągle – i kołnierzyk oddzielił się od szkolnego stroju jak odpruty nożem.

Na ten odgłos mięśnie odmówiły Romkowi posłuszeństwa. Bez oporu dał się ściągnąć na dół. Bo jak wrócić do domu bez kołnierzyka? Mama sprawi mu lanie, narobi płaczu, że nie nastarcza na ciągłe wydatki. I nie kupi nowego, bo za co? A jeśli Romek pójdzie do szkoły bez kołnierzyka – szkoda gadać! Wystąp na apelu, Zdun, zgłoś się do kierownika, napisz sto razy w zeszycie, jak powinien wyglądać wzorowy uczeń, Zdun, i przy okazji pokaż ręce, Zdun, czy umyte!

Zacisnął małe pięści.

– Oddawaj! – mruknął groźnie do chuligana. – Nie twoje!

– Może twoje? – odpowiedział mu głupkowaty śmiech. – Chyba kiedyś!

Otoczyli go wianuszkiem, było ich ze dwunastu. Negocjacje nie wchodziły w grę, wróg został złapany. Na dalszą metę zwykle nie planowali. Głowili się teraz na poczekaniu, co ciekawego zrobić z Romkiem. Szturchali go spiczastymi łokciami albo wykręcali mu rękę na plecy.

Jeden Szmaja umiał coś wymyślić. Śmiało podążał za swoimi najgorszymi instynktami. Wyrwał z ręki kompana biały kołnierzyk Romka, nastroszony poszarpanymi nitkami, i z mściwą satysfakcją przytknął do niego wyjętą z kieszeni zapalniczkę, samoróbkę z łuski pocisku do mauzera.

Strzelił niebieskawy benzynowy płomień.

Trzymany za ramiona Romek nie był w stanie walczyć o swoje. Stylonowy kołnierzyk nie zajął się co prawda żywym ogniem, ale sztuczne włókna poskręcały się w żarze, poczerniały i poszedł od nich mdlący swąd. Szmaja rozdeptał butem coś, co przypominało już czarny kawałek papy.

Zrozpaczony Romek poczuł chłód na gołej szyi, jakby jesienny wiatr okręcił się wokół niej na podobieństwo wisielczej pętli.

To był dopiero początek. Szmaja lubił się pastwić i nad żywymi ludźmi, i nad martwymi przedmiotami. Odwrócił do góry dnem tornister Romka i wytrząsnął na ziemię jego zawartość.

Pierwsza wpadła mu w oko gwiazda szeryfa. Plastikowa, z wytłoczonym napisem SHERIFF, pomalowana srebrną farbą. Nie była własnością Romka, ale jej nie ukradł. Leżała sobie na szkolnym boisku. Umył ją w wodzie z szarym mydłem i nosił ukrytą w tornistrze, żeby prawowity właściciel nie wypatrzył skarbu. Czasem przymierzał ją w domu przed lustrem. Była piękna, mimo że od pucowania na mokro z jej krawędzi zeszło sreberko. Wyglądała jak prawdziwa gwiazda na piersi amerykańskiego stróża prawa. Romek nie dziwił się, że Szmaja zwrócił na nią uwagę.

Choć z drugiej strony zdawał sobie sprawę, że wszystko, co zwróci uwagę tamtego, jest już stracone. Miał rację. Po sprawdzeniu gwiazdy w zębach, jak kowboje na westernach sprawdzają złote monety, chuligan rozgniótł ją butem. Chrzęst miażdżonego plastiku rozległ się w duszy Romka jeszcze boleśniej niż trzask obrywanego materiału.

Raz po raz lżąc bezbronną ofiarę, Szmaja rozpoczął dzieło zniszczenia.

Jedną po drugiej rozdeptał pałeczki plasteliny, połamał kredki i obsadkę pióra, zniszczył podręczniki szkolne, na które nie dalej niż dwa miesiące temu poszła kupa pieniędzy. Romka nikt już nie musiał trzymać siłą. Zastygł ze zgrozy, widząc, jak jego dręczyciel drze szesnasto-kartkowe zeszyty na pół, znów na pół, składa razem i drze. Nie do wiary, jaką miał krzepę w rękach. Poszarpał twarde okładki podręczników, zeszyty do ćwiczeń, książeczki z kolorowym papierem do wyklejania, blok rysunkowy.

Strzępy upchnął w Romkowym tornistrze, który już nie grzechotał zawadiacko, tylko żałośnie szeleścił. Sięgnął po frontową zapalniczkę z łuski.

– Będzie się fajczyć po byku! – zapewnił. – Zobaczyta! Gówno zostanie! Jeszcze mu łachy potniemy, niech leci przez miasto goły!

Na potwierdzenie wyciągnął z kieszeni składany ko-zik. Napinając szkolną bluzę Romka, przejechał wbitym w nią ostrzem od góry do dołu. Wyjrzał biały podkoszulek z zacerowaną dziurą.

– Kalesony też nosi, maminsynek! – zawyrokował Szmaja. – Miastowe noszą kalesony z trokami jak pro-szalne dziady!

Rozcięta nogawka spodni zafurkotała niczym sukienka. Kalesonów pod nią nie było, na gołej nodze krwawiła rysa po ostrzu. Szmaja roześmiał się pogardliwie, reszta mu zawtórowała.

– Nawet na kalesony nie ma, szmaciarz. Będzie mniej do cięcia!

Z lakierowanej tektury tornistra buchał czarny, smrodliwy dym. Targające zmaltretowanym Romkiem emocje zlały się w jedno wszechogarniające uczucie piekącej nienawiści. Ale co mógł poradzić?

Nikt dorosły nie kręcił się przy śmietniku na tyłach bloku. Ani śladu po szlifierzu noży oferującym usługi pod oknami, po Cygankach, które wałęsały się tu niekiedy, żeby wróżyć za parę groszy. A wołać o pomoc – nie po męsku!

Tornister zamienił się w kłąb dymu. Smród bił pod niebo. Ktoś na piętrze bloku zamknął z trzaskiem okno, ale nie wyjrzał. Uznał, że widać robotnicy smołują dachy, jak zwykle, albo że to wiatr przyniósł swąd tlących się za miastem torfowisk.

Romek trzymał się dzielnie, nie prosił o litość, tylko dwie piekące łzy pociekły mu bezradnie po policzkach.

Niektórzy chłopcy Szmai też stracili rezon na widok dokonującego się kataklizmu. To nie przelewki. Gliny potrafiły lać pałami za byle co, zwłaszcza nieletniego. Gumą przez pięty, aż przez dwa dni się kulało. A jeśli wlepią starym mandat, ci się wścieką. Podwójne manto!

– Gnojek nas wyda! – odezwał się któryś. – Bydzie kiepsko!

– Gówno się go boję! – prychnął po chojracku Szmaja. – Chyba że ty!

– Akurat mam czego! Ale naskarży ze strachu. Że nie on sfajczył tornister, tylko my. Nauczycielka poleci na milicję i się dowiedzą!

– Jak się dowiedzą, ćwoku? Nie widziała nas.

– Od niego. Jeszcze mu każą nas rozpoznać, przekonasz się!

Szmaja przykucnął bokiem do ognia, pochylił głowę i od buzujących płomieni przypalił wygrzebany z kieszeni niedopałek. Z fasonem, bez zapalniczki. Wypuścił dym przez nos.

– Dupą trzęsiesz? On też nas nie rozpozna!

– Już w to wierzę! Zamknie gały na twoją prośbę, nie? Dużo pomoże, że mu pogrozisz.

Szmaja jeszcze raz wyciągnął z kieszeni składany kozik.

– To mu gały wydłubiemy! Ciekawe, jak na ślepaka rozpozna!

Powiało grozą.

– Rach, ciach! Minuta i po strachu! – orzekł ze znawstwem Szmaja.

Ktoś zarechotał, ale umilkł. Słychać było trzaskanie ognia.

Romkowi kolana zmiękły jak wata. Niemożliwe! Tak znienacka, z niczego – i taka straszna rzecz? Miałby więcej nie zobaczyć łach nad Wartą, nie skoczyć na główkę na zalewie pod żelaznym mostem, nie wypatrywać owoców na dzikich czereśniach wzdłuż drogi do Morzysławia? Jedyne, co zapamięta, to pokraczne, podobne do siebie pudełka nowych bloków?

– Bieremy się! – rozkazał Szmaja. – Który chętny?

Patrzyli pod nogi, milcząc. Szmaja szyderczo wykrzywił zajęczą wargę.

– Nie umieta, co? Strach wam? No to patrzta, jak się robi!

Splunął w dłoń, przeszmelcował ostrze o brudną nogawkę spodni.

– Trzymajta dobrze, bo go zemgli i padnie mi pod majchrem jak kawka! – zadysponował przewidująco.

Czyjeś ręce chwyciły Romka pod pachy.

Dotarło do niego z przerażającą pewnością, że tamten się nie cofnie. Wydłubie mu oczy. Stać go na to. Przypomniał sobie ślepego, oszalałego z bólu kota, którego uczniowie znaleźli w krzakach za boiskiem. Mówiło się, że okaleczył go Szmaja – i że to nie był jego pierwszy raz. Do tej pory Romek nie chciał w to wierzyć. A teraz wyobraził sobie, że jutro jego samego uczniowie znajdą zakrwawionego w krzakach za boiskiem. Nie trafi na ślepo do domu i będzie tam miauczał zwinięty w kłębek jak ten kot.

Szmaja ujął go pod brodę twardą, kościstą dłonią.

– Robisz w gacie? – zapytał obojętnie.

Trzymający Romka chuligani ledwie czubki palców wsuwali pod jego pachy. Cofnęli się lękliwie. Boją się, że krew ich obryzga! – pomyślał w popłochu, zanim uświadomił sobie, że odzyskał swobodę ruchów. Tylko jego policzki ściskały jak imadło paluchy Szmai. Odginały mu twarz ku górze. Romek bał się szarpać, żeby nie nadziać się na kozik, którego w tej pozycji nie widział.

Widział pogodne jesienne niebo nad sobą.

Zeszlifowane na osełce ostrze zobaczył w ostatniej chwili. Zezował w lewo, a pojawiło się z prawej. Zapomniał w panice, że Szmaja jest mańkutem.

Zarazem kątem oka ujrzał, że jego prześladowca stoi przed nim na szeroko rozstawionych nogach. Gieroj! Wierzy w swoją przewagę. Nie spodziewa się zagrożenia ze strony załzawionej ofiary.

Romek bez zastanowienia kopnął go kolanem w krocze. Z całej siły, jaką dał mu strach. A gdy tamten z jękiem zgiął się wpół, poprawił mu ciężkim butem z zelowaną podeszwą.

Nigdy nie sądził, że odważy się na taki czyn. Skulony chuligan padł przed nim na kolana, jak podcięty kosą.

Zanim reszta bandy otrząsnęła się z zaskoczenia, Romek smyrgnął między nimi wzdłuż piwnicznych okienek. Znikał za narożnikiem bloku, gdy usłyszał za plecami wrzask upokorzonego Szmai.

– Łapta gnoja! Czego stoita!

Tupot butów runął w ślad za Romkiem.

A on pędził, jakby dostał skrzydeł. Jakby zastąpiły mu je furkoczące poły rozciętej bluzy. Wzdłuż parkanu szkolnego boiska skręcił ku placom budowy. Tylko migały pod nim ażurowe cienie sterczących w niebo dźwigów, potworów o żelaznych cielskach, z językiem haka zwisającym ze spiczastego pyska.

Za skośną kratownicą ogrodzenia, pachnącego sośniną i smołą, kręcili się murarze, jechała do góry wyciągarka, łomotały na stelażach pochylone bębny betoniarek.

– Zjeżdżaj stąd, gówniarzu! Jak ci coś na łeb spadnie, to cię rodzona matka nie pozna! – warknął zza płotu drągal w kufajce.

Romek umknął mu z oczu za barakowóz, na którego stopniach trzech znudzonych robotników grało w tysiąca z „dziadkiem". Z szerokim zamachem, znad głowy, łupali sfatygowanymi kartami, aż podnosił się kurz.

Przy następnym bloku nie było murarzy. Ceglana pałuba z kwadratowymi dziurami okien sterczała w pajęczynie

40

rusztowań. Romek zanurkował w dziurę pod płotem. Kryjąc się za pryzmami pustaków, uwiesił się na belce szalunku i wlazł na podest.

Stamtąd zobaczył ich znowu. Nie zrezygnowali.

Pościg prowadził Szmaja. Co chwila utykał, łapiąc się za pachwinę, jego biała gęba poczerwieniała od wściekłości. Komenderował, wskazywał kierunek. Tędy, tamtędy!... Uciekinier się nie wymiga. Nie jemu, Szmai!

Z wysokości pierwszej kondygnacji Romek widział ich jak na dłoni.

Małe, ruchliwe, kąśliwe pchły! Siedział w kucki cicho jak trusia. Może nie zauważą. Może pobiegną dalej. Wdychał wszechobecną woń wapna. Przy każdym poruszeniu z desek wzbijał się duszący pył.

I ten pył go zgubił.

Najpierw wiercił w nozdrzach. Wystarczyło potrzeć nos wierzchem dłoni, żeby powstrzymać kichanie. Ale w końcu lgnący do wszystkiego proszek załaskotał w gardle i Romek wybuchnął głośnym kaszlem.

Puste pudło budynku wzmocniło odgłos niczym wielki rezonator.

– Widzę go! – wrzasnął z dołu piskliwy głos. – Tam się schował!

Jakby trąbka zagrała do boju!

Już!

Chuligani Szmai leźli na rusztowanie jak pająki. Ze wszystkich stron.

Romek mógł uciekać jedynie do góry, a na wysokości drugiej kondygnacji i ta droga mu się skończyła. Nie dało się już wrócić, za wielu prześladowców pięło się jego śladem. Jedni po rusztowaniach, inni środkiem budowanego bloku. Nie wylano tam jeszcze schodów, ale platformy pięter łączyły oparte skosem drabiny.

Romek przebiegł po dudniących deskach na skraj najwyższego rusztowania i zatrzymał się bezradnie.

Głosy tamtych rozbrzmiewały coraz bliżej. Dyszeli, klęli go w żywy kamień, grozili i zachęcali się nawzajem. Pod sobą widział zakurzone rumowisko. Drewniane nosidła, beton zjeżony żelaznymi drutami, niezabezpieczony dół do gaszenia wapna. Opodal pochylała się gliniana chałupa, pozostałość gospodarstwa zabranego pod nowe osiedle.

Wieńczyła ją pociemniała strzecha ze słomy.

Wysoka, spadzista.

Byłaby w stanie wyhamować upadek, gdyby do niej doskoczył. Zsunąłby się jak po zjeżdżalni po stromym spadzistym dachu. Na koniec skok na dół i w nogi. Skakał z wyższych miejsc niż ta rudera. Wystarczy dobry rozbieg…

Pierwszy z goniących wylazł przez otwór okienny w pobliżu Romka. Piegowaty mikrus w spodniach na szelkach. Zbliżał się po chybotliwych deskach, nawołując pozostałych.

– Tu się chowa, gnojek! Mam go!

Nie było na co czekać.

Romek cofnął się dla rozpędu. Hop-siup! Jeśli strzecha się pod nim nie zapadnie, mogą go w tyłek pocałować!

Teraz pędem!

Ale na samym skraju rusztowania poplątał mu się krok. Źle umocowana deska ugięła się sprężyście pod jego nogą, odbiła jak katapulta. Romek poczuł, że traci równowagę, raz i drugi machnął rękami, rozpaczliwie szukając oparcia – ale go nie znalazł.

Obijając się o deski kolejnych podestów jak szmaciana kukiełka, poleciał w dół.

– Spierdolił się! – dobiegł go przeszywający wrzask mikrusa.

Nic więcej nie usłyszał. Runął na pryzmę cegieł, w tuman kurzu, który pochłonął go jak burzowa chmura.

Znad rusztowań wychyliły się chłopięce głowy. Niżej, wyżej.

Prześladowcy Romka z niedowierzaniem szukali wzrokiem nienaturalnie pogiętej ludzkiej lalki, która majaczyła we mgle pyłu. Na jej widok odzyskiwali instynkt samozachowawczy. Szybko, migiem, byle nikomu nie wpaść w oko!... Zeskakiwali z rusztowań na łeb na szyję, jeden za drugim czmychali na cztery strony świata, bijąc stopami w pośladki.

W mgnieniu oka na placu budowy zrobiło się pusto i cicho, jakby nigdy nie było tu żywej duszy.

Romek leżał do wieczora biały od pyłu jak duch pokutujący.

Wywęszył go pies nocnego stróża, a stróż, ciągnący za sobą sztywną nogę, wdrapał się na cegły, żeby przyłożyć ucho do zmasakrowanego ciała. Przyschły na nim strużki krwi, w środku trwała śmiertelna cisza.

Żółta karetka pogotowia z czerwonym krzyżem na drzwiach zjawiła się na sygnale dopiero po godzinie.

Lekarz przyłożył do piersi Romka stetoskop, uchylił zasypaną kurzem powiekę, pod którą oko uciekło w głąb czaszki.

I otrzepał ręce.

Zanim wsiadł z powrotem do karetki, zrobił stróżowi awanturę, że wzywa go do nieboszczyka, podczas gdy w mieście roi się od potrzebujących pilnej pomocy.

Rozdział III

Z SOBOTY NA NIEDZIELĘ

O jciec wrócił po drugiej, na obiad. Julka usłyszała zgrzyt klucza przekręcanego w patentowym zamku i głos z przed-pokoju:

– Nie spóźniłem się?

Już wcześniej wiedziała, że to nie Majka. W wykonaniu ojca inaczej brzmiał szczęk klamki przy drzwiach na dole, tych do klatki schodowej, inaczej kroki po schodach i klucz wkładany do dziurki w zamku. Nie umiałaby określić, na czym polega różnica, ale zarówno on, jak i sąsiedzi robili to po prostu inaczej niż jej siostra. Całkiem niepo-dobnie. Majka miała jedyny w swoim rodzaju repertuar stuknięć, tupnięć, brzdęknięć, który informował z daleka, że się zbliża, jest tuż-tuż, zaraz wparuje do mieszkania. Jej rytualne wołanie od progu „To ja!" było już czystą formalnością.

Tak więc do domu wrócił ojciec.

Mimo wszystko wydawało się to dziwne, bo tej soboty na Majkę wypadało i sprzątanie, i gotowanie, a na drugie miała – Sumienność. Julka nie umiała odgadnąć, czy jej siostrę wybiła z normalnego rytmu nowina o ciąży, czy raczej gwałtowność wczorajszej awantury. W ramach ekspiacji odbębniła za nią obiad, grochówkę z wkładką, którą ojciec uwielbiał, a wystarczała za dwa dania. Ale szczerze mówiąc, była na siostrę zła. Cholerna panna Obrażalska! Nadgorliwość jest gorsza od faszyzmu!

Na dodatek musiała za Majkę świecić oczami. Bo jak usprawiedliwić przed ojcem jej nieobecność na obiedzie? „Nic takiego, to przez moją ciążę, tatusiu, nie ma o czym gadać!". Padłby na zawał po takiej rewelacji. Więc Julka, rozstawiając z brzękiem talerze na kuchennym stole, skłamała, że Majka spotyka się dzisiaj z Januszem. Jakiś ich słodki sekret. Pewnie obwieszczą w końcu zaręczyny, i dopinają je na ostatni guzik. Ten temat ojca dobrze usposabiał. Był rad, że przynajmniej jedną z córek wyprowadzi na czyste wody małżeńskiej stabilizacji.

Zjedli, niewiele rozmawiając. Na wszelki wypadek.

Julka bała się, że bocznymi drzwiami powróci śliski temat nieobecności Majki, natomiast jeśli chodzi o małomówność ojca – wiadomo! – spędził przedpołudnie u Zielińskiego na szachach. O tym zawsze milczał jak grób.

Jakby kto nie wiedział.

Ich wspólne partie Julka i Majka uważały za zboczenie. Szachistów w mieście nie brakowało, na piętrze domu kultury działał klub szachowy, tymczasem akurat oni ze sobą… Ojciec z Zielińskim! Perwersja, która bliźniaczkom wydawała się absolutnie nierozpoznana przez naukę, mimo że swego czasu przewertowały pod tym kątem encyklopedię PWN. Z niezdrowej ciekawości dojrzewających dziewcząt, rzecz jasna, a nie dlatego, że podejrzewały o dewiacje rodzonego ojca.

Obie nie cierpiały Zielińskiego. Był znanym w mieście kardiologiem i ich sąsiadem w dawnym mieszkaniu przy Alejach. Rodzice z bliźniaczkami oraz doktor z żoną, bezdzietni, zajmowali sąsiednie lokale. Balkony obu rodzin łączyły się nad tarasem restauracji Kolorowa, odgrodzone tylko matową szybą.

Wtedy obaj panowie nie grywali jeszcze razem w szachy. Ograniczali się do ukłonu na schodach.

Zaczęli po śmierci mamy bliźniaczek, gdy przestali być sąsiadami. Bo w roku siedemdziesiątym Małeccy przeprowadzili się do bloku przy Kolejowej. Stojący naprzeciw Megawat, gdzie życie toczyło się na pełnym gazie dosłownie i w przenośni, nie był, niestety, tym co Kolorowa. Jego klienci nie wywoływali u sióstr wypieków na twarzach, podczas gdy goście Kolorowej potrafili śnić im się po nocach. Tam nie było tygodnia, żeby jakiś podekscytowany małolat nie darł się na całe podwórko:

– Szybko! Je obiad morderca z Kobry, będzie wychodził!

Albo:

– Przyszła ta, co się żeniła z Kobielą! Pierwszy ją zobaczyłem!

Kogo się tam nie widywało! Schabowego z kapustą potrafił obstalować chudy jak tyka Kobuszewski, prezenter telewizyjnego Wielokropka, bawiący widzów w parze z sięgającym mu do pasa Kociniakiem. Kręcił odcinek serialu *Barbara i Jan* na podkonińskiej odkrywce Pątnów, więc wpadł wrzucić coś na ruszt. Albo Kunicka z Kydryńskim posprzeczali się w sam raz pod podłogą Julki i Majki. Na ostro! Któreś z nich chlusnęło kawą czy rzuciło szklaną popielniczką. A może to była inna ogólnopolska sława. O, właśnie – Sława, skoro o niej mowa. Ona też niejeden raz wpadała na kolację. Młodziutka piosenkarka Sława Przybylska, ta od *Pamiętasz, była jesień* i *Siedzieliśmy jak w kinie na dachu przy kominie*. Gwiazda krajowa pierwszej wielkości. Co rusz puszczali w radio jej piosenki. A Julka i Majka widziały ją z własnego balkonu, jakby odwiedziła ich mieszkanie niczym dobra znajoma. Plotkowało się, że ona tu często bywa, bo ma w Koninie chłopaka, bodajże na ulicy Wojska Polskiego, za żelaznym mostem.

Prawda czy nie – ale fakt, że spotykano ją to w parku, to na szlaku spacerowym po wałach przeciwpowodziowych albo jak opalała się na łąkach nad Wartą, gdzie z plaży trzeba było przeganiać wypasane krowy.

A bywały takie osobistości, że głowa mała! Któregoś dnia gruchnęła wieść o pojawieniu się w Kolorowej samego Iwaszkiewicza. Największego polskiego pisarza! Pół miasta zaglądało przez ogromne frontowe szyby, chociaż mało kto wiedział, jak ten Iwaszkiewicz wygląda. Ale żeby pił wódkę w konińskiej restauracji ktoś, kto figuruje w szkolnym podręczniku jako założyciel przedwojennej grupy Skamander, a do tego kolega poety Tuwima, który napisał sławny wiersz o lokomotywie i dawno umarł? Bliźniaczki podejrzewały w tym mistyfikację, zwłaszcza że o Iwaszkiewiczu dorośli mówili półgębkiem to samo, co o Sławie Przybylskiej. Mianowicie, że ma w Koninie chłopaka! Czwartoklasistkom Julce i Majce nie mieściło się to podówczas w głowach. Owszem, w tym sensie sprzeczne z naturą szachowe partie ojca i Zielińskiego poszerzyły im z czasem horyzonty myślowe.

O siedemnastej, gdy pod okna wielkimi krokami podszedł jesienny zmierzch i Julka zapaliła kinkiet na ścianie, żeby czytać *Zbrodniarza i pannę*, Majki wciąż nie było. Odgłosy rozbrzmiewające za oknem i na schodach nie były jej odgłosami. Nasłuchującej mimowolnie Julce lektura szła jak po grudzie. Gubiła się, wracała do przeczytanych stron, zapominała, kto jest kim, gdzie morderca, gdzie ofiara. Niekiedy miała idiotyczne wrażenie, że nie czyta opowieści o cichej kasjerce z prowincjonalnego miasteczka, uwikłanej w okrutną zbrodnię, lecz o swoim nienarodzonym dziecku, o którym w książce nie było najdrobniejszej wzmianki! O żadnym dziecku nie było tam mowy. Tylko rozedrgana Julka wyczytywała to Bóg wie gdzie, między wierszami. Istna schizofrenia!

Włączyła telewizor w dużym pokoju, tylko co oglądała? Teleturniej XYZ, którego bohaterem był tej soboty znany malarz i rysownik. Ale kto taki? Majka by wiedziała. Możliwe, że Starowieyski, bo kompletnie przedpotopowy w gadaniu, niczym hrabia. Gdy powiedział, że człowiek jest epizodem w życiu przedmiotów, Julce nie wiedzieć czemu przypomniała się porzucona apaszka w złoty wzorek, leżąca na łóżku siostry. Będzie tak leżała, póki Majka nie odłoży jej na miejsce.

Nie miała pojęcia, skąd jej się wzięła ta myśl i co oznacza.

Paliła jak smok. O zmroku w jej zadymionym pokoiku przymglona modelka z kalendarza Świerzego zamieniła się w upiorne widmo z krwawą plamą na miejscu ust. Julka otworzyła lufcik, żeby wywietrzyć. Nie przyszło jej to wcześniej do głowy, jakby pogubiła się we własnych myślach. Na parapecie, pośród stłoczonych doniczek z różnokształtnymi kolczastymi bulwami, zakwitł kaktus, który kwitnie raz do roku, a tylko przez jedną noc. Wypuścił wielki biały kwiat. Zwykle wydziwiały nad nim z Majką uszczęśliwione, zachwycały się, obwąchiwały, raz nawet zrobiły mu zdjęcie na wieczną rzeczy pamiątkę. Dziś Julka nie zwróciła na niego uwagi, nie poczuła jego słodkawego aromatu, podobnego do woni karmelków.

Przytłumił go przykry zapach jesiennej wilgoci zza okna. Ciągnął od mizernych parkowych chaszczy, które ciągnęły się za murowanym barakiem, będącym świetlicą PKP, aż do budynku przedszkola na dalekim rogu Kolejowej. Zapadał zmrok. Po drugiej stronie betonowego płotu przez gałęzie zamigotały rozświetlone okna pociągu osobowego zwalniającego przed dworcem. Z dala stukały koła na łączeniach szyn.

Wieczorny ekspres z Warszawy.

Julka przezornie zaczęła telefonować dopiero wtedy, gdy została w domu sama. Ojciec miał nockę w elektrowni i po dwudziestej zmył się na autobus, zapakowawszy do aktówki kanapki z serem tylżyckim. Zamknęła za nim drzwi, pokręciła się bez celu po pustym mieszkaniu i usiadła przy telefonie, podwijając nogi pod siebie.

Była już niespokojna.

Po jej głowie hasały tabuny wyjaśnień, jedno mniej sensowne od drugiego. Na przykład, że Majka prysnęła z narzeczonym na Zachód. Można było przewidzieć, że siostra ze swoim charakterem nie da rady się tu kisić. Po to pewnie Janusz wyjechał na Wybrzeże – obstukać kanał przerzutowy. Majka też miała wczoraj swój sekret, gdy wyszły zapalić na tarasie domu kultury. Zdradziłaby go Julce, jasne, tyle że wcześniej zdążyły się pokłócić jak przekupki.

Zadzwoniła. Od matki Janusza dowiedziała się, że syn nie wrócił z Gdańska – i na razie ta wymyślona historia trzymała się kupy. Koniec końców Julka jednak puknęła się w głowę. Potajemna ucieczka Majki na Zachód, też coś!

Przecież ona zamierzała zbawić Polskę.

Chciała uczyć dzieci o Mickiewiczu i Słowackim i żeby zawsze mówiły prawdę, no, chyba że esbecja podsłuchuje… To wtedy nie!

Co ją tak przypiliło?

Została na noc u przypadkowo poznanego chłopaka? Ona, która z miłości do Janusza miewała takie odloty, że potrafiła zaparzyć kawę w kubeczku do mycia zębów?

Upiła się z rozpaczy, usłyszawszy siostrzaną rewelację, i zasnęła na ławce w drodze do domu? Nie Majka! Zresztą dawno by wytrzeźwiała.

Julka wykręciła kolejny numer na tarczy zielonego telefonu.

Do Gośki.

Gośka bawiła się w domu kultury z nieznajomym blondynem w pasiastych pomarańczowych spodniach. Mogli zauważyć, o której albo z kim wychodzi Majka.

Albo dokąd idzie. Cokolwiek. W tej sytuacji niech będzie przynajmniej tyle: cokolwiek.

Ale Gośka nie zdążyła odebrać, gdyż Julka w popłochu rzuciła słuchawkę na widełki. Zastygła skulona, syknęła jak wąż, wciągając powietrze przez zaciśnięte zęby. W dole jej brzucha odezwał się dojmujący, tępy ból. Okropny. Jakby coś ją w środku ścisnęło i nie zamierzało puścić.

Z jękiem wtuliła głowę w kolana, a potem powoli, sztywno oparta na rękach, zwlokła się z wersalki, żeby poszukać tabletek przeciwbólowych. Brała je przed okresem, lecz tym razem nie mogło chodzić o okres. Podparta o meblościankę zrobiła dwa ostrożne kroki – i pełną piersią złapała powietrze. Głęboko, bez wysiłku.

Ból przeszedł jak ręką odjął.

To z nerwów? – zastanowiła się. Powodów by wystarczyło!

Ale myślała tak tylko przez moment. Zaraz przyszedł jej do głowy prawdopodobniejszy powód zdarzenia. Dziecko. Coś nie tak z ciążą. Poroni? Jeszcze nic się nie stało, ale następny skurcz może zwiastować kłopoty. Tylko jakie? A jeśli rzeczywiście poroni? Przecież to się zdarza. Julka słyszała o dziewczynie, która dostała krwotoku, gdy wystrzelono jej nad uchem sylwestrową petardę. Ze strachu poroniła. Dużo nie trzeba. U Julki może być coś nie tak i po balu! Lekarz nie zauważył, w ogóle niespecjalnie się przejął, nie jego ciąża, nie jego sprawa, tymczasem ona nie będzie w stanie donosić dziecka. Czy to źle? Nie usunęła go, nie miała sumienia, bała się, ale jeśli ono umrze? W niej umrze, tylko że bez jej winy. Bóg dał, Bóg wziął – ludziom nic do tego.

Może sprawy ułożą się pomyślnie same z siebie.

Może Julka ma jeszcze przed sobą normalne życie. Jak inni.

Do jedenastej w nocy obdzwoniła znajomych, którzy dorobili się telefonów. Nie było ich wielu. Ktoś widział, jak jej siostra wychodziła z dyskoteki w towarzystwie Kamińskich. Ula i Mariusz mieszkali w galeriowcu. Majce byłoby z nimi po drodze, jeśli nie chciała wracać samotnie w środku nocy. Potem pozostawał jej prosty jak drut odcinek Kolejowej od postoju taxi do domu.

Tyle że Kamińskich do dwóch pokojów ze ślepą kuchnią przygarnęła po ślubie babcia. Staruszka miała jakieś patriotyczne przejścia za Hitlera czy za Stalina, skutkiem czego do dzisiaj dostawała palpitacji serca, słysząc nocne pukanie do drzwi. Starano się jej więc nie straszyć o późnej porze. A podłączenia telefonu miała się doczekać w przyszłej dekadzie, jak dobrze pójdzie. To był ogólnie przyjęty urzędowy termin spraw do załatwienia – przyszła dekada.

Julce pozostało wsłuchiwanie się w odgłosy pod blokiem i nerwowe wyczekiwanie. Okolica była cicha, pustawa, zwłaszcza nocą, czasem zagwizdał przejeżdżający pociąg. Zasypiała na siedząco. Za to gdy się kładła, sen uciekał.

W czasie wieczornej kąpieli znów poczuła ból w brzuchu, a potem długo stała w łazience przed półką z kosmetykami. Wpatrywała się w perfumy Roxanne. Francuskie, z pewexu. Majka dostała je od Janusza na imieniny. Chłopak musiał się zapożyczyć w dolarach, bo chyba nie kupił francuskich perfum ze swojej pensji kopalnianego stażysty.

Julka uchyliła szklany koreczek, pociągnęła nosem, ale znajomy landrynkowy zapach nie złagodził jej tęsknoty za siostrą. Przeciwnie, mocniej do niej dotarło, że Majki nie ma i nie wiadomo, gdzie się podziewa.

Zasnęła po trzeciej, a obudziła się, zanim ojciec wrócił z pracy.

Czuła się obolała i zmęczona, jakby przez całą noc ganiała bez wytchnienia. Znów śnił jej się ten wielki pies i przebój *Rzeki Babilonu*, od którego tętniła obskurna świetlica PKP w zaroślach naprzeciw bloku. Tym razem piosenkę śpiewał zespół Boney M. Prawdziwy. Cała czwórka w brokatach i dżetach, mieniących się jak kałuże benzyny. Julka wprawdzie ich nie widziała, jako że z wielkich drzwi w szczycie baraku biła oślepiająca tęczowa poświata, ale we śnie ktoś ją o tym poinformował.

– Boney M. – szepnął tajemniczo.

Zdaje się, że to właściciel wielkiego psa. Bo psisko miało swojego pana, jak się okazało, aczkolwiek była to podejrzana persona. Mężczyzna o czarnej twarzy i dyszącym oddechu, z nabijaną ćwiekami smyczą w dłoni. Można się go było przestraszyć.

Po przebudzeniu Julka uchyliła zasłonę i zerknęła na zewnątrz, jakby ów ktoś rzeczywiście mógł się tam kręcić.

Ale nad miastem wisiała gęsta mgła. Zniknął w niej Megawat i świetlica PKP, i smętne zarośla parku, od których wczoraj ciągnął zgniły zapach jesieni. A Majki nadal nie było, jakby ona też przepadła w tej lepkiej mgle.

Dwójka dzieci, których Kamińscy zdążyli się dorobić przez dwa lata znajomości, w tym rok małżeństwa, nie pozwalała im na wylegiwanie się w łóżkach nawet w niedzielę. Co nie zmieniało faktu, że dom był jeszcze w proszku, gdy Julka zapukała. Drzwi otworzyła jej babcia z talerzem owsianki w dłoniach. Balansowała nim w reumatycznie powyginanych palcach jak ruski akrobata. Zapach gotowanego mleka, którego Julka nie cierpiała, unosił się aż na galerii przed drzwiami.

Z ciemnego korytarzyka wyjrzał Mariusz. Miał na sobie dynamówki z czarnej podszewki, spod których wystawały chude, owłosione nogi. Przez ramię przerzucił młodszą latorośl w niebiesko-różowych śpioszkach. Potrząsał barkiem, żeby małemu odbiło się po jedzeniu.

– Fajnie, że wpadłaś! – zakomunikował ni w pięć, ni w dziewięć na widok Julki.

Mina Uli, która w piżamie w grochy i ze sterczącym zakrętasem na głowie zamiast fryzury wyjrzała spłoszona zza jego pleców, miała w sobie więcej szczerości. „Co za licho cię przyniosło o tej porze?!" – mówiła. Żona Mariusza zawijała starszego potomka w tetrową pieluszkę, a poranna wizyta gościa oderwała ją od tego zajęcia. Goły Maciuś gaworzył sennie z sufitem.

– Ja na sekundę, nie przeszkadzajcie sobie! – zastrzegła się Julka.

Nie udało się uniknąć katastrofy spowodowanej zakłóceniem niedzielnego rytmu. Maciuś, leżący pępkiem do góry na tapczanie, szybko wykorzystał fakt, że zostawiono go samemu sobie. Zadowolony z życia sikał po parabolicznej trajektorii na środek dywanu *Made in Czechoslovakia*, który na razie stanowił cały życiowy dorobek młodych.

Nozdrza Julki, oprócz zapachu gotowanego mleka, zaatakowała kwaśna woń uszykowanych do prania pieluch. Tak wygląda dziecko, pomyślała zniechęcona. Tak właśnie wygląda dziecko, kiedy się je ma!

Zamieszanie wokół niej wykazywało tendencje wzrostowe – jak wskaźniki gospodarcze w cowieczornym dzienniku telewizyjnym. Ula klęczała na dywanie ze ścierką, strofując Maciusia; Mariusz zastanawiał się głośno, czy wynieść śmieci z kubła, czy wystarczy je upchnąć; babcia dopytywała się z kuchni, trzaskając drzwiczkami szafek, kto kupił mąkę, bo nie ma ani szczypty na niedzielny makaron. Tego, że mąki nie ma, nie uznawała za potwierdzenie faktu, że nikt jej nie kupił. Dyskusja o świeżości odżywki mieszała się z poszukiwaniem babcinej kartki na cukier, a niezależnie Ula i Mariusz chodzili na przemian do łazienki po coś, o czym zapominali, i wracali bez tego czegoś, toteż szli po to jeszcze raz.

Julka przycupnęła na jedynym krześle, na którym nic się nie suszyło i nie wietrzyło. Z ostrożności nie zdejmowała długiego, jasnego płaszcza z patkami. Tu mogło się z nim zdarzyć wszystko. Rozpięła go tylko, polując na moment, gdy okoliczności dopuszczą ją do głosu. Babcia dopięła brązową jesionkę, zawiązała chustkę na głowie, wetknęła do torebki różaniec i wyszła do kościoła. I naraz – jakby to ona była ukrytą sprężyną zamieszania – zrobiło się spokojniej. Mariusz, w swetrze i sztruksach, choć nadal nieogolony, usiadł naprzeciw Julki.

– Zapalisz? – Poczęstował ją sportem z wymiętej paczki.

– U was można przy dzieciach?

56

– Co szkodzi? Smrodu w życiu nie unikną – odrzekł filozoficznie. – Znaczy się, wyjdziemy na galerię…

Maciuś, ubrany w majtki z ceraty, stał w kojcu i przekrzywiał ciekawie głowę, żeby z różnych stron obejrzeć sobie porannego gościa. Po akrobatycznym zerknięciu spod własnej pachy wyciągnął do Julki rozczapierzone palce i wyszczerzył mleczaki. Pomachała mu dłonią w odpowiedzi, a zaskoczony malec głośno puścił bąka, wystraszył się tego i ryknął płaczem na całe gardło.

Julka ugniotła w palcach twardego jak kamień sporta, wyciągnęła paznokciami drewienko ze środka.

– Wyjdźmy na tę galerię – przypomniała.

– Dzieciaki są fajne – zapewnił ją bez przekonania Mariusz, otwierając drzwi wyjściowe. – Tylko, wiesz, ciągle coś…

Pomyślała z grobowym spokojem, że to prawda. Dzieciaki są ekstra. Może z wyjątkiem tych trefnych, które nie mają ojca. Ale w takim przypadku znajomi taktownie podziwiają wózeczek. Zwłaszcza enerdowską spacerówką można się naprawdę pochwalić!

– Majka przedwczoraj wracała z wami? – ni to spytała, ni stwierdziła.

– Uhm… – Mariusz przeczesał palcami długie włosy, zwichrzone przez przeciąg na galerii. – Mówiła ci?

– O czym?

– Że wracała z nami.

Poranna mgła już się rozwiała. Z miejsca, gdzie stali, widzieli wieżę ciśnień podobną do skarlałej pałacowej baszty i plac manewrowy dla autobusów, po którym kręcili się nieliczni, jakby rozleniwieni ludzie. Jeszcze rozespani, zagapieni pod nogi, podobni w ruchach do automatów. Czekali na pekaesy, kupowali papierosy w kiosku, snuli się przy kasach biletowych za szybami niskiego, przeszklonego budynku nowego dworca kolejowego. A wszystko to robili – zdawało się – bez przekonania. Wielkopański wojewódzki Konin budził się do niedzielnego życia tak samo opornie, jak jeszcze trzy lata temu budził się zapyziały Konin powiatowy.

– Mówiła, że dokądś się wybiera?

Mariusz przeciągnął się szeroko i ziewnął.

– Majka? Do domu, a dokąd?

– O której wracaliście?

– Po pierwszej. Obiecaliśmy babci, że będziemy przed północą, ale zasiedzieliśmy się jak zwykle. Kurczę, jak masz dzieci, to już się nie wyrwiesz na dłuższą balangę, nie ma bata!

Zbił go z tropu podejrzliwy wzrok Julki.

– To ja wracałam po pierwszej! – wpadła mu w słowo.

– No, wiem. – Skinął głową.

– Skąd?

– Wyszliśmy za tobą, tylko ty skręciłaś przez skwer, a myśmy poszli prosto. Do Kolejowej… – Wskazał trzymanym w palcach papierosem pobliski narożnik Dworcowej i Kolejowej. – Jak się żegnaliśmy z Majką, dochodziłaś do waszego bloku.

– Kto tak powiedział?

– Majka widziała cię z daleka. Albo Ula, nie pamiętam.

– Mnie? Ciekawe, jak mnie rozpoznała z tej odległości!

Mariusz rozgniótł niedopałek o podeszwę buta i pstryknął go w dal.

– Julka, o co ci mniej więcej chodzi, może byś powiedziała! – zniecierpliwił się. – Dopytujesz się jak potłuczona!

Dotarło do niej, że on musi być zdezorientowany tą chaotyczną rozmową. Trzeba spokojnie. Nikt nie powiedział, że stało się coś złego. Co mogło się stać Majce o dwa kroki od domu? Prawie we własnym łóżku?

Podała na odczepnego pierwszy lepszy powód swojej wizyty i pożegnała się. Cierpliwości. Wszystkie zagadki w końcu się wyjaśniają, potem człowiek nie może wyjść ze zdumienia, że strach miał takie wielkie oczy.

A jednak wracając od Kamińskich, poczuła dreszcz wzdłuż kręgosłupa. Zimny pot spłynął jej spod zapięcia stanika, gdy szła Kolejową tak samo, jak nocą z piątku na sobotę szła tamtędy Majka. Od placu nie było krótszej drogi do domu. Przecież siostra nie rozwiała się jak dym na wąskiej ulicy. Prosto jak strzelił. Dokąd ją poniosło?

Za betonowym płotem przenikliwie zagwizdała lokomotywa i Julka aż podskoczyła. Ten dźwięk źle jej się skojarzył. Okręciła się na pięcie raz i drugi, jakby opędzała się od fatalnych myśli. Popatrzyła przed siebie, za siebie. Kolejowa jak zwykle była prawie pusta, w jednym końcu ktoś czekał na taksówkę, w drugim – tam, gdzie zakręcała łagodnym łukiem – ktoś inny zbliżał się do przejścia przez tory.

Chyba że pokłócili się z kandydatem na małżonka, dlatego Majka była przedwczoraj taka nadpobudliwa. Kłótliwa jak Julka. Po pożegnaniu z Kamińskimi skręciła na peron, wsiadła do pociągu, który zatrzymał się na opustoszałej nocą stacji, i odjechała w siną dal. Uciekła przed Januszem. Albo popędziła go szukać…

Może bliskość tej cholernej kolei jak zawsze przyniosła pecha.

Ale nie! To nie dla Majki, z jej zdrowym rozsądkiem, takie hocki-klocki. Już prędzej można by się tego spodziewać po narwanej Julce.

Ledwo się powstrzymała, żeby nie przebiec na drugą stronę ulicy, do ogrodzenia oddzielającego park od peronów. Szare segmenty betonu, pocięte szeregiem szczelin, przezierały przez pasmo zarośli. Kusiły. Jakby za nimi Julka mogła wypatrzyć na torowisku ślady siostrzanych butów. Czerwonych zamszowych czółenek z czarną klamrą. Pobiegnie ich świeżym tropem z nosem przy ziemi.

Nigdy w życiu nie dopadły jej równie idiotyczne myśli, toteż odwróciła się do nich plecami. Aż tak narwana nie była!

A za moment, przechodząc pod uchylonym oknem swojego mieszkania na pierwszym piętrze, usłyszała śmiech ojca. Z kimś rozmawiał.

Zguba się znalazła?

Wbiegła po schodach jak burza, omal nie wyrwała drzwi z zawiasów. Cała klatka schodowa usłyszała, że Julka Małecka wróciła do domu.

– Jesteście, dziewczęta! – Przywitał ją z pokoju głos niewidocznego ojca. – Czekamy i czekamy!

Na wieszaku wisiała znajoma ortalionowa kurtka.

Janusz.

I nagle Julka pojęła, co to wszystko znaczy. Jej czaszkę wypełnił ból, jakby w głowie rozbłysła oślepiająca żarówka. Janusz wrócił z Wybrzeża i przyszedł tu, bo był umówiony z jej siostrą. W tej sytuacji Majka przyleciałaby jak na skrzydłach z końca świata. Tymczasem jej nie ma. Już drugi dzień.

Ta nieobecność za długo trwa, żeby dalej łudzić się nadzieją, że nic nie znaczy.

Toteż stojąc w drzwiach pokoju, nie przywitała się z Januszem ani z ojcem, o nic nie spytała, niczego nie chciała się od nich dowiedzieć, w niczym upewnić, tylko łamiącym się głosem wyrzuciła z siebie paskudne podejrzenie, które od jakiegoś czasu łomotało w jej sercu i dusiło w gardle:

– Coś się stało Majce!

Rozdział IV

KILKU PRZEDWOJENNYCH FACHOWCÓW

Nie spieszono się z pochówkiem Romka. Liczono, że w kostnicy zjawi się ktoś, kto rozpozna zwłoki. Miasto nieduże, szpital jeden, areszt też, jedna izba wytrzeźwień do sprawdzenia, gdy zawieruszy się kto trunkowy. Wszędzie łatwo trafić. Matka, ojczym, ciotka, kuzyn – ktoś powinien zajrzeć i do kostnicy, szukając zguby. Zgodnie z przepisami w pierwszym rzędzie na rodzinie spoczywają koszty pogrzebu, nie na społeczeństwie, ciężko doświadczonym przez faszystów. Ludowemu państwu się nie przelewa. O odszkodowaniu też nie ma mowy, gdyby kto pytał! W kartotece milicyjnej zapobiegliwie odnotowano wypadek na budowie zawiniony przez ofiarę. Osoba o nieustalonych personaliach bezprawnie wtargnęła na prawidłowo zabezpieczony teren. Dane i rysopis: „chłopiec płci męskiej" lat około dwunastu, włosy kasztanowe, oczy piwne, znaków szczególnych brak.

Można tylko dodać, że oblepiony wapiennym pyłem Romek przypominał gipsowy posążek z odpustu w Licheniu, a nie człowieka. Biały, sztywny, poznaczony rudymi plamami podobnymi do zacieków rdzy. Przykryto go spranym prześcieradłem i zostawiono samego w ciemnym pomieszczeniu bez okien.

Po malutkiej klitce obok, wyłożonej białymi kafelkami i wyposażonej w metalowy stół, krzątał się tanatopraktor Zalazło, zwany popularnie Panem Kostuchem. Szpatułką od lodów Bambino mieszał w słoiku po dżemie upiększającą maść, szykując w ostatnią drogę starego Koseckiego, emerytowanego magazyniera z PZGS-u. Piękne, oksydowane narzędzia Zalazły do przedpogrzebowej kosmetyki – jeszcze z dwugłowymi carskimi orłami, odziedziczone po pierwszym majstrze – przepadły w zawierusze dziejów. W nowym ustroju musiał radzić sobie jak wszyscy, za pomocą wiecznej prowizorki. Patyczek od lodów Bambino, szklany słoik po śliwkowym dżemie firmy Społem…

Pan Kostuch poznał tajniki swej profesji jeszcze za sanacji i funkcjonował jako tak zwany przedwojenny fachowiec. To znaczyło, że nie odstawiał popularnych dzisiaj fuszerek. Żadnego rozcinania marynarki na plecach, bo wtedy wejdzie na zesztywniałe ciało jak po maśle, a w trumnie i tak nie widać. Żadnych zwarzonych kremów, które przed upływem doby granulują się na martwej skórze, ale nieboszczyk wybiera się przecież do ziemi, a nie na randkę. Żadnego wypychania zapadniętej klatki piersiowej bezbożną „Trybuną Ludu", bo „jemu już wszystko jedno". Żadnych takich! Ma być na tip-top! Skoro rodzina życzy sobie oszczędnościowych butów z tektury, należy ją uświadomić, że minęły czasy ciemnych pańszczyźnianych chłopów chowanych w „trupięgach". Skoro zwlekają z pochówkiem, bo trzeba zaczekać na stryja Bolesława z Sosnowca, należy ich uczciwie przestrzec, że jeśli ukochany zmarły przeleży się przez niedzielę, zabierze ze sobą *poputczika*. Tu nie ma żartów. W trakcie zawodowej praktyki Pan Kostuch widział takie rzeczy, że zatwardziały komunista by się przeżegnał, gdyby mu o nich opowiedzieć.

Skończył malować rumieńce na policzkach zmarłego. Robił to zwykłym szkolnym pędzelkiem ze szczeciny. W papierniczym na placu Wolności już od pół wieku nie spotkałeś carskich pędzelków z bobrowego włosia. Świat upadał na potęgę!

Pan Kostuch powiercił palcem w uchu i zastygł. Wydało mu się, że słyszy szczeknięcie. Ale skąd tutaj pies? Zamknięte żelazne drzwi na górze schodów, na zewnątrz stróż. Niemożebne! Opłukał ręce nad metalowym zlewem przyśrubowanym do ściany, zapalił papierosa i odstąpił o krok od stołu. Fachowym okiem ocenił swoje dzieło. Rodzina nie powinna narzekać. Dzięki przedwojennemu kunsztowi funeralnemu stary Kosecki wyglądał zdrowiej niż za życia.

Pan Kostuch przeczesywał jego przerzedzone włosy ołowianym grzebieniem, żeby nadać elegantszą, szpakowatą barwę ich świńskiej siwiźnie, gdy szczeknięcie rozległo się po raz drugi. Dobiegło z pomieszczenia obok, gdzie leżał martwy chłopiec. Nie było mowy o słuchowym omamie.

Mimo długoletniego obcowania z trupami Panu Kostuchowi zrobiło się nieswojo. Co, u licha? Widywało się umarlaków dotkniętych priapizmem, którego jurność naruszała powagę śmierci; widywało się dziewice, których rozkład gnilny ani tknął i pachniały liliami jeszcze spod zabitego wieka trumny; widywało się rosnące po zgonie paznokcie; słyszało się westchnienia i pierdnięcia zmarłych, które w istocie były dziełem uwalniających się w martwym ciele gazów, albo też nieboszczykowi ni stąd, ni zowąd poszła krew z nosa jak za życia. Ale szczekanie? Pan Kostuch zbyt długo pracował w swoim fachu, żeby wierzyć w bajki o wilkołakach lub wampirach. Nieboszczyk to najprzyzwoitsza istota pod słońcem. Nie wykazuje wrogich zapędów, jeśli się do niego właściwie odnosić.

Odsunął zasłonkę z folii przedzielającą pomieszczenia i dokręcił żarówkę w blaszanej oprawce, która dyndała na długim kablu. Oszczędnościowa dwudziestka – ale zrobiło się wystarczająco widno, żeby ujrzeć mały kształt okryty pogniecionym prześcieradłem. Leżał, jak leżał, nic się nie zmieniło. Pan Kostuch odsłonił tułów chłopca, białobury jak okrywające go płótno.

Zmartwychwstania też się widywało. A to babinka z podwiązaną szczęką usiadła pod śmiertelnym całunem, a to dzieciątko, świeżo zaliczone do grona aniołków, rozpłakało się w głos, gdy je składano w ukwieconej trumience. Jako najbardziej spektakularne Pan Kostuch zapamiętał zmartwychwstanie woziwody Barana w tysiąc dziewięćset trzydziestym siódmym roku. W obecności rodziny, zgromadzonej na opłakiwanie, rzekomy nieboszczyk machnął w trumnie ręką i zgonił muchę, która usiadła mu na nosie. Ale ksiądz nie miał pretensji, że fatygował się na próżno, i stypa złożona z czystej oraz salcesonu też nie poszła na marne, jako że na ten widok padła trupem szwagierka Barana. Ona już nie zmartwychwstała.

Pan Kostuch pochylił się nad ciałem, zerknął w świstek przywiązany na paluchu stopy. Data, godzina, przyczyna... Stuprocentowy trup. Akt zgonu wystawił lekarz Barnaba z pogotowia, okularnik z rocznym stażem. Pan Kostuch znał go, ale nie cenił. Młody, jak to młody, wyuczyli go z książek setnych mądrości, a zanim pojmie, co one znaczą, zdąży wyłysieć i zgarbić się w kabłąk. Odwieczne boże prawa to odwieczne boże prawa, za Gomułki tak samo jak za Mościckiego. One mówią, że dzieciaki są jak koty, nie umierają tak łatwo.

Ciało było zimne, sztywne, plamy opadowe jeszcze się nie pojawiły. Ile to minęło czasu? Pan Kostuch przyłożył ucho do ust małego trupka, do jego zapadniętej piersi, gdzie przez skórę wypuczyło się złamane żebro. Wcisnął skroń w wapienną skorupę uwalaną skrzepami krwi. A dziwny dźwięk rozległ się ponownie.

Stary tanatopraktor odwrócił głowę w samą porę, żeby dostrzec wątły obłoczek nad ustami Romka. Kurz z budowy. Uniósł się, podobny do mgiełki zimowego oddechu, i zapadł z powrotem jak zassany. Jakby na granicy ciała zatrzepotała się widzialna dusza. To, co wcześniej wydało się Panu Kostuchowi psim szczeknięciem, okazało się ledwo słyszalnym odkrztuszaniem. A może rzężeniem. Niewiadoma, zwiewna jak wapienny pył resztka życia szamotała się w martwym na pozór Romku.

Nawet za młodu Zalazło nie pokonałby w takim tempie stromych betonowych schodów do stróżówki z telefonem. Dyżur w pogotowiu wciąż miał Barnaba, ale tym razem karetka była za pięć minut.

Doktor czuł się widać niewyraźnie, bo już od progu wygarnął:

– Macie religijne zwidy, Zalazło? Wam się nowy materialistyczny światopogląd pieprzy z Nowym Testamentem! Gdzie ten wasz zmartwychwstaniec?

Pan Kostuch pokazał palcem.

Barnaba poprawił okulary na nosie i na początek zerknął w akt zgonu, który sam wystawił. Podniósł go do oczu, wzruszył z irytacją ramionami. Jak dotąd się zgadzało. Czarno na białym napisano, że zmarły nie żyje – i przybito służbową pieczątkę. Dokładniej już nie można. W następnej kolejności doktor pochylił się nad ciałem, zapatrzył się w nie posępnym wzrokiem, od niechcenia przyłożył dwa palce do przegubu, jakby badał puls.

– I co wam się tu nie zgadza? – Zerknął surowo na Pana Kostucha.

– Że on żyje.

– Żyje? Chyba jak sobie namalujecie! Myślicie, że nie mam nic lepszego do roboty, tylko po dwa razy dupę wozić do jednego truposza? Piliście w pracy, Zalazło!

– Jeśli o to się rozchodzi, to już raczej od pana doktora piwkiem *waniajet*! – uniósł się przedwojennym honorem Pan Kostuch.

– Nie pozwalajcie sobie! Jak wam się z pensji potrąci za benzynę do…

67

W tym momencie Romek zarzęził po raz trzeci, jakby postanowił ukrócić jałową dyskusję. Doktor zamilkł z otwartymi ustami. Zdjął okulary, założył je na powrót, popatrzył jak na upiora na białego od pyłu chłopca leżącego z zamkniętymi oczami, a potem wycelował palec wskazujący w Pana Kostucha, który rozłożył ręce, jakby chciał powiedzieć: „A nie mówiłem!", znów zdjął okulary drżącą dłonią – po czym odzyskał głos:

– Nosze! Biegiem! – ryknął w kierunku schodów na górę. – Długo mam czekać, psiakrew?

Pielęgniarze o mało sobie nóg nie połamali, ale trzeba uwzględnić, że po raz pierwszy targali ciało z kostnicy do szpitala, a nie na odwrót. Romek trafił na oddział dziewięć godzin po wypadku. Wciągnięto go do szpitalnej kartoteki tylko dla porządku. Lekarz z izby przyjęć nie miał wątpliwości, że delikwent nie zagrzeje miejsca w pościeli z niebieskim szlaczkiem. Wróci, skąd przybył, gdyż kapryśna śmierć dała mu po prostu krótkoterminowy urlop. Dzieciak był w śpiączce, połamany, wykrwawiony, operację zrobiono w gruncie rzeczy *pro forma*. Udała się, ale nie pomogła.

Dzień później odnalazła Romka zapłakana matka. Przesiedziała przy nim dwie noce na szpitalnym taborecie, a trzeciej nocy chłopak otworzył oczy. Popatrzył na nią przytomnie i jęknął z bólu.

Odtąd jęczenie stało się jego podstawowym zajęciem. Cierpiał niewymownie, a co gorsza, zdaniem lekarzy cierpiał nadaremnie. Już po czterech dobach od operacji poinformowano matkę, że nie będzie chodził. Poskładano go, jak się dało, bóle z czasem zelżeją, niemniej Romek nie odzyska władzy w nogach. Uraz kręgosłupa jest nieodwracalny. Nie doszło do przerwania rdzenia, ale uciskają go uszkodzone kręgi. Kolejna operacja byłaby zabójstwem, czy to w Koninie, czy w Poznaniu. Nawet wśród specjalistów ze Związku Radzieckiego nie znajdzie się cudotwórców, którzy coś by poradzili w tej sytuacji. Najlepiej będzie polubić paraliż, skoro przyjdzie z nim żyć.

Wkrótce w szpitalu zjawił się ojciec Romka z dwoma kolegami od kieliszka i z drewnianą platformą na metalowych kółkach. Taką, jaką się wozi cegły na budowie. Narobili hałasu na cały oddział, ale byli trzeźwi niczym nowo narodzone oseski. Romek po raz pierwszy w życiu widział ojca trzeźwego aż do tego stopnia. Rzecz jasna, nie obyło się bez awantury, ale Zdun senior zrobił ją dla odmiany lekarzom, nie synowi. O to, że nie pozwalają mu zabrać Romka ze szpitala.

– Po jaką najjaśniejszą cholerę ma tu pokutować?! – darł się na całe gardło. – Żeby mu byle łajza w białym kitlu powtarzała jak katarynka, że nic z niego nie będzie?! Niech gnije w domu, jak tak! Lustro mu się ustawi przed łóżkiem i sam będzie widział, jaki z niego kaleka, co się do niczego nie nada! Nie potrzebuje do tego doktorskiego gdakania! Wyleczyć nie wyleczą, takiego wała jak Polska cała, a wypuścić z łap nie chcą, jakby pies za nogawkę ucapił! W domu matka da przynajmniej chłopakowi jeść, jak się należy, porządnej zupy nagotuje, a nie tych bździn na kartoflach i marchewce, którymi tutaj skarmiają chorych jak trzodę chlewną!

Dla świętego spokoju kazano mu podpisać, że zabiera syna na własne żądanie i odtąd szpital nie odpowiada za stan zdrowia pacjenta.

– Jakbyście to przedtem odpowiadali! – warknął na odchodnym.

Trzej mężczyźni załadowali Romka na wymoszczoną papierowymi workami platformę i pociągnęli przez miasto. Z gipsem na obu nogach musiał leżeć na wznak, toteż na jego twarz padał drobny jesienny deszcz. Bardzo mu się to podobało. Już długo nie był na dworze, i zdążył się stęsknić. Zawsze uwielbiał biegać w kaloszach przez głębokie kałuże, chlapać się w nich, puszczać łódeczki z papieru. Miał ochotę od razu wstać z twardej, hałaśliwej platformy i pobiec w ten ciepły deszcz. Może przestałyby go boleć wszystkie kości, jako że siły natury są dla człowieka przyjazne. W każdym razie tak kazała zapisać w zeszytach pani w szkole.

Ale na razie Romek nie mógł się ruszyć także na łonie natury, choć, Bogiem a prawdą, nie rozumiał dlaczego. Liczył, że w przyszłym tygodniu stanie na nogi. Wprawdzie słyszał prognozy lekarzy, ale nie potrafił w nie uwierzyć. Jakby mówili o kimś obcym, nie o nim. Dotychczas w jego chłopięcym słowniku nie było słowa „nigdy". Nie wydawało mu się ono realne.

Nad jego głową przesuwały się szczyty zabudowań, wierzchołki drzew, z boku mignęła zegarowa wieża ratusza, aż zorientował się ze zdziwieniem, że nie jedzie w stronę domu. Skończył się hałaśliwy turkot bruku, sprzed oczu leżącego na płask chłopca zniknęły piętrowe budynki. Zostały tylko śmigające w górze ptaki i mokre korony drzew.

Trzej mężczyźni wywieźli go za miasto. Ryczały tu krowy, skrzypiały studzienne korby, poszczekiwały wiejskie burki.

Minęli olchowy lasek, potem szli kawał grząską dróżką, na której żelazne koła platformy grzęzły po oski. Romek zobaczył nad sobą jedną i drugą strzechę wiejskiej chałupy, usłyszał szum wody. Przestraszył się, że zmierzają nad Wartę. Koniec z nim. Ojciec uwierzył lekarzom, że z syna nie będzie już żadnego pożytku, więc utopi go w rzece, jak topi się zbędne kocięta. Po to zabrali worki, na których leży. Zawiążą go na supeł i do wody!

Ale uświadomił sobie, że wcześniej też słyszał chlupot fal. Chyba przejeżdżali przez mostek. Gdyby ci trzej chcieli go utopić, już raz mieli okazję. Więc dokąd go wloką?

Polna droga była wyboista i wszystko niemiłosiernie go bolało. Na dodatek bał się, co będzie. Chciało mu się płakać. To była najdłuższa jazda w jego życiu, dłuższa od nieszczęsnej przeprowadzki do nowego Konina.

Ojciec z kolegami przywieźli go na czyjeś podwórko – i razem z platformą wnieśli bezwładnego do chałupy. Chyba do kuchni, bo nie skręcali w środku, tyle co w sieni. Romkowi mignął szczyt kaflowego pieca, zwęszył wędzoną słoninę, którą gospodarz skrawał na pajdę chleba. Usłyszał słowo „matusz", ale co ono znaczyło? Nazwisko czy fach, jak kowal albo zdun, tak jak Romek się sam nazywa. Po co go tu wniesiono? Co ten „matusz" robi takim połamańcom? Dobija ich czy jak?

A może leczy?

Na szczęście wyglądało na to drugie, bo Matusz, wysoki, chudy mężczyzna we flanelowej koszuli, wytarł ręce od słoniny i wprawnie obmacał Romka, kiwając domyślnie głową albo dumając nad czymś.

– Boli? – zapytał.

Dobry znak, jak boli. Szkoda, że chłopak od razu do niego nie trafił. Najgorzej poprawiać cudze błędy. Ale organizm młody, silny, jeszcze nic straconego.

Jego palce niestrudzenie wędrowały wzdłuż kręgosłupa Romka. Raz miękkie opuszki, raz twardo zaciśnięte kłykcie. Aż Romek poczuł nagle straszliwy ból, ryknął wniebogłosy, zatchnął się i stracił przytomność.

Gdy ją odzyskał, wioząca go platforma turkotała po ulicy Energetyka. Widział przed sobą plecy trzech mężczyzn, którzy rozmawiali o meczu bokserskim. Uznał, że ozdrowiał, skoro wracają z nim do domu w towarzyskim nastroju. Przemagając boleści, spróbował dźwignąć się do siadu. Okazało się jednak, że nadal jest bezwładny. Nie potrafi ruszyć ręką ani nogą, a boli gorzej niż przedtem.

Po raz pierwszy dotarło do niego to, co mówili lekarze. Że już nigdy nie będzie chodził o własnych siłach. Jakby w błyskawicznym tempie dojrzał, postarzał się o całe lata na krótkim odcinku ulicy Energetyka i naresczie pojął, co znaczy dla niego ta bezlitosna diagnoza.

Lecz gdy znalazł się we własnym łóżku, przy oknie z widokiem na dalekie tory, ojciec odgarnął na bok pierzynę i usiadł ciężko obok niego.

– Będziesz chodził! – zapewnił.

– Skąd tatuś wie?

– Bo Matusz powiedział.

– A on skąd wie?

Ojciec podrapał się po zapadniętej piersi w rozpięciu koszuli.

– Nie bój się, wie. Z niego jest przedwojenny fachura, nie to, co te dzisiejsze popaprańce! Fachu uczyli go w carskim wojsku! Ludzie z całej Polski zjeżdżają pod Konin, bo drugiego takiego nie ma! Boży człowiek! Będziesz chodził, zobaczysz!

Tak wyglądała jedyna w życiu dydaktyczna rozmowa ojca z Romkiem. Wcześniej nie mieli do niej powodu, a później okazji, ponieważ Zdun senior wytrzymał w alkoholowej abstynencji przez tydzień. Po następnych paru latach zapił się na śmierć. Być może nie bez znaczenia był w tym wszystkim fakt, że mijały miesiące, a jego syn leżał jak kłoda.

Życie Romka zamieniło się w koszmar. Bóle rzeczywiście ustąpiły, gips zdjęto, poruszał palcami stóp, niekiedy gorąco pulsowała mu krew w kolanach i udach – ale na tym postępy rekonwalescencji się skończyły. Ze dwa razy zajrzeli do niego dawni koledzy klasowi z nauczycielką, odsiedzieli przepisową godzinę lekcyjną skrępowani, małomówni, obgryzając paznokcie. Poza tym nikt go nie odwiedzał. Leżał w mieszkaniu przez całe dnie i się nudził. Dotychczas nie zdawał sobie sprawy, że nuda potrafi być tak dolegliwa fizycznie. Zabójcza. Przeczytał dobrą setkę książek z biblioteki, przynoszonych mu w siatce przez mamę. Niektóre z nich były całkiem, całkiem, choć z początku się tego nie spodziewał. *Wyspa skarbów*, *Łowcy wilków*, *Winnetou*, *Sobowtór profesora Rawy*, *Niewiarygodne przygody Marka Piegusa*… Wkrótce łykał opasłe tomy szybciej niż najlepsi w czytaniu uczniowie z jego dawnej szkoły.

Na wiosnę, za pożyczkę wychodzoną w Kuratorium Oświaty, mama kupiła mu tranzystorowe radio Koliber i odtąd zyskał towarzysza niedoli. Nastawiał piosenki albo po prostu kręcił skalą, szukając ciekawszego świata. No i gapił się przez okno na przechodniów, podróżnych, na tory kolejowe za porosłym chaszczami parkiem, biegnące w nieznane mu dalekie strony. W cieplejsze dni słyszał głosy chłopców na podwórku przed blokiem. Niekiedy śmiał się w samotności razem z nimi, jakby – niewidoczny i usunięty na bok – mimo wszystko uczestniczył w ich zabawach. Nasłuchiwał tylko z obawą, czy nie usłyszy Szmai i jego chuliganów. Ale oni przestali się tu pokazywać. Wypadek na budowie skutecznie napędził im stracha.

Tak to Romek uczył się dzielnie znosić swój nowy los. Drugie życie. Dało się z tym wytrzymać, byle się nie myślało, co będzie jutro. Bo nic nie będzie. Ta sama rozpaczliwa pustka.

W następnym roku szkolnym przydzielono mu nauczycielkę do nauki w trybie indywidualnym. Był już tak udręczony odcięciem od świata, że rozwiązywanie równań z jedną niewiadomą uważał za niebywałą atrakcję. Młoda i znudzona swoją pracą pani Ala zapisała się w życiu Romka nie tym, że dowiedział się od niej, ile metrów ponad poziom morza wznoszą się Rysy albo że Holandia słynie z upraw tulipanów, ale tym, że któregoś dnia przyprowadziła kuzyna.

Był nietutejszy, przejazdem z Katowic do Szczecina czy odwrotnie, sporo starszy od swojej kuzynki, i palił fajkę. Słodkawo pachniał w małym pokoiku dym tytoniu fajkowego, który nazywał się Amphora. Niczym – nie przymierzając – starożytny faraon z jakiejś podróżniczej książki. Już samo to wystarczyłoby Romkowi na długie wspominanie. Ale dalej było jeszcze dziwniej. Kuzyn wypił podaną przez mamę herbatę i zjadł herbatnika, następnie zaś poprosił chłopca, żeby mu pozwolił obejrzeć chore nogi. Pomógł zakasać nogawki piżamy w paski, skrupulatnie obmacał wychudzone, poznaczone szramami kończyny. Zabawna rzecz, ale Romek nigdy się nie dowiedział, czym zajmował się zawodowo kuzyn pani Ali. Nie zgadało się, jak był na to czas. A zawdzięczał mu niewyobrażalnie dużo, podobnie jak znudzonej młodej nauczycielce, która umyślnie przyprowadziła do swojego ucznia to chodzące zbawienie z fajką w zębach, choć nikt nie spodziewał się po niej niczego nadzwyczajnego.

Kuzyn orzekł, że chłopak już dawno powinien chodzić o własnych siłach. Ale po pierwsze – to się nie zrobi samo. Konieczny będzie ból i znój. A po drugie – nic z dnia na dzień. Trzeba się uzbroić w cierpliwość.

– Chyba nauczyłeś się cierpliwości, a bólu się nie boisz, jeśli za jego cenę będziesz śmigał jak górska kozica, co?

Romek z przekonaniem pokiwał głową. Nie boi się. Znowu niczego się nie boi, jak dawniej. Tym sposobem dwa tygodnie później przyszedł do niego list, zaadresowany jak do dorosłego: „Szanowny Pan Roman Zdun, ulica Energetyka, Konin w województwie poznańskim…". W środku było skierowanie na turnus rehabilitacyjny do dziecięcego ośrodka w Rabce.

Odtąd nowe życie Romka toczyło się między sanatoriami i lecznicami. Przekazywano go sobie z rąk do rąk jak pałeczkę sztafety. Bywało, że rok szkolny rozpoczynał w Ciechocinku, a kończył w Bystrzycy, na pierwszych lekcjach oglądał z okien góry, a na ostatnich morze. Uczył się nieźle, zaliczył dwie kolejne klasy w ciągu roku. Wciąż miał nowych kolegów, wy-chowawców i rehabilitantów, ale też skutkiem tego wciąż za kimś tęsknił. Wciąż się z kimś rozstawał. Raz na krótko, innym razem na zawsze. Trzy lata później jego ojca znaleziono martwego za parkiem w starym Koninie. Następnego roku mama wpadła pod cięża-rówkę na Przemysłowej i po tygodniu nie było jej wśród żywych. W gruncie rzeczy mało oboje pamiętał, bo w rodzinnym domu bywał od wielkiego dzwonu. Niekiedy pisywał stęsknione listy.

Krótko przed śmiercią rodziców los zetknął go z panią Heleną.

Chodził już wtedy bez kul, nie utykał, ba, biegał długie dystanse w coraz lepszym czasie. Zostawił za sobą ocean potu i Himalaje trudu, ale opłaciło się jak nic w życiu. Jeśli wciąż tułał się po ośrodkach rehabilitacyjnych, to dlatego, że nie miał dokąd wracać. Tylko tu go znano i witano jak swego.

Pani Helena pracowała jako pielęgniarka w konstan-cińskim uzdrowisku. Była starą panną po pięćdziesiąt-ce i mieszkała w Jeziornie pod Warszawą. Oprócz niej w drewnianym domku żyły dwa koty, Jacek i Agatka, przy czym Jacek był kocicą, Agatka zaś wykastrowanym kocurem, albowiem sprawy płci pani Helena traktowała lekceważąco. Sumienna w pracy, gruntownie wykształcona przed wojną, sanitariuszka z powstania – nie lubiła ludzi. Przez minione półwiecze jej sympatię zaskarbiły sobie zaledwie dwie osoby. Pierwszą był angielski detektyw Sherlock Holmes z opowiadań Conan Doyle'a, a drugą piętnastoletni pacjent Romek.

Jakoś tak się stało, niezauważalnie dla obojga, że temu drugiemu zaczęła matkować z poświęceniem osoby samotnej i wyposzczonej uczuciowo. Zaraziła go też miłością do Sherlocka Holmesa, żyli więc we dwójkę z parą kotów i angielskim detektywem na przyczepkę, póki Romek nie zrobił matury.

Było mu dobrze u pani Heleny. Oprany i nakarmiony, rewanżował się paleniem w piecach, robieniem zakupów, targaniem pościeli do magla, sezonowym malowaniem na pastelowe kolory sielskich pokoików i werandy. Lubił, gdy zasiadali wspólnie z kotami przed telewizorem i urządzali sobie kryminalne teleturnieje, którym patronował duch Sherlocka Holmesa. Kto pierwszy wytypuje mordercę w czwartkowej *Kobrze*. Z początku wygrywała gospodyni albo nikt. Aż nadszedł pamiętny wieczór – pokazywano wtedy spektakl *Gasnący płomień* – gdy Romek tryumfalnie uniósł wskazujący palec.

– Łapicki!

– Nie może być! – zaprotestowała pani Helena.

– Źle mu z oczu patrzy!

– A komu patrzy dobrze? Dowody, Watsonie, dowody!

Dowodów Romek nie miał, przedstawił jednak solidny łańcuch poszlak. Po półgodzinie okazało się, że trafił w dziesiątkę. W nagrodę dostał od pani Heleny upieczone przez nią ptysie z waniliowym kremem oraz kryminał o majorze Downarze. Szanse w zgadywankach się wyrównały, przed maturą zaś Romek oznajmił, że wstępuje do milicji.

Spodziewał się po opiekunce entuzjazmu, tymczasem przyjęła ów pomysł z rezerwą. Marzyła dla Romka o studiach medycznych – przyznała się wstydliwie – a on chce sobie zmarnować życie. Chyba nie wziął na serio zabaw, którymi się zajmowali? Miałaby wyrzuty sumienia przez resztę swoich dni! Co innego umowne przestępstwa, dzięki którym można pogimnastykować szare komórki i oderwać się od gomułkowskiej nudy, a co innego peerelowska rzeczywistość, objaśniła z niesmakiem. U nas milicjant nie jest dżentelmenem z fajeczką rozwiązującym skomplikowane zagadki kryminalne, tylko facetem z gumową pałą, który pilnuje, żeby ludziom się w głowach nie poprzewracało. Bo tak mu przykazali. Rozsądny człowiek nie pakuje się w takie bagno z własnej i nieprzymuszonej woli.

Ale Romek był młody, pełen zapału, miał panią Helenę za kobietę starej daty, która boi się współczesności. Nie rozumie jej. Przecież nie trzeba się od razu ładować w politykę. Ktoś musi łapać pospolitych bandziorów tak w Polsce, jak we Francji czy w Ameryce. Zawsze i wszędzie będą osobnicy pokroju Szmai. Co z tego, że jeden zły człowiek przepadł, wyrósł ze złych skłonności, ustatkował się albo zapił na umór? Na jego miejsce przyszedł inny i niewiele wody upłynie, gdy na miejsce tego innego przyjdzie następny i znów następny. Natura nie znosi próżni, więzienia żyją niekończącą się rotacją. Tak już jest. Ludzie się zmieniają, natomiast zło trwa wiecznie.

Temu pani Helena nie mogła zaprzeczyć.

Przez lata nauki Romek miał u niej rodzinny dom, ale gdy na koniec zjawił się w szaroniebieskim mundurze, przedstawiła mu własny plan na przyszłość. Wychowanek będzie ją odwiedzał w święta, bo inaczej byłby egoistą.

Niewdzięczność jest najgorszą ludzką wadą. Tak więc przy wspólnym stole będą spożywali wigilijne karpie i wielkanocne baby, dzielili się opłatkiem i jajkiem, będą dawali sobie prezenty pod choinkę i zbierali bazie na wiosennym spacerze, ale zamieszkają osobno. Inaczej być nie może. Romek jest dorosłym mężczyzną, do tego milicjantem. Żadnego z tych osobników pani Helena nie życzy sobie mieć zameldowanego pod własnym dachem. Oba jej koty są tego samego zdania, zaręczyła. Tak więc teraz Romek wraca do siebie, do Konina.

– Odmelduję się, gdzie mnie skierują. – Uściskał ją rozbawiony. – Tak będzie, póki nie awansuję na generała. Szeregowiec robi, co mu każe byle kapral, kapralem rządzi byle plutonowy... W Koninie nie jestem już nawet zameldowany. Wyląduję tu, pod Warszawą. Jeziorna, Piaseczno, Radość...

Ale pani Helena miała swoje zasady.

– Nie tu jest twoje miejsce, tylko tam – orzekła surowo.

– Nikogo już tam nie mam.

– Więc będziesz miał. Przecież ty w ogóle nie masz nikogo oprócz mnie, a ze mną się nie zestarzejesz. Nie bój się, taki przystojny chłopak jak ty długo sam nie zostanie.

– To nie takie proste. – Romek pokręcił głową. – Wrócić do Konina... Przypuśćmy, że tym razem ustąpię. Ale to nic nie znaczy. Tego się nie da załatwić na piękne oczy.

– W Polsce wszystko się da załatwić! – powiedziała z przekonaniem pani Helena. – Trzeba wiedzieć, do których drzwi zapukać. Nawet sobie nie wyobrażasz, jakie uzdrowiska są ukryte po tutejszych lasach i kto się w nich kuruje!

Miesiąc później Romek stukał obcasami przed majorem Skalskim, który rozpierał się za przykrytym taflą szkła biurkiem w konińskiej Komendzie Powiatowej MO przy Żwirki i Wigury. Stała przed nim szklanka z kwadratowym dnem w towarzystwie napoczętej butelki coca-coli o charakterystycznym kształcie kobiecej kibici.

Był rok siedemdziesiąty pierwszy, rozpoczynała się nowa epoka gierkowska i wreszcie miało być lepiej. Po europejsku. Ze zgrzebnej prowincjonalnej Polski wykluwała się światowa Druga Polska. Nawet podstarzały nowy Konin Romek z trudem rozpoznawał po latach.

Nowoczesny, z perspektywami – nowy Konin przestał być faworyzowanym, ale towarzysko upośledzonym dodatkiem do lewobrzeżnej części miasta. Rozrósł się, roztył i pożarł wszystko, co mu stało na zawadzie. Czereśniowe drzewka przy drodze na Morzysław, nadwarciańskie skarpy, wielkie składowiska starego tartaku i okoliczne wioski, przygniótł swoim cielskiem stary Konin, dusił stopniowo jego parki, sady i domy, w tym wiekową kamienicę pani Esse, w której Romek przyszedł na świat.

W zamian ustawił wkoło betonowe klocki wieżowców z wielkiej płyty, przeszklone hale delikatesów, rozgrzebał budowę basenów miejskich, amfiteatru, domu kultury, nowego dworca kolejowego. Ulica Energetyka stała się zagubioną w jego topografii boczną uliczką bez znaczenia. Wylanymi asfaltem chodnikami przewalały się tysiące ludzi, którzy przyjechali tu do pracy, a żadnego z nich Romek nie znał. Kolegów z dzieciństwa nie zapamiętał, zaginął już na szczęście słuch o Szmai i jego chuliganach, umarł skrupulatny Pan Kostuch, wyprowadził się Bóg wie dokąd lekarz Barnaba, rodzice leżeli na starym cmentarzu w Morzysławiu, naprzeciw którego niedawno wytyczono nowy cmentarz. Wielkoprzemysłowy Konin planował żyć całą gębą, a tym samym obrastać swoimi nieboszczykami jak żarłok tłuszczem.

Romek dostał po kimś kawalerkę z kuchnią w bloku na IV Osiedlu. Wodę trzeba było grzać w bojlerze, ale wolał mieszkać tu niż w jednej z nowoczesnych betonowych klitek z ciepłą wodą, oddawanych do użytku w cienkich jak żyletka wieżowcach na skarpie. Mimo że po wprowadzeniu miejska panorama, oglądana z okna kuchni, wydała mu się znajoma. Naprzeciwko, za skwerkiem z piaskownicą i huśtawkami, stał ten sam blok mieszkalny, który kiedyś omal go nie uśmiercił. Odmalowany na słoneczny kolor, z wielką reklamą totolotka w szczycie budynku, z kwiat-kami w okiennych korytkach i morzem telewizyjnych anten na płaskim dachu. Nie budził w Romku emocji, nie przywoływał dręczących wspomnień, tak niepodobny był do tamtego siebie – nieistniejącego już ceglanego widma, obstawionego rusztowaniami i zagrzebanego w kurzących pryzmach piasku i pustaków.

Oprócz mieszkania Romek miał w Koninie tylko pracę zawodową. I już przy debiucie ogarnęło go zwątpienie, czy się nadaje do tego fachu. Bo, rzecz jasna, pierwsza sprawa nie przypominała tajemniczego zabójstwa angielskiego arystokraty obok ogrodowej fontanny z kamienną nimfą.

– Wsiadaj, Romuś, pojedziemy!

Tymi słowami sierżant Kociuba zaprosił świeżo upie-czonego kolegę do łady, z której wystawił wyłysiałą głowę. Był upał, więc jego czaszkę rosiły kropelki potu, ocierane złożoną w kostkę chusteczką do nosa. Znali się z Romkiem od tygodnia, ale zdążyli się polubić.

Kociuba był policjantem za sanacji, uczestniczył w aresztowaniu legendarnego kasiarza Szpicbródki, a po wojnie uczył kryminalistyki milicjantów z nowego naboru. Jako fachowiec z prawdziwego zdarzenia nie wyleciał na bruk śladem dawnych kolegów. Życzliwa resortowa szycha szepnęła mu, żeby zapomniał, kim był, skupił się na kurwach i złodziejach, a dadzą mu po cichutku żyć. Ale o tym Romek dowiedział się później. Na razie widział w Kociubie starszego pana, który cierpi na chorobliwy brak ambicji, skoro mimo wszechstronnej wiedzy nie podskoczył wyżej sierżanta.

Razem z fotografem pojechali do wezwania w nowym Koninie. Z przejazdu za Błaszaka skręcili przez trawiasty nasyp i zatrzymali się przy torach, gdzie sokiści trzymali na dystans tłumek ciekawskich. Stojąca opodal karetka pogotowia nie miała nic do roboty. Maszynista pociągu towarowego z brykietowni w Marantowie łapczywie pił wodę z musztardówki i zaklinał się przed każdym, kto chciał słuchać, że nie mógł nic zrobić. Jest niewinny. Widział tę kobietę z daleka, jak szła skrajem torów, ale skąd mógł przewidzieć, że skręci pod lokomotywę? Nawet jasnowidz by nie przewidział! Wariatka albo samobójczyni. Albo jedno i drugie.

– Odsuńcie gapiów dalej! – zakomenderował Kociuba, więc Romek poszedł pomóc sokistom.

Zwłoki zobaczył, gdy wrócił. Fotograf robił zdjęcia i umieszczał w odpowiednich punktach numerki na podstawkach. Ofiara była elegancką kobietą w średnim wieku, ładną. To się widziało, bo jej twarz zachowała się w dobrym stanie. Odrobina zdartej ze skroni skóry, rozmazana szminka. Ale reszta ciała, rozwleczona wzdłuż torów...! Brr, krwawe strzępy!

Romek poczuł, jak żołądek podchodzi mu do gardła. Spod jego milicyjnej czapki pot spływał strugami.

– Odejdź! – usłyszał przy uchu szept Kociuby. – Odejdź na bok, Romuś, nie rzygaj mi przy ludziach!

Schował się za wagony po drugiej stronie torów. Oddychał głęboko, starając się o niczym nie myśleć. Jeśli już, to o tym, że na niebie ani chmurki. Można po pracy pojechać nad jezioro i się wykąpać. Ale widok zmasakrowanej kobiety obudził w nim uśpione wspomnienia i wciąż stawał mu przed oczami chłopiec wykrwawiający się na stercie cegieł. Nigdy tego nie widział na oczy, ale wiedział, że to on sam.

Ktoś mu się przypatrywał.

Zaniepokojony podniósł wzrok. Dwa kroki przed nim stała dziewczynka w dżinsowej spódniczce. Wystraszona, twarz miała białą jak kreda.

Romek wstał z trawy, obciągając mundur.

– Czego chcesz? Tu nie wolno stać!

Wyciągnęła palec wskazujący ku brunatnym ścianom węglarek, które przesłaniały widok.

– Czy ona była ubrana w pomarańczowe spodnium?

– Uciekaj! – Machnął niecierpliwie ręką.

Dziewczynka odwróciła się na pięcie i pobiegła wzdłuż wagonów.

Gdy obszedł pociąg, zobaczył ją znowu, tak samo nieruchomą, białą i wystraszoną. Jakim cudem zdążyła przed nim, skoro biegła naokoło, a on przeszedł przez tory? Albo przelazła na czworakach pod wagonem, albo on sam wlecze się jak ślimak.

– Nie kręć się tu, mówiłem! – powtórzył zirytowany.

Dziewczynka wyciągnęła palec tym samym gestem ku plecom w mundurach, które nie pozwalały dostrzec zwłok leżących w niecce nasypu.

– Czy ona była ubrana w pomarańczowe spodnium?

Romek nie odpowiedział. Mdłości powróciły jak na dźwięk zaklęcia, i bez namysłu wycofał się za wagony. Tym razem zwymiotował oparty dłonią o bufor węglarki. Gdy się wyprostował, zobaczył dziewczynkę w dżinsowej spódniczce biegnącą z płaczem w kierunku dalekiego wiaduktu. Znów po tej stronie pociągu. Jakby nie była żywą osobą, tylko widmem, które istnieje na własnych prawach. Zjawia się, gdzie mu się podoba.

Nazajutrz przeprosił Kociubę za wczorajszą kompromitację. Zwierzył mu się, że nie wie, czy podoła. Może milicyjna robota go przerasta? Nie spał pół nocy z powodu tej kobiety.

Sierżant klepnął go życzliwie w ramię i zapewnił, że nikt nie zauważył, co się z Romkiem działo. Da radę. Każdy tak zaczyna. Pierwszy trup jest najgorszy i zapamiętuje się go na zawsze. Szczególnie jeśli wygląda tak makabrycznie jak wczorajsza samobójczyni.

Z następnym pójdzie mu już gładko.

Miał rację. Następny trup w karierze Romka okazał się leciwym Niemcem, który przemierzał Polskę wozem doskonałej zachodniej marki i nie zamierzał brać pod uwagę opłakanego stanu naszych dróg. Wbił się jak taran w przęsło żelaznego mostu na granicy nowego i starego Konina. Była mroźna zima, przemarznięty Romek w kusej mundurowej kurtce przytupywał na śniegu. Ktoś mu podał kubek parującej kawy z termosu i Romek pił ją dla rozgrzewki, przyglądając się, jak Niemca wycinają z karoserii gazowym palnikiem.

Rozdział V

DWUNASTOLATKI

Rozdzielili się. Janusz i Julka ruszyli w miasto, żeby dotrzeć do tych znajomych, którzy nie mają telefonu, a ojciec obdzwaniał szpitale, milicję, rodzinę w Lądku, zakłady opieki społecznej. Julka wróciła o czwartej po południu i nie zastała go w domu. Zostawił kartkę na stole, że niczego się nie dowiedział. Pobiegł szukać Majki na własną rękę, żeby nie siedzieć z założonymi rękami.

Julka mu się nie dziwiła. Łyknęła soku z lodówki, na jedzenie nie mogła patrzeć – i też poczuła, że nie wytrzyma pięciu minut w pustym mieszkaniu. Musi coś robić albo zwariuje. Włożyła z powrotem płaszcz, ścisnęła się paskiem i wyszła.

Nikt niczego nie wiedział. Nieprawdopodobne. Gdy niedawno sąsiadka wróciła do rodziny z Murzyniątkiem w beciku, wszyscy wiedzieli wszystko. Że ojciec małego studiuje polonistykę w Poznaniu, jest rodowitym

Senegalczykiem, ślubu z Polką nie weźmie, bo krewni go wydziedziczą. A majątek mają nie w krowach, jak szydzili złośliwcy, tylko w kopalni diamentów. Dzielono się dyskretną wiedzą, w jakich okolicznościach przyrody doszło do międzykontynentalnego zbliżenia. Byłoby naprawdę trudno znaleźć kogoś, kto nie dysponuje informacjami o uwodzicielskim poloniście z Senegalu. A teraz?

Julka stała bezradnie na chodniku przed blokiem. Kawałek dalej, na Górniczej, dzieciaki grały w „kolarzy". Skakały na czworakach jak żaby, palcami pstrykały blaszane kapsle po wyrysowanym kredą torze wyścigowym. Ze swojego miejsca widziała te zawody, słyszała w niedzielnej ciszy głosy przekrzykujących się uczestników.

Znów ją ciągnęło na Kolejową. Przejść się tamtędy jeszcze raz, od domu do postoju taxi i z powrotem, tak jak nocą z piątku na sobotę szła Majka. Ile to metrów? Trzysta, czterysta? Wąska uliczka w centrum miasta. Dwa, trzy samochody zaparkowane na całej długości, wszystko jak na dłoni. Po jednej stronie trawniki i domki o spadzistych dachach, po drugiej park rzadki jak radziecka kukurydza i betonowy parkan wzdłuż torów. Jeszcze wydeptany plac, na którym dwa razy do roku rozkładało się przyjezdne wesołe miasteczko. Za całą zabudowę trzy budynki, każdy z innej epoki. Nowy Megawat, daleko stare przedszkole, a w środku długi ceglany barak, który podczas wojny służył Niemcom do niecnych celów. Jeśli się rozejrzeć, zastanowić – w końcu się odgadnie, dokąd poniosło Majkę. Nie rozwiała się jak duch w środku wojewódzkiego miasta.

Julka szła spacerowym krokiem, zerkając na boki, jakby spodziewała się dostrzec coś, co ją olśni i wszystko wyjaśni. I tak jak rano, kiedy wracała od Kamińskich, ogarnęła ją nieprzeparta chęć, żeby przejść na drugą stronę jezdni. Między dzikie chaszcze, gdzie do tej pory można się było natknąć co najwyżej na butelki po winie „patykiem pisanym" i na zużyte prezerwatywy, a teraz zdawała się tam skrywać tajemnica bytu.

Było jeszcze widno, toteż skręciła do cuchnącego jesienną zgnilizną parku. Zarośnięta trawą alejka, blaszane kosze w formie pingwinów, parę krzywych ławek w cieniu zarośli, każda oblepiona ptasimi odchodami i pusta. Julka bała się czegoś. Po zmroku za chińskiego boga nie zapuściłaby się tutaj sama. Nie dzisiaj.

Może odzywał się w niej ów słynny „syndrom bliźniaczek"?

Czytywały o tym z Majką. Weźmy amerykańskie bliźniaczki, rozdzielone po urodzeniu. Pisali o nich w „Przekroju" czy w „Kulisach". Jedna wychowała się w Nowym Jorku, a druga bodajże w San Francisco. Spotkały się jako mężatki – i wyszło na jaw, że lubią te same potrawy, ufarbowały włosy na ten sam kolor, przeszły takie same operacje w szpitalach, kupują te same książki... Akurat w przypadku Julki i Majki to się nie zgadzało. Julka wybierała sensację w stylu *Zbrodniarza i panny*, a Majka ambitne nudziarstwa – *Sto lat samotności* albo *Grę w klasy*. Tak samo z muzyką, filmami. Jedna – Rodowicz, druga – Demarczyk, jedna – Antonioni i Fellini, druga – Louis de Funès i Belmondo. Gusty je różniły, zgoda. Ale pasował do nich przypadek szwedzkich bliźniaczek. Kiedy jedna z nich złamała nogę, drugą bolała noga w tym samym miejscu. Albo bliźniaczki z Hawajów. Jedna brała chemię, a drugiej wychodziły garściami włosy.

Liście sypały się z drzew, jakby padał żółty, szeleszczący deszcz. Julce grzęzły w nich stopy, gdy krążyła między Megawatem a świetlicą PKP, nie spuszczając oka z wejścia do klatki schodowej po przeciwnej stronie zszarzałego asfaltu. Na wypadek gdyby Janusz lub ojciec wrócili. Ale myślała o swojej siostrze. Nie o tej, której szukali. W jej głowie jak węgorz w saku szamotała się Majka, jakiej już od wielu lat nie było. Majka – dwunastolatka. Ładniutka, zbyt egzaltowana panienka o szczupłych udach i wrażliwych dłoniach pianistki, choć jedyny instrument, na jakim w życiu grała – na szkolnej akademii – nazywał się tamburyn. Bębenek z dzwoneczkami.

– To ja! – krzyknęła swoim zwyczajem od progu, trzaskając drzwiami i ciągnąc za sobą słoneczny zapach olejku do opalania.

Mieszkali jeszcze nad Kolorową, żyła matka, były upalne wakacje sześćdziesiątego siódmego roku.

Julka spędzała je pod kołdrą. Lody w waflach, kupowane za każdy grosz od ulicznych sprzedawców, przeciągi, ganianie po podwórku do siódmych potów – i w rezultacie przeziębiła się w środku lata. Wyjazd sióstr do babci w Lądku trzeba było odłożyć, więc nudziły się w mieście jak mopsy. Z tym że Julka bardziej. Rodzice pracowali, Majkę raz po raz koleżanki wyciągały z domu, a ona zostawała w łóżku z temperaturą. Dusiła się w upale od kataru, chrypiała. Miała poczucie głębokiej krzywdy i czekała jak na zbawienie, aż od progu odezwie się znajome:

– To ja!

Majka z tajemniczą miną stanęła w drzwiach ich dziecięcego pokoiku. Zarumieniona od upału, biało-niebieska w kretonowej sukience w grochy, w wielkim słomianym kapeluszu na głowie. A przy tym dziwnie odmieniona. Julka od razu poznała, że coś się stało. Odłożyła pamiętnik, który przeglądała z braku lepszego zajęcia. Odręcznie rysowane kwiatuszki, zagięte narożniki podłużnych kartek z promieniami słońca, liryczne chmurki jako obramowania dla wpisów. „Na górze róże, na dole fiołki, kochajmy się jak dwa aniołki – Hania". Albo: „Bielutka kartka, atrament niebieski, bądźmy przyjaciółkami do grobowej deski – na wieczną pamiątkę Julii wpisała się Danusia K.". Albo: „Choć przeżyjesz życia szmat, nie zapomnisz szkolnych lat – koleżance z klasy Włodek". Ile można czytać te złote myśli, gdy wszystkie zna się na pamięć?!

Wraz z powrotem opalonej na brąz siostry do domu wracało życie.

– Co? – zachrypiała zaintrygowana Julka.

Majka nie odpowiedziała od razu. Z iskierkami w oczach podeszła do łóżka, przysiadła skromnie na brzeżku pościeli. Powachlowała się zdjętym kapeluszem. Kroiła się naprawdę tajemnicza sprawa.

– Gdzie byłaś?

Majka poprawiła spinkę we włosach, z czerwonego plastiku z dziurkami, w kształcie biedronki. Wystudiowany ruch jej ręki podkreślał, że odtąd nic nie będzie takie samo.

– Tu, niedaleko, nad zalewem.

Już samo słowo „zalew" uświadomiło Julce bezmiar jej nieszczęścia. Po lipcowych ulewach rzeka wylała i niebo zstąpiło na ziemię. Zabarwiło błękitem łąki zalane wodą jak okiem sięgnąć, płytką, ciepłą, gdzieniegdzie pozieleniałą od falującej na dnie trawy, tu i tam zamieniającą się w ciemną głębię „kaczych dołków", roziskrzoną od słońca albo zapadającą w orzeźwiający cień pod ogromnymi filarami żelaznego mostu. Wakacyjna kraina szczęśliwości – zwłaszcza w porównaniu ze wstrętnym akronem, który każą Julce ssać trzy razy dziennie. Albo z kubkiem gorącego mleka zaprawionego masłem i miodem. Podobno miało cudowne właściwości uzdrawiające, tylko że można było wyzionąć ducha od przymuszania się do tej obrzydliwej mikstury. A tam, za drzewami, w środku miasta, zalew jak jezioro. Z okna go widać w oddali.

– I co? – ponagliła niecierpliwie.

Rozmarzona Majka nabrała tchu.

– Nie uwierzysz, mówię ci! Jarek Siekierski się we mnie zakochał!

– Kiedy?

– No nad zalewem!

Julka z niedowierzaniem przekrzywiła spoconą głowę, patrząc na siostrę otoczoną blaskiem jaskrawego słońca zza okna.

– Skąd wiesz?

– Takie rzeczy się wie! – orzekła Majka dorosłym tonem, wydymając wargi na znak, że jej życiowe wtajemniczenie podskoczyło o parę oczek. – Sam powiedział. On najdalej pluje ze wszystkich chłopaków, wiesz? Zanurkował dla mnie po rzeczną muszlę z dna, taką czarną ze srebrnym środkiem, i powiedział, że się we mnie zakochał.

– Chyba zgłupiałaś! – uznała Julka i odwróciła się do ściany.

Z początku nie rozumiała własnej reakcji. Obrażona Majka wyszła bez słowa, a ona popadła w stan łzawej refleksji. Co się stało? Dawniej po wysłuchaniu takiej rewelacji przewróciłyby się na łóżko i kotłowały na nim, chichocząc do utraty tchu. „Ojejku, nie mogę, normalnie nie mogę!" – zarzekałaby się jedna przez drugą.

Skąd ta zmiana?

Do tej pory się nie rozstawały. Jeśli jedna chorowała, to i druga. Wyglądało na to, że właśnie nadszedł moment, gdy ich życiowe ścieżki się rozdzielą, jedna przestanie być zrośnięta z drugą. Tylko dlaczego Julka odebrała to jako zdradę? Z powodu Siekierskiego? Prawdę powiedziawszy, nigdy jej się nie podobał. Piegowaty chudzielec o spiczastym nosie i długich, małpich rękach. Już prędzej chodziło o zdradę ze strony Majki. Poleciała za chłopakiem na pierwsze gwizdnięcie. Ani pomyślała o cierpiącej siostrze. Ta lepsza, rozsądniejsza, ta uduchowiona Majka!

Julka otarła załzawione oczy. To co, że on się w niej zakochał? A jeśli bez wzajemności? Trzeba Majkę podpytać. Może między nimi obiema wciąż jest po staremu?

Ułagodziła siostrę mordoklejkami, namówiła na grę w chińczyka. Ale po tym, co wcześniej palnęła, Majka nie była skłonna do zwierzeń! Umykała w niedomówienia, rozpoetyzowane banały, czasami wręcz sobie kpiła z Julki. Wobec tego Julka sięgnęła po cięższą artylerię. Filozoficzną.

– No tak! – westchnęła wymownie. – Było do prze-
widzenia, że jedna z nas odejdzie od drugiej. Takie
jest życie.

Życiowe sentencje natury ogólnej robią wrażenie, gdy
ma się dwanaście lat.

Ale Majka była czujna.

– Że niby ja? – roześmiała się z teatralną niefrasob-
liwością.

– Ja się nie zakochałam.

– A kto ci powiedział, że ja?

– Zdaje mi się, że sama mi o tym…

– Nie moja wina, że ci się zdaje! – wtrąciła zaczepnie
Majka, zbijając z planszy zielony pionek Julki. – Jednej
świętej się zdawało, że słyszy anielskie głosy z nieba…
Baju-baju, będziesz w raju!

Odzyskiwała emocjonalną przewagę. Umykała od poczucia winy wobec siostry, pokutującej w piekle akronu
i mleka z miodem. Jeśli Julka pozwoli jej na taki bezczelny
manewr, na bezwstydne zagłuszenie wyrzutów sumienia,
przepadła z kretesem.

– Wszystko jedno – zachrypiała dobitnie.

– Dlaczego wszystko jedno?

– Co za różnica, czy się zakochałaś, czy się zakochasz
jutro, czy za miesiąc? Albo ja się zakocham… Nasze drogi
muszą się rozejść! Nie jesteśmy już dziewczynkami, żeby
się wiecznie prowadzać za rączkę.

Milczenie przeciągnęło się zbyt długo. Nabrzmiało
znaczeniem.

– Ojejku, bo uwierzę! To wcale nieprawda! – Majka stanowczością tonu usypiała niepokój, który obudziła

w niej siostra. – Ja nie zamierzam się z tobą rozstawać. Bo czemu? Kto tak każe? Mogę robić, co mi się podoba.

– Tak ci się tylko zdaje!

Majka wzruszyła ramionami i rzuciła kostką. Dawała w ten sposób do zrozumienia, że nie ma o czym gadać. Wypadło pięć, a posunęła pionek o trzy. Pomyliła się. Myślała o czym innym.

– Nikt mnie do niczego nie zmusi, jeśli nie zechcę! – powtórzyła płaczliwie. – Mogę robić, co mi się podoba!

– Nie bądź dzieckiem, Majka! Mówię ci, że pojawi się chłopak i *proszczaj, Marusia!* Zaręczysz za siebie? Bo za mnie chyba nie, prawda? Nie patrz się głupio, przecież mówię, jak jest! To nie twoja wina!

Oczy Majki zrobiły się duże i okrągłe.

– Dlaczego tak mówisz? Mścisz się? – dała upust rozżaleniu. – Za Siekierskiego się mścisz! Jakbyś miała za co! Głupia jesteś, jak nie wiem co! Chyba że ty mnie zostawisz, Julka, a na mnie chcesz zwalić winę! Przyznaj się, że sama coś kombinujesz, bo ja nie!

– Takie jest życie, Majka, nic nie poradzisz!

– Przestań już! Nawet tak nie gadaj! Jak bum-cyk-cyk, że Siekierski mnie w ogóle…

– Takie jest życie! – przerwała jej z naciskiem Julka, jakby wbijała ostatni gwóźdź do siostrzanej trumny.

I obie zamilkły, obie poczuły wokół siebie okrutną, metafizyczną pustkę, choć żadna z nich nie znała jeszcze wówczas takich inteligentnych słów jak „metafizyka". Perspektywa rozstania, wystawiająca wilczy pysk z gęstwiny nadchodzących dni, przejęła je nieopisaną zgrozą.

Trudno dzisiaj ustalić, która pierwsza wpadła na ten pomysł. Majka? A może Julka? Oszpecenie jako gwarancja wzajemnej więzi uczuciowej. Będą należały tylko do siebie, nieodwołalnie i niepodzielnie, bo żaden chłopak nie zainteresuje się oszpeconą dziewczyną. W każdym razie nie taki, co to mu jedno w głowie. Bo taki, co zapała szczerym uczuciem, inna rzecz. On w pierwszym rzędzie będzie cenił duszę ukochanej. Na to ewentualnie mogły się zgodzić. Na wielką czystą miłość. Ale zalecanki, podszczypywanki, jałowe flirty, ukradkowe pocałunki – nie! To puste i nic niewarte, to świadczyłoby o najpodlejszej zdradzie ich siostrzanych relacji.

Kryły się w tym rozumowaniu zaledwie ślady logiki, ale obu siostrom bardzo się ono podobało. Miało imponujący rozmach moralny. Była w nim zaklęta romantyczna rozpacz i miłość większa niż śmierć. Wszystko, co ceniło się niesłychanie, mając dwanaście lat w roku tysiąc dziewięćset sześćdziesiątym siódmym. Dzięki czemu dostawało się skrzydeł.

Oszpecenie – ale jakie? Tu Julce i Majce skończyły się pomysły.

Zgolenie głowy na łyso jak Yul Brynner? Włosy odrosną, tymczasem to ma być oznaka wierności po grób.

Żyletkowe sznyty na policzkach? Tak daleko bały się posunąć. Rodzice zobaczą i wybuchnie afera, że nie daj Boże.

Może oszpecić się w miejscu nierzucającym się w oczy? Na nastoletnich piersiach, dajmy na to, które zaczynały siostrom pączkować, rozkwitać, nabierać czarodziejskiej sprężystości!

To nie byłoby głupie! Majka wykaligrafuje sobie na biuście wielkie J, a Julka równie wielkie M!

Tylko czym?

Długopisem zejdzie.

Pieczątki z literami alfabetu blakły, a fioletowy tusz nie przetrzymywał pierwszej kąpieli.

Tatuażu nie potrafiły zrobić. Z koleżeńskich rozmów przy trzepaku wiedziały, że trzeba kłuć skórę i napuszczać pod nią farbę, ale jak?

Kalkomania odpadała w przedbiegach. To dziecinada, kolorowe ważki i motylki jak aplikacje na woreczku do przedszkolnych kapci.

– Wiem! – olśniło Majkę, a może Julkę. – Nacechujemy się!

– Nacechujemy?– upewniła się z powątpiewaniem ta druga.

– Pamiętasz niedzielny film?

W niedzielę po dzienniku oglądały w telewizji western *Rzeka Czerwona*. John Wayne grał w nim hodowcę bydła. Razem z przybranym synem i grupą zabijaków pędzili stado krów do Missouri. Najbardziej poruszył siostry obraz nowo narodzonych cielaczków, które kowboje łapali na lasso, przyduszali kolanem do ziemi i rozpalonym w ognisku żelazem wypalali na ich skórze cechę własności. Zwierzęta wierzgały, sierść dymiła, ale potem oznakowany delikwent zrywał się żwawo na nogi i biegł truchtem do swojej krowiej mamy. Cały i zdrowy. Brutalna z pozoru operacja była bardziej idylliczna w naturze niż na małym ekranie telewizora Koral.

– Tak! Nacechujmy się!

– Tu, koło pachy! – Majka przyłożyła dłoń do dziewczęcej piersi, napinającej obcisłą bluzkę. – Nikt nie będzie wiedział, tylko my!

Trochę się bały chwili, gdy przyjdzie do realizacji tego brawurowego pomysłu. Za to od początku połączył je nową więzią – wspólnej tajemnicy na śmierć i życie. Rodzice nie byliby zachwyceni „nacechowaniem" córek, więc należało trzymać buzię na kłódkę.

Wymóg dyskrecji okazał się fascynującą przygodą.

Majka i Julka spoglądały na siebie znacząco w trakcie posiłków, pochrząkiwały porozumiewawczo, mijając się w drzwiach łazienki, niekiedy któraś dotykała niby to mimochodem wiadomego miejsca na piersi. I tylko druga z sióstr rozumiała ten gest, choćby nie były same.

Albo używały w rozmowie szyfrowanego dziewczęcego języka, który polegał na wtrącaniu zgłoski „ka" pomiędzy kolejne sylaby wyrazów. „Ka-ro-ka-zu-ka-miesz ka-mnie?"

Ach, jakie to było intymne, jakie podniecające!

Okazji do przesyłania sekretnych sygnałów nadarzało się sporo, jako że musiały zaczekać na sprzyjające okoliczności. Mogły wykorzystać czas, gdy rodzice byli w pracy, ale wtedy istniała obawa, że do drzwi zapuka nieproszony gość. Listonosz, inkasent, sąsiadka, a zwłaszcza koleżanki z podwórka. Sierpniowa noc, ciepła i księżycowa, wydawała się siostrom odpowiedniejsza. Wymarzona dla ich celów. Odwieczna pora tajemnych obrzędów, sabatów, lotów na miotle i przysiąg po grób.

A w najbliższą sobotę mama i tata wybierali się na imieniny do znajomych w starym Koninie. Zwykle balowali tam do białego świtu.

Zanim nadejdzie godzina X, należało obmyślić sposób przeprowadzenia tajnej operacji. Zadanie nie należało do łatwych.

– „To" musi być wygotowane jak igły w przychodni, bez zarazków, żebyśmy się nie pochorowały! – szepnęła przezornie Majka.

– Spokojna czaszka! Ogień sam „to" wyjałowi! – odszepnęła z mądrą miną Julka.

– Skórę odkazimy spirytusem?

– Coś ty! Żebyś się zapaliła? Spirytus jest łatwopalny!

– Wystarczy, że „to" się wyjałowi od płomieni?

– Od temperatury! W żarze jest z tysiąc stopni!

Można uznać, że teoretycznie były przygotowane. Niemniej wciąż jeszcze nie wiedziały, co zamierzają wyjałowić, czym mianowicie ma być owo enigmatyczne „to", którego użyją – a także gdzie rozniecą ogień.

Kowboje w westernie rozpalali wielkie ognisko na prerii, pod bezkresnym gołym niebem, i o nic się nie martwili! W zamkniętym pomieszczeniu ten prosty sposób odpadał, a Julka i Majka nie mogły przecież zrealizować swego planu na podwórku, bo zbiegłaby się kupa ciekawskich dzieciaków.

No i najważniejsze – skąd wytrzasnąć osadzone na prętach żelazne symbole, którymi posługiwali się ludzie Wayne'a? A nawet oni nie mieli do dyspozycji liter J i M, które siostrom były absolutnie niezbędne.

Nadszedł piątek, a dziewczęta niczego nie wymyśliły.

Co prawda Julka, dla konspiracji zamknięta w łazience, próbowała za pomocą ojcowskich kombinerek wygiąć potrzebne inicjały z kawałka aluminiowego drutu, ale po pierwsze – wychodziły jej pokraczne kulfony, podobniejsze do pająków niż do liter alfabetu, a po drugie – Majka uznała, że zanim rozgrzeją aluminium do odpowiedniej temperatury, zdąży się wcześniej stopić i odkształcić.

W sobotę rano pomógł im szczęśliwy przypadek.

Julka szukała czegoś w szufladzie komody i wpadło jej w ręce blaszane pudełko po angielskiej herbacie, malowane w hinduskie tancerki. Siostry chowały w nim swoje skarby. Wśród szpulek, kukiełek, kasztanów i kwiatów z plastiku leżały dwa wisiorki na łańcuszkach – z literami J i M.

Zapomniana pamiątka ze szkolnej wycieczki Szlakiem Piastowskim. Z liter zdążyła się złuszczyć tandetna pozłotka, ale spod spodu wyglądał metal. Do tego każda zawieszka miała kółeczko, w które dało się wetknąć czubek starego kuchennego pogrzebacza, pełniącego funkcję uchwytu. Rewelacja!

Czego użyją zamiast ogniska – wymyśliły poprzedniego dnia.

Elektrycznej kuchenki!

Rozgrzeją literki na odsłoniętej spirali, która się rozżarza do czerwoności. Wystarczy parę minut. Potem sekunda bólu – i chrzest ognia dopełniony! Julka i Majka będą nosiły na sobie wiekuiste piętno siostrzanej wierności.

Od piątej po południu siedziały jak na szpilkach. Straciły nawet ochotę na przekazywanie sobie tajemnych znaków.

Rodzice wybierali się na imieniny jak sójki za morze! Mama w halce i papilotach prasowała koszulę taty, tata w slipach i skarpetkach wiązał przed lustrem krawat. Następnie zamienili się rolami i tata szpicem żelazka poprawiał po mamie kołnierzyk koszuli, mama natomiast poprawiała po tacie węzeł krawata, bo wyszedł koślawy. Na szczęście ona przynajmniej samodzielnie się umalowała, a on ogolił.

Pół godziny trwało dobieranie dodatków do małej czarnej.

Tata pakował prezent, a mama wołała go co chwila przed lustro w przedpokoju, żeby jej doradził, czy powinna włożyć czerwone korale, czy czarne. Dzięki Bogu, że nie miała ich więcej. Po powrocie do pokoju tata zaczynał pakowanie od nowa, ale córkom nie pozwolił dotknąć prezentu. Nie chce pomocy, to trzeba szybko, już on woli sam!

Gdy byli gotowi, zapukała sąsiadka z trzeciego piętra. Pożyczyć szklankę cukru. Już z tym cukrem odstała kwadrans w przedpokoju z ręką na klamce, paplając jak najęta. Że przyjeżdża rodzina z Katowic, a w związku z tym ona ma urwanie głowy, piecze sernik, robi sałatkę śledziową i strasznie się spieszy.

Przed dwudziestą tata pobiegł łapać taksówkę, bo już byli spóźnieni.

Mama w tym czasie udzielała córkom ostatnich wskazówek. Co wyłączyć, czego nie włączać pod żadnym pozorem, co koniecznie zrobić, a czego nie tykać. Wędlina w lodówce, chleb w chlebaku, kolację proszę zjeść zaraz, a od telewizora odejść o dziesiątej wieczorem. Grzecznie, cicho, żeby sąsiedzi się nie skarżyli.

Taka była kochająca, ufna i łatwowierna, że siostry poczuły wyrzuty sumienia. W efekcie po wyjściu rodziców długo nie poruszały wiadomego tematu. Z początku wydawało się to uzasadnione, bo a nuż tata albo mama o czymś zapomnieli? A nuż któreś jeszcze wróci?

W telewizji szykował się wieczorny seans. Sobotnie filmy były z reguły ciekawsze niż w tygodniu. Tym razem jednak, jak na złość, z ekranu długo przemawiał do narodu ważny partyjniak, nie wiadomo o czym, bo nikogo to nie obchodziło – a w rezultacie telewizja zmieniła program. Zamiast na zapowiadaną w gazecie amerykańską komedię *Żebro Adama* Suzin zaprosił na radziecki dramat *Życie przeszło obok*. Nudy na pudy, mimo że teoretycznie chodziło o ucieczkę przestępcy z więzienia.

– Zaczynamy?

Julka wzruszyła ramionami. Pociła się, miała wypieki, od biedy dało się to złożyć na karb niewykurowanego przeziębienia.

– Ty decyduj. Twój pomysł.

– Wcale nie. A ty się boisz, co?

– Chciałabyś. Proszę bardzo, możemy zaczynać.

– I na pewno ja pierwsza, nie?

– Mogę być ja. Tylko nie wiem czemu.

Ustaliły, że będą losować. Julka wyciągnęła całą zapałkę, Majka zapałkę z ułamanym łebkiem.

Zaciągnęła zasłony w kuchni, zapaliła górne światło, bo było już mroczno, ustawiła taboret na środku, pod kloszem lampy. Ściągnęła przez głowę luźny podkoszulek, który nosiła po domu dla wygody.

Robiąc to, raz po raz nerwowo oblizywała spieczone wargi. Upięła włosy na czubku głowy, zanim usiadła jak grzeczna uczennica, z dłońmi ułożonymi płasko na zsuniętych razem kolanach.

– Tak nie da rady. Jedną rękę musisz podnieść – burknęła Julka. – Najlepiej załóż ją tak, o, za głowę.

Pokazała.

Wcześniej, gdy Majka się szykowała, ona przygotowała wodę utlenioną, plastry, jodynę. Na wszelki wypadek. Gdyby coś poszło nie według planu. Aczkolwiek ów plan sam w sobie był dość mętny.

Włączyła do kontaktu elektryczną kuchenkę i nasadziła literkę J na czubek pogrzebacza. Okazał się za długi, nieporęczny, więc w połowie owinęła go szmatką, żeby skrócić uchwyt.

Ukrywała przed Majką, że jest wystraszona i zła.

Udawała, że bez reszty pochłaniają ją konieczne czynności.

Obie się bały, pociły im się dłonie i uszy, szamotały się w ich głowach niepojęte czarne myśli, które przychodziły skądinąd, z zewnątrz, z nocy zapadającej za oknem. Ale żadna z dziewcząt nie chciała się wycofać pierwsza. Która pęknie, ta przegrała. Ta jest gorszą siostrą, tą bez serca. Tyle ustaliły w amoku wzajemnych wyrzutów i trwogi przed tym, co ma być.

Trwogi, która bywa oznaką nadchodzącej dojrzałości, ale w ich przypadku okazała się ostatnim spazmem infantylizmu.

Pod sufitem kuchni obijała się wielka ćma. Jeszcze wczoraj uciekłyby przed nią do pokoju, a dziś nawet jej nie zauważyły.

– Gotowa? – Julka podsunęła czubek pogrzebacza do szarej jeszcze spirali. – Nie wolisz, żebym była pierwsza? Mnie wszystko jedno.

– Mnie też! – sapnęła Majka ze złością. – Nie gadaj, tylko rób, co trzeba. Do rana nie zdążymy, jak tak dalej pójdzie!

102

– Kuchence powiedz! Musi się rozgrzać, nie?

Rozgrzewające się rzędy spiralek z wolna nabierały czerwonej barwy.

Julka wsunęła literkę J w szparę ceramicznej płytki. Uniósł się dymek, poszły z nim resztki pozłotki. Różowiejąca stal zachodziła we wgłębieniach kopciem. Zawieszka była już gorąca, ale Julce się nie spieszyło.

Zwlekała.

Kręciła pogrzebaczem, siąkała nosem, chyba znów dostała temperatury, którą zbiła przedwczoraj. A może tylko owiał ją żar kuchenki.

Majka wierciła się na taborecie. Uniosła rękę, opuściła.

– Długo jeszcze?

– Wiesz, że będzie bolało?

– Wiem! – Zamknęła oczy i oblizała się nerwowo.

– Bardzo?

W jej głosie po raz pierwszy dał się słyszeć niepokój. Julka spojrzała na nią z nadzieją. Pęka? Najwyższy czas.

– A myślisz, że nie? To lepiej od razu dajmy spokój.

– Trzeba było wziąć proszek z krzyżykiem.

– Po co? On jest od bólu głowy, a nie od oparzenia.

– Ale zawsze coś… Długo jeszcze?

– Jak chcesz, weź jeszcze ten proszek.

Ale Majka wolała zaczekać, aż Julka pęknie. Przecież rodzona siostra nie przypali jej boku jak cielakowi w westernie! Na pewno to wszystko od początku do końca jest udawane, tylko każda z nich dała się nabrać tej drugiej.

– Może byś wreszcie zrobiła, co masz zrobić! – syknęła niecierpliwie.

– Będzie bolało…

– Słyszałam już!

Julka podniosła pogrzebacz z przyczepioną na końcu literką J. Przysunęła ją do ust i splunęła przez stulone wargi. Kropelka śliny syknęła, parując z gorącej powierzchni. Julka straciła ostatnią nadzieję, że ten odgłos zrobi na Majce wrażenie. Jej siostra nie spojrzała w tę stronę. Nienaturalnie wykręciła głowę ku zasłoniętemu oknu, jakby zesztywniał jej kark.

– Ja już mogę!

– Więc zrób to! – ponagliła ją Majka przez zaciśnięte zęby.

Musiała czuć okropny żar metalu, trzymanego o centymetry od jej ciała. Tam, gdzie opalenizna ustępowała naturalnej karnacji skóry, uchronionej przed słońcem znad zalewu przez stanik opalacza. Julka na jej miejscu właśnie w tym momencie poderwałaby się z taboretu.

Rany! – pomyślała z przerażeniem. Jeśli ona nie ucieknie, ja też będę musiała wytrzymać! Nie dam rady! Jest lepsza niż ja! Odważniejsza! Kto powiedział, że nie ma większej połowy? Ona jest większą połową nas obu!

Wydarzenia, dotychczas wlokące się ślamazarnie, zaczęły się toczyć zbyt szybko. Jakby do sióstr dotarło, że prawdą jest to, co się dzieje, i że tę prawdę muszą uznać za jedyną dostępną im realność.

Majka wykręciła szczupłą, usztywnioną strachem szyję i spojrzała na Julkę ponaglająco, z wyrzutem. A Julka – jakby ktoś stojący za nią, mając dosyć dziewczyńskich rozterek, popchnął jej dłoń do przodu – raptownie przytknęła rozgrzany metal do ciała siostry. Wgniotła go w sprężystą pierś, aż z sykiem palonej skóry trysnął dym.

Jednocześnie wrzask Majki wystrzelił jak pocisk.

Szarpnęła się na taborecie i z tym taboretem poleciała bezwładnie na kuchenne linoleum. Jej bolesny skowyt umilkł, zanim z hukiem uderzyła głową o podłogę. Straciła wcześniej przytomność.

A Julka słyszała ten krzyk nadal. Tłukł się uparcie w jej myślach.

Nie wtedy, tylko teraz, w kolejowym parku, jedenaście lat później, gdy zatrzymała się w pół kroku, z niedowierzaniem patrząc pod nogi.

Wyrzuciła za siebie palonego papierosa i czubkiem buta odgarnęła szeleszczące liście, żeby odsłonić to, co się pod nimi kryło. Spięta, gotowa uskoczyć, jakby się tam czaił jadowity stwór.

To była czarna klamerka.

Doskonale jej znana klamerka od czerwonych zamszowych czółenek siostry. Tych, które Majka włożyła na piątkową dyskotekę.

Julka gapiła się w plastikowe kółko jak zaczarowana, podczas gdy po jej nogach wędrowały w górę dreszcze. Zdawały się sączyć z wilgotnej ziemi, na której stała, wnikały w podeszwy stóp i pięły się wyżej.

Ktoś zawołał ją po imieniu, ale nie usłyszała. Uniosła oczy, gdy przed nią stanął.

Janusz. Wrócił z niczym.

Przykucnęli razem nad znaleziskiem Julki. Janusz chwycił je w dwa palce i obrócił na boki.

On też poznawał oberwaną klamerkę od buta.

– Mogła się potknąć po ciemku i nie spostrzegła, że ją zgubiła – orzekł bez przekonania. – Była mocno wypita?

Julka pokręciła głową, że nie.

Nie patrzyła na Janusza ani na klamerkę, którą trzymał na otwartej dłoni, jakby nie wiedział, co z nią dalej począć. Z bladą twarzą, zesztywniałą jak gipsowa maska, wyciągnęła przed siebie wskazujący palec.

Spojrzenie Janusza pobiegło za tym gestem.

– Nawet po ciemku by czuła, że jej spadł!

– Co spadło? – zapytał bezmyślnie.

Robiła się szarówka i źle widział. Albo też nie był w stanie rozpoznać tej rzeczy od pierwszego rzutu oka, jak Julka. To, co wskazywała, wyglądało na uwalaną błotem szmatkę, zagrzebaną w liściach. Ciemnoczerwoną, zmiętą szmatkę. Dopiero gdy Janusz podszedł bliżej i nachylił się, rozpoznał leżący do góry podeszwą modny pantofel Majki. Brudny i podrapany, jakby Majka zażarcie grzebała nim w ziemi, zanim zostawiła go na pastwę losu.

– Jak mogła nie zauważyć, że zgubiła but? Boże!

Julka zakryła twarz dłońmi.

Gdzieś w środku otworzyła się w niej czeluść, w której nie było nic oprócz przenikliwych dreszczy, tych mnożących się niewidzialnych mrówek, które pięły się po niej coraz wyżej, po nogach i brzuchu, sięgając już serca. Jeśli to nie było przerażenie, nie wiedziała, co to jest.

Janusz zobaczył, co się z nią dzieje, i podał jej rękę. Gdyby nie on, nie miałaby siły przejść tych kilkudziesięciu metrów dzielących ich od domu. Jakby dotarła do niej jakaś niewypowiedziana a straszliwa prawda, choć przecież nadal nie wiedziała nic, dokładnie nic – tak jak przed chwilą.

W mieszkaniu było chłodno, za ścianą piszczała rura kanalizacyjna, ktoś wszedł, wyszedł, podał Julce szklankę gorącego bulionu z kostki. Od rana nie wzięła do ust żadnego jedzenia. Dotarł do niej zmęczony głos ojca:

– Połóż się, córeczko. Spróbuj się zdrzemnąć, a my idziemy na milicję. Czekaj na nas, nic na razie nie rób.

Albo podali jej z tym bulionem tabletkę relanium, albo też zwaliły ją z nóg nerwy, w każdym razie nie usłyszała już zamykających się za nimi drzwi.

Obudził ją Janusz. Pochylał się nad nią w zapiętej kurtce, tak jak wszedł prosto z dworu.

– Już są! – szepnął. – Chyba powinnaś pójść ze mną.

Skinęła głową i podniosła się z tapczanu, o nic nie pytając. Gdyby coś wiedział, powiedziałby sam. Mrówki już po niej nie biegały i czuła się mocniejsza. Tylko w jej głowie zadomowiła się pustka, która bolała.

Wyszli z Januszem przed blok. Zdążyła zapaść noc, ale ruch był jak za dnia.

Po parku, w okolicy, gdzie Julka znalazła but Majki, za murowanym barakiem, kręcili się mundurowi milicjanci. Wraz z paroma cywilami mierzyli, notowali, oznaczali. Po drugiej stronie ciemnej ulicy Kolejowej wzdłuż chodnika ciągnął się rzadki szpaler gapiów. Wysypali się z Megawatu, w którego oknach jeszcze się świeciło.

Uliczne latarnie ćmiły mętnie jak świętojańskie robaczki, ale było nieoczekiwanie widno. Funkcjonariusze szperali po krzakach, przyświecając sobie ręcznymi latarkami wycinającymi z ciemności białe kręgi, teren oświetlały reflektory milicyjnego fiata, który wjechał przednimi kołami na chodnik. Bezgłośnie pulsował niebieski kogut na jego dachu, palił się szperacz, błyskał flesz aparatu fotograficznego.

Janusz zwrócił się przyciszonym głosem do kogoś w mundurze drogówki, kto przepuścił ich dalej. Julka nie zrozumiała tych słów, podobnie jak nie umiała powiedzieć, co konkretnie robią krzątający się tu milicjanci, każdy zajęty czym innym. Zaćmienie umysłu, które niedawno dopadło ją w tym miejscu, nie minęło.

Janusz chciał ją wziąć pod rękę, ale go odsunęła.

Mijali ciemny barak, którego dwuskrzydłowe drzwi w szczytowej ścianie zabezpieczała kłódka, gdy zza zakrętu Dworcowej wyjechała nysa z poprzecznym błękitnym pasem na karoserii. W rozproszonych światłach zajaśniały duże białe litery MO. Wóz z piskiem opon zahamował przy krawężniku. Odsunęły się boczne drzwi i ze środka wyskoczył milicjant z wilczurem na smyczy.

A przed Julką wyrósł cień w milicyjnym płaszczu i czapce.

Zatrzymała się, gdy zasalutował do daszka, nad którym majaczyły w półmroku trzy żółte gwiazdki.

– Porucznik Zdun z Wydziału Służby Kryminalnej. Prowadzę dochodzenie w sprawie zaginięcia Marianny Małeckiej – usłyszała jak przez watę męski głos. – Pani jest siostrą zaginionej, prawda? Proszę się nie oddalać. Chciałbym jeszcze dzisiaj z panią porozmawiać.

Bez słowa skinęła głową. Nie patrzyła na mówiącego, jej wzrok przykuł milicjant, który wyskoczył z nyski. Podsunął psu pod nos czółenko Majki. To się działo o parę kroków dalej.

Czarny wilczur w parkowej alejce, smycz w dłoni nieznajomego mężczyzny, głuche szczeknięcie zwierzaka, cienie zarośli – wszystko to wydało się Julce przerażająco znajome. Oto zmaterializowało się upiorne psisko z sennego koszmaru, który ją dręczył przez ostatnie dwie noce. Nie wierzyła w przeczucia, znaki, czary-mary, a jednak było w tym coś niesamowitego. Poczuła, że nogi jej osłabły, jakby nagle stała się gumową lalką, z której uchodzi powietrze. To ulatujące powietrze świszczało w jej głowie. Rosnąca tam ciemność pochłonęła milicyjnego psa, kręcących się przed jej oczami ludzi, jesienny park pełen niecodziennych świateł, cały boży świat – i zemdlona Julka osunęłaby się pod nogi salutującego porucznika Milicji Obywatelskiej, gdyby ten nie podtrzymał jej w porę.

Rozdział VI

ŹLI LUDZIE

Ż ona zostawiła Romka w październiku siedemdziesiątego czwartego, rok po ślubie. Po powrocie z dyżuru znalazł w pustym mieszkaniu na toaletce list od niej. Że to była pomyłka, przeprasza go i odchodzi, póki za wiele ich nie kosztuje rozstanie. Ona musi sobie ułożyć życie od nowa. On też ułoży sobie życie, jest tego pewna, i jeszcze kiedyś wpadnie do niej na domowy rosół – z podziękowaniem, że podjęła za nich oboje trudną decyzję. Koperta listu pachniała fiołkami, jak wszystko, czego używała Krystyna. Kosmetyki, mydełka, bielizna, wnętrza szuflad, papeteria, herbata... Pewnie i obiecany rosół zalatywałby fiołkami z makaronem czterojajecznym.

Tamtego dnia pomyślał o dwóch sprawach. Po pierwsze, że jego żona pozostała nieuleczalną egoistką, a potem, że październik jest dla niego pechowym miesiącem. Przed laty miał w październiku wypadek, po którym omal nie wyzionął ducha, a teraz rozpadło mu się życie osobiste. Nie dlatego, że nie miał już żony, ale dlatego, że nie zamierzał szukać sobie następnej. Wystarczy tego miodu.

A zaczęło się od szalonej miłości dwa lata wcześniej, w siedemdziesiątym drugim.

Poznali się na krytym basenie w nowym Pałacu Sportu. Ona miała figurę modelki, czego nie sposób było nie docenić, widząc ją w białym, półprzejrzystym kostiumie kąpielowym, on zaś dysponował możliwością załatwienia dwóch darmowych karnetów wstępu. Dzięki nim spotykali się na pływalni w każdy poniedziałek i czwartek. Już po tygodniu się okazało, że to im nie wystarcza. W piątek umówili się do kina Centrum na film *Doczekać zmroku* z Audrey Hepburn, w sobotę spotkali się w Hutniku na kawie i gruzińskim koniaku, a w niedzielę wylądowali w kawalerce Romka w łóżku.

Każde z nich uznało, że drugiej stronie chodziło o to, co mają już za sobą – więc przestali bywać na basenie. Nie szukali się tam nawzajem. Spotkali się przypadkowo na ulicy w lutowy czwartek i od razu wylądowali w łóżku. Zdążyli tylko kupić po drodze dwie butelki wina Gellala. Nie wychodzili z pościeli przez cztery dni. Szczęśliwie się złożyło, że Romek miał urlop, a Krystyna ferie zimowe. Była instruktorką rytmiki i rzeczywiście poczucie rytmu płynęło w jej żyłach zamiast krwi, jak stwierdził Romek. Tamtego czwartku byli już absolutnie pewni, że zarówno jednej, jak i drugiej stronie chodzi dokładnie o to, co się odbywa – ale już nie uważali tego za powód do zaprzestania kontaktów. Przeciwnie, nabrały one gorączkowej intensywności.

111

Wkrótce się okazało, że nawet po wyjściu z łóżka trudno im się bez siebie obyć. Wspólne spacery, kolacje, zakupy, dansingi, wspólne oglądanie telewizji i wyjazdy na zakładowe wycieczki, samotne wystawanie na drodze, którą to drugie powinno wracać z pracy. Z wolna ich stosunek nabrał cech ślepej miłości. Takiej, w której egoizm jednej czy drugiej ze stron wydaje się uroczym objawem zaborczego uczucia. Miłosnym zapamiętaniem, jakiego nie zna świat. Boże, myśli się wtedy, że też akurat mnie spotkało w życiu szczęście, którego inni nie posmakują!

Konin, ba, całą Polskę elektryzowała podówczas tak zwana sprawa Bielaja. Rozpisywały się o niej gazety od Bałtyku po Tatry. W szarym, powiatowym mieście, w którym typowe przestępstwo miało oblicze dwóch podpitych osiłków mocujących się w piwnicznym korytarzu z zardzewiałą kłódką, zdarzyła się zbrodnia doskonała! Prominentny obywatel, osobistość z lokalnego świecznika, działacz rady narodowej, utalentowany dziennikarz, były kierownik biblioteki, okazał się szantażystą i porywaczem skromnej, cichej lekarki. Więcej – seryjnym mordercą.

Wychodziły na jaw szczegóły, które opinię publiczną wprawiały w stan wrzenia. Że do miejscowych nababów wysyłał anonimy z żądaniami okupu. Że porwaną lekarkę zamordował, ale nie sposób mu tego udowodnić. Milicja całego kraju nie potrafiła odnaleźć ofiary ani żywej, ani martwej. Nareszcie wyszło na jaw, że Zygmunt Bielaj nie jest bynajmniej Bielajem. Od lat prowadził podwójne życie; urodził się na Ukrainie jako Iwan Ślezko i tuż po wojnie zamordował kilka niewinnych osób. Polskiego żołnierza wracającego z frontu do domu, ekspedientkę ze sklepu w Szczecinie, kogoś jeszcze. Nie był karany, nikt go też nie podejrzewał o te przestępstwa.

W samotnym domku za parkiem, na uboczu konińskiego stadionu, mieszkał wirtuoz zbrodni. Mistrz nikczemności. Arcymistrz kamuflażu. Poranne gazety szły w Koninie jak woda, pod kioskami ustawiały się po nie kolejki, a Bielaj kłamał jak z nut albo ujawniał szokującą prawdę, wodząc za nos Prokuraturę Generalną w samej Warszawie. Bezczelnie, z zimną krwią. Z własnej woli przyznał się do powojennych zbrodni, o których śledczy nie mieli pojęcia. Wskazał miejsca zdarzeń, podał drastyczne szczegóły, nazwiska ofiar. Szedł na całość! Te zwłoki poćwiartował, tamte rozjechał samochodem, żeby utrudnić identyfikację. Konsekwentnie wypierał się tylko jednego morderstwa – ostatniego. Od poprzednich upłynęło dwadzieścia pięć lat, uległy przedawnieniu, był więc bezkarny. Za to jedno mógł wisieć.

Czcionka jego maszyny do pisania w anonimach, jego trabant widziany przez świadków, zdjęcia jego samego, z ukrycia pstryknięte przez agentów, w miejscach, gdzie szantażowani mieli składać okup – temu wszystkiemu przeciwstawił prosty blef. „Brodacz", człowiek bez skrupułów, o którym on niczego więcej nie wie. Zbrodniarz widmo. Proszę go szukać, czcigodna sprawiedliwości, uruchomić wszystkie siły. To bezlitosny morderca. Szukajcie go na lądzie, na wodzie i w powietrzu! W razie niepowodzenia udowodnicie najwyżej, że nie umiecie szukać, a nie, że ktoś taki nie istnieje.

Jakże on może nie istnieć, skoro odnalazł dawnego Ślezkę, zagroził, że ujawni jego niecne sprawki z przeszłości i w ten sposób zmusił go do porwania Bogu ducha winnej lekarki z Płocka! Bielaj ze strachu zrobił, co mu kazano, na szosie pod Toruniem oddał uprowadzoną w ręce „Brodacza" – i od tej pory o żadnym z tych dwojga już nie słyszał.

Cień przebiegłego zbrodniarza wisiał nad Koninem jak trująca chmura. Budził egzystencjalny lęk. Nic dziwnego! Jedni mieszkańcy Konina znali i szanowali pana Zygmunta, inni z nim pracowali, czytywali jego artykuły w „Gazecie Poznańskiej", jeszcze inni kłaniali mu się uprzejmie, gdy szedł przez miasto statecznym krokiem cenionego obywatela.

Romek był jednym z tych, którzy tropili „Brodacza". Poszukiwania zaginionej lekarki wyszły poza granice Polski, ale konińscy funkcjonariusze penetrowali przyległe gminy. Wykrywali bimbrownie, meliny paserów, pokątne ubojnie niebadanego mięsa, zamaskowane magazyny przemyconych z Zachodu towarów. A także statystyczną liczbę brodaczy, z których żaden nie miał nic wspólnego z „Brodaczem" Bielaja.

Nawiasem mówiąc, w trakcie poszukiwań Romek natknął się na dwóch chuliganów z byłej paczki Szmai. Cud, że ich rozpoznał. Nie przypominali sobie swojej dawnej ofiary i nie przypominali już samych siebie. Jeden okazał się wioskowym pijaczkiem, przez całe dnie leżącym w pokrzywach za sklepem GS-u z twarzą we własnych rzygowinach. Drugi, owszem, wykierował się na ludzi. Pracował w POM-ie, miał żonę, trójkę dzieci i ledwo wiązał koniec z końcem, co dobitnie świadczyło, że żyje w zgodzie z prawem.

Od niego Romek dowiedział się o losach innych rozrabiaków z dawnej bandy. Mikrus w spodniach na szelkach, który wylazł za nim na rusztowanie, utonął w Warcie dwa lata później. Jeden z tych, co wtedy trzymali Romka pod ramiona, odsiadywał wyrok za rozbój. Drugi był traktorzystą w pegeerze. Któryś wyprowadził się do Garwolina. Paru wiodło nudne życie, kombinując nie więcej niż współrodacy.

Sam Szmaja dostał spadek po ciotce, kupił powypadkowego volkswagena, wyremontował go na cacy i po pijaku rozbił na drzewie. Stracił w tej kraksie nogę, wycięli mu nerkę i połowę płuca, ledwie uszedł z życiem, zresztą co to już było za życie. Resztę ciotczynych pieniędzy przegrał w karty, żona uciekła od niego z kochankiem, zanim jeszcze został kaleką, a ponieważ zdążył się ponarażać wpływowym zakapiorom, wyniósł się stąd w diabły, żeby świat o nim zapomniał.

Z grupki chłopców, którzy w odległy październikowy dzień ganiali po rusztowaniach, tylko niedoszły nieboszczyk Romek spadł na cztery łapy, jak się okazało. Miał pracę, na którą nie narzekał, miał narzeczoną, której inni mu zazdrościli, miał widoki na wczasy w Złotych Piaskach, umeblował się, był ustawiony finansowo, resort obiecywał mu talon na samochód. Cieszył się życiem pachnącym fiołkami jak alpejskie doliny – żeby podsumować jego ówczesny status zwięźle a poetycko.

Uczył się żyć z ludźmi. Uczył się, że ręka rękę myje. Jeszcze nie zawsze szło mu gładko, jeszcze się buntował przeciwko temu, że wygodniej płynie się z prądem niż pod prąd. Ale dorobił się już wpływowych znajomych, którzy tłumaczyli mu życzliwie, że praw natury nie zmieni. Człowiekowi ręce zginają się ku sobie.

Jeden sierżant Kociuba był ponad te przyziemne reguły. Pogodził się, że w państwie ludowym kariery nie zrobi, więc pozwalał sobie na luksus czystego sumienia. Może dlatego Romek lżej oddychał w jego towarzystwie. Lubił to – jak lubi się niedzielę, choć świetnie wiadomo, że reszta tygodnia wygląda inaczej.

Kociuba był już wówczas na emeryturze, ale ich znajomość, a w gruncie rzeczy przyjaźń, przetrwała przejście sierżanta w stan spoczynku. Został świadkiem na ślubie plutonowego Zduna – podówczas jeszcze plutonowego – bo planowanej do tej roli pani Helenie uniemożliwiła przyjazd obłożna choroba. A gdy życie małżeńskie Romka atakowały kolejne kryzysy, dom Kociubów stanowił dla niego azyl.

Mieszkali w starym Koninie na parterze sypiącej się dziewiętnastowiecznej kamienicy. W pokojach i korytarzykach wisiały na ścianach krzyże, szkaplerzyki, oprawne w szkło oleodruki *Chrystus w Ogrójcu* albo *Kazanie na Górze Oliwnej*, na telewizorze jaśniała dzień i noc podświetlana od wewnątrz Matka Boska, półki w staromodnych kredensach były zastawione świętymi figurkami z malowanego gipsu. Podczas poprzednich wizyt Romek widział tu tylko samotny krzyżyk nad drzwiami.

– W cywilu spłynęła na ciebie łaska wiary, Heniu? – spytał rozbawiony.

– Nie, Romuś, czekam na najważniejszy dzień w życiu! – odpowiedział „wieczny sierżant" Kociuba. – Już mi mogą nagwizdać! Zniedołężnieję, zacznę powłóczyć nogami za inwalidzkim balkonikiem, przyjdzie okrągła rocznica państwowa i przypadnie mi z rozdzielnika emerycki Krzyż Zasługi za długoletnią wierną służbę ludowej ojczyźnie. Resortowa delegacja będzie się z nim musiała pofatygować do mnie do domu. Chcę doczekać, jak padną trupem na ten świątobliwy widok!

Zamaszystym gestem powiódł ręką po pokoju, złoto-purpurowym od aureol i pontyfikalnych szat stłoczonych na obrazach.

– Nie bluźnij, Heniu! – upomniała go żona, siwowłosa pani z przedwojenną dystynkcją, stawiając na stół szarlotkę. – Wiara każe wybaczać! Oni nie wiedzą, co czynią!

– Jak padną trupem, wybaczę, a na dodatek mszę świętą za nich obstaluję! Z własnej kieszeni!

Jego żona postawiła obok talerzyków do ciasta herbatę, a do tego po kieliszku ziołowej nalewki, którą za osłoną uchylonych drzwiczek kredensu wydzielała z kryształowej karafki.

– Nie przesadzaj, Heniu! Na co msza święta komunistom?

– Niech jeszcze ministra szlag trafi, jak się rozniesie!

Romek zaglądał do nich, żeby pooddychać domową atmosferą. U siebie tego nie miał. Ambicje Krystyny przerosły jego oczekiwania. Za mało zarabiał. Za wolno awansował. Nie miał samochodu. Mieszkał byle gdzie. Jego znajomi nie mieli odpowiedniej pozycji towarzyskiej. Interesował się nieinteresującymi rzeczami. Przyszedł na świat w niewłaściwej rodzinie. Niczego nie potrafił kupić. Niczego nie potrafił sprzedać. Tam, gdzie inni biorą w łapę, bo im się słusznie należy, on ma głupie skrupuły.

Tam, gdzie jego koledzy robią na boku intratne interesy, on wchodzi nie w te drzwi, co trzeba. Nie kocha swojej żony. Gdyby ją kochał, wszystko wyglądałoby inaczej. Miłość nie takie przeszkody zwycięża. A ona, Krystyna, nie potrafi żyć bez miłości tylko dlatego, że mają w szufladzie głupi papierek z Urzędu Stanu Cywilnego.

Najgorsze było to, że w duchu Romek zgadzał się z Krystyną. Egoistka? Do kwadratu! Ale kto powiedział, że egoiści nie mogą mieć racji?

Pierwszą łapówkę wziął za przełożenie akt z wierzchu na spód stosu. Proste jak podrapanie się za uchem. Od miejscowego badylarza dostał za to równowartość swojej pensji. Potem za podobną kwotę przymknął oko na coś, na co nie powinien go przymykać. I poszło. Trupy nie robiły już na nim wrażenia, przestał mylić swoją pracę zawodową z pasją Sherlocka Holmesa, pogodził się z faktem, że przestępstwa wykrywa się dla podreperowania statystyki, a nie dla zwycięstwa sprawiedliwości. Zresztą nie wszystkie się wykrywa, nie wszystkie. Tak wygląda ten parszywy świat.

Rozstanie z Krystyną nie zmieniło jego podejścia do życia. Ostatecznie nie żył dla niej, tylko dla siebie. Teraz tym bardziej. Nie odwiedzali razem pani Heleny, bo Krystyna nie wyrażała na to ochoty, nie chciała się gnieść w pociągach i autobusach, brać urlopu, który może się jeszcze przydać, deklasować się wizytami u podstarzałej pielęgniarki. Więc jeszcze przed rozwodem wytęskniony Romek wybrał się do Jeziorny sam. Miał nadzieję, że pogada od serca z opiekunką. Jak w dawnych czasach, gdy mieszkał w drewnianym domku i rozumieli się w pół słowa.

Było inaczej.

– Zmieniłeś się, Romku – powiedziała pani Helena, gdy pili kawę na oszklonej werandzie, a w pobliskim lesie skrzeczały sójki. – Dawniej sądziłam, że ten nieszczęsny wypadek zrobił z ciebie wspaniałego człowieka. Bez niego pogubiłbyś się w życiu. A teraz zdaje mi się, że wciąż jeszcze jesteś w drodze i oboje nie wiemy, dokąd cię ona zaprowadzi.

– Na cmentarz w Morzysławiu! – roześmiał się Romek. – W moich stronach wszyscy tam zmierzają, nie ma innej drogi. Cała sztuka w tym, żeby się załapać z takimi, co mają wygodne buty!

Pani Helena starzała się, dziwaczała do spółki ze swoimi rozpuszczonymi kotami, hołdowała mentalności z epoki Sherlocka Holmesa, podczas gdy świat zdążył pójść naprzód. Była wspaniałą kobietą, Romek nadal tak o niej myślał, ale kobietą nie na dzisiejsze czasy.

– Widzisz, co chcesz widzieć – powiedziała.

– Widzę, bo nie jestem ślepy – poprawił ją Romek.

Wtedy po raz pierwszy u niej nie zanocował, tylko wrócił do Konina nocnym pociągiem z Warszawy Głównej.

W tysiąc dziewięćset siedemdziesiątym ósmym roku skończył dwadzieścia siedem lat, był od dwóch lat porucznikiem, zdążył zaliczyć zaoczne studia, gdy okazały się pomocne w jego służbowej drodze, mieszkał samotnie w trzypokojowym mieszkaniu przy Alejach 1 Maja, jeździł nowym dużym fiatem w modnym kolorze bahama yellow, odłożył trochę grosza na książeczce oszczędnościowej i miał widoki na imponującą milicyjną karierę. Przełożeni wiedzieli, że można na niego liczyć, prokuratorzy wiedzieli, że można z nim konie kraść, podejrzani znali go jako człowieka, z którym idzie się dogadać, jeśli ma się wymowne argumenty. Z kobietami wiązał się na krótko, z mężczyznami łączyły go kalkulacje i interesy. Na urlop jeździł do Bułgarii. Wiodło mu się – jak lubił o sobie myśleć. Nie miał już tyle czasu, co kiedyś, więc do pani Heleny raczej wysyłał świąteczne kartki, niż składał jej wizyty. Ale pozostawał w tym systematyczny.

Niekiedy telefonował, bo po latach oczekiwania otrzymała wreszcie telefon. Z pomocą Romka. Tym razem on przemówił do ręki, komu trzeba. Przeszła na emeryturę, zdrowie jej dopisywało, była samowystarczalna, na wakacje do dawnego pokoju wychowanka przyjmowała letników, co wspierało jej domowy budżet. Sójki nadal skrzeczały za oknami, wokół werandy rosły teraz malwy, a nie rezeda, Agatka zdechł na koci nowotwór, Jacek coraz gorzej widziała, traciła węch i spadała ze wszystkiego, na co wlazła. A w Konstancinie-Jeziornie, bo tak się obecnie nazywała miejscowość pani Heleny, miano uruchomić wielką tężnię solankową, co wywrze korzystny wpływ na okolicę. Klimat będzie jeszcze lepszy niż dotychczas.

W Koninie jedyne bezinteresowne kontakty Romek utrzymywał z Kociubą. Milicyjny emeryt przyjmował go z otwartymi ramionami, przyjaźnie klepał gościa po ramieniu, nie robił o nic wyrzutów, niczego nie chciał, przyklaskiwał każdemu posunięciu młodego przyjaciela. A siwowłosa żona „wiecznego sierżanta" z takim samym życzliwym uśmiechem, może tylko z roku na rok ciężej człapiąc, stawiała na stole szarlotkę i kieliszek ziołowej nalewki własnej roboty, mimo że Romek przynosił ze sobą w prezencie starkę lub armeński koniak.

Od dawna już nie rozmawiali o Bielaju, którego sprawa ślimaczyła się w dalekiej Warszawie i nic nie zapowiadało jej końca. Młyny sprawiedliwości mieliły nie tylko wolno, ale i bezowocnie. W zamian były sierżant wyciągał jak z rękawa inne głośne śledztwa, w których sam kiedyś brał udział lub które prowadzili jego koledzy. Ewentualnie opowiadał o nich Kociubie znajomy komisarz, który za każdym razem nosił w jego relacjach inne nazwisko.

– Weź Szpicbródkę, Romuś!... – zaczynał, przeczesując dłonią nagą czaszkę. – Już takich ze świecą nie znajdziesz! Dawniej, proszę ciebie, byli przestępcy, a dziś są zwykłe skurwysyny!

– Nie bluźnij, Heniu! – upominała go z kuchni żona. – Pan Romek nieładnie sobie pomyśli o tobie! Aż się boję!

– Nie martw się, Zosieńko, jakoś go przelicytujesz! – odkrzykiwał jej Kociuba i mrugał porozumiewawczo do Romka.

A wracając do Szpicbródki, czyli pana Stanisława Cichockiego, jak mówiła o nim żona Kociuby, znająca go od najlepszej strony z mężowskich opowiadań. Zatrzymany za podkop pod Bank Kredytowy nie szarpał się, nie leciał z pięściami, nie klął jak obecnie byle pętak wylegitymowany za sikanie na środku ulicy. Uchylił kapelusza i powiedział do przodownika policji: „Gratuluję, dzisiaj panowie są górą. Może następnym razem mnie się powiedzie". Podał ręce do skucia, a bielutkie, wypielęgnowane, z manikiurem. Aż jego

121

elegancja udzieliła się przodownikowi Kuśmidrowi, było nie było, prostemu stupajce. „Uprzejmie szanownego pana aresztuję!" – powiedział, zatrzaskując mu kajdanki na przegubach.

Ale i mokra robota była inna. Taka Gorgonowa w trzydziestym drugim w Brzuchowicach. Starszy kolega Kociuby, aspirant Wichłacz, przeprowadzał tam wizję lokalną. Zabiła biedną Lusię Zarembiankę jak amen w pacierzu, sierżant był gotów postawić w zakład swoją miesięczną emeryturę, że zabiła. Zaciukała dziewczynkę dżaganem do wyrąbywania lodu i pisały o tym gazety od Lwowa po Poznań. Ale Gorgonowa nie zasłaniała się idiotycznym „Brodaczem". Tak sprytnie zabiła, że do dzisiaj trzy czwarte narodu przysięgnie, że nie zabiła – i uroni łzę nad ofiarą pomyłki sądowej. A Bielajowi kto uwierzy, choćby się wywinął od kary? Głupi mu uwierzy!

Co ta komuna z ludźmi porobiła? Żeby ją pokopało, cholerę!

– Nie bluźnij, Heniu! – wtrącała się czujnie pani Kociubowa. – Kiedyś byli tak samo źli ludzie i tyle w nich dobrego, że już dawno umarli!

W Nowy Rok tysiąc dziewięćset siedemdziesiątego ósmego, gdy Romek zajrzał do nich z życzeniami i butelką Sowieckoje Igristoje, Kociuba opowiedział mu o Landru, francuskim wielokrotnym mordercy. Mityczny mentor sierżanta, ów komisarz, który w jego opowieściach nazywał się Nowaczyk, innym razem Pawlaczyk, a zdarzyło mu się nosić nazwisko Rębacz, przebywał na praktykach policyjnych pod Paryżem ponad pięćdziesiąt lat temu, podczas głośnego procesu.

– Takie nazwisko Henri Désiré Landru! – zagaił Kociuba z popisowym akcentem znad Sekwany. – Tobie coś mówi, Romuś?

Tryknął się kieliszkiem szampana z gościem i z małżonką, upił ostrożny łyczek, bo ostatnio bąbelki szkodziły mu na żołądek.

Monsieur Landru działał w czasie pierwszej wojny, gdy pojedynczy trup nie robił wrażenia. Gazety puchły od nekrologów i zdjęć z frontu. Obierał sobie za cel ciche, posażne wdowy bez rodzin, których odejście zaaferowany świat łatwo przeoczy. Nie zostawiał śladów. Zwłoki pożerało palenisko kotłowni w jego willi, usytuowanej pośrodku ukwieconego ogrodu. Gdyby nie popełnił błędu, trafiając na ofiarę obarczoną spadkobiercami, zmarłby we własnym łóżku, ciesząc się uciułanym wdowim majątkiem. Same mu go zapisywały, kochając i czując się kochanymi. Umierały szczęśliwe, nieświadome, poczęstowane przepysznym bordo z cyjankiem przed ułożeniem się do ostatniego snu.

Oczywiście te kompromitujące detale wyglądały jednoznacznie tylko w aktach sądowych. Proces był poszlakowy, a oskarżony nie przyznał się do winy. Przyjął wyrok śmierci z godnością, śmiało wstąpił na szafot, odmówił ostatniego papierosa i kieliszka wina, które mu przysługiwały.

Bardziej przejęty wydawał się jego adwokat.

„Monsieur Landru! – szepnął na osobności do swego klienta. – Czy pan je zabił? Zaklinam, niech pan mi to wyzna. Niech pan nie odchodzi z tą straszną tajemnicą". Jego prośba wywarła na skazanym równie małe wrażenie, jak gilotyna, pod którą stał. „Owszem, odejdę z nią. To jest mój bagaż" – odpowiedział i tak też odszedł.

Kociuba odstawił na stół kieliszek szampana.

– Wiesz, Romuś, im dłużej żyję, tym bardziej mi się zdaje, że wszyscy ludzie odchodzą z tego świata z jakąś straszną tajemnicą. Mimo że tylko po przestępcach widać to gołym okiem! Jak ci się zdaje, o co w tym wszystkim chodzi? Bo przecież nie ma kogo spytać. Ci, co wiedzą, umarli.

Ale Romek nie miał nastroju do górnolotnych rozważań. Nie potrzebował filozoficznych zagadek w opowieściach Kociuby. Chciał od niego słyszeć wciąż tę samą prostą prawdę, że zło ma różne oblicza, sympatyczne, wredne, upiorne, lecz żadna z tych twarzy nie jest podobna do odbicia, które on, Romek, codziennie widuje, goląc się przed lustrem.

Niestety, dolegliwości żołądkowe, które stary sierżant miewał po bąbelkach w piwie czy szampanie, okazały się poważniejsze, niż mu się zdawało. Przerodziły się w darcia, kłucia, bóle, aż w marcu przyjaciel Romka trafił do szpitala, gdzie zdiagnozowano u niego nieoperacyjnego raka. Choroba rozwijała się w zabójczym tempie, Kociuba zmarł pod koniec czerwca tego roku. Nie doczekał wizyty delegacji z Krzyżem Zasługi. Notable mający paść trupem na jego oczach przeżyli go w zdrowiu, nieświadomi śmiertelnego niebezpieczeństwa, które przez całe lata wisiało nad ich głowami.

W lipcu pani Kociubowa wyniosła się do córki w Słupcy i nagle Romek poczuł się w Koninie samotny jak przed laty, po nieszczęsnej wyprowadzce z kamienicy pani Esse. Jakby przez cały ten czas jego życie stało w miejscu. Niczego nie zrobił, nie posunął się o krok i wbrew opinii pani

Heleny wcale nie był w drodze. Siedział w rowie na poboczu, wygrzewając się w bladym słonku i odpoczywając, mimo że się nie zmęczył. Nie miał pojęcia, co począć z tym nowym, przedziwnym stanem ducha.

Opowieść o mordercy Landru okazała się ostatnią gawędą Kociuby. Dopiero w tym kontekście Romek zaczął się zastanawiać, co za tajemnicę „wieczny sierżant" zabrał ze sobą na tamtą stronę. Wydawało mu się, nie wiadomo dlaczego, że ta tajemnica dotyczyła jego, Romka, na to wskazywał kontekst. Niestety, nie umiał jej rozgryźć. Koniec końców uznał, że tym rozterkom jest winne jego przygnębienie śmiercią przyjaciela. Przy pierwszej okazji upił się z kolegami i przestał o tym myśleć. Uznał, że nie ma sensu.

Zajrzał parę razy na cmentarz, skoro wdowa wyjechała z Konina, ale grób sierżanta zastawał w idealnym porządku. Wysprzątany, świeże cięte kwiaty w wazonie, raz dopalał się jeszcze znicz. Widocznie pani Kociubowa zapłaciła komuś za opiekę albo bywały tu z córką. W końcu Słupca nie leży na końcu świata.

Sierpniowy urlop Romek spędził nad polskim morzem z dziewiętnastoletnią studentką kulturoznawstwa, poznaną na plaży w Ustce. Zaimponował jej apartamentem w orbisowskim hotelu i wystawnymi kolacjami z dansingiem. Jak w tandetnej komedii, przylepiał stuzłotówki na czołach cygańskich skrzypków, a ona łykała to niczym gęś kluski. W zadziwiający sposób łączyła w sobie naiwność z wyrachowaniem. Bez problemu uwierzyła, że Romek jest przedstawicielem polskiej placówki handlowej w Libii i za wystawny wypoczynek odpłacała mu się z oddaniem erotyczną akrobatyką, gęsto okraszoną miłosnymi zaklęciami.

Zakładał, że jest w tym tak samo szczera jak on w handlu zagranicznym, ale korzystali oboje, więc nie powinna się uskarżać. „Chcącemu nie dzieje się krzywda" – powiada prawo rzymskie. Romek się nie uskarżał, mimo że musiał wysłuchiwać jej przydługich wywodów o teatrze Kantora albo literaturze iberoamerykańskiej. Drobny kłopot. W zamian wnosiła dziewiętnaście świeżutkich lat, szczery zapał i skórę o upojnym zapachu słonecznego olejku.

Zostawił jej swój fikcyjny adres w Jeleniej Górze, ponieważ nadzwyczajnie zależało jej na tym, żeby nie stracić kontaktu. Pochodziła z podlubelskiej wsi, studiowała w Krakowie. Na pożegnanie wcisnęła Romkowi w dłoń karteczkę z numerem telefonu do swojego akademika. Wyrzucił ją do kosza w recepcji, wymeldowując się z hotelu.

Wracał w stare koleiny.

I dopiero w październiku tego roku zdarzyło się coś, co sprawiło, że „wieczny sierżant" Kociuba stanął przed jego oczami jak żywy razem z tajemnicami, które zabrał ze sobą do grobu.

W niedzielę wieczorem w komendzie złożono doniesienie o zaginięciu nauczycielki języka polskiego. Ściśle powiedziawszy, uczyła raptem od miesiąca, świeżo po dyplomie. Nie wróciła do domu z piątkowej dyskoteki.

Protokół dostał na biurko Romek.

Formalnie biorąc, nie upłynęło czterdzieści osiem godzin i nie było obowiązku wszczęcia poszukiwań. But zaginionej, znaleziony opodal domu, o niczym nie świadczył, wbrew sugestiom ojca i narzeczonego. Romek widywał już panny, które uciekały od rodziny bez majtek i biustonosza, co dopiero bez obuwia. Najbliżsi są zwykle najbardziej zaskoczeni ustaleniami śledztwa w podobnych sprawach.

A jednak – nie wiedząc dlaczego – bez zbędnej zwłoki uruchomił procedury. Jakby spłynęła na niego intuicja, którą tyle razy podziwiał u Kociuby. Mało tego, zamiast zostać za biurkiem, zabrał się z grupą operacyjną. Służbowy fiat czekał na niego przed bramą komendy.

Pojechali przez śpiący Konin do parku przy Kolejowej.

Romek przeszedł się tu i tam, obejrzał połamane gałązki krzaka, kazał odgarnąć opadłe liście, przykucnął nad podłożem zrytym obcasami w trakcie szamotaniny. Obejrzał czerwone czółenko z zamszu, które miało na sobie ślady deptania, kopania, a może wleczenia po ziemi właścicielki buta, zanim ten spadł jej z nogi.

Nie był już nowicjuszem. Nie miał wątpliwości, że coś się tutaj stało. Inna rzecz, czy podejrzenia rodziny są słuszne. Może to porwanie, ale może pijacka awantura albo całkiem co innego. Grzebał się dotąd w wystarczająco wielu kryminalnych aferach, żeby nie wnioskować pochopnie. Wywiad środowiskowy, raport dzielnicowego, znajomi i pracodawcy, rodzina i sąsiedzi… Diabli wiedzą, co może wyjść na jaw.

Ale podszedł do fiata zaparkowanego przednimi kołami na chodniku i przez krótkofalówkę wywołał sierżanta Karasia, żeby przywiózł psa tropiącego.

Powiedziano mu, że na miejscu jest siostra zaginionej. Była razem z nią na feralnej piątkowej dyskotece.

Ktoś z drogówki wskazał ją Romkowi.

Stała opodal milcząca i zagubiona. Podszedł do niej, a ona w trakcie rozmowy, blada jak śmierć na chorągwi, osunęła się na niego zemdlona.

Zobaczył jej twarz, gdy układali lejącą się przez ręce dziewczynę na tylnym siedzeniu fiata, żeby Madaliński zawiózł ją do szpitala.

Romek patrzył za odjeżdżającym na sygnale radiowozem i pływała mu przed oczami twarz Kociuby jak odbita w falującej wodzie. Obie falowały, twarz sierżanta i tej nieznajomej. Wyblakłe, rwące się na strzępy, nakładały się na siebie w głowie Romka, więc pomyślał, że musiał wcześniej spotkać dziewczynę w mieszkaniu Kociubów.

Zna ją. Widział już kiedyś tę ładną buźkę. Ale kiedy to się zdarzyło? Kim ona dla nich była?

Nie potrafił sobie przypomnieć.

Dopiero w nocy, leżąc pod kołdrą, szeroko otworzył oczy w ciemnościach.

Jasne, stał wtedy z Kociubą, to było jedno z jego pierwszych spotkań z „wiecznym sierżantem", ale nie nastąpiło ono w kamienicy w starym Koninie. To się działo tutaj niedaleko, w nowym Koninie, na kolejowej bocznicy.

Właśnie stąd zapamiętał białą jak kreda twarz, wyostrzone niepokojem rysy, skórę zastygłą w nieruchomą maskę jak na mrozie…

Dojrzała przez minione lata, jej uroda okrzepła, kształty nabrały kobiecej pełności, ale to była ona. Dziewczynka w dżinsowej spódniczce, która dawno temu, podczas pierwszej sprawy Romka, zjawiała się przed nim jak duch, żeby w kółko się dopytywać, czy rozjechana przez pociąg samobójczyni miała na sobie pomarańczowe spodnium.

A tamta, swoją drogą, rzeczywiście je miała.

Rozdział VII

BEZ MAJKI

Julka otworzyła oczy w radiowozie. Leżała z głową na kolanach Janusza, który zabrał się razem z nią. Klepał ją po policzkach.

Usiadła, odruchowo poprawiła włosy. O nic nie pytała, gapiąc się bezmyślnie w ciemne okno, za którym przesuwały się jaskrawo oświetlone witryny sklepów na parterach bloków, puste i smutne. Jechali Alejami.

Dopiero gdy wysiedli i zorientowała się, że stoją na parkingu przed izbą przyjęć, zrobiła ruch, jakby zamierzała wracać do samochodu. Ale kierowca w milicyjnym mundurze już wykręcił ku szpitalnej bramie. Nie podniesiono w niej jeszcze łańcucha z tarczą stopu, opuszczonego na asfalt, gdy wjeżdżał.

– Niepotrzebnie mnie tu przywlokłeś! – mruknęła zirytowana do Janusza. – Nie jestem chora!

– Po to są, żeby ci pomogli w takiej sytuacji. Skoczę po mamę, ma dzisiaj dyżur.

Pani Reszczyńska pracowała na rehabilitacji na piątym piętrze. Kiedy Janusz po nią wydzwaniał z dyżurki, bo na oddział nie chcieli go wpuścić, Julką zajęła się kobieta w białym fartuchu. Dotychczas piła kawę za oszkloną ladą kantorka, kartkując „Zwierciadło" w świetle lampki na stole. Lekarka czy pielęgniarka, nie przedstawiła się, a Julce było wszystko jedno, kto i co z nią robi. Dała się opukać, osłuchać, pozwoliła zmierzyć sobie ciśnienie, na pytanie, co jej dolega, odparła, że nic, a na kolejne, dlaczego w takim razie przywieziono ją radiowozem do szpitala – że nie wie. Nie prosiła o to.

W tym czasie z góry zjechała windą matka Janusza i wzięła na siebie ciężar dalszej konwersacji z rozmówczynią Julki.

Podobne wzrostem i fryzurą, stały jedna naprzeciw drugiej w identycznych białych fartuchach, ze stetoskopami na szyi, szeptały, gestykulowały leniwie, choć z widocznym zaangażowaniem, jakby każda z nich rozmawiała z lustrem. Schizofreniczne wrażenie. Przykre. Więc Julka wyłączyła się na ten czas z otaczającej ją rzeczywistości. Dopiero gdy pani Reszczyńska po matczynemu przytuliła ją do obfitej piersi, podniosła wzrok.

Ale już po jej pierwszych słowach przeszedł ją dreszcz. Nie cierpiała tego rodzaju pocieszania. Trele-morele! Nie martw się, zaraz wszystko się wyjaśni, będzie dobrze, uspokój się, Majka się odnajdzie, nie takich odnajdywali, na pewno nic złego się nie stało!

Skąd można wiedzieć, co się stało i kiedy się wyjaśni? To jest właśnie optymizm dla idiotów! Nie myślcie, nie przewidujcie, będzie wam się przyjemniej żyło! Komu ma pomóc takie gadanie? Takie zaklinanie rzeczywistości? Bo chyba nikomu normalnemu!

– Tak, wiem – odpowiedziała niecierpliwie.

Odwróciła się w stronę oszklonych drzwi wyjściowych.

Odbijała się w ich szybie razem z całą izbą przyjęć za plecami, tylko w tej lustrzanej wersji otoczenie było o parę tonów ciemniejsze i stawało się ponure do bólu. A noc na zewnątrz, widziana przez szkło, była jeszcze czarniejsza niż naprawdę.

Fragment odbicia poruszył się z werwą, zastukał białymi chodakami i na drodze Julki znów stanęła lekarka od „Zwierciadła". Przyniosła żółtą pigułkę na talerzyku wraz z kieliszkiem wody do popicia.

– Weź to, dziecko, połknij! – zadysponowała.

Jej ton mówił, że nigdy w życiu nie miała do czynienia z równie dramatycznym przypadkiem. Jest fatalnie, a będzie jeszcze gorzej, bez dwóch zdań. Tak wyglądają tragedie na biblijną miarę, o których księgi ludzkości huczą przez wieki! Płacz i zgrzytanie zębów!

Takie podejście także nie zrobiło na Julce dobrego wrażenia. Widocznie w tym momencie nic nie mogło jej ulżyć. Nie było w pobliżu nikogo, kto by pomógł. Jakby naprawdę otaczały ją lustra i złudne odbicia na ich powierzchni, a nie realny świat i ludzie z krwi i kości.

Wzięła tabletkę w dwa palce, obejrzała ją z niesmakiem. Wyglądało na to, że zastanawia się, co z nią zrobić. Nie każą jej chyba brać tego świństwa do ust? Więc do czego to może służyć?

– Nie jesteś przypadkiem w ciąży, biedactwo? – zapytała współczująco lekarka, nieświadomie używając najtrafniejszego słowa „przypadek".

– Oczywiście, że nie! – odpowiedziała za Julkę mama Janusza, lekceważąco wzruszając ramionami, jakby uznała pytanie za obraźliwe.

Niezamężna kobieta w ciąży nie mieściła się w jej światopoglądzie. Owszem, zdarzały się takie amoralne jednostki, ale daleko od niej, na marginesach społeczeństwa.

Nic dziwnego, że w piątkową noc Majkę wytrąciło z równowagi wyznanie siostry. Znała swoją przyszłą teściową jak zły szeląg.

Julka włożyła pigułkę do ust i połknęła, ledwie umoczywszy wargi w kieliszku z wodą.

– Bo co? – zapytała z nadzieją. – Gdybym była w ciąży, ta pastylka mogłaby zaszkodzić?

Nie byłoby źle, gdyby zaszkodziła. Bo gdy Majka wróci, po co bidulce następny kłopot…

Tym razem to nieznajoma lekarka wzruszyła ramionami.

– No skąd! Jakim sposobem miałaby zaszkodzić? Pytam, bo w ciąży czasami się mdleje.

– Mówiłam, dlaczego zemdlała! – upomniała ją pani Reszczyńska.

– Nie jestem w ciąży! – przerwała jej Julka. – I nie zamierzam być!

Wyjęła paczkę zefirów z kieszeni płaszcza.

– Nie denerwuj się. – Mama Janusza objęła ją wpół. – Pani doktor pyta z troski o ciebie. Będę się modliła za Majkę, ty też to zrób, kochanie. Wszyscy jednakowo się martwimy.

– Czym? – Julka nie wytrzymała. – Przecież to się dobrze skończy! Sama pani mówiła!

Zanim wyszła z Januszem, któraś z lekarek wcisnęła jej do ręki karteczkę ze szpitalnym nadrukiem. Julka sądziła, że receptę. Dopiero w domu ojciec zwrócił jej uwagę, że to druk L4. Dali jej zwolnienie z pracy na dwa tygodnie, więc rano przedzwoniła do biblioteki pedagogicznej, że je dostała. Pracowała tam króciutko i nie sądziła, żeby ktokolwiek za nią tęsknił. Najwyżej zdezorganizuje pracę koleżankom, bo będą musiały ustalić zastępstwo w grafiku. Ale to, szczerze mówiąc, w ogóle jej teraz nie obchodziło.

W nocy – nie śpiąc, przewracając się z boku na bok i nasłuchując, kto idzie po schodach, jakby popadła w osobliwy nałóg nasłuchiwania – zastanawiała się, czy nie lepiej zrobi, jeśli pójdzie jednak do pracy. Oderwie się od głupich myśli, pokręci się wśród ludzi, zapomni choć na chwilę. Uznała jednak, że nie powinna. Ubzdurała sobie, że jeśli Majka zadzwoni do domu, żeby wytłumaczyć, jak jej pomóc, ktoś musi odebrać telefon. W takim razie Julka nie powinna się ruszać z mieszkania.

Ale od rana dzwonili tylko znajomi.

Wieść o zaginięciu Majki roznosiła się lotem błyskawicy. Każdy chciał pomóc, nikt nie wiedział jak. Marek, kolega sióstr z liceum, miał przez ojca dojście do drukarni i on jeden zaproponował jakiś konkret. Wydrukuje – nawet w stu egzemplarzach, jeśli uda się to załatwić formalnie – prośbę o pomoc w poszukiwaniach. Potem z przyjaciółmi rozwieszą ogłoszenia w mieście.

Julka na wszystko się zgadzała, ograniczyła telefoniczne rozmowy do minimum, no bo Majka... A nuż będzie próbowała się dodzwonić? Nie wolno blokować linii.

Już po południu zwątpiła jednak w swoją najświeższą obsesję. Dostała do wglądu szczotki drukarskie, które Marek przyniósł jej i ojcu do akceptacji. Miały format pocztówki, było na nich czarno-białe, odrobinę rozmazane zdjęcie uśmiechniętej Majki oraz nagłówek. Fatalny nagłówek, który Julka widywała dotychczas wyłącznie w telewizji, w programach kryminalnych. *Ktokolwiek widział, ktokolwiek wie...* Dane jej siostry wypisano pod spodem drukowanymi literami. Wzrost, ubiór, kolor włosów.

Gdy wzięła ogłoszenie do ręki, zrobiło jej się słabo, więc czym prędzej zwróciła malutką kartkę Markowi.

– Dobra – zapewniła w imieniu swoim i milczącego ojca. – Dziękujemy.

Przed osiemnastą zatelefonował do niej porucznik Zdun z Wydziału Kryminalnego. Z początku nie kojarzyła, że straciła przytomność w trakcie rozmowy z tym właśnie facetem. Pytał, jak Julka się czuje, czy nie chcieli jej zatrzymać w szpitalu. Nadal pragnąłby dowiedzieć się od niej paru rzeczy, przypomniał. Ale teraz niech ona odpoczywa, wraca do sił, niech się nie rusza z domu. Sam do niej zajrzy za dwie godziny, jeśli Julka nie ma nic przeciwko temu. Tak będzie wygodniej.

Zjawił się punktualnie.

Prawdopodobnie podjechał samochodem, bo zanim zadzwonił do drzwi, Julka usłyszała, że ktoś parkuje w szczycie bloku. Zostawił kurtkę na wieszaku w przedpokoju, pod nią ubrany był po cywilnemu, miał na sobie elastyczny czarny golf i kamizelkę z brązowego skaju. Gdyby nie wiedziała, kim jest ten mężczyzna, nie przypomniałaby sobie, że wczoraj rozmawiali. Zupełnie obca twarz.

Usłyszała od niego, ile zdążyli zrobić do tej pory. Nie próżnowali, jeśli mówił prawdę. Przeszukali park, przepytali ludzi w domach wzdłuż Kolejowej, klientów Megawatu, przynajmniej tych, których zdołali znaleźć, nazwiska pozostałych wkrótce ustalą. Rozmawiali z obsługą dyskoteki, namierzają uczestników. Wypompowali nawet wodę z basenu przeciwpożarowego przy betonowym parkanie. Sprawdzili dane o wypadkach, które się wydarzyły tamtej nocy. Przepatrzyli znane sobie meliny. Pogadali z informatorami.

Niestety, jak dotąd – fiasko. Nikt niczego nie widział, nie słyszał, a pies zgubił trop zaraz na chodniku.

– Dlaczego zgubił? To coś oznacza? – zaniepokoiła się Julka.

– Prawdopodobnie w tamtym miejscu pani siostra wsiadła do zaparkowanego samochodu – wyjaśnił porucznik. Zawahał się, ale skrupulatnie uzupełnił: – Lub też ją do niego wciągnięto.

Julce zakręciło się w głowie.

– Martwą? – spytała szeptem.

– Nic na to nie wskazuje – uspokoił ją pospiesznie. – Mogła być obezwładniona, ale żyje… To znaczy żyła, gdy stąd odjeżdżała. Mamy podstawy sądzić, że nadal jest żywa.

– Macie podstawy?

– Pewne schematy są powtarzalne, niezależnie od sprawcy.

Nie wiedziała, czy on tylko tak mówi, czy naprawdę tak to wygląda. Nie była przekonana.

Siedzieli w dużym pokoju we dwójkę. Ojciec wyszedł do pracy zaraz po telefonie Zduna. Udzielił już wyjaśnień, nie miał nic do dodania, a nie chciał brać urlopu, mimo że w elektrowni wciskali mu go na siłę. Odmówił. Bał się siedzenia kołkiem w domu i wpatrywania w puste miejsca po Majce. Julka też go namawiała, żeby poszedł. Ona będzie miała towarzystwo koleżanek, skłamała. W rzeczywistości obawiała się, że gdy zostaną sami w mieszkaniu, usiądą naprzeciwko siebie i zaczną płakać. To by ich psychicznie rozłożyło.

Podała herbatę, ale ani milicjant, ani ona jej nie tknęli. Pełne szklanki stygły przed nimi na ławie.

Milczeli po poprzedniej wymianie zdań, póki nie odezwał się porucznik. Z podpuchniętymi oczami i błędnym wzrokiem Julka wyglądała na nieszczególnie błyskotliwą, więc nie był pewien, czy jego informacje docierają do niej jak trzeba. Powtórzył prostymi słowami:

– Pani siostrę porwano. Ale ją odnajdziemy.

Tym razem pocieszenie nie wywarło na niej złego wrażenia. Przeciwnie. Było takie, jakiego oczekiwała. Wypowiedziane w odpowiednim momencie i odpowiednim tonem. Ostatecznie milicja od tego jest. Ten mężczyzna wręcz powinien powiedzieć to, co powiedział. Tych słów Julka się po nim spodziewała. Konkretnych. Byle nie guzdrali się bez końca. Skoro tyle zrobili, niech znajdą Majkę, dzisiaj lub jutro.

Całą i zdrową, daj Boże!

– Od pani spodziewam się pomocy – dodał porucznik.

Skinęła głową, że to oczywiste.

– Proszę pytać.

Opowiedziałaby ze szczegółami, w jakich okolicznościach straciła dziewictwo, gdyby przyszła mu ochota, żeby ją o to zagadnąć. Bardzo chciała się przydać. Bo przydając się jemu, przydawała się siostrze. W tej chwili na jedno wychodziło. Jak gdyby nagle ten milicjant okazał się zrośnięty z Majką. Powstała z nich zdumiewająca jednolita istota, której jeszcze niedawno nie było na świecie, a teraz jest – hybryda skupiająca w sobie najgorętsze pragnienia Julki.

Miał spojrzenie przenikliwe, ale przychylne.

Zapytał o ludzi, którzy Majki nie lubili. Źle jej życzyli, działała im na nerwy. Mimo najlepszych chęci, Julka nie była w stanie odnaleźć w pamięci takich osób. Miała wrażenie, że wszyscy czuli sympatię do jej siostry. Daje się lubić – mówi się o takich jak ona. Pewnie, że ta czy tamta koleżanka pozazdrościła jej sukienki, a inna obronionej w terminie magisterki, ale to są powody do krzywego uśmiechu, niczego więcej. Do obgadania za plecami, jeśli ma się wystarczająco złą wolę i odrobinę inklinacji.

Słysząc kolejne pytania milicjanta, raz za razem kręciła głową. Czy siostra skarżyła się ostatnio na dziwne, zaskakujące, niezrozumiałe incydenty? Czy nie odnosiła wrażenia, że ktoś za nią chodzi? Śledzi ją, natrętnie telefonuje, pisze listy? Nie mogła się od kogoś opędzić? Czy nie zwierzała się Julce na ten temat? Może jest jakiś zawiedziony wielbiciel? Może poprzedni chłopak, który nie pogodził się z zerwaniem?

Czy miała u kogoś długi, problemy finansowe? Może jej ktoś był winien pieniądze? Nie myślała o kosztownym zakupie?

Czy jej narzeczony nie był wcześniej w poważnym związku z inną kobietą?

Czy nie nawiązała ostatnio nowych znajomości?

Czy się z kimś posprzeczała?

– Tak. Ze mną! – Po raz pierwszy Julka mogła odpowiedzieć twierdząco, choć nie była z tego zadowolona. – Pokłóciłyśmy się na dyskotece.

– Dlatego wracałyście osobno?

– Tak.

– Pani ojciec mówił, że siostra została dłużej, bo chciała jeszcze potańczyć, pobawić się ze znajomymi.

– Tak mu powiedziałam. Żeby go nie martwić więcej, niż było trzeba.

– A o co się panie pokłóciły?

Julka wypiła łyk stygnącej herbaty, żeby zyskać na czasie. Zastanawiała się, czy podanie prawdziwego powodu jest konieczne. Porucznik czekał na jej odpowiedź cierpliwie, bez ponaglania.

– O styl mojego życia…

– Tak w ogóle czy o coś konkretnego?

Nie, jednak nie wyznałaby mu, jak straciła cnotę. Bo jemu ta wiedza na nic, a jej za parę godzin odbije się czkawką zbędna szczerość.

– Nie wiem, jak pan to zaklasyfikuje. Siostra uważa, że zachowuję się niedojrzale jak na swój wiek. Ma rację, jeśli chce pan wiedzieć. Ale nikt nie lubi być krytykowany, nawet jeśli słusznie. Byłam na nią zła.

– Poza tym incydentem nie wydarzyło się na dyskotece nic, co zwróciłoby pani uwagę?

– Nic. Tylko nasza niepotrzebna scysja.

Rozmawiali co najmniej godzinę i we wszystkich pozostałych sprawach nie okłamała go. Ściśle biorąc, w tej jednej także go nie okłamała, ale cała prawda nie chciała jej przejść przez gardło. Tak samo jak nie chciało jej przejść przez gardło wiele pytań, które pragnęła mu zadać. Bała się odpowiedzi, jakie mogła usłyszeć.

Bała się dowiedzieć za dużo.

Dopiero w przedpokoju, gdy szykował się do wyjścia, zebrała się w sobie. Bo jeżeli milicja sądzi, że nie chodzi o okup, przecież dla okupu porywa się osoby zamożne, badylarzy, prywatną inicjatywę, a nie biedne jak mysz kościelna nauczycielki, jeżeli wygląda na to, że nie wchodzi w grę zemsta, zadawnione urazy, zatargi…

– Jeśli to jest zboczeniec… – zająknęła się.

Porucznik Zdun zastygł z ręką w jednym rękawie kurtki, a potem nieco zbyt pospiesznie skończył się ubierać. Ale nie złapał w popłochu za klamkę.

– Co oni robią swoim ofiar… – Nie, tego słowa Julka nie chciała użyć, więc powiedziała głucho: – Tym, które porwali?

Zdawała sobie sprawę, że jej pytanie jest bezdennie głupie i naiwne. Ale było jej obojętne, co sobie o niej pomyśli ten milicjant. Bo może jest coś, o czym ona nie wie. Coś, co spowoduje, że sprawy nie będą wyglądały tak makabrycznie, jak wyglądają. Modliła się w duchu, żeby nie usłyszała od niego pocieszenia równie głupiego jak jej pytanie. Żeby nie zepsuł wszystkiego, bo już trochę zaczęła mu ufać. Bardzo tego teraz potrzebuje.

– Co im robią? – powtórzyła już płynnie.

Porucznik przyjrzał się jej z uwagą, jak lekarz, który ma w zanadrzu złą diagnozę i zastanawia się, jak to przekazać pacjentowi.

– Wszystko – odparł krótko. – Co tylko im przyjdzie do głowy.

Wyciągnął rękę na pożegnanie, ale przytrzymał dłoń Julki dłużej, niż wymagała tego konwencjonalna grzeczność.

– Będzie pani bardzo potrzebna swojej siostrze, gdy już ją odnajdziemy – dokończył.

O dziwo, na te słowa Julka poczuła ulgę. Kryła się w nich wymagająca nadzieja, a nie prostackie pocieszenie. Tak lepiej. To, co trudne, zdaje się bardziej wiarygodne.

Byli umówieni, że ona zajrzy do komendy podpisać protokół, a jednak wpadła w popłoch, gdy zamknęła za nim drzwi. Póki tu siedział, mogła wierzyć, że coś się dzieje, poszukiwania trwają, ktoś się zajmuje biedną Majką. Kiedy została sama w pustym mieszkaniu, uległa przerażającemu złudzeniu, że to już koniec. Nic więcej się nie zdarzy.

Usiadła na kanapie w dużym pokoju, przykryła się kocem, bo kaloryfery były zimne, sezon grzewczy jeszcze się nie rozpoczął, zagapiła się na dwie szklanki zimnej herbaty i zasnęła w ubraniu. Efekt ostatniej nieprzespanej nocy. Obudziła się pod wpływem koszmarnej myśli, że ojciec nie wróci z pracy i ona, Julka, zostanie całkiem bez nikogo.

Było po północy, ale już nie zasnęła z powrotem.

Stała przy oknie w swoim pokoju, oparta brzuchem o parapet. Nie zapaliła światła. Noc była cicha, mglista, w ciemnościach wisiał blask okolicznych latarń. Po drugiej stronie ulicy Julka dostrzegała ginące w tym oparze czarne zarośla, czarne gałęzie drzew zarastające niewidoczne niebo.

Ten sam widok Majka miała przed oczami trzy dni temu. Mniej więcej o tej godzinie.

A teraz? Gdzie jest, co widać wokół niej? Coś tam musi być, Majka coś dostrzega, jeśli nie śpi. Ściany piwnicy? Wnętrze drewnianej komórki? Zapuszczony, brudny pokój? Gdyby się wiedziało – łatwiej byłoby ją odszukać.

Swoją drogą, kto jest to w stanie odgadnąć, jeśli nie Julka?

Już raz się okazało, że potrafią reagować w bliźniaczy sposób.

Znów stanęła jej przed oczami wrzeszcząca Majka, przewracająca się razem z kuchennym taboretem. I wrócił do Julki koszmarny ból jej spalonego ciała. Ból, który poczuła w swojej własnej piersi.

Jej nieistniejąca rana goiła się tak samo wolno jak paprząca się rana Majki, tak samo wywoływała temperaturę i boleśnie ciągnęła pod pachą. Zwłaszcza nocami, gdy wokoło rozlewała się ciemna pustka i nie istniało nic prócz doznań własnego ciała. Lekarze mówili, że to z szoku. Że nerwowe. Jak zwał, tak zwał – ale to było naprawdę! Zdarzyło się, Julka niczego sobie nie wymyśliła. Pod wpływem tych zjawisk zaczęły z Majką wertować uczone książki i popularne czasopisma, żeby sprawdzić, czy podobne rzeczy miewają miejsce. Czy to dopuszczalne w świetle nauki, czy raczej one obie są wyrodkami, średniowiecznymi wiedźmami, Bóg wie czym. Dziwem natury.

No i wyczytały, że takie przypadki się zdarzają wśród bliźniąt, proszę sobie wyobrazić! Jeśli nauka się temu dziwiła, to jedynie dlatego, że nie umiała ich nazwać i objaśnić. Z rzadka, w sposób nieoczywisty, raz tak, innym razem, w zbliżonych okolicznościach, wcale nie – ale zdarzały się rzeczy, o których nie śniło się filozofom.

Julka oparła czoło o chłodną szybę. Musiała być naprawdę w złym stanie psychicznym, jeśli sama sobie opowiadała bajki.

Owszem, tak z nimi było, ale dawno i nieprawda.

Z drugiej strony ten piekielny ból, który niedawno rozrywał jej podbrzusze... Tłumaczyła go sobie ciążą, ale przecież to nonsens. A jeśli znowu poczuła ból Majki? Strach, który ją ogarnął, gdy skręcała wczoraj do parku, też był strachem Majki, czemu nie? Pies milicyjny, który jej się wyśnił? Nie, psa Majka nie mogła widzieć w piątkową noc, bo zjawił się dwie doby później, w niedzielę. Cała ta teoria kupy się nie trzyma. Trzeba by uwierzyć w czarną magię. A potem zwariować, osiwieć, zacząć mówić do siebie na głos i co tam jeszcze...

Wzięła głęboki oddech.

Bądźmy rozsądni! Ona nie czuje tego, co Majka. Niemożliwe! To znowu nerwy, jak jedenaście lat temu, kiedy okaleczyła swoją siostrę. Po awanturze na dyskotece też czuje się winna, i koszmar zaczyna się od nowa.

Zapaliła światło, usiadła przy stoliku, położyła przed sobą *Zbrodniarza i pannę*. Ale nawet nie otworzyła książki. Zamyśliła się nad nią.

Bo mimo wszystko byłoby zbawienne, gdyby jakąkolwiek drogą, pozazmysłową czy dowolną inną, mogła

142

doświadczyć tego, co się obecnie dzieje z Majką. Jasne, że musiałaby dzielić z siostrą ból, lęk, cierpienie, ale zniosłaby to. Skoro Majka znosi, ona, Julka, też by zniosła. A jak wiele spraw dałoby się dzięki temu rozwiązać. Dziś, zaraz, od ręki! Ludziom powinna być dana możliwość, żeby w uzasadnionych sytuacjach potrafili się wcielić w kochaną osobę. Na mgnienie oka. Odrobinę…

A jeśli to choć po części wykonalne? Co z tego, że brzmi dziecinnie?

Gdyby Julka zamknęła oczy, skupiła się, wywędrowała myślami z własnej głowy, gdyby całą sobą wczuła się w Majkę, gdziekolwiek ona teraz przebywa. Zna ją jak samą siebie, trafiłaby do niej poprzez przestrzeń i noc. Bywało, że odgadywała najskrytsze myśli siostry, bo niewiele się różniły od jej własnych. Popatrzyły sobie w oczy i wiedziały…

Wyjęła z paczki zefira, ale go nie zapaliła. Odłożyła zapałki i oparła papierosa o brzeg porcelanowej popielnicy.

Zacisnęła powieki.

I wczoraj, i dzisiaj zdarzało jej się znajdować w głowie pustkę, która aż się prosiła, żeby ktoś w niej zagościł.

Skupiła się zatem.

Tak się skupiła, jakby weszła do wnętrza samej siebie.

Wcisnęła się w swój brzuch, w klatkę piersiową, skuliła się między własnymi żebrami. Wszystko tam dygotało, trzęsło się z niepokoju. Może to był niepokój Majki? I gdzieś daleko, jak stłumione echo, biło w Julce drugie serce. Pewnie dziecka, które w niej rosło. O ile to możliwe. Czy w trzecim miesiącu da się usłyszeć bicie dziecięcego serca, czy też wymyśliła sobie to wszystko od a do zet?

Jak wariatka. Nieznajomy milicjant zrósł się z Majką, jej nienarodzone dziecko zrosło się z Majką, cały świat zrósł się z Majką, jakby tylko ona jedna się na nim liczyła.

I akurat jej nie było. Znikła, zamieniła się w majak.

Po raz drugi od piątku Julka rozszlochała się jak przedszkolak. Umazana łzami zasnęła wreszcie nad ranem kamiennym snem.

Gdy się obudziła, ojciec już był w domu. Przykrył ją kocem i siedział po cichu w jej pokoju, przyglądając się swojej śpiącej córce. Uśmiechnęła się do niego, powiedziała „dzień dobry", a wstając, pocałowała go w nieogolony policzek. Spojrzał na nią zaskoczony, ponieważ po raz ostatni zrobiła to chyba jeszcze za życia matki.

Zjedli razem śniadanie, a właściwie podzióbali widelcem jajecznicę, którą Julka usmażyła. Jedno przed drugim udawało, że je z apetytem. Julka powtórzyła ojcu, czego się dowiedziała od porucznika Zduna. Około południa tata położył się do łóżka, żeby odespać nockę, zresztą chyba chciał się zamknąć w pokoju sam ze sobą. Pod wieczór zapukał do drzwi Janusz. U Julki była koleżanka, milcząca w jej towarzystwie z miną jak na pogrzebie. Na jego widok szybko zebrała się do wyjścia.

Janusz sam sobie zaparzył herbatę i siedli z Julką w kuchni.

– Mama zamówiła mszę za szczęśliwy powrót Majki – powiadomił.

Po jego minie było widać, że nie wie, co o tym fakcie sądzić. Czy to dobrze wróży, czy źle. Julka też nie wiedziała. Skinęła głową, że przyjęła do wiadomości tę mszę. Siedzieli razem, nie odzywając się do siebie, i nie czuli skrępowania z tego powodu. Nawet nie zauważali, że milczą. Zbyt wiele chaotycznych myśli krążyło im po głowach.

– Chyba podejrzewają, że maczałem w tym palce... – odezwał się Janusz kwaśno. – Milicja.

Julka obojętnie wzruszyła ramionami.

– Przecież nawet cię tutaj nie było.

– Właśnie dlatego. Uznali, że ich okłamuję.

Na dworze zaczęło padać, drobny deszcz uderzał w okno kuchni. Julka nie zasunęła zasłonek i w górnym świetle było widać zapłakane szyby. Świat za nimi utonął w nieprzejrzanej czerni.

– Oni są podejrzliwi z natury, nie bierz tego do siebie. Powiedz im, gdzie byłeś, i niech sobie sami sprawdzą. Nie są durniami.

Janusz zakręcił szklanką. Poruszył fusy na dnie, jakby z nich wróżył.

– Nie mogę im tego powiedzieć. W tym problem.

– Nie możesz im powiedzieć, że byłeś na Wybrzeżu?

– Nie.

– Dlaczego?

– Bo nie byłem. Byłem w Warszawie. Tylko Majka o tym wiedziała.

Już z jego spłoszonego spojrzenia Julka domyśliła się, w czym rzecz. Nadal się bawili z Majką w nowy wspaniały świat. Ona sama dała sobie spokój na ostatnim roku w Poznaniu, kiedy zaczęły jej się walić terminy na seminarium magisterskim, ale ona studiowała bibliotekoznawstwo, kierunek spokojny i ugodowy. A na polonistyce u Majki wciąż się odbywały hocki-klocki. Oni się tam uważali za filomatów i filaretów w jednym, zbawców ogłupionego narodu, uwierzyli, że Mickiewicz niczym Lenin – wiecznie żywy. Jak nie całodzienne dyskusje o Teatrze Ósmego Dnia, to całonocne przepisywanie na czysto *Kompleksu polskiego* Konwickiego. Dwieście stron ręcznie, ze zszarganego numeru nielegalnego „Zapisu". Żeby mieć. Żeby być. Żeby się obnosić. Najpierw rozprowadzali petycje w obronie poety Barańczaka wyrzuconego z wydziału przez władze, potem włóczyli się po prywatnych mieszkaniach na wykłady Uniwersytetu Latającego o Katyniu albo o Sołżenicynie.

Majka wciągnęła w to najpierw siostrę, bo ta była na miejscu, a potem dojeżdżającego Janusza.

Ale Julka długo nie wytrzymała.

Jeszcze w czasie wakacji słyszała, jak oni oboje rozmawiali ze sobą o Komitecie Obrony Robotników. Że trzeba by do Warszawy, że złapać kontakt… Bo uciemiężona ojczyzna pod radzieckim butem.

Julka nie wtrącała się już wtedy do ich rozmów. Miała co innego na głowie. Co innego i zupełnie gdzie indziej.

Żenował ją ich bogoojczyźniany zapał, choć nie pokazywała tego po sobie.

A tu proszę – jej też w najmniej spodziewanym momencie wyłazi bokiem ta partyzantka narodowowyzwoleńcza, jak się okazuje. Co ma piernik do wiatraka? Na pozór nic! A jednak Janusz nie wsypie ludzi, u których był, milicja zacznie uprawiać slalom między jego niepotrzebnymi łgarstwami, w tym zamęcie cała sprawa skręci na jakieś boczne dróżki i będą szukać Majki tam, gdzie jej nie ma. Wszystko się pokiełbasi na amen!

– Bez sensu – powiedziała przygnębiona.

Janusz pokiwał głową potulnie jak baranek.

– Ale co mam zrobić? Może mnie nie podejrzewają?

– To tak czy nie, zdecyduj się!

– Nie wiem.

Wychodziło na to, że on jednak panikuje. Ale przy tej okazji Julce przyszła do głowy inna koszmarna myśl.

– A jeśli sami to zrobili, żeby wam dać nauczkę? Esbecja!

– Bez przesady! – Janusz zaprzeczył wyjątkowo zdecydowanie. – Takich numerów nie wywijają opozycyjnym płotkom, bo cały naród musieliby potajemnie wywieźć na Sybir. Majka nigdy nie była u tych z Warszawy, a ja pojechałem pierwszy raz. Spotkałem się z jednym człowiekiem w sobotę. Skąd mieli o tym wiedzieć w piątek?

Julka z przybitą miną skinęła głową, że to prawda. Czegoś takiego nawet oni nie mogli wiedzieć. Widocznie taka jest specyfika tego, co się stało z Majką. Nikt nic nie wie, czeski film!

– Nie wytrzymam, żeby tak siedzieć i czekać nie wiadomo na co – powiedział Janusz z irytacją.

– Na Majkę.

– Tak się czuję, jakbyśmy nic nie robili w jej sprawie.

– Bo nie robimy – potwierdziła Julka. – Co więcej możemy zrobić?

Przestało padać, ale za oknem wciąż trwała gęsta i czarna noc, jakby nie było tam zupełnie nic.

– Oni oleją tę sprawę, jak każdy olewa w tym kraju każdą rzecz!

– Nie przesadzaj – mruknęła Julka. – Odniosłam wrażenie, że ten porucznik jednak coś konkretnego robi.

– Dobrze mówisz. Odniosłaś wrażenie! To jest wrażenie. Od tego oni są! Żeby robić dobre wrażenie! I więcej nic! Za pół roku zameldują nam, że umarzają sprawę. Dali z siebie wszystko, ale wyżej nerek nie podskoczysz! Takie jest życie!

– Przestań krakać! – Julka się wzdrygnęła.

Szklanka wyleciała jej z ręki i roztrzaskała się w zlewie na kawałki. Powybierała je po kolei, wsadziła do ust krwawiący palec.

– Przepraszam – zreflektował się Janusz. – Ale tak jest, sama wiesz. Potrzebne są plecy. Dziadek, wujek, stryjek, znajomy aparatczyk. Albo koperta pod biurkiem! Jeśli nie masz odpowiedniego człowieka, nie znasz kogoś ustawionego, kto pchnie sprawę do przodu, to ona będzie stała w miejscu ad mortum usrantum jak ciężarówka rozkraczona w rowie! Bez odpowiedniego dojścia nikt tutaj palcem dla ciebie nie ruszy! Rdza cię zeżre!

Słuchając go, Julka przestraszyła się nie na żarty. A jeśli Janusz ma rację w swoim rozgoryczeniu? Przecież tu rzeczywiście tak jest, każdy o tym wie. Może ona po raz kolejny wykazała się łatwowiernością, dała się nabrać na piękne słówka tego milicjanta jak pierwsza naiwna. A tymczasem on wyszedł stąd, podjechał do knajpy i pije z kolegami, zamiast coś robić. Wyglądał na rozrywkowego gościa. Modnie ubrany i elegancki, z daleka pachniał yardleyem, dopiero teraz to sobie uświadomiła.

Wsunęła do szafki pod zlewem kubeł na śmieci z resztkami szkła.

– Masz rację, nie siedźmy z założonymi rękami – zgodziła się. – Majka na pewno się spodziewa, że stajemy tutaj na uszach, żeby ją wyciągnąć z tego szamba! Zajmę się tym! Nie zawiedziemy jej!

Janusz skrzywił się z niesmakiem. Niezamierzony patos Julki wziął za drwinę.

– Daj spokój, nie mówię o tobie. To nie są pretensje z mojej strony. Ja też gówno mogę! Gdybym miał możliwość, uderzyłbym do samego Gierka. Tylko kto mnie do niego dopuści?! No powiedz, kto? Myślałem, żeby napisać petycję, ale myślisz, że on ją kiedykolwiek przeczyta? Wiesz, jak załatwiają takie listy? Prześlą go z powrotem konińskiej milicji do rozpatrzenia, a oni się na nas wkurzą… Zacznie się prawdziwa zabawa kosztem Majki! Gdyby to rzeczywiście była sprawa polityczna, a nie kryminalna, znalazłbym jakieś furtki, jest biuro interwencji, przez Wolną Europę by jej szukali, nie martw się! Ale w tej sytuacji?

Julka położyła mu rękę na ramieniu.

– Załatwię dojście, Janusz! Powiedziałam!

– Przez kierowniczkę wypożyczalni? – żachnął się. – Zdaje ci się, że wystarczy pstryknąć palcami? Tu trzeba kogoś naprawdę wysoko postawionego!

– Załatwię! – powtórzyła hardo Julka. – Zostaw to mnie!

Po wyjściu Janusza położyła się spać ze świadomością, że nie zaśnie. To wszystko robiło się zbyt skomplikowane, zbyt trudne, nie na jej siły. Ale wbrew obawom zasnęła natychmiast, jakby sen też postanowił jej udowodnić, że niczego nie potrafi przewidzieć.

Znów śniły jej się koszmary z czarnym psem w roli głównej. Ale tym razem, dla odmiany, zwierzak lizał ją po rękach długim jęzorem, coraz dłuższym i dłuższym, aż na koniec się obudziła.

Jeszcze zanim zadzwoniła nad jej głową Myszka Miki, którą wieczorem nastawiła na ósmą. W półmroku nowego świtu rozchylone karminowe usta modelki z kalendarza Świerzego zalśniły na powitanie połyskiem kredowego papieru.

Zaczynał się kolejny dzień bez Majki.

Julka nie miała ochoty na śniadanie, wmusiła w siebie odrobinę białego sera, popiła go paroma łykami czarnej kawy. Namówiła ojca, żeby przed południem odbył codzienną kwerendę po sklepach, i natychmiast po jego wyjściu usiadła przy telefonie.

Gdy wykręcała numer, trzęsły jej się ręce, ale głos miała normalny, dźwięczny.

– Proszę mnie połączyć z panem Barczem – powiedziała do sekretarki, która odezwała się po drugiej stronie.

– A kto mówi?

– Chcę z nim rozmawiać prywatnie.

– Wobec tego kto chce rozmawiać prywatnie?

Julka zawahała się, czy nie lepiej podać nieprawdziwe nazwisko, ale zrezygnowała. Jeśli ta kobieta ją połączy – i tak trzeba się będzie przedstawić. Nie zamierzała robić z siebie kretynki, która ucieka się do tanich podstępów.

– Julia Małecka – odpowiedziała.

– Proszę zaczekać. Sprawdzę, czy towarzysz Barcz może odebrać.

W słuchawce zapadła głucha cisza, widocznie sekretarka przełączyła się na interkom.

Julka liczyła w myślach. Raz, dwa, trzy... Żeby nie przyszło jej do głowy coś głupiego, co ją spłoszy i każe jej odłożyć słuchawkę, zanim ktokolwiek się w niej odezwie. Cztery, pięć, sześć...

Zdążyła doliczyć do trzydziestu ośmiu.

– Halo?

To znów był głos sekretarki.

– Tak, czekam – zgłosiła się Julka.

– Bardzo mi przykro, ale towarzysza Barcza nie ma w komitecie. Dziś już nie wróci. Jest w terenie na naradzie.

– Kiedy będzie?

– Mówiłam, dziś już nie wróci.

– Kiedyś wróci. O to pytam.

– Nie umiem pani odpowiedzieć. Proszę dzwonić i się dowiadywać.

Jednak to było klasyczne zbywanie niewygodnego petenta. Ton sekretarki, sztywny i lekceważący, też na to wskazywał.

– Gdzie ta narada? – Julka nie ustąpiła. – Zechce mi pani podać numer telefonu do tamtego miejsca?

– Niestety, nie mogę. Nie praktykujemy tego. Zresztą towarzysz Barcz nie wybrał się tam dla rozrywki, jest zajęty i na pewno nie miałby czasu z panią rozmawiać. Życzę wszystkiego dobrego, do widzenia.

Nie warto było się łudzić. Towarzysz Barcz, popijający za biurkiem kawkę ze służbowego ekspresu i przeglądający dla zabicia czasu rubrykę sportową w przydziałowej „Trybunie Ludu", kazał spławić towarzyszce sekretarce namolną obywatelkę Małecką.

Ale Julka nie miała ochoty grać w teatrze towarzysza Barcza.

– Jeszcze sekundę – zawołała do słuchawki. – Pani może się z nim skontaktować, gdziekolwiek jest, prawda?

– Nie rozumiem?

– Nie szkodzi. Proszę zrobić to, co powiem. Przekazać mu dwa słowa ode mnie. Zapewniam, że będzie niezadowolony, jeśli pani nie spełni tej prośby. Na pani miejscu nie chciałabym się o tym przekonać!

Na mgnienie oka sekretarce odebrała głos jej bezczelność. Zwykle tylko ona mogła sobie pozwolić na takie zachowanie. Ale błyskawicznie wróciła do równowagi. Służbowa rutyna.

– Wiem, co powinnam robić. Niech panią o to głowa nie boli.

– Ja dbam o to, żeby pani później nie bolała. Proszę mu powiedzieć, że jest po sprawie. Załatwione. Niech się do mnie odezwie jak najszybciej, jeszcze dziś. Zna numer. – Nie była przekonana, czy to zabrzmiało wystarczająco dobitnie, więc dodała tonem pogróżki: – A gdyby miał wątpliwości, o co chodzi, proszę mu przekazać, że zostawię u pani dokładniejsze informacje dla niego, jeśli sobie życzy.

Bez pożegnania odłożyła słuchawkę, nie czekając na odpowiedź.

Rozdział VIII

PORTRET PAMIĘCIOWY

Naprzeciw hotelu, na tablicy z repertuarem kin, ktoś przykleił kolejny czarno-biały plakacik. Romek dostrzegł go, idąc do Ekspresu. *Ktokolwiek widział, ktokolwiek wie...* Parę słów i zdjęcie uprowadzonej bliźniaczki. Jak skóra zdjęta z tej drugiej. Przed laty, przy torach, musiały być obie, ale tak go zbił z pantałyku tamten koszmarny wypadek, że nie wziął pod uwagę oczywistej rzeczy. Skłonniejszy był uwierzyć, że ma zwidy – niż że kręcą się tam siostry bliźniaczki, podobne do siebie jak dwie krople wody. Ciekawe, co tkwi w głowie człowieka, skoro rzeczywistość tak łatwo przegrywa w niej z urojeniami.

Nie wziął samochodu, wybrał się piechotą, w cywilnym ubraniu. Na głowę włożył kaszkiet, jak było umówione w takich sytuacjach. Zbliżało się południe, mgliste niebo miało barwę mysiej sierści.

Swoją drogą, druga z sióstr nie zdaje sobie sprawy z fartu, jaki miała. „Jeśli to był zboczeniec…" – powiedziała do Romka. A kogo jeszcze mamy do wyboru, ministranta z Jasnej Góry? Skoro do tej pory nie zażądał okupu, nie ma się co łudzić. Zdaniem milicyjnych psychologów to pewne jak dwa razy dwa.

Najtrudniejszy gatunek bandziora. Pan Ślepy Traf! Samotny łowca! Szurnięty dewiant, który chory mózg nosi w spodniach, ale niejednego spryciarza potrafi wywieść w pole! Dopadnij takiego, człowieku! Nie wiąże go z ofiarą nic prócz przypadkowego spojrzenia. Wyłania się z ciemności i w ciemności znika, a ty szukaj cienia przy księżycu! Szukaj spojrzenia zza węgła! Włóczy się bez celu, ma coś wrednego w tyle głowy, coś szwankującego jak popsuta pozytywka, co go uwiera, zgrzyta, fałszuje za uchem, toteż nosi go, nosi jak diabli! Błąka się, szuka, patrzy, aż wypatrzy… Smaczny kąsek sam się pcha do rąk, wystarczy zacisnąć garść w odpowiednim momencie i złapać swoje.

Gdyby wpadła mu w oko inna szykowna dziewuszka, z pewnością nie robiłoby mu to różnicy, napalonemu świrusowi! Zwłaszcza gdyby napatoczyła się druga siostra. Biorąc na oko – sama natura nie zrobiła różnicy między nimi obiema.

Ale mogło być odwrotnie, pomyślał Romek, całkiem odwrotnie.

Zboczek upatrzył sobie Julkę, śledził ją od domu kultury. Mógł w ogóle nie zdawać sobie sprawy, że są dwie siostry, kubek w kubek, toczka w toczkę. Julka wpadła mu w oko już po ich kłótni, gdy trzymały się osobno…

Więc dlaczego porwał Majkę?

I skąd się wziął jego samochód na Kolejowej?

Przypadek? Jechał za nią samochodem? Jeśli zaparkował w odpowiednim miejscu zawczasu, bo adres namierzył już wcześniej, musiał wiedzieć, że są dwie siostry. Śledząc jedną czy drugą od domu kultury, wiedziałby, którą śledzi. I nie zaczynałby swojej parszywej akcji na dyskotece, bo zakładałby, że będą wracały razem. Ich kłótni nie był w stanie przewidzieć.

Nie chce się wierzyć, że sukinsynowi tak sprzyjał los!

Zapaliło się zielone światło sygnalizatora po drugiej stronie Dworcowej.

– Chciałbym jeszcze raz pojechać do Paryża – powiedział jeden z dwóch mężczyzn, którzy mijali Romka na przejściu dla pieszych.

Każdy z nich niósł pod pachą plastikową wanienkę. Zieloną, takiej samej wielkości, identycznie wyprofilowaną. Widocznie rzucono je do któregoś sklepu na III Osiedlu.

– Już raz byłeś?

– Nie, już raz chciałem! – odpowiedział tamten i obaj się roześmiali.

Dowcip z brodą! Bal z myszką! Stara bida!

Ludzie rozmawiają ze sobą tekstami z brodatych dowcipów i kupują dziecięce wanienki tylko dlatego, że takie wanienki pojawiły się w handlu uspołecznionym. Nieprawdopodobne, żeby obu tym facetom były potrzebne w tej samej chwili. Łap okazję! – polski sport narodowy. Przechodzili obok sklepu, przed którym wiła się kolejka po plastikowe wanienki. Spytali, stanęli i wracają do rodzin jako tryumfatorzy. Gdyby Romek miał dziecko, zaczepiłby ich na zebrze, żeby się

155

dowiedzieć, gdzie można dostać ten cudowny towar pierwszej potrzeby.

Krystyna przynajmniej tego mu oszczędziła! Facet wygląda na ulicy idiotycznie z zieloną plastikową wanienką pod pachą.

Brakowało mu jak nigdy Kociuby. Sierżant umiał znaleźć anegdotkę na każdą okazję. W ramach dobrej rady. Powiedziałby na przykład: „Weź, Romuś, młodziutką modystkę z ulicy Dominikańskiej w Wilnie, co to znikła bez śladu w tysiąc dziewięćset dwudziestym ósmym roku. Szukał jej komisarz Nowaczyk, proszę ciebie, i co się okazało…". Właśnie, co się okazało?

Nikt już tego Romkowi nie wyjaśni.

Przez pomazane tafle szyb widział pijaczków tłoczących się przy piwie w Ekspresie. Jak w wielkim akwarium. Oni, kufle z białą czapą piany, stoliki z laminowanymi blatami, czubate popielniczki, wszystko tonęło w zawiesistej mgle papierosowego dymu. Jakby w barze panowała inna pogoda niż na zewnątrz.

Nie wchodził do środka. Nawet na taras nie wszedł. Przespacerował się wzdłuż podwyższonego murku, wypatrując Machały za szybami. A raczej czekał, aż tamten jego wypatrzy.

Gdy spotkali się oczami, Romek obojętnie odwrócił wzrok. Zdjął kaszkiet i przeczesał dłonią włosy.

Skierował się ku ulicy Kleczewskiej.

Po drodze przysiadł na wkopanej w ziemię ławeczce bez oparcia. Wyjął z kieszeni kurtki „Przegląd Sportowy" i zasłonił się nim, jakby czytał. Zapalił papierosa. Ławeczka stała za murowanym śmietnikiem, niewidoczna od ulicy, ale Machała, który przyczłapał z rękami w kieszeniach wyświechtanych spodni, wiedział, gdzie jej szukać. Nie pierwszy raz spotykali się w tym miejscu.

Bez słowa usiadł w drugim końcu. Zapalił sporta z wymiętej paczki.

Stolik w barze Ekspres był jego miejscem pracy. Jakiej? Trudno stwierdzić. Został informatorem milicji, żeby nikt nie wchodził mu w paradę, kiedy robi interesy. Usługa za usługę. Z tego powodu – póki nie zachodziły kryminalne okoliczności – nie dociekano, czym się para. Jedno pewne, że brudny, nieogolony, w roboczym waciaku z daleka cuchnącym benzyną, nie prowadził szkoły tańca towarzyskiego.

Trzypiętrowy blok mieszkalny naprzeciw ławki przesłaniała gigantyczna tablica na metalowym stelażu. Wznosiła się pośrodku trawnika na wysokość dwóch kondygnacji. „Niech żyje Wielka Socjalistyczna Rewolucja Październikowa". Trzy brodate profile bielały na czerwonym tle nad głowami siedzących. Zamiast nieba. Marks, Engels, Lenin.

– Co jest, obywatelu poruczniku?

Mówiąc, Machała gapił się pod swoje nogi. Czubkiem buta przeturlał kamyk po udeptanej ziemi.

Romek odłożył zwinięty „Przegląd Sportowy" na ławkę pomiędzy nimi dwoma.

– Szukam tego gościa – powiedział w przestrzeń.

Z któregoś okna zasłoniętego przez stelaż dobiegał dźwięk radia albo magnetofonu. Zespół Boney M. śpiewał przebój *Rivers of Babylon*.

Machała sięgnął po odłożony „Przegląd Sportowy" i przekartkował go od niechcenia. Między stronicami gazety tkwiło wetknięte tam przez Romka zdjęcie portretu pamięciowego.

Machała przyjrzał mu się, mrużąc powieki.

– Coś więcej?

– Ty mi powiedz. Porwanie?

– Kogo?

– Młodej ładnej.

Machała wsunął „Przegląd Sportowy" za połę waciaka razem z portretem.

– Jakoś nerwowo za nią macacie, obywatelu poruczniku.

– Mianowicie?

– Z pośpiechu wciska mi obywatel porucznik taki kit? Co to za klient? Rozbójnik Rumcajs? Wąsy, jakby grzywkę sczesał pod nos, baki do ramion! Grunt, że nie szukacie kogoś, kto nie nosi tego na gębie! Przy dzisiejszej modzie byście nie znaleźli. Jeszcze by się jego twarz przydała do wglądu, nie macie przy sobie takiego widoczku, obywatelu poruczniku?

– Nie filozofuj, Machała – mruknął Romek. – Gdybym miał jego zdjęcie i adres, nie potrzebowałbym ciebie. Jest jak jest, na tym się skup! Widzisz, że ma bliznę na czole? Taka blizna to jak wygrana w totka! Znajdź dziesięć szczegółów, którymi facet różni się od Delona, i rób swoje! Pogadaj z ludźmi, rozejrzyj się, ale tak, rozumiesz, na wysokich obrotach. Póki jest nadzieja, że nie wyciągamy z kłopotów trupa.

– A fotka tej młodej ładnej? Może być w bikini!

– Masz rozwieszoną na mieście. Bikini sobie dorysuj! Tylko się spręż.

– Jutro o tej samej porze – powiedział Machała.

Podnosząc się z ławki, Romek zapalił następnego papierosa. Dłonią osłonił przed wiatrem płomyk zapalniczki.

– Nie. Dziś – rzucił przez ramię, odchodząc. – O ósmej wieczorem.

Dzień, tydzień, nieskończoność – mawiał Kociuba. Jeśli sprawy nie uda się rozwiązać w ciągu dwudziestu czterech godzin, kroi się poważne śledztwo. Następna dobra data to tydzień. Wszystko jeszcze świeże – dowody, świadkowie, śledczy. Ale jeśli po dwóch tygodniach nie ma efektów, może ich nie być nigdy. Tylko w kryminalnych powieściach winny zostaje ukarany nieuchronnie i sprawiedliwie. W życiu bywa różnie. A przestępcy znają życie z życia, nie z książek.

Romek ziewnął szeroko. Miał za sobą nieprzespaną noc.

Przez ten portret pamięciowy.

Zanim dał go Machale, z samego rana był już z nim u Małeckich na Kolejowej.

Drzwi otworzyła mu Julka po domowemu, we flanelowej koszuli wyrzuconej na spodnie od dresu.

A Romka aż cofnęło w progu.

Zgęstniała woń zatykała nos, jakby stanął w drzwiach perfumerii. Takiej, w której przed sekundą potłukł się w drobiazgi cały asortyment.

Rozpoznawał woń peweksowskich perfum, ale nie potrafił sobie przypomnieć ich nazwy. Miał w pamięci różowy flakon z czerwoną etykietką obwiedzioną czarnym konturem. Jej kształt przypominał flaminga z rozłożonymi skrzydłami. Któraś ze znajomych pań używała tych perfum, chyba swego czasu kupował jej takie w prezencie.

Dlaczego ich aromat unosił się w pomieszczeniach jak bagienny opar nad uroczyskiem? To nie Julka nimi pachniała, lecz mieszkanie. Intensywnie, przesadnie, jakby za pomocą perfum próbowano ukryć inny zapach, który dominował tu wcześniej.

Witając się z nim, Julka patrzyła podejrzliwie, ale nie dał po sobie poznać, że cokolwiek go zastanawia. Powiesił kurtkę na wieszaku. Zanim wszedł dalej, wrócił ze sklepu Małecki z siatką zakupów. On też pociągnął podejrzliwie nosem i rozejrzał się dyskretnie za źródłem landrynkowej woni.

A Julka czym prędzej skręciła do dużego pokoju, jakby chciała ukryć, że jest speszona.

Na ławie przed obojgiem Romek położył zdjęcie portretu pamięciowego. Na razie uwidoczniony na nim mężczyzna stanowił jedyny punkt odniesienia dla milicyjnej akcji.

„Nieznajomy". Tak ochrzcili gościa w komendzie. Taki kryptonim widniał na aktach sprawy.

Zauważono faceta tamtego wieczora w Wudeku. Wielokrotnie go zauważono, jeśli można tak powiedzieć. Dotąd jednak niczego więcej o nim nie wiedziano.

Na tego mężczyznę zwróciła uwagę spora część uczestników piątkowej dyskoteki. Wszyscy określali go jako nieznajomego. W ich zeznaniach powtarzały się nazwiska, ubiory, nastroje, rozmowy, taneczne drogi przez parkiet, miejsca zajmowane przy stolikach. Z czasem w chaos tych spostrzeżeń wkroczył jaki taki ład. Jedna osoba była znana w swoim kręgu towarzyskim, inna w swoim, mimo że ci z pierwszego kręgu nigdy nie widzieli jej na oczy. Nasi znajomi, cudzy znajomi, znajomi z widzenia, znajomi znajomych…

Delikwent z portretu był jedynym, którego nie znał nikt. „Chyba nietutejszy" – mówili o nim uczestnicy dyskoteki.

Porucznik z dwoma analitykami przesiedział nad stosem zeznań do rana, pijąc hektolitry kawy i paląc papierosa za papierosem, aż z gęstwiny słów wyłoniła się przed nimi ta osobliwa postać. Nieznajomy. Nikt. Człowiek enigma.

Pozostało sporządzić jego podobiznę. Portret pamięciowy nikogo.

Wstęp na dyskotekę był wolny, gość mógł się przyplątać z ulicy. Na przykład ktoś, kto miał przesiadkę w Koninie na dworcu kolejowym i znudzony wyszedł na miasto.

Ten przykładowy trop był mocno teoretyczny, ale nocne pociągi porucznik także kazał sprawdzić. Zachowanie psa tropiącego wskazywało, że sprawca miał samochód. Wywiózł nim porwaną dziewczynę. Przypadkowy pasażer pociągu nie przytargał ze sobą syrenki ani skody w przedziale bagażowym.

Roxanne! – przypomniał sobie Romek, gdy tamci dwoje studiowali portret pamięciowy. Perfumy, do których intensywnej woni zdążył przywyknąć, nazywają się Roxanne!

Gdyby jeszcze ich nazwa miała jakiekolwiek znaczenie…

– Co państwo powiedzą?

Małecki zacisnął szczupłe palce na poręczach fotela.

– Nigdy go nie widziałem – odezwał się z namysłem.

– Ma coś wspólnego ze zniknięciem mojej córki?

Sprawiał wrażenie zgarbionego, mimo że wpatrywał się pytająco w Romka, wyprostowawszy plecy.

– Upewniam się. Nie wiem.

– Mam nadzieję, że nie zajmuje się pan rzeczami zbędnymi.

– Mam taką samą nadzieję jak pan. Koniecznych procedur nie da się ominąć.

Julka przyglądała się portretowi dłużej od ojca.

– Nie znam go – powiedziała. – Ale on jest taki...

Zastanowiła się nad odpowiednim słowem.

– ...podobny do wszystkich – dokończyła. – Gdyby nie ta blizna.

– Na dyskotece nie zwrócił pani uwagi ktoś taki?

– Tak jakbym widziała jego twarz, ale chodzi mi o to, że on wygląda jak każdy. To mogła być podobna twarz. Czyjaś, nie jego. Nie pamiętam...

– A ta blizna? – podpowiedział jej Romek. – Proszę zerknąć.

Pociągnął palcem wzdłuż linii włosów na swoim czole, jakby usilnie próbował pomóc dziewczynie.

Julka jeszcze raz pochyliła się nad portretem.

– Właśnie w tym rzecz. Gdybym rzeczywiście widziała jego twarz, musiałabym zapamiętać bliznę. Rzuca się w oczy... – Tknięta domysłem podniosła wzrok na Romka. – A może on wcale nie ma blizny? Czy pan nie odnosi wrażenia, że na tym rysunku wygląda jak ucharakteryzowany?

Spojrzał na nią zaskoczony. Jemu też coś podobnego przyszło do głowy, gdy patrzył, jak powstaje ten portret. Jakby elementy twarzy nie pasowały do siebie. Nie były na swoim miejscu.

Skinął głową. Dobrze, że dziewczyna myśli i kombinuje. To się może przydać.

Otrząsnęła się z początkowego szoku, odbiła się od dna po raz pierwszy. Na razie utrzymuje się na fali, niesiona optymistyczną maksymą: „Wszystko jest w naszych rękach, wystarczy chcieć, nie ma rzeczy niemożliwych!". Wymyśli sobie konstruktywne zajęcie na najbliższe godziny. Te plakaty znalazły się na mieście pewnie z jej inspiracji. Będzie telefonowała w najdziwniejsze miejsca do obojętnych ludzi, znajdzie sobie coś jeszcze do roboty. W samoobronie. Rzuci się w to głową naprzód i na jakiś czas będzie miała złudzenie, że panuje nad sytuacją. „Nieustępliwie dążę do celu! Nie poddaję się łatwo!"

Z początku każde zakłócenie równowagi życiowej uznaje się za chwilowe. W końcu prawdziwy świat tak nie wygląda. Nie urodziliśmy się wczoraj, znamy go na wylot! To nie może długo trwać! Wszystko przy pierwszej okazji wróci w stare koleiny! Przez pięć minut da się wysiedzieć na desce nabitej gwoździami!

Ale jeśli jej siostra prędko się nie odnajdzie, przyjdzie następny dół. Głębszy. Dziewczyna runie z unoszącej ją fali na łeb na szyję. Wtedy się okaże, ile ma sił. Czy potrafi odbić się od dna po raz drugi. Ile razy da radę się odbijać, szamotać, wypływać na powierzchnię, łapać oddech i znów tonąć. I jeszcze raz, i jeszcze… Ile razy, jeśli sprawy nie pójdą po jej myśli?

Większość ludzi opiera się pierwszej fali, ale już druga i trzecia zbiera obfite żniwo.

– Jeśli pani przypomni sobie coś więcej…

– Będzie pan pierwszym, który się o tym dowie – weszła mu w słowo. – Bo pan naprawdę chce odnaleźć moją siostrę, prawda?

– Naprawdę.

– A potrafi pan?

Nie takie pytania zadają zrozpaczeni ludzie. Krzyczą, ubliżają, chcą pisać donosy. Tu był na razie pełen wersal.

– Potrafię.

Jego pewność siebie nie uspokoiła jej, ale wytrąciła jej z ręki argumenty, które miała przygotowane. Takie odniósł wrażenie.

Zamierzała spytać o co innego, w rezultacie spytała o co innego i usłyszał w jej głosie dziecięcą nieomal bezradność.

– Czy wszyscy zaginieni się odnajdują?

Bezmyślnie spojrzał w okno.

– Większość tak. Ale po niektórych ślad ginie na zawsze.

– A czy pan wie… – głośno przełknęła ślinę – …że tym razem odniesiecie sukces? Przecież nie może pan tego wiedzieć!

Małecki podniósł się z fotela. Stanął za córką i położył jej dłonie na ramionach. Strąciła je niecierpliwym ruchem.

– Uspokój się, córeczko – szepnął. – Robią, co mogą.

– Nie wiem, co mogą! A jeśli Majkę wywieziono na drugi koniec Polski? W tej sytuacji konińska milicja sama sobie nie poradzi! Co z tego, że teraz zrobili tutaj województwo? Tu nadal jest zadupie! Prowincjonalna polska dziura! – Spojrzała na Romka z niechęcią. – Za dużo roboty, za mało rąk do pracy, nikomu nic się nie chce za taką pensję. Prawda? W tej chwili macie na tapecie co najmniej dziesięć równie ważnych spraw, nie mylę się?

Skinął potakująco głową.

– Więcej, szczerze mówiąc.

– Ta nie jest priorytetowa?

– Każda jest priorytetowa.

– Czyli ta jest taka jak każda.

Romek podniósł z ławy kartkę z portretem pamięciowym i wstał.

– Proszę się uzbroić w cierpliwość. Spieszymy się. Robimy, co się da.

– Niech pan nie sądzi, że mam dzikie pretensje! – zreflektowała się. – Chcę pomóc. Gdyby zniknięcie Majki zostało uznane za sprawę priorytetową, panu też byłoby łatwiej. Prawda?

Było coś niezdrowego w jej ciągłym szukaniu u niego potwierdzeń. Czegoś się obawiała? Czegoś nie była pewna?

Oboje z ojcem odprowadzili go do drzwi. Był już na klatce schodowej, gdy z wnętrza mieszkania zabrzmiał brzęczek telefonu.

Romek cofnął się na wycieraczkę.

– Odbiorę! To do mnie, tato! Zostaw mnie samą, to do mnie!

Usłyszał to wyraźnie, bo Julka krzyknęła. Przestraszyła się, że ojciec ją ubiegnie i podniesie słuchawkę.

Miała swoje sekrety.

Każdy ma sekrety, tyle że bywają sytuacje, w których największe sekrety tracą na znaczeniu. To była jedna z takich sytuacji. Zaginięcie ukochanej siostry. Ale sekrety

Julki nawet w obliczu wielkiej niewiadomej zachowały wcześniejszy status.

Intrygujące.

Podniesienie słuchawki przerwało natarczywy dźwięk sygnału.

Przyciszony głos Julki utonął w szumie wiatru, który huczał na klatce schodowej jak w szybie wentylacyjnym. Do Romka nic już nie docierało zza zamkniętych drzwi mieszkania.

Wyszedł na ulicę.

Przeciął na ukos Górniczą, żeby między blokami dojść do Alej, a potem nimi do Ekspresu.

Julia Małecka... Bliźniacza siostra zaginionej. Po przyjęciu zgłoszenia zajął się nią w pierwszym rzędzie. Tak samo jak jej ojcem, narzeczonym Majki, rodziną z Lądku, krewnymi. Każde z nich mogło maczać palce w tej aferze. O powody zawsze łatwo. Złość, zazdrość, urojenia, byle co. Z małej chmury padają wielkie deszcze. Ale wszyscy oni dawali się prześwietlić łatwo i dokładnie. Nie rzucali cienia, nie wlekli za sobą podejrzeń i niewyjaśnionych zdarzeń.

Więc co z tym sekretem Julki?

W opinii najbliższych uchodziła za nieco wycofaną, introwertyczną, zdominowaną przez siostrę. Uznawała ją za niedościgły wzór, lepszą wersję samej siebie. Kochały się lustrzaną miłością, niemniej Romek był przekonany, że Julka czuje się bez Majki bardziej zagubiona, niż miałoby to miejsce w odwrotnej sytuacji.

Były podobne, owszem, awers i rewers tej samej monety. Tyle że słońce zawsze pada z jednej strony, tylko jedna powierzchnia może błyszczeć w jego blasku. Z woli losu Julka wędrowała przez życie po stronie cienia.

Romek miał takie wrażenie, od kiedy ją poznał.

I choć osobiście doceniał blichtr, ba, coraz bezwstydniej szukał blichtru, pomyślał, że z tą siostrą dogadałby się szybciej niż z tamtą. Byłaby mu bliższa. Odnosił wrażenie, że ogromnie chce odnaleźć zaginioną dziewczynę, stara się bardziej niż przy jakiejkolwiek wcześniejszej sprawie, ponieważ pragnie w ten sposób uratować tę siostrę, która została. Miał nieodparte wrażenie, że one giną razem.

Razem lecą w tę samą otchłań bez dna.

Żeby złapać jedną, musi złapać także drugą.

Po spotkaniu z Machałą wrócił do komendy, gdzie dopadł go nareszcie telefon od Rogulskiego. Prokurator od rana wydzwaniał do niego na domowy numer i do gabinetu.

Powiadomił, że na sobotę planuje roberka. Czy Romek się przyłączy do dobrego towarzystwa? Odpowiedział, że jasne, z przyjemnością.

Spotkania na Glince nie były przeznaczone dla wszystkich, ale Romek dostępował tego zaszczytu. Pozostawali w dobrych stosunkach. U Rogulskiego można było wypić, zabawić się, a także w niezobowiązującym tonie obgadać służbowe interesy. Dyskretnie i owocnie. Słowo „roberek" było hasłem wywoławczym, a nie konkretną brydżową propozycją.

Dom Rogulskiego, typowy nowoczesny klocek z płaskim dachem, nie wyróżniał się z okolicznej zabudowy, ale w środku oszałamiał luksusem. Antyki, kryształy, szable na ścianach. Jedzenie serwowane w trakcie spotkań nie było może wykwintne, serowe koreczki albo kanapki „na raz", za to markowy alkohol lał się strumieniami, z magnetofonu leciały przeboje Bee Gees, ABBY, różne muzyczne rarytasy, jak ostatnio *Rasputin*, na którego w polskich mediach był cenzorski szlaban. Trafiały się delicje w postaci filmów porno z Kopenhagi lub Paryża.

– Masz z kim przyjść czy występujesz solo? – spytał Rogulski.

– Solo.

– I bardzo dobrze, tego się trzymaj, bo będą miłe panie!

Romek miał nadzieję, że do soboty będzie stał na twardym gruncie w sprawie uprowadzonej dziewczyny. Po rozmowie z Rogulskim wezwał do siebie podporucznika Szczerbica, szefa grupy operacyjnej, i wysłuchał jego relacji. Po obiedzie wrócił jeszcze do gabinetu i siadłszy nad aktami, bez większego efektu studiował znane mu już raporty.

Liczył na Machałę. Ten był jak dobry pies tropiący. Jeśli podano mu trop, biegł po nim do celu z wywieszonym jęzorem. Wiedział to, co wystarcza prawdziwemu psu – że pan wynagradza za wierność. Miał rozgałęzioną sieć kontaktów, zazdrośnie strzeżonych. Ferajna drobnych cwaniaczków, których wyciągał za uszy z kłopotów z prawem, korzystając ze swoich milicyjnych chodów. Zasada była jedna – nie wchodzi w grę gruby paragraf ani sprawa polityczna. Poza tym hulaj dusza, piekła nie ma! Byle obie strony nie narzekały.

Przed dwudziestą Romek wsiadł w samochód i pojechał na umówione spotkanie.

Słowa „dziś o ósmej wieczorem", którymi się pożegnali z Machałą, oznaczały nie tylko termin, ale również miejsce kontaktu, tak się umówili. Czyli dzielnicę Morzysław. O tej porze roku i o tej godzinie kończyło się tam miasto Konin, a kto wie, czy nie cały świat.

Z ulicy XX-lecia PRL Romek pojechał wąską topolową aleją wzdłuż boiska liceum, którego budynek stał teraz opustoszały i ciemny. W pobliskim internacie świeciły się okna niektórych pokojów, rozpraszając egipskie ciemności.

Samochód zostawił na wprost zaryglowanej bramy na licealny dziedziniec. Topolową aleję, niczym teatralna dekoracja, zamykała ściana przysadzistych wiejskich chałup ze stromymi dachami i oknami wygaszonymi po wieczornym udoju. Resztki wsi, która jeszcze niedawno tu była, zanim wchłonęło ją rozrastające się miasto. Na prawo, między niską zabudową a strzelistą bryłą kościoła, brukowany kocimi łbami spad wiódł ku szosie wyjazdowej z miasta, na lewo zaś, wzdłuż wyboistej drogi prowadzącej do lasu, ciągnął się niski cmentarny mur z omszałych cegieł. Na rozwidleniu stał kiosk Ruchu, zabezpieczony o tej porze drewnianymi okiennicami.

Światełko znad drzwi niedalekiego kościoła ledwo lizało front budki, cała reszta tonęła w cieniach nocy jak w kosmicznej czarnej dziurze. Ale od tamtej strony doleciał Romka swąd dymu papierosowego. Śmierdziele z najtańszego krajowego tytoniu, ani chybi sporty.

Zatrzymał się na wprost kiosku, zanim jeszcze w ciemności rozżarzył się purpurowy ognik i oświetlił zarośnięte szczęki Machały. Jego zwalista postać oddzieliła się od mroku, niewiele od niego jaśniejsza.

– Obywatel porucznik ma oczy jak kocur! – skomplementował Romka, podchodząc.

– Niech ci będzie, że jak dwa kocury, Machała! Skup się lepiej na moim słuchu. Mów, co wiesz!

Pstryknięty niedopałek poszybował w powietrze i rozprysnął się daleko na drodze, strzelając snopem świecących iskier.

– Daliście mi mało czasu, obywatelu poruczniku!

– Myślisz, że sam mam więcej? Wszyscy mamy diabelnie mało czasu! W ogóle życie jest krótkie!

Ruszyli spacerowym krokiem wzdłuż ceglanego muru. Kawałek dalej otwierał się rozległy plac parkingowy nowego cmentarza. Skręcili tam i usiedli na ławce w autobusowej wiacie. Było pusto i ciemno, jedyna latarnia świeciła się w pobliżu cmentarnej bramy. Wokół rozmawiających zalegały czarne cienie. Szeleściły wysokie zarośla za przystankiem. Gdyby ktoś podsłuchiwał, niewiele by usłyszał.

– Jeden taki gada, że to Bezbolesny – powiedział Machała. – Ma taką samą bliznę jak na obrazku.

– Prawdziwą?

– Czemu nie? Niejeden raz musieli mu rozwalić łeb.

Założenie, że facet pojawił się na dyskotece przebrany, okazało się nietrafne. Pierwsza kula w płot.

Co to za typ? Przyjechał na gościnne występy?

Przez siedem lat służby Romek zdążył poznać środowisko tutejszego marginesu, ale o tym przydomku nie słyszał. „Bezlitosny", owszem. W latach pięćdziesiątych był taki menel w starym Koninie na ulicy Kościuszki. Zarżnął rodziców „tulipankiem" z butelki po piwie, a na rozprawie poprosił, żeby sąd się zlitował nad biednym sierotą. Opowiadał o tym Romkowi Kociuba, kto wie, czy nie koloryzując jak zwykle. Ale „Bezbolesny"?

– Jak go nazywasz, Machała?

– Nie, że ja go nazywam. Ja go nie znam. Ludzie tak na niego wołają, z racji, że ból się jego nie ima. Bezbolesny! Nie jest stąd, skubany! Może rusek? Podobnież rusek w zębach podniesie lokomotywę i nie zamarznie, choćby gołą dupą na lodzie siedział. Już całkiem czucia na mróz nie mają, przywykli. Ale ponoć on mówi po naszemu jak nasz, więc chyba nie rusek. Nie wiadomo, obywatelu poruczniku, skąd go licho przyniosło i gdzie się dekuje. W gości do niego żaden mój znajomek nie chodzi, nijak się wywiedzieć. Może w lasach w Bieniszewie mieszka, jak myślicie, obywatelu poruczniku? Tam podobnież na jednym zakonniku w klasztorze lilie za życia porosły, czyli że cuda tam dopuszczalne są!

– Nie pieprz, Machała. Jak ścisnąć i wycisnąć, to niewiele wiadomo.

– Czasu miałem mało, już mówiłem.

Romek wyjął paczkę marlboro i poczęstował go. Zapalili. Papierosowy dym ulatywał na wietrze, rwąc się i tańcząc w ciemności.

– Skąd ta jego ksywka, mówisz?

– Bo nie czuje bólu, obywatelu poruczniku. Może to nie człowiek?

– Nie człowiek… – mruknął Romek. – A kto? Sikorka?

– Mówię, co słyszałem! – W świetle latarni w ustach Machały błysnął złoty ząb. – Ludzie nie wiedzą, jak z nim jest, nie spowiada się nikomu. Ale dostał nożem i się nie skrzywił. Jęzorem nie mlasnął! Inny by wykitował na miejscu, nie? A ten nic! Skopał klienta, co go dziabnął, wyjął sobie nóż spod żebra i poszedł w cholerę. Zdrowy.

Z wbitym w bebechy nożem go skopał, nie tracił czasu na wyjmowanie. Słychane to rzeczy? Wam by było *wsio rawno*, obywatelu poruczniku, że kawał żelaza z was sterczy i zawadza przy oddychaniu? A jak puścili na niego psa, co mu się wgryzł w dupsko, to się otrząsnął jak od pchły. Nie wiem, czy on sikorka, czy przepiórka, obywatelu poruczniku, ale ja bym jego radził omijać bokami! Młodzi jesteście, piękne życie przed wami, wieniec z szarfą to nie chlebowy krzyż, żeby nadstawiać karku ku chwale ojczyzny!

Romek rozdeptał niedopałek marlboro i wstał.

– Dobra, Machała! – powiedział. – Nie wiem, kto on zacz i czy mi się nada, ale chcę wiedzieć, gdzie go zdybać. Wiesz?

– Wiedzieć, nie wiem – westchnął Machała. – Ale mogę wiedzieć.

– Na jutro!

– Ale obywatela porucznika pili! To nie tyle, co zjeść bułkę z masłem. Dla kochanej Milicji Obywatelskiej wyniucham ze szwagrem do jutra, niech się poświęcę. Tylko jest problem, obywatelu poruczniku. Gówniany jak dla was, ale dla szwagra życiowy. On nie ma przez to głowy do interesu. Ciągają go na przesłuchania, czepią się jak rzep psiego ogona...

– Co wywinął?

– Kto? On? Jak Boga kocham, że nic. Niewinny człowiek!

– Wiem, że niewinny. Pytam się, z jakiego paragrafu niewinny?

– Dwieście trzy.

– Artykuł dwieście trzy? Kradzież?

– Jaka tam kradzież, obywatelu poruczniku! Ja jego znam. Jeśli wziął, to musiało leżeć bez dozoru! Bał się, że źli ludzie zwiną, bo bezpańskie!

Poszli tą samą drogą z powrotem, ku kioskowi na rozdrożu.

– Umawiamy się tak – powiedział Romek. – Jutro przynosisz mi w jednej kieszeni kwitek z namiarami na Bezbolesnego, a w drugiej z nazwiskiem szwagra. Resztę załatwię sam! Ósma rano pasuje?

Machała zadumał się.

– Nie wiem, czy dam radę... Przedzwonię do was, obywatelu poruczniku. A gdyby nie, to o jedenastej! Będę łowił rybki za amfiteatrem. Na mur-beton!

Uścisnęli sobie dłonie i Romek wrócił do fiata zaparkowanego przed liceum. Pojechał prosto do domu. Oglądając telewizyjną dwójkę, zjadł paprykarz szczeciński, napił się herbaty i poszedł spać.

Nazajutrz rano dostał na biurko imienny wykaz kierowców zatrzymanych tamtej nocy do kontroli w Koninie i okolicach. Przejrzał go, czekając na wiadomość, a ponieważ do wpół do jedenastej telefon się nie odezwał, pojechał na spotkanie z Machałą.

Na rybki nad Wartę.

Zostawił samochód na wielkim pustym parkingu przed amfiteatrem, na wprost gmachu Komitetu Wojewódzkiego PZPR. Ubitą ścieżką na tyłach sceny zszedł aż nad brzeg rzeki.

Było ciepło jak na październik, fale pluskały o piasek, przeciwległy brzeg stracił swoją naturalną linię, zniknął pod wodą. Na podtopionych łąkach drzewa zanurzały się

173

w rozlanym nurcie do połowy pni. Wędkarzy już od niepamiętnych lat się tutaj nie widywało. Trafiali się w dziecięcych latach Romka, gdy rzeka była jeszcze czysta jak łza. Z czasem spotykało się ich coraz rzadziej, pojawiali się tu raczej z nawyku niż z przekonania, że ich haczyk połknie przeoczona przez cywilizację rybka. Tylko biegające po łąkach urwisy nękały ich wiecznymi pytaniami o mydło. „Żeby umyć ręce, jak pan gówno złapiesz!" Trudno było się spodziewać, że na składanym stołeczku zasiądzie tu Machała i tak jak zapowiedział, będzie moczył kij w wodzie. To było tylko takie powiedzonko.

Zaczeka z boczku, nie rzucając się w oczy. To jedno z nielicznych ustronnych miejsc w centrum miasta. W sam raz na dyskretne *rendez-vous*. Woda, krzaki, żółknąca trawa, zza pagórka wystawały szczyty pobliskich wieżowców jak monumentalne budowle z innego świata.

Rzadko się ktoś tutaj kręcił.

Spacerując w oczekiwaniu na Machałę, Romek spotkał parę wtulonych w siebie staruszków, prowadzących się pod rękę, jakby jedno bez drugiego miało runąć na ziemię. Przeszedł też zaczytany mężczyzna. Nos wsadził w otwartą książkę, a prowadził go biegnący na smyczy jamnik. Jeszcze wycieczka przedszkolaków. Dzieciaki trzymały się za ręce w parach, niosły bukiety z kolorowych liści i śpiewały, że stary niedźwiedź mocno śpi.

Ta sama piosenka była w modzie za czasów Romka. Śpiewały ją maluchy wyprowadzane przez zakonnice z dawnego dworku pisarki Urbanowskiej, zamienionego na przedszkole.

My go nie zbudzimy, bo się go boimy!
Jak się zbudzi, to nas zje!
Jak się zbudzi, to nas zje...

Krążył nad Wartą prawie dwie godziny, do pierwszej. Machała się nie pojawił. Nie zadzwonił do samego wieczora.

Nigdy wcześniej to się nie zdarzyło.

Rozdział IX

KOCHANKOWIE

Miał piękne, wypielęgnowane dłonie. Zdawał sobie z tego sprawę i lubił gestykulować, podkreślać zgrabnym gestem co celniejsze lub dowcipniejsze sformułowania. Mówić też lubił i robił to z gracją, trzeba przyznać. Przekonująco. Nawet wyświechtane przez media frazesy brzmiały w jego ustach tak, jakby sam właśnie na nie wpadł.

Julka siedziała naprzeciw niego w sali konferencyjnej Komitetu Wojewódzkiego PZPR w otoczeniu dużej grupy studentów. Zajmowali rzędy wyściełanych krzeseł z wysokimi, wygodnymi oparciami. Ona usiadła z brzegu. Przez ciągnące się jedno za drugim okna widziała nagie drzewa wzdłuż ulicy XX-lecia PRL i skrawek zaśnieżonego amfiteatru w nadrzecznej niecce. W oddali stadka wron sfruwały na pusty, biały parking, przylegający do ogrodzonej siatką widowni.

Była już po ostatniej zimowej sesji, została jej magisterka. Otrzymały z Majką identyczne listy, a jak się zorientowała na miejscu – wystosowano je do większości tegorocznych absolwentów wyższych uczelni, którzy wywodzili się z Konina. Na czerpanym papierze napisano, że rodzinne miasto czeka na nich, otwiera kochające ramiona, liczy na ich wiedzę i operatywność. Niech wracają ze świeżymi dyplomami tu, gdzie ich miejsce. Nigdzie nie znajdą równie obiecującej przyszłości.

Lektor KW, stojący obok mównicy, a nie na niej, co miało podkreślać niezobowiązujący charakter spotkania, z żarliwym przekonaniem zapewniał o tym zebranych. W imieniu władz miasta i czynników partyjnych obiecywał wsparcie i wszelkie możliwe ulgi ułatwiające samodzielny życiowy start. Mówił lekko, poprawną polszczyzną, unikał partyjnego żargonu, tu i tam wtrącał zręczny żarcik. A wyglądał, że daj Boże każdemu! Gładko wygolony przystojniak w nienagannie skrojonym garniturze. Baczki przystrzygł krócej, niż było w modzie, za to nosił gęstą, zaczesaną na bok blond grzywkę à la Wodecki i duże okulary w oprawie z grubego plastiku. Wiek? Trzydzieści pięć, sześć lat. Może trochę więcej. Buty wypastowane do połysku, wielki zegarek na złotej bransolecie. Szyk, pewność siebie, elegancja. Jeśli mówił o stabilizacji i życiowym powodzeniu, nie było powodu wątpić w jego słowa.

Janusz przed tygodniem wrócił z wojska, oddawszy ludowej ojczyźnie należną daninę potu i odcisków na piętach. Wytęskniona Majka nie odstępowała go na krok. Tym bardziej że sama lada dzień wyjeżdżała do Poznania. Julce przypadła zatem rola delegatki i w związku z tym poczyniła nawet parę notatek na spotkaniu w komitecie.

Ciasteczka, kawa, mowa. Trwało to pół godziny, w granicach rozsądku. Tyle że nie pozwolono palić, tabliczka z przekreślonym na czerwono papierosem wisiała na białej ścianie. Julka wyciągnęła zefira zaraz za drzwiami sali konferencyjnej, gdzie w długim korytarzu ustawiono szereg popielniczek na wysokich nóżkach. Akurat obmacywała się w poszukiwaniu zapałek, gdy rozbłysnął przed nią wysoki płomień zapalniczki.

Ciężki złoty ronson w wypielęgnowanej dłoni lektora.

Jeszcze paru innych uczestników spotkania zapalało w pobliżu papierosy, ale on zatrzymał się przy Julce. Najwidoczniej to było wyróżnienie z jego strony. Spytał uprzejmie, jak się jej podobało spotkanie, czy zamierza wrócić do Konina po studiach, co studiuje i jaka praca sprawi jej satysfakcję. Gadka szmatka, którą podtrzymywała w równie niezobowiązującym tonie, tytułując go „panem", jak on nazywał ją „panią".

Póki nie uniósł palca w geście ostrzeżenia.

– W tym gmachu nie ma panów, są wyłącznie towarzysze! – upomniał Julkę. – Czy pani jest członkiem partii?

Speszył ją tą głupawą uwagą. Aż się zarumieniła. W gruncie rzeczy dlatego, że rozwiał w pył dobre zdanie, niezasłużenie dobre, jakie zdążyła sobie o nim wyrobić. Zła bardziej na samą siebie niż na jego bufonadę, zamiast suchym „nie" – odpowiedziała mu szyderczym:

– Uchowaj Boże!

– No proszę! – Uśmiechnął się szczerze i mrugnął do niej zza szkła przyciemnionych okularów. – W takim

178

razie dla bezpartyjnych jestem Tadeusz! A jak się mogę zwracać do ciebie?

Potrafił zaskakiwać, trzeba mu to przyznać. Julka nawet nie miała czasu się zastanowić.

– Julia – odpowiedziała odruchowo.

– Piękne imię! – zachwycił się, rozkładając wymownie ręce. – Żałuję, że dla bezpartyjnych nie jestem Romeo!

Odszedł promienny, rozdając ukłony na prawo i lewo, a Julka patrzyła w ślad za nim z raptownie odzyskaną sympatią. Uśmiechnęła się sama do siebie, gdy zniknął za zakrętem korytarza.

Ale relacjonując spotkanie Majce, nie wspomniała o tym epizodzie.

Było jej wstyd, że przez moment poczuła żywsze bicie serca. Tak łatwo dała się zauroczyć partyjnemu bubkowi, niemal dwa razy od niej starszemu, który niewątpliwie miał żonę, może nawet już drugą, oficjalnie zwaną małżonką, i parkę podchowanych dzieci, zwanych pociechami, jak przystało na ustabilizowanego, zadowolonego z życia konformistę.

W maju, już z wyznaczonym terminem obrony pracy magisterskiej, zaczęły się obie z siostrą rozglądać za pracą w Koninie. Majce poszło jak z płatka, Julce gorzej. Okazało się, że biblioteki nie mają wolnych etatów. Dyrektorka biblioteki pedagogicznej mogła co prawda zaoferować posadę, ale w kolskiej filii. Codziennie pół godziny dojazdu tam i z powrotem. Nie bardzo się to Julce uśmiechało. Zapewniła, że zastanowi się i szybko odpowie, a przedtem postanowiła zapukać po ułatwienia, którymi tak hojnie kuszono studentów.

Już drugą osobą z kolei, do której ją skierowano, okazał się wiadomy lektor. Widzieli się zaledwie raz w życiu niespełna pół roku temu, toteż przeżyła szok, gdy na jej widok z rozłożonymi rękami wyszedł zza biurka i zawołał:

– Julia! Jak miło cię widzieć! Co nowego?

W tej sytuacji głupio byłoby nie przywitać się z nim jak ze starym dobrym znajomym i odmówić wspólnego wypicia kawy, którą sekretarka wniosła w filiżankach na pięknej porcelanowej tacy. A wieczorem zadzwoniła do Julki dyrektorka biblioteki pedagogicznej i – sama lekko zdumiona – powiadomiła ją, że bibliotece dość nieoczekiwanie przyznano od października dodatkowy etat. Czy wobec tego Julka nadal jest zainteresowana tą pracą, skoro jej podjęcie będzie możliwe dopiero po okresie wakacyjnym?

Odpowiedziała, że jest zainteresowana i bardzo wdzięczna. Jutro przyjdzie jeszcze raz, żeby złożyć podanie.

A wracając stamtąd, wstąpiła podziękować Tadeuszowi.

– Żadna moja zasługa! – Machnął lekceważąco ręką. – Konstytucja ludowego państwa gwarantuje pracę każdemu obywatelowi! Dostałaś, co ci się słusznie należało! Jeśli komukolwiek masz być za to wdzięczna, to co najwyżej Leninowi! Ale ponieważ jego na lody już nie zaprosisz, pozwól, że w trybie awaryjnym zaoferuję się z zastępstwem! Jako pełniący obowiązki! Tylko że ja stawiam, uprzedzam!

Tym razem w trakcie rozmowy Julka zerkała dyskretnie na jego gestykulujące żwawo dłonie. Wprawdzie czuła odrobinę zażenowania, że to ją ciekawi, no, ale ciekawiło, co zrobić. Czy on mianowicie nosi obrączkę, czy nie? W końcu istnieją rozwody, nic pewnego na świecie. Najpierw się nosi, potem znowu nie nosi... Ale owszem, wypatrzyła ją. Mało tego, na małym palcu jego lewej dłoni dostrzegła na domiar złego srebrny herbowy sygnet. Nie cierpiała podobnych ozdóbek u facetów, uznawała je za pretensjonalne. I była szczerze zdumiona, że w tym przypadku ani jedno, ani drugie nie zrobiło na niej niemiłego wrażenia. Jakby oni oboje mieli ze sobą sprawy ważniejsze od takich drobnych przeszkadzajek.

– Z przyjemnością – odpowiedziała. – Ale dokąd? Marionetka? Hortex?

– O, nie! – roześmiał się. – Zabiorę cię do lokalu, który naprawdę jest ciebie wart! Niespodzianka!

Zawiózł ją do zajazdu pod miastem.

Z początku zastanawiało ją, dlaczego akurat tam. Nie posądzała Tadeusza, że ma na uwadze pokoje do wynajęcia, dostępne na pięterku – i rzeczywiście nie miał, jak się okazało.

Na parterze Podczaszyca była przytulna restauracja urządzona w modnym staropolskim stylu, z drewnianymi stołami na krzyżakach zamiast nóg i z porożami jeleni na ścianach, nie oferowała jednak niczego, co byłoby nieosiągalne w Koninie. Zjedli lody cassate, które równie dobrze mogli dostać w Horteksie, ciastka z galaretką, bardzo smaczne, ale trudno je było uznać za specjalność lokalu, wypili kawę taką jak w każdej kawiarni kategorii lux i po dwa kieliszki koniaku. Niewiele, ponieważ Tadeusz prowadził. Przyjechali do Podczaszyca jego polonezem. Srebrzystym, nowiutkim, nikt tu jeszcze takiego nie miał. Wprawdzie na swoim stanowisku nie musiał się obawiać kontroli drogowej, po okazaniu legitymacji raczej milicjanci stukaliby obcasami przed nim niż on przed nimi, ale Julka była zbyt drogocennym ładunkiem – jak to ujął – żeby ją wozić na cyku.

Z głośników sączyła się muzyka zwana popularnie „pościelową". Niegłośno, dyskretnie, na tyle, żeby goście mogli swobodnie rozmawiać, nie obawiając się wścibskich uszu w sąsiedztwie.

Przy ich dwuosobowym stoliku pod oknem o rzeźbionej futrynie, wychodzącym na las, z blatem nakrytym białym haftowanym obrusem i ozdobionym lampką z pomarańczowym abażurem, było nadzwyczaj sympatycznie, mimo że początkowy żartobliwy nastrój zmienił się z czasem diametralnie.

Najpierw rozmawiali o Julce – i zaskoczona pojęła, że potrafi być z Tadeuszem szczera do bólu. A później także Tadeusz otworzył przed nią duszę. Nie promieniała ona żywiołową radością życia jak jego ujmująca powierzchowność. Aczkolwiek kłębiące się w niej demony potrafiły zawładnąć także dopuszczoną do jej tajemnic słuchaczką. Po paru – jak się na pozór zdawało – minutach wylewnych zwierzeń Tadeusza Julka, zerknąwszy na zegarek, wybałuszyła oczy ze zdumienia.

Dochodziła dwudziesta trzecia. Przez cztery godziny nie zdawała sobie sprawy, że czas płynie.

Co więcej, nie miała ochoty, żeby popłynął na nowo. Czuła się dobrze jak nigdy w zastygłym bursztynie ciepłej majowej nocy, wypełnionej rozproszonym światłem lampki na stole i matowym męskim głosem. Zdążyła zrozumieć, że mężczyzna, naprzeciw którego siedzi, sącząc koniak z pękatego kieliszka, nie jest taki szczęśliwy, na jakiego wygląda. Czy na jakiego pozuje, powodowany szlachetną dumą.

Prawdę mówiąc, smutki Tadeusza nie przeszkadzały jej czuć się dobrze tego wieczoru. Wstyd się przyznać, ale przeciwnie, pomagały jej.

Odzywała się z rzadka. Słuchała, patrząc na jego gestykulujące dłonie albo w jego oczy, intensywnie niebieskie nawet za przydymionymi szkłami okularów – i była pod wrażeniem. Być może znała już wcześniej niektóre argumenty, przytaczane przez niego, na pewno je znała, ale po raz pierwszy nie wydawały jej się puste.

Stał za nimi konkretny ludzki los.

Tadeusz opowiadał jej, że jest zadowolony tylko z jednego życiowego wyboru. Ideologii, z którą się związał. Bycie członkiem partii – i to bynajmniej nie szeregowym – jest niewdzięczną rolą. Ludziom się zdaje, że z tego tytułu przypadają same profity. Domy, samochody i wylegiwanie się nad Balatonem za moskiewskie ruble. Wietrzą interesowność, zaprzaństwo, służalstwo, co tam się komu uroi w pyszałkowatym porywie polskości.

Owszem, Tadeusz ma letni domek nad jeziorem, ale to raczej kurna chata niż rezydencja z amerykańskiego filmu. Ma poloneza i służbowy przydział benzyny, ale rzadko jeździ dla własnej przyjemności, jak dzisiaj. Obwozi zagraniczne delegacje, które chcą poznać uroki regionu, albo kursuje polonezem na nasiadówki, odczyty, narady, pogadanki do zakładów pracy. Z wywieszonym językiem, bo czas goni. Połowa oburzonego narodu bez namysłu odstąpiłaby ten cud motoryzacji sąsiadom, gdyby wiedziała, do jakiej harówki służy.

Krycie durnych błędów tych na górze, świecenie oczami za głupią propagandę, uzasadnianie *post factum* idiotycznych posunięć, bo ten czy ów zakładowy sekretarz POP nie jest w stanie zrobić prosto tego, co może zrobić krzywo. Robota, robota i jeszcze raz robota, za którą plują na człowieka. W tym kraju już od króla Ćwieczka trudno liczyć na wdzięczność rodaków, jeśli chce się im dobrze przysłużyć.

Ale ktoś to musi robić. Jeśli przyzwoici ludzie odwrócą się plecami do ustroju, którego faktycznie sobie nie wybieraliśmy, przyniesiono go nam na ruskich bagnetach, szczera prawda, lecz jeśli teraz z tego powodu odwrócimy się od rzeczywistości, kierowani fałszywym poczuciem honoru, okaże się to równoznaczne z oddaniem ojczyzny w ręce kanalii i bezideowców.

Łajdaków nie brakuje w żadnym kraju. Ludzi złych, podłych, ześwinionych. Oni nie będą przeżywali rozterek, z pocałowaniem ręki zajmą opuszczone stanowiska i raz-dwa-trzy zaprowadzą tu iście azjatyckie porządki. W jednej ręce knut, w drugiej nadzwyczajne dekrety. Jak za Stalina, żadna nowość, łatwo sobie wyobrazić. Z tyłkiem w siniakach bohaterski naród otrząśnie się z dnia na dzień z patriotycznego amoku, ale wtedy będzie za późno, niestety.

A innej drogi nie ma. Chyba że każdy Polak, zdrowy czy chory, starzec czy osesek, od Bałtyku do Tatr – ułamie sobie tęgi kij i wspólnymi siłami, do spółki z desantem skrzydlatych aniołów zesłanych z nieba, rozpirzymy w drobiazgi paromilionowe siły zbrojne Układu Warszawskiego, razem z setkami tysięcy ich czołgów, transporterów opancerzonych, samolotów, okrętów wojennych i wyrzutni rakiet z głowicami jądrowymi.

Ludzka niewdzięczność to niska cena za spokojną przyszłość dzieci.

Tak więc zajmując się tym, czym się zajmował zawodowo, Tadeusz nie przeżywał wahań. Nie układało mu się natomiast w życiu prywatnym.

Ożenił się jako dwudziestolatek, wcześnie, zbyt wcześnie, ale miał cholerny apetyt na życie i chciał zebrać od razu całą słodką śmietankę. Żonę, stanowisko, dom, pieniądze. Wiadomo, narwana młodość. Z tego wszystkiego najłatwiej było o żonę, toteż w wieku dwudziestu lat miał ją pokwitowaną przez Urząd Stanu Cywilnego.

– Ciebie chyba jeszcze nie było na świecie! – uśmiechnął się do Julki.

– Nie przesadzaj, już dawno byłam! – odparła od niechcenia.

Pomyślała jednak z rozczarowaniem, że Tadeusz jest żonaty od jej przedszkolnych lat. Gdy piła tran i leżakowała po obiedzie, on już zażywał matrymonialnych rozkoszy.

To się nazywa stare dobre małżeństwo.

Aczkolwiek – taka była druga myśl Julki – stary dobry małżonek nie umawia się potajemnie w lokalu z młodą ładną dziewczyną. Coś musi być na rzeczy.

I rzeczywiście było.

Decyzja o ślubie, mimo że pochopna, okazała się strzałem w dziesiątkę, opowiadał Tadeusz, częstując Julkę papierosami Dunhill. Kasia w codziennym pożyciu była ideałem. Piękna, gospodarna, bezkonfliktowa, wspierająca męża na każdym kroku, towarzyska. Do rany przyłóż, jak to się mówi. Nikt nie przewidział, że anioł tylko czasowo może zstąpić między śmiertelników.

Pół roku później utonęła w ślesińskim jeziorze, nad którym spędzali razem parę dni urlopu.

Trafiło go to jak grom z jasnego nieba.

Długo nie umiał sobie znaleźć miejsca w życiu. Zapomniał o kobietach, rzucił się w wir pracy, ani się obejrzał, gdy dochrapał się reszty rzeczy, o których marzył za młodu: stanowiska, mieszkania, pieniędzy. Tyle że już nie były go w stanie ucieszyć. Uważał je za mało warte.

Z drugiej strony żyć z nimi wyłącznie dla siebie nie potrafił.

Ożenił się po raz drugi.

Ma siedmioletnią córeczkę i czteroletniego synka, prestiż w środowisku, dobrze sytuowanych kolegów, samochód, letni domek nad jeziorem, psa, obrazy Kossaka, pieniądze, podróżuje po świecie i poluje dla relaksu. Żyć nie umierać, kiedy się patrzy z boku. Ale czuje się tak, jakby nie miał nic. Jakby ściskał w pustych dłoniach powietrze.

Z powodu żony.

Powiedzieć, że zatruła mu życie zazdrością – to niczego nie powiedzieć. Gdyby nie znosiła, że on ogląda się na ulicy za spódniczkami, pohamowałby się dla świętego spokoju. Gdyby nie cierpiała wizyt jego koleżanek, uznając ich odwiedziny za dwuznaczne, przestałby je zapraszać. Gdyby chorowała z zazdrości, dla której sama nie znajduje podstaw, spędzałby z nią cały wolny czas, wykazywał jej maksimum zainteresowania, pozwalał się ścigać telefonami o każdej porze dnia i nocy, aż wreszcie nie znalazłaby nawet tyle miejsca, co na czubku szpilki, żeby posadzić na nim tę wyimaginowaną kochankę.

Ale co począć, gdy zżera ją zazdrość o kobietę, która nie istnieje?

I ona o tym wie, niczego nie kwestionuje. Wszyscy wiedzą. Potwierdzają ów fakt urzędowe dokumenty.

– Nie zamierzam dramatyzować, Julio – powiedział Tadeusz, robiąc palcem znaczące kółko przy skroni – ale jestem przekonany, że to się sytuuje na pograniczu choroby umysłowej!

Ewa od lat jest śmiertelnie zazdrosna o Kasię, jego pierwszą żonę.

O ducha, bo jak to inaczej określić? W jej mniemaniu mąż stale poddaje ją krytycznej ocenie, krzywdzącym porównaniom z nieboszczką. W kuchni, w salonie, w sypialni. Popada w stany depresyjne, gdyż tamta wygrywa z nią jako żona, kucharka, gospodyni, kochanka, nawet jako matka, mimo że Tadeusz nie doczekał się dzieci z Kasią.

Ciągle wybuchają awantury o grób pierwszej żony, o jej dawno spalone fotografie, o wspomnienia, o domniemane nawyki, o znalezione w rodzinnych szpargałach kobiece drobiazgi, które równie dobrze mogły pozostać po babce lub prababce. Gdyby Tadeusz sypiał ze wszystkimi spotykanymi kobietami – Ewa łatwo by to przeoczyła. Ale wystarczy, żeby się zamyślił w jej obecności – następuje atak histerii!

– Jakiś czas temu zauważyła, że nasza córeczka robi się podobna do Kasi – powiedział Tadeusz.

Julce ciarki przebiegły po grzbiecie. Zauważył coś chyba.

– Nie masz dosyć?

– Mów, ile potrzebujesz. Ja słucham.

Położył dłoń na jej ręce, pogłaskał ją czubkami palców. Odebrała ten gest jako wyraz jego wdzięczności za to, że może się przed nią wygadać do woli. Bez skrępowania. Jak przed nieznajomym w pociągu.

Ale to nie była tego typu relacja, jak się zaraz okazało.

Nie da się żyć z osobą ubezwłasnowolnioną przez kompleks niższości, zakończył Tadeusz. Gdyby nie dzieci, dawno by odszedł od żony.

Tylko czy dzieciom wyjdzie na zdrowie życie w chorej rodzinie? A oni we dwoje innej rodziny im nie stworzą! Trzeba przyznać, że Ewa jest dobrą matką, wbrew temu, co o sobie sądzi. Bardzo dobrą, bo przecież dzień i noc rywalizuje z aniołem. Gdy przyjdzie co do czego, dzieci nie będą miały z nią źle, a Tadeusz, nawet odsunięty na boczny tor, jest w stanie zapewnić im luksusowe dzieciństwo i jak najlepsze wykształcenie.

Problem polega na czym innym.

Kiedy człowiekowi wali się na głowę dotychczasowe życie, boi się z tym zostać sam. Odejść – to łatwo powiedzieć, ale trudniej wykonać. Chciałoby się mieć do kogo odejść.

Gdy na koniec zdobył się na to wyznanie, Julka przestała mieć sobie za złe samolubną śmiałość fantazji, które spadały na nią tego wieczoru. Okazała się racjonalistką, a nie naiwną marzycielką. To, co wyglądało na okienko do cudzego piekła, okazało się bramą do jej osobistego raju. Tak jak pragnęła.

Przez następne dni o niczym więcej nie myślała, tylko o raju.

Odcięła się od Majki i Janusza, ich egzaltowane rozmowy brzmiały w jej uszach naiwnie. Co mądrego wiedzieli? To ona posiadła życiową mądrość, a oni bujali w obłokach. Okazało się, że raj jest na ziemi, po której ona twardo stąpa, na ziemi, gdzie ludzie szamoczą się, borykają sami ze sobą, potykają i kluczą zamiast iść prosto. A w obłokach Majki i Janusza? Nic. Parę pięknych złudzeń, które z czasem przemienią się w szarą codzienność.

To nie było życie dla niej. Spokojne, przewidywalne, nudne.

Dla niej był raj!

Wylądowała w nim z Tadeuszem, gdy nastał pierwszy upalny tydzień tegorocznego lata. Dobrze trafili. Piękna pogoda utrzymała się do końca ich wspólnych wakacji, z paroma przerwami na rzęsistą ulewę albo nocną burzę, od której Jezioro Głodowskie lśniło fioletem błyskawic aż po czarny las na przeciwległym brzegu. Kaprysy aury służyły wyłącznie temu, żeby piękniej pachniało powietrze, a rośliny w ogrodzie od nowa nabrały soczystych barw.

W centrum raju stał bajkowy domek ze spiczastym dachem. Wcale nie przypominał kurnej chaty, o której mówił w Podczaszycu Tadeusz.

Miał w środku salon z kominkiem, kuchnię i łazienkę z wanną w podłodze oraz słoneczną sypialnię na mansardzie, gdzie zapadało się jak w puch w łoże z zagłówkiem. Koronkowe firanki, gięte stylowe meble, sofy obite adamaszkiem, wysokie wazony, a w nich świeże bukiety ciętych kwiatów, kolorowy telewizor Rubin.

Za domkiem las, przed domkiem mała prywatna plaża ze złotym piaskiem i drewnianym pomostem, do którego przywiązywało się łódkę.

Kilkanaście kilometrów od Konina, z dala od ludzkich oczu, wyłącznie białe żagle na wodzie świadczyły, że Tadeusz i Julka nie zostali na świecie tylko we dwoje.

W parne noce pluskali się nago w jeziorze i kochali się pod osłoną szeleszczącej łachy szuwarów – a wypatrzyła ich co najwyżej bezgłośnie przelatująca sowa.

Nie wynikało jednak z tego, że byli w raju sami jak Adam i Ewa. Oprócz kajakarzy i plażowiczów pedałujących na rowerach wodnych samotność zakłócały im jeszcze trzy osoby, sporadycznie, to fakt, niemniej sama ich obecność irytowała Julkę.

Nadała im przydomki po części zgodne z charakterem miejsca: Bóg Ojciec, Archanioł Gabriel i Wyczółkowski.

Boga Ojca, rzecz jasna, nie widywało się jak byle wczasowicza, ale jego wszechobecne istnienie nie ulegało kwestii. Zwłaszcza gdy telefonował, bo w domku był zainstalowany telefon. Odebrawszy, Tadeusz wymownie wznosił wzrok do nieba na znak, że to wiadoma osoba. Julka musiała wtedy zachowywać się cicho, więc zazwyczaj wychodziła z domku. Paliła papierosa, siedząc na schodkach przed wejściem, albo spacerowała wzdłuż brzegu, wysłuchując żabich koncertów, jako że Bóg Ojciec nieodmiennie objawiał się wieczorami. Z niezmierzonej dali przemawiał miękkim, jakby łamiącym się głosem Ewy, żony Tadeusza.

Kurowała się w sanatorium nad morzem. Dzieci z psem wzięła na przechowanie babcia, żeby Tadeusz mógł spokojnie pracować w letnim domku. Przygotowywał ważny referat dla sekretarza. Tak to się oficjalnie nazywało. Ewa telefonowała do niego po kilka razy w tygodniu.

Z początku Julkę drażniło, że on odbiera każdy telefon, wobec tego wieczorami muszą tkwić w domu. Objaśnił jej to w dwóch punktach. Po pierwsze, woli być z nią tutaj sam na sam, niż obijać się po jarmarcznych dansingach wokół jeziora w towarzystwie nietrzeźwych nudziarzy. Po drugie, świetnie, że Ewa dzwoni. Dzięki temu wiadomo, że jest daleko stąd. Nie odmieniło jej się.

– Gdyby zjawiła się tu znienacka z walizkami i pudłem na kapelusze niczym połowica we francuskiej farsie...
– Tadeusz zawieszał głos i kierował palec ku podłodze.
– Wiesz, że w domu jest broń palna!

Akurat to porównanie drażniło Julkę. W piwniczce rzeczywiście były fuzje i sztucery, zamknięte w szafie na kłódkę, bo zimą Tadeusz polował z kolegami w okolicznych lasach. Jako efekt jego hobby w domku nad kominkiem wisiał wyprawiony łeb dzika, a u Ewy w szafie kołnierze i czapki z lisów. Ale mąż, który podjął decyzję o rychłym rozstaniu z żoną, nie wywodzi się z farsy, tylko z dramatu. Julka nie zakładała, że to jest freudowska pomyłka Tadeusza, a jednak czuła się z tym źle.

Jedno musiała przyznać. On nie telefonował do żony z domku. A jeśli nawet – robił to taktownie w chwilach, gdy Julka nie słyszała.

Archanioł Gabriel – druga z rajskich person, władcza nawet bez ognistego miecza w garści – zjawiał się zwykle przed południem. Przypływał motorówką, niekiedy w milicyjnym mundurze, ale najczęściej z gołym torsem. Wąsaty, łysawy, z bokobrodami jak Gogolowskie postacie, z wiecznie spoconymi, owłosionymi plecami. Szarmancko witał się z Julką, całując ją w rękę, Tadeusza poklepywał po ramieniu z nieukrywaną zażyłością.

Mieszkał w Rososze, a pracował w Sokółkach albo odwrotnie, Julka nie przywiązywała do tego wagi. Czasem przywoził im świeże ryby do usmażenia, innym razem zimne piwo, które wspólnie wypijali na pomoście, gawędząc o niczym i rozkoszując się słońcem.

Najczęściej pojawiał się Wyczółkowski, ale jego wizyty były najmniej krępujące. Nie zaglądał do domu, nie wymagał, żeby go zabawiano. Przyniesione zakupy zostawiał przed drzwiami, ścięte kwiaty wkładał do wiadra na werandzie. W wazonach układała je Julka. Jeśli wpadła na niego, gdy porządkował teren lub pracował w ogrodzie, kłaniał się i znikał.

Przydawał się Tadeuszowi, bo żył jak odludek i był na każde jego zawołanie. Ale nie grzeszył lotnością. Gdy Julka, opalając się i odrobinę nudząc, zamieniła z nim parę zdań, żeby nie podejrzewał jej o wielkopańskie fanaberie, nie był w stanie sklecić prostej odpowiedzi.

– U partyjnego robota się kalkuluje jak nigdzie – tłumaczył chytrze. – Partyjny nie da zginąć człowiekowi, bo kto jemu stanie w poprzek? Chyba taki, co żyć nie lubi!

A skąd przydomek?

Julce kojarzył się z rybakami Wyczółkowskiego. Tak jak tamci przykrywał głowę kapeluszem z oklapniętym rondem, spod którego wymykały się spocone kosmyki włosów i sterczał niekształtny nochal. Jak tamci nosił obwisłe wąsy, miał czerwoną, jak wymalowaną pastelami cerę, a robocze spodnie wpuszczał w gumiaki nawet w największy upał.

Jego drelichowe ubranie pstrzyły identyczne jak u tamtych barwne plamy, tyle że nie były grą świateł i cieni jak na obrazkach Wyczółkowskiego, tylko niechlujnymi śladami po minionych remontach i malowaniach.

Po zakupy nowocześnie jeździł małym fiatem, którego parę lat wcześniej Tadeusz sprzedał mu za śmiesznie niską cenę, ale maluch pasował do niego jak wół do karety, więc dla Julki ten człowiek pozostał staromodnym Wyczółkowskim.

Pierwszego dnia, gdy tu przyjechali, otworzył im bramę i pomógł wnieść bagaże na werandę. Oblany światłem zachodzącego słońca wyglądał malowniczo jak dobry duch tego miejsca.

Ale nie z jego powodu Julka zapamiętała tamten dzień i tamtą noc.

Dzień zapamiętała z powodu lekkiego strachu, z jakim tu jechała, mdlącego ją na dnie żołądka.

Wieczór zapamiętała z powodu żmijówki.

A noc…

W tym rzecz, że nocy nie zapamiętała, chociaż z jej późniejszych wyliczeń niezbicie wynikało, że to musiała być właśnie ta noc!

Pierwszą kolację zjedli przy świecach. Nie z powodu romantyzmu tej sytuacji, tylko dlatego że po dwudziestej pierwszej wyłączono prąd. Winna była burza w okolicy. W sezonie wakacyjnym awarie zdarzały się tutaj często, ale oboje nie mieli o to pretensji do elektrowni.

Dobrze się bawili. Było obficie i smacznie, Tadeusz załatwił wytworne garmażeryjne specjały ze stołówki komitetu, a w roli gwoździa programu wystąpiła żmijówka.

– Przywiozłem ją z Mongolii w zeszłym roku! – oświadczył, stawiając na stole pękatą butlę. – Chowałem na specjalną okazję! Jaka może być lepsza od dzisiejszej?!

W przejrzystym płynie o żółtawym zabarwieniu, choć może ten kolor nadawało mu migotliwe światło świeczek, zwijał się w spiralę brunatny wąż z pomarańczowym zygzakiem na grzbiecie. Albo dwa węże, gdyż Julce wydawało się, że splotów jest nieskończenie dużo, a zza wąskiego pyska z wygiętymi jak tapicerskie igły zębiskami wychyla się drugi pysk, kto wie, czy nie trzeci. Aż dziw, że zmieściło się tam jeszcze parę łyków alkoholu. Całość przypominała szkolne eksponaty pływające w formalinie, zwinięte w kłębek płazy, gady czy robaki.

– Nie dam rady! – wstrząsnęła się. – Puszczę pawia!

Tadeusz roześmiał się w głos.

– No więc ja też nie jestem pewien, czy dam radę! – przyznał się. – Ale mam pomysł! Najpierw się znieczulimy i uodpornimy!

Wystawił na stół następną butelkę, tym razem najzwyklejszej czystej. Stopniowo, po paru kieliszkach dla kurażu, zagryzanych partyjnymi frykasami, nabrali niezbędnej śmiałości. Julka zastrzegła się tylko, że nie chce widzieć, jak Tadeusz to coś nalewa. Najpierw niech wypije sam, a później po prostu postawi przed nią porcję, którą ona ma wypić. Sam alkohol, bez skojarzeń. Już w kieliszku.

Chlapnęła jednym haustem do dna!

Nawet nie poczuła smaku. Świeczki stanęły jej w oczach, zerwała się od stołu i wyskoczyła na werandę. Tadeusz wybiegł za nią. Asekurował ją, gdy odrobinę chwiejnym krokiem zeszła na plażę. Owiał ją chłodny wiatr od wody i dopiero wtedy zachichotała z ulgą. Żmijówka przyjęła się w żołądku.

Po kąpieli wyszła z łazienki nago i przytuliła się do Tadeusza, który tak samo nagi czekał na nią w pościelonym łóżku. Poczuła pod udem jego pełną męską gotowość, komplementujący ją przypływ pożądania, jednakże to ona miała się w tym momencie za zdobywczynię. Jakby przebyła długą, żmudną drogę, ale na koniec dotarła do upragnionego celu.

– Kto by się spodziewał! – szepnęła uśmiechnięta, muskając językiem jego ucho. – Towarzysz Barcz w całej okazałości!

Potem, niestety, nie pamiętała już niczego oprócz trzepotliwych wzlotów na niebotyczne szczyty i rozkosznych upadków w ciepłe, upojnie pachnące tonie, które równie dobrze mogły jej się przyśnić.

Tadeusz nie był jej pierwszym mężczyzną. Trzecim.

Cnotę straciła z pryszczatym licealnym kolegą, Szymonem, który namiętnie grywał w piłkę nożną oraz pisywał wiersze o marności doczesnego świata. Julka była dopiero trzecią jego namiętnością po tamtych dwóch, ale i to miejsce sobie ceniła. Miała nadzieję, że zachowa je na zawsze, a może z czasem, dzięki cierpliwej miłości, wysforuje się przed poezję lub przynajmniej przed sport. Oboje byli niedoświadczeni, więc gdy pierwszy raz poszli ze sobą do łóżka, zrobili wszystko i jeszcze odrobinę więcej, żeby nie było z tego dziecka. A jednak Julka tak przeraźliwie bała się zajścia w ciążę tuż przed maturą, że przez całą noc u boku Szymona dręczyły ją koszmarne sny.

Śniło jej się, że wpadła. Mało tego, całe miasto o tym wie. Ludzie ciągną gromadnie pod okno, za którym śpią oni oboje z Szymonem, a właściwie troje, bo dziecko już także trzeba policzyć, mimo że jeszcze bezimienne. Tłumy zbliżają się ulicami miasta, żeby dać wyraz świętemu oburzeniu. „Precz! Precz!" Wznoszą okrzyki, śpiewają, niosą transparenty, wraz z mieszkańcami maszerują orkiestry dęte w czapkach z górniczymi pióropuszami, a spikerzy przez przywieszone na latarniach megafony obwieszczają żałosny upadek uczennicy liceum ogólnokształcącego Julii Małeckiej. Przekazywane są słowa słusznej krytyki ze strony władz partyjnych i państwowych, jest chyba nawet potępiający telegram od Breżniewa.

Co gorsza, gdy Julka otworzyła oczy, okazało się, że to jawa, nie sen. Pod oknem, za którym zdążył wstać dzień, rozbrzmiewały rytmiczne okrzyki, orkiestra tłukła z animuszem *Marsz generalski*, a w megafonach dudnił blaszany, entuzjastyczny głos spikera.

Potrząsnęła śpiącym Szymonem, zerwała się wystraszona z łóżka i przez uchyloną zasłonkę zerknęła na ulicę.

Roiło się tam od machających dłońmi ludzi, sztucznych kwiatów, baloników. Widok maszerującego tłumu uświadomił Julce, że poszli z Szymonem do łóżka przed wolnym dniem w szkole, trzydziestego kwietnia. Zatem dzisiaj był pierwszy maja, ulicą kroczył pierwszomajowy pochód, łopotały szturmówki, rozbrzmiewały proletariackie pieśni i w ogóle dało się odczuć ogólną radość z faktu, że Julka Małecka nie zaszła w ciążę. A przynajmniej należało mieć taką nadzieję.

Natomiast pierwszej nocy z Tadeuszem spała głęboko, spokojnie, a podczas kolejnych zbliżeń zachowali środki ostrożności, żeby się zabezpieczyć przed nieświadomym rodzicielstwem. Jej ani jemu przez myśl nie przeszło, że jest już na to za późno.

Wąż zrobił swoje.

Po trzech tygodniach wrócili do Konina. Tadeusz z żoną i dziećmi wyjechał na wczasy do Bułgarii, a u Julki zaczęło się nerwowe wyczekiwanie na ciotkę, która nie przybywała. Spóźniała się już nieraz, ale nigdy o tyle.

Gdy wreszcie pojęła, co się dzieje, gdy z niemałym trudem w to uwierzyła – chodziła jak błędna. Najpierw z utęsknieniem wyczekiwała powrotu Tadeusza do Polski, jakby ten powrót mógł coś odwołać, zmienić, unieważnić. Majka z Januszem włóczyli się po Bieszczadach, nie mogła za nimi pojechać, ponieważ nie podali stałego miejsca pobytu. W rezultacie Tadeusz wrócił wcześniej od nich i umówił się z Julką w parku w starym Koninie. Nadszedł alejką opalony, uśmiechnięty, z bukietem kwiatów dla niej. Niepostrzeżenie otarła dłonią załzawione oczy, gdy zobaczyła go z daleka w odczyszczonych butach, białej koszulce polo i z grzywą włosów spowiałych od bułgarskiego słońca.

Wyglądał jak posąg idealnego wybranka, a nie mężczyzna z krwi i kości. Jeszcze niedawno Julka nie dopuściłaby do siebie myśli, że za przydymionymi szkłami okularów dostrzeże w jego wzroku panikę. To zdawało się mniej prawdopodobne niż śnieg w lipcu. Zupełnie nie w jego stylu. A jednak zobaczyła ją niedługo później. Zaledwie wypowiedziała mało przytomne zdanie, które szlifowała w głowie od tygodnia, jakby było referatem naukowym:

– Chyba jestem w ciąży, Tadeusz.

Miał taką minę, jakby dała mu w twarz. Od razu zrozumiała, że nie będzie dobrze. Nie ma prawa być dobrze. I nie było.

Spotkali się jeszcze dwa razy, były to dwa jałowe spotkania, krótkie i krępujące, zanim on postawił sprawę jasno.

– Biłem się z myślami, ale dochodzę do wniosku, że będzie lepiej dla nas, jeśli pozbędziesz się dziecka. Z czasem ułożymy sobie życie, ale tego się nie da zrobić na łapu-capu, pod przymusem. To jest jak szantaż!

– Ja cię szantażuję?

– Nie, nie! – Machnął pięknie utrzymaną dłonią. – Źle zrozumiałaś. Sytuacja szantażuje nas oboje. Jeśli teraz odejdę od Ewy, przede wszystkim ty mi nie wybaczysz. Sama powiedz, czy nie straciłabyś wiary we mnie, gdybym z dnia na dzień zostawił kobietę mającą ewidentne problemy psychiczne? Opowiadałem ci o niej. Gotowa zrobić sobie coś złego. Czy mamy nieść na plecach jej trumnę przez resztę naszego wspólnego życia?

– Przecież wiedziałeś od początku, jaka ona jest.

– Nic się nie zmieniło. Czy teraz mówię coś innego?

– Teraz mówisz bez sensu – odrzekła ponuro Julka.

– Przesadzasz. Pomyśl na spokojnie, a przyznasz mi rację, nawet jeśli w tej chwili sądzisz inaczej. Dobrze cię znam. Nie uporasz się z myślą, że za nasze szczęście zapłacił kto inny…

– Daj mi szansę, a może się uporam.

Tadeusz uśmiechnął się sztucznie, jakby chciał Julce pokazać, że docenił jej gorzki żart. Myśli tak jak ona, tyle tylko, że wyciąga dojrzalsze wnioski. Ktoś musi to wziąć na swoje barki.

– Jesteś młodziutka, życie przed tobą... Co mogę ci zaoferować w moim wieku? – przemówił jak zgrzybiały starzec. – Wrzody żołądka? Samotne wieczory, gdy będę się tłukł w ustawicznych delegacjach? Ludzką niechęć, nawet pogardę dla siebie samej? Nie mam sumienia skazywać cię na taką przyszłość! Nie chcę, żebyś mnie przeklęła jak ostatniego łajdaka. Gdybym cię spotkał piętnaście lat temu, niechby dziesięć, daję słowo, że wszystko uło-żyłoby się inaczej!

– Nie wątpię! – zgodziła się kwaśno Julka. – Siedział-byś za kratkami.

Spojrzał na nią z naganą znad okularów.

– Nie bardzo rozumiem, co chcesz przez to powiedzieć.

– Piętnaście lat temu byłam ośmiolatką. Poszedłbyś do pudła, gdybyś mi wtedy zrobił to co teraz!

Wzruszył ramionami i mruknął zbity z tropu, że tak się tylko mówi. To metafora, oczywiście.

Julka siedziała małomówna, gdy tokował, gestykulując, i coraz bardziej miała sobie za złe ten wymuszony spokój. Dlaczego nie wygarnie mu w oczy, że jest sukinsynem? Zasłużył na słowo prawdy! Dlaczego go nie spyta, jak ma czelność robić jej to, co jej robi? Dlaczego ona milczy? Jeszcze na coś liczy? Boi się jego reakcji? Więc może to ona przeprosi go za kłopot, jaki mu sprawiła? Może pożegna go szlachetnymi zaklęciami miłości? Dobranoc, mój książę! Było miło, ale się skończyło! Skoro na świecie nie ma miejsca dla nas obojga, przynajmniej ty odejdź szczęśliwy! Ja przecierpię, nie wyklnę, moje białe ciało zapamięta każdy twój pocałunek! Odejdź, ukochany! Miłości moja! Wypieprzaj!

– Wypieprzaj! – powtórzyła na głos.

– Proszę? – zająknął się.

– Nie chcę cię więcej widzieć!

– Uspokój się, Julio! Nie bądźmy dla siebie niemili. Będziesz potrzebowała pieniędzy, to oczywiste, a ja mam pieniądze!

– Nie chcę twoich pieniędzy!

– Przecież nie urodzisz tego dziecka? Po co stwarzasz problemy?

– Gówno cię to obchodzi!

Puściły jej nerwy, niestety, puściły jej nerwy – i natychmiast odniosła wrażenie, że Tadeusz tylko na to czekał. Z wyniosłą miną przeczesał grzywkę szczupłą dłonią, mignął herbowy sygnet na małym palcu.

– Nie obchodzi mnie, mówisz? Chyba domyślam się dlaczego. Rzymianie powiadali, że tylko matka jest pewna… To miałaś na myśli?

Julka bez słowa podniosła się z ławki. Nawet na niego nie spojrzała, odchodząc, ale całą siłę woli włożyła w to, żeby nie biec. I żeby na zakręcie parkowej alejki nie odwrócić się do niego bokiem. Bo wtedy na pewno dostrzegłby jej zalaną łzami twarz.

Nie pobiegł za nią. Właściwie była z tego zadowolona, jeśli w tej sytuacji jeszcze z czegoś mogła być zadowolona.

Obiecała sobie, że już nigdy w życiu się z nim nie zobaczy, a gdyby wpadli na siebie przypadkowo w kinie lub supersamie, uda, że go nie pozna. Co do dziecka zaś – postąpi tak, jak sama chce, nie tak, jak on sobie życzy!

Kłopot tylko w tym, że nie wiedziała, czego chce. Płakała, bała się, zamyślała się jakimś bezmyślnym zamyśleniem, a czas płynął. Poszła do lekarza, przeczytała stos medycznych poradników – i wiedziała coraz mniej, zamiast się na coś zdecydować.

Aż stało się, co się stało, i ostatecznie zrobiła to, czego miała nigdy w życiu nie robić – zatelefonowała do Tadeusza. Gdyby nie chodziło o Majkę, nie zdecydowałaby się na ten krok. Ale w obecnej sytuacji postanowiła zacisnąć zęby i zrobić dobrą minę do złej gry. Postawić wszystko na jedną kartę. Nie odpuścić. Nie znała nikogo więcej, kto miałby jakąkolwiek moc sprawczą. A on siedział w odpowiednim miejscu i znał właściwe osoby, z wszechwładnym sekretarzem na czele.

Aczkolwiek tym razem Julka zamierzała działać roztropnie.

Drobny szantaż, jakiego użyła wobec jego sekretarki, był pierwszym elementem owej roztropności. Przyniósł oczekiwany efekt, Tadeusz oddzwonił. To było tuż po wizycie milicjanta, który pokazał Julce i jej ojcu portret pamięciowy domniemanego sprawcy czy też podejrzanego.

Wcześniej siedziała jak na szpilkach, czekając, czy telefon się odezwie. Robiła w tym czasie dziwne rzeczy. Wykropiła wszystkie kąty mieszkania perfumami Majki jak ksiądz wodą święconą, żeby mieć złudzenie jej obecności. Wyjęła ich wspólne zdjęcia z albumu i przykleiła je taśmą na meblach. Odkurzając u Majki, strzepnęła z kurzu także apaszkę, po czym pieczołowicie ułożyła ją w ten sam przypadkowy sposób, w jaki siostra porzuciła ją w pośpiechu na wersalce przed piątkową dyskoteką.

Jeśli te czynności nie były nerwowe, były chore.

Ale gdy odebrała telefon od Tadeusza, nie sposób było usłyszeć w jej głosie niczego prócz zdrowego rozsądku. Może jeszcze odrobinę tęsknej melancholii. Odegrała swoją rolę na tyle dobrze, że Tadeusz nie nabrał podejrzeń.

– Dzwoniłam, żeby ci powiedzieć, że to już nieaktualne, wiesz, o czym mówię – powiadomiła go oględnie na wypadek, gdyby sekretarka siedziała z uchem przy słuchawce w pomieszczeniu obok. – Posłuchałam twojej rady i chcę cię przeprosić. Miałeś rację, Tadeusz.

Mea culpa! Uznała tę metodę za najskuteczniejszą. Inaczej wyślizgiwałby się jak piskorz, wietrząc podstęp z jej strony.

– Nie żartuj, Juleczko, nie masz za co przepraszać! To ja byłem może zbyt rygorystyczny, ale miałem na względzie twoje dobro, nie swoje, uwierz mi! – Mówiąc to, ani chyba sprawdził, że sekretarka nie podsłuchuje, bo w tym momencie ściszył głos i zapytał bez owijania w bawełnę: – Rozumiem, że pozbyłaś się naszego problemu?

Problem. To byłoby oryginalne imię dla dziecka – przyszło Julce do głowy. Problem Małecki. Bo przecież nie Problem Barcz.

– Tak – potwierdziła krótko. – Już dobrze. Jestem na chodzie.

Zawahał się, zanim wykrztusił podejrzliwe, acz przezorne pytanie:

– Na pewno musiałaś się w związku z tym zadłużyć, Juleczko? Nie kłopocz się o pieniądze! Dobrze, że uporałaś się ze wszystkim, bardzo dobrze. To musiało być dla ciebie trudne! – rozczulił się popisowo, a Julce wydało się, że słyszy w słuchawce szelest, jakby z zadowoleniem zacierał swoje zgrabne dłonie z obrączką i sygnetem herbowym. – Tak bardzo chciałbym cię teraz przytulić, biedactwo!

Strzał w dziesiątkę! Nie musiała sama proponować spotkania, mimo że liczyła się z taką ewentualnością. Tadeusz z marszu przejął inicjatywę.

Ponownie wylądowali w Podczaszycu. Wnętrze poloneza pachniało old spice'em, na tylnym siedzeniu jechał bukiet róż. Usiedli przy tym samym oknie co kiedyś, z widokiem na las, ale kolacji nie zdążyli zamówić. Po pierwszych słowach Julki, dotyczących milicyjnego śledztwa, Tadeusz położył palec na ustach.

– To nie jest miejsce na taką rozmowę – ostrzegł ją. – Zaczekaj.

Wiedziała, że przesadza, i wiedziała, dlaczego przesadza, ale z rezygnacją skinęła głową. Nic za darmo. Wrócił z kluczem do garsoniery na pięterku, przywieszonym u drewnianego breloka w kształcie pokaźnej gruszki. Dzwonienie tego klucza w jego dłoni, gdy szli korytarzem wyłożonym czerwoną wykładziną, obwieszczało, że ich wzajemne relacje wchodzą w nową fazę. Bardziej bezpośrednią. Nie potrzeba już mydlić sobie oczu planowanymi rozwodami albo rozstrojem psychicznym małżonki. Wystarczą róże, złoty drobiażdżek od jubilera, raz na jakiś czas nie zawadzi powiedzieć „kocham cię".

Oczywiście w roli pierścionka z cyrkonią jak najbardziej może wystąpić wstawiennictwo u szefa milicji, jeśli zachodzi taka potrzeba.

– Siadaj, kochanie! – powiedział Tadeusz, sadzając Julkę na łóżku nakrytym żółtą narzutą. – I teraz mów swobodnie!

Sam usiadł obok i czule ujął jej rękę w swoje ciepłe dłonie.

Już fakt, że musi temu draniowi mówić o Majce, co wydawało się Julce profanacją, doprowadzał ją na skraj rozpaczy. Ale innej drogi nie znała. Pominęła powód kłótni na dyskotece i nieistotne szczegóły, resztę opowiedziała w miarę składnie. Zwłaszcza o bezradności milicji.

– Nic nie mają? – zapytał Tadeusz.

– Prawie nic – odpowiedziała Julka. – Portret pamięciowy.

– Czyj?

– Nie wiedzą. Może sprawcy.

– Czyli coś jednak mają. I kto to taki? Ten, którego szukają.

Julka westchnęła ciężko. Dusiło ją w piersiach.

– Wąsaty mężczyzna z blizną na czole. Podobny do każdego. Mogą go szukać przez sto lat, jeśli sam się do nich nie zgłosi, najlepiej z dowodami w kieszeni!

Tadeusz wyciągnął rękę za siebie, namacał kabel nocnej lampki z płaskim włącznikiem i pstryknął światło. Julka zmrużyła oczy.

– Rozpoznałaś go?

Niebo za oknem poszarzało, las zamienił się w czarny, szumiący na tym tle ażur. Tadeusz wstał, żeby zasunąć story, więc Julka nie musiała ukrywać zdegustowanej miny po jego pytaniu. Odnosiła wrażenie, że on udaje zainteresowanie tematem, ale w istocie myśli o wszystkim innym, tylko nie o jej siostrze. Równie dobrze mógł spytać Julkę, czy była na Marsie. Albo jak jej się mieszka w Nowym Jorku. Zacisnęła palce, aż paznokcie wbiły jej się w dłonie i zostawiły zbielałe półksiężyce, jednakże nie zdołała ukryć zniecierpliwienia w głosie.

– Nie rozpoznałam go, ponieważ nigdy w życiu nie widziałam go na oczy, Tadeusz! – odburknęła. – Usiłowałam ci o tym powiedzieć!

Może myślał w tej chwili o kolorze jej bielizny, zamiast o tym, o czym mówili. Usiadł z powrotem na łóżku obok Julki, pogłaskał ją po głowie.

– Uspokój się. Nie miałem na myśli nic złego. Wiem, że to nie jest dla ciebie miła rozmowa, ale coś niecoś muszę wiedzieć, skoro mam to pchnąć do przodu, prawda?

– Prawda – opanowała się. – Przepraszam. Wciąż jestem zdenerwowana, nie mogę sobie z tym poradzić. Chciałabym zapalić, dobrze?

Podał jej z nocnej szafki za sobą szklaną popielniczkę ozdobioną na dnie stylizowanym napisem PODCZASZYC. Poczęstował Julkę czerwonym dunhillem i przypalił go zapalniczką Ronson.

Zaciągnęła się głęboko.

– Masz możliwość, żeby zadziałać skutecznie w tej sprawie? – zapytała. – Wiem, że masz. Potrzebuję pewności, że milicja będzie skuteczna, zrobi wszystko, co możliwe. Bo czas ucieka!

Tadeusz też zapalił, ale zaraz rozgniótł papierosa na dnie trzymanej przez Julkę popielnicy. Otrzepał dłonie, zdjął marynarkę i przerzucił ją przez poręcz krzesła.

– Zdaj się na mnie – uspokoił Julkę, obejmując ją ciasno ramieniem. – Jeżeli mówię, że znajdą twoją siostrę, to ją znajdą.

Nie czekał, aż ona skończy palić, tylko pociągnął ją na łóżko. Zgasiła papierosa, już leżąc na plecach, wpakowała kciuk w żar. Czuła dłoń Tadeusza na swoim kolanie, ale patrzyła w sufit. Rozwiewały się na jego tle resztki papierosowego dymu. Tadeusz szukał w tym czasie dojścia wśród falbanek. Z rozmysłem włożyła na spotkanie taką sukienkę. Nie dlatego, że podniecająca, ale żeby nie zwrócił uwagi na jej lekko zaokrąglony brzuszek. Choć na razie jego wypukłość nie rzucała się w oczy. Tylko Julka wyobrażała sobie, że kto zechce, dostrzeże ją jak piramidę na pustyni.

– Nie! – Podniosła się na łóżku i siedząc, wygładziła sukienkę. – Nie mam ochoty, Tadeusz!

– Odpręż się, Juleczko. – Ułożył ją z powrotem. – To ci się przyda. Mnie też. Nie wyobrażasz sobie, jak za tobą tęskniłem.

Wsunął dłoń pod jej spódnicę. Udało się. Przez pończochę poczuła na wewnętrznej stronie uda chłód herbowego sygnetu. Ogarnęła ją czarna rezygnacja. Po co się wyrywać, opierać, walczyć, skoro wystarczy nic nie robić? Poleżeć przez moment bez ruchu. Tadeusz jest tak podniecony, że nie sprawi mu to różnicy. Tylko poleżeć na plecach z rozłożonymi nogami. Korona z głowy od tego nie spada. Niech on w końcu znajdzie gumkę od jej majtek, której gorączkowo szuka pod spódnicą – i zrobi swoje. Niech to już raz się zacznie, bo tylko wtedy ma szansę się skończyć.

Jednak nie poszło tak prosto. Bo zaraz pomyślała o dziecku, które dla Tadeusza już nie istniało, ale przecież wciąż w niej było. A jeśli ono nie ma chęci na igraszki mamusi? Jeśli mu zaszkodzą? Co z tego, że nie powinny! Może już śpi i tylko się wystraszy! Zostanie mu skaza na resztę życia. Skąd Julka może wiedzieć, co czuje embrion, który ma rozmiar rajskiego jabłuszka i mniej więcej takie samo życie wewnętrzne?

– Nie, Tadeusz! – Wywinęła się jeszcze raz. – Nie dzisiaj, proszę!

Tym razem nie pozwolił się odepchnąć. Przydusił Julkę udem i mocował się z jej bielizną. Dyszał przy tym jak miech kowalski.

– Przestań! – krzyknęła.

Szarpnęła się z całej siły, ale nie dała rady zrzucić go z siebie. Był jak głuchy. Brzydził ją. Autentycznie ją brzydził. Straciła resztki opanowania i zamachnęła się trzymaną w ręce popielnicą. Szeroko, na odlew. Zdzieliła go nią w głowę, aż jęknął z bólu. Zerwał się na nogi i z niedowierzaniem dotknął skroni. Opuszki jego palców poczerwieniały od krwi.

– Zwariowałaś?

– Prosiłam, żebyś przestał. Nie mam ochoty.

Wytarł palce w chusteczkę wyciągniętą z kieszeni odwieszonej na krzesło marynarki. Zrobił to ostrożnie, żeby nie ubrudzić odzieży. Zwichrzona uderzeniem fryzura sterczała mu na skroni jak bawoli róg. Oprawka okularów zwichrowała się i lewe szkło zakryło brew. Poprawił je, ale nieskutecznie. Wyglądał z tym groteskowo, jakoś po łajdacku, i Julka stwierdziła w duchu, że Tadeusz po raz pierwszy jest prawdziwy. Charakter wyszedł mu na twarz. Nie jest fałszywym sukinsynem, lecz sukinsynem z podniesioną przyłbicą.

– Ale ja mam ochotę! – warknął z wściekłością. – Wyobrażasz sobie, że będę na twoje zawołanie, a ty ewentualnie podziękujesz mi jak z łaski? Fochy panny hrabianki! Masz mnie za chłopca na posyłki?

– Prosiłam cię o pomoc, bo sądzę, że jesteś mi coś winien.

– Nic ci nie jestem winien! Jeśli mam coś dla ciebie zrobić, ty zrób coś dla mnie i kwita. To jest uczciwe postawienie sprawy!

Zaszkliły jej się oczy i nagle pomyślała, że byłaby w stanie go zabić. Bez względu na konsekwencje.

– Jesteś skończoną świnią! Nie spodziewałam się tego po tobie.

– Trudno, jakoś przeżyję. Po prostu zrób to, po co tu przyszłaś! A ja ze swojej strony zrobię to, co ci obiecałem. Uczciwie!

Podchodząc, wyciągnął koszulę ze spodni i rozpiął zamek.

– Nie zbliżaj się do mnie, Tadeusz! Dobrze ci radzę!

– Groźby stanowią podniecającą nowość w naszych stosunkach! Nie doceniałem twoich możliwości, Juleczko! A co takiego mi zrobisz, jeśli się nie przestraszę?

Z całej siły uderzyła popielniczką w dębową ramę łóżka. Rozległ się brzęk pękającego szkła, po pokoju rozprysły się odłamki. Największy został w dłoni Julki. Poszarpany, najeżony ostrymi krawędziami. Wyciągnęła go w stronę Tadeusza, jakby trzymała w ręce nóż.

– Zobaczysz! – ostrzegła go. – Zrobię coś takiego, że będziesz miał grube nieprzyjemności! Sam Lenin ci nie pomoże! Lepiej trzymaj się z daleka!

A ponieważ nie zamierzał jej posłuchać, szybkim ruchem przyłożyła ostrą krawędź do swojego przegubu i przejechała nią po skórze, aż na żółtą narzutę łóżka trysnęła krew. Tadeusz przystanął w pół kroku.

– Nie wariuj! – Wyciągnął dłoń z rozczapierzonymi palcami, jakby próbował ją powstrzymać. – Odbiło ci, cholera?

Krew spływała między palcami Julki i kapała na łóżko.

– Okłamałam cię – powiedziała. – Nie usunęłam ciąży. Zostawiłam w domu list, kto jest ojcem dziecka. A teraz podetnę sobie żyły, jeżeli natychmiast stąd nie wyjdziesz! Choćby mnie odratowali, będzie o tym głośno. To nieduże miasto i nikt was nie lubi! Ludzie tylko czekają, aż któremuś z was powinie się noga! Wybieraj! Jeśli zrobisz to, co mi obiecałeś, więcej o mnie nie usłyszysz! Uratuj moją siostrę i masz mnie z głowy na zawsze! Daję ci na to uroczyste słowo honoru!

– A dlaczego miałbym ci uwierzyć?

– Możesz nie wierzyć, jak sobie chcesz! Tylko wyjdź stąd i zajmij się tym, o co proszę, zanim zrobię coś, w co na pewno uwierzysz! Nie dam ci innego wyboru!

– Julka, nie możesz...

– Zjeżdżaj! – przerwała mu. – Nie gadaj bez sensu! Zaręczam ci, że teraz mogę wszystko.

– Przestań! Dobrze! Zrobię, jak chcesz! – Tadeusz drżącymi rękami zapiął opadające spodnie. – Ale potem nie chcę cię znać! Jeśli nie dasz mi spokoju, zaskarżę cię, uprzedzam! Wynajmę najlepszych adwokatów! Zniszczą cię!

– Zgoda! Dobiliśmy targu – powiedziała sennym głosem Julka. – A teraz zjeżdżaj!

Trzymała szkło na nadgarstku, póki Tadeusz nie zamknął za sobą drzwi. Podeszła do nich na palcach, przyłożyła ucho, żeby posłuchać, co się dzieje na korytarzu. Było cicho, więc pospiesznie przekręciła klucz w zamku. Gdy już miała pewność, że odcięła się od całego świata, opadła twarzą na łóżko i rozszlochała się w głos.

Wyszła z Podczaszyca przed północą. Umyta, odświeżona, na pozór spokojna. Oczywiście polonez nie czekał na nią, a następny nocny autobus odjeżdżał z przystanku o drugiej w nocy. Julka wróciła na parking przed zajazdem. Stało na nim kilka samochodów, w tym dwa z konińską rejestracją. Przez oświetlone okna restauracji widziała w środku ostatnich gości.

Usiadła na murku i czekała.

Jako pierwsi opuścili Podczaszyca właściciele żółtej syrenki, małżeństwo emerytów. Spytała ich, czy jadą do miasta i czy mogliby ją zabrać. Zgodzili się chętnie. Byli sympatyczni, uczynni, wyjaśnili Julce, że raczej nie bywają w takich drogich lokalach, bo ich na to nie stać. Ale dzisiaj świętują szczególną okazję. Czterdziestolecie ślubu.

Pogratulowała im z uśmiechem.

Gdy przez odchylone przednie siedzenie przeciskała się na tył syrenki, starszy pan przyjrzał jej się w świetle lampki nad lusterkiem wstecznym.

– Cieszę się! – Klasnął radośnie w dłonie. – Znalazła się pani jednak!

Zerknęła na niego przez ramię. Przestraszyła się, że coś z nim nie tak! A jednocześnie przestraszyła się czego innego – że ojciec ma nerwy zszarpane zniknięciem Majki i zaczął szukać także Julki, skoro do tej pory nie wróciła do domu.

Starszy pan zinterpretował jej dezorientację po swojemu.

– Nie wie pani, że pani szukają? – zapytał. – Przed naszym blokiem od dwóch dni wisi na drzewie pani zdjęcie z podpisem *Ktokolwiek widział, ktokolwiek wie*…. Jedźmy, jedźmy, bo tam już się nie mogą doczekać! Cieszę się, że akurat my z żoną panią znaleźliśmy w naszym uroczystym dniu! Będziemy to dodatkowo świętować przez następne lata!

– Dziękuję – powiedziała Julka, sadowiąc się w syrence, i wcale nie była pewna, czy dziękuje im za to, że ją odwiozą, czy za to, że ją odnaleźli zamiast biednej Majki.

Miała w głowie kaszkę.

Rozdział X

DOSIA

Raporty przesłane z laboratorium nic nie powiedziały. W parku przy Kolejowej zabezpieczono niezliczone ślady. Może nie wszystkich mieszkańców miasta, ale „większej-kurwa-połowy", jak profesjonalnie określił ich liczbę podporucznik Szczerbic. Nie natrafiono jednak na żaden konkretny ślad, przynajmniej jeden, który dałby się zaklasyfikować jako punkt zaczepienia. Odnaleziony but ofiary dryfował w pustce.

Romek na bieżąco kazał sobie dostarczać do wglądu informacje o tragicznych zgonach kobiet. W Koninie, w województwie, w Polsce. Komuś nie chciało się przeprowadzić tej prostej selekcji, toteż na jego biurko spływały dane nieboszczyków obojga płci. Tym sposobem w piątkowe przedpołudnie wpadło mu w ręce milicyjne zdjęcie z lakonicznym opisem na kartce maszynopisu.

Miejsce: Golina w województwie konińskim.

Sporządził: funkcjonariusz MO starszy sierżant Adam Cieplik.

Mężczyźnie lat około czterdziestu o nieustalonej tożsamości skręcono kark. Wyglądało to na wypadek albo też do zabójstwa użyto niewiadomego narzędzia, ponieważ głowa zabitego została obrócona prawie o sto osiemdziesiąt stopni. Tyle dobrego, że denat nie cierpiał, zgon musiał nastąpić błyskawicznie. W grymasie martwej twarzy utrwaliło się raczej zdumienie niż ból. Do tej pory Romek przeglądał akta taśmowo, pobieżnie rzucając na nie okiem. Przy tym zdjęciu zatrzymał się na dłużej. Zapalił lampkę na biurku i wyregulował pod kątem jej klosz, żeby rozproszyć cienie jesiennego dnia, zalegające w ciasnym gabinecie.

Z czarno-białej milicyjnej fotki patrzył na niego białkami wywróconych do góry oczu brudny, obrośnięty trup Machały.

Czyżby Romek trzymał w ręku usprawiedliwienie jego nieobecności na spotkaniu nad Wartą? Co takiego się stało? Mimo że prowadzone przez Machałę interesy bez wyjątku należały do półlegalnych, dotychczas nie było na niego silnych, a już na pewno sprytniejszych.

Romek skontaktował się telefonicznie z nieznanym mu bliżej starszym sierżantem Cieplikiem, podpisanym pod meldunkiem. Podał do akt sprawy dane personalne nieboszczyka, a w zamian dopytał się o szczegóły.

Ciało Machały znaleziono poprzedniego dnia na wewnętrznym dziedzińcu gorzelni w Golinie. Leżało w ziemniakach, których od rana urosła tam cała góra. Kończyły się wykopki, okoliczni rolnicy zwozili resztki zakontraktowanego towaru.

Słuchając Cieplika, Romek z niedowierzaniem kręcił głową. Gdyby Machale kazano wybrać niebo, w którym chce spędzić po śmierci całą wieczność – z pewnością gorzelnia byłaby jednym z jego pierwszych postulatów. Ale umierać w gorzelni w pełni męskich sił? Na to się nie pisał! Lubił swoje marne życie! Jeszcze miał przed sobą tyle szwindli do zrobienia.

– Jego tam nie zabili, obywatelu poruczniku! – objaśnił starszy sierżant.

– A gdzie?

– *Wot zagwozdka!* Ale za głęboko był zagrzebany. Kto by się silił chować trupa na dwie, trzy godzinki! Przecież kartofle rzadko leżą tam dłużej. To co, weźmy na to, sprawca by nie wiedział?

– Przywieźli go tam, mówicie?

– Jak amen w pacierzu… Znaczy się, tak jest!

– A kto taki?

– Malinowski z Kawnic albo Zięciak z Chorznia, albo Koperski z Cienina Zabornego. Przywieźli go, niewiedzący, że przywieźli, obywatelu poruczniku. Ciało denata zostało im po drodze podrzucone na przyczepę za traktorem. Wiadomo, jak tam się odbywa rozładunek. Przyjechali, podnieśli klapę, zrzucili na stertę to, co przywieźli, kurz się za nimi podniósł i pojechali z powrotem. Niewiedzący. Zaraz podniósł przyczepę drugi, trzeci i przysypali trupa ze szczętem.

– Tylko ci trzej przywozili wczoraj ziemniaki do gorzelni?

– Nie tylko. Ale takim, co koniem wieźli, to nie ma jak podrzucić czego na wóz. Spostrzegliby się. A znowu inni się nie zatrzymywali po drodze, to w biegu im trupa nikt nie załadował, bo jak? Nie rzucił nim przecież zza drzewa. A tych trzech robiło przystanek albo i więcej przystanków. Ja mam notki w raportówce, gdzie oni stawali i w jakim mianowicie celu, obywatelu poruczniku. Tylko że na mój nos nie ma co główkować. Nieboszczyk przyjechał na gapę z Koperskim.

– Bo co?

– Melduję, że wytrzepałem denatowi kieszenie. Nazbierało się ziemi z kartofli, co z nimi jechał. Tam gdzie indziej piasek jest, taki sypiący się, a w Cieninie ziemia więcej gliniasta. No i tam padało po drodze, a gdzie indziej nie padało.

Szkoła sierżanta Kociuby nauczała, żeby nie szukać wyjaśnień zbyt daleko ani nie wybierać zbyt skomplikowanych. Przeważnie wyjaśnienie znajduje się blisko i okazuje się proste. Ale sugestię Romka, że Koperski to spryciarz, który i zabił, i przywiózł ciało na przyczepie, żeby zasiać wątpliwości, z jakimi teraz oni obaj się borykają, Cieplik zlekceważył.

– Jak obywatel porucznik zaufania do mnie nie ma, niech sam go przesłucha, rozumie się. Ale po mojemu, że Koperski traktorem do Goliny trafia, to już jego cały spryt na tym się wyczerpuje. Więcej u siebie nie dogrzebie się.

Nie było powodu, żeby mu nie ufać. Wydawał się oblatany jak mało kto w tym fachu.

Romek, zaopatrzony w przesłane teleksem notki starszego sierżanta, usadził na drugim siedzeniu swojego fiata podporucznika Szczerbica i pojechali w trasę. Najpierw do Cienina Zabornego, stamtąd do Goliny. Samotne chałupy, zagajniki, rowy na poboczach, zarośla wzdłuż pól, setki miejsc jakby stworzonych po to, żeby zabić tam cichaczem człowieka i przewieźć zwłoki, choćby na taczce, tu czy tam, tędy czy owędy, dokądś, gdzie zaparkuje na chwilę traktorzysta ciągnący przyczepę z ziemniakami. Nie potrzeba do tego geniusza zbrodni. Nieszczęśliwy wypadek był najmniej prawdopodobny. W każdym razie ktoś się do niego przyczynił, inaczej zostawiłby trupa, gdzie go znalazł, zamiast fundować mu pośmiertną wycieczkę.

Skręcił Machale kark.

Czym? Na to pytanie Romek i Szczerbic nie umieli na razie odpowiedzieć. Czekali na wyniki sekcji zwłok.

Wrócili do Konina po dwóch godzinach. Bez nowych ustaleń. Zaczynało się ściemniać, na szarzejącym niebie wyrósł przed nimi szpaler zapalonych latarń flankujących miejskie ulice. W drodze powrotnej Romek uprzedził Szczerbica, że te dwie sprawy, zaginionej dziewczyny i zabitego informatora, mogą się ze sobą łączyć. Dla pewności należałoby wybadać „szwagra", z którym Machała miał tropić miejsce pobytu Bezbolesnego. A nuż wytropili – i to były opłakane skutki? Zastawili sidła na zająca, a wpadł w nie niedźwiedź.

Wspólnik mógł dysponować nieocenionymi informacjami na ten temat, ale kim był?

Przyszywanych „szwagrów" Machała liczył na pęczki, w zależności od potrzeb własnych i swoich pokątnych pomagierów. Z rozmowy w Morzysławiu Romek pamiętał tylko tyle, że przeciw temu komuś prowadzone jest obecnie śledztwo z artykułu dwieście trzy – o kradzież.

Polecił Szczerbicowi przejrzeć akta w komendzie pod tym kątem.

Podporucznik zatelefonował do niego wieczorem. Romek wyskoczył z kąpieli goły i owijając po drodze biodra ręcznikiem, popędził do telefonu. Usiadł na kanapie ze słuchawką przy uchu. Wiało szparami w oknie, jeszcze go nie uszczelnił watą na zimę. Nie miał kiedy, nie chciało mu się, nie było dla kogo. W nowym dużym mieszkaniu wciąż czuł się jak sublokator. Nie potrafił go zapełnić w pojedynkę. Nie nawieszał kwiatków na ścianach, nie poprzybijał widoczków z malowniczymi stawami w brzozowych zagajnikach, nie trzymał na półkach porcelanowych bibelotów, tygrysków malowanych w prążki ani bocianów kiwających długimi szyjami na zawiasach. Cokolwiek mówić o Krystynie – dopełniała wystroju mieszkania za pomocą odwiecznych kobiecych sztuczek, zagracała kąty duperelkami do niczego nieprzydatnymi, ale stwarzającymi atmosferę zaciszności i ciepła w przerwach między jedną awanturą a drugą. On sam o to nie dbał.

– Mam go, Romek! – odezwał się w słuchawce zadowolony głos Szczerbica. – Wiesz, kto to taki naprawdę? Nie zgadniesz za chińskiego boga! Zenon Piechota, mąż Genowefy Machały, skurczybyk! Jego autentyczny szwagier! Ukradł motorower Komar z piwnicy na V Osiedlu!

Wszystkiego się spodziewali po Machale z wyjątkiem szczerości. Kto wie, może w takim razie zrelacjonował sprawy zgodnie z faktami. Prawie zgodnie, powiedzmy, bo trudno było dać wiarę historii o paradowaniu z nożem wbitym pod żebro.

217

Na własny użytek Romek miał prostsze wyjaśnienie. Ludzie lubią baśnie i legendy, uwielbiają ubarwiać pospolite sytuacje. Więc ubarwili. Ale musiał być jakiś punkt zaczepienia, to osobna rzecz. Bo niemożliwe, żeby faceci, którzy sprężynowce i kastety mają pod ręką częściej niż czyste skarpetki i ciepłą zupę, zmitologizowali absolutnie banalny przypadek. Że po prostu czyjś majcher utkwił w kurtce na watolinie, dajmy na to, a nie w żywym ciele – więc nie bolało.

Coś więcej musiało być na rzeczy. Ale co?

Wzywanie Piechoty do komendy w celu złożenia wyjaśnień mijało się z celem. Urzędowy druk wlókłby się pocztą przez kilka bezcennych dni. Nazajutrz z rana Romek wybrał się osobiście do szwagra Machały. Samochodem i w cywilu. Słonecznie, łagodny wietrzyk, aż szkoda było tej pogody na ganianie za byle menelem po najgorszych dziurach. Bo o siódmej rano po Piechocie nie uświadczyłeś już śladu w rodzinnym domu, jeśli da się nazwać domem obłażącą z farby drewnianą budę krytą papą i trzeszczącą ostrzegawczo, gdy Romek wspinał się po jej rozchwianych stopniach. Przepity kobiecy głos z rozgrzebanego wyrka posłał go do diabła, a konkretnie – jak się dopytał – do meliny na placu Zamkowym. Stamtąd skierowano go na stadion piłkarski przy Buczka, aż odsyłany od Sasa do Lasa trafił nad Powę, płynącą na peryferiach starego Konina.

Od wąziutkiej, ospale szemrzącej strugi ciągnęło chłodem. Nieogolony młodzieniec w obróconej daszkiem do tyłu cyklistówce i wystrzępionej marynarce włożonej na gołe ciało siedział na betonowym występie niewysokiego wodospadu, z samozaparciem łapiąc wilka. Dwóch bardziej posuniętych w latach jegomościów usadowiło się w gęstwinie nagich łóz. Tulili w dłoniach prostokątne buteleczki z seledynowego szkła, zaopatrzone w drogeryjne etykietki. Należeli do „pyków", czyli desperatów, którzy egzystują na poziomie wody brzozowej i substancji pokrewnych. Wąskie szyjki takich buteleczek wydawały charakterystyczne „pyk-pyk-pyk" przy wlewaniu zawartości wprost do gardła, stąd wzięła się nazwa konsumentów.

Jeden z dwóch starszych, upozowanych w klasycznym stylu „śniadania na trawie", rudzielec, okazał się poszukiwanym Piechotą.

– Ja od szwagra – wyjaśnił mu Romek, gdy rudzielec uniósł wzrok na dźwięk swojego nazwiska. – Pozwól na stronę, kolego.

Gdy odchodzili, dwaj pozostali odprowadzili ich mętnym wzrokiem.

Romek zatrzymał się pod najbliższymi drzewami. Poczęstował Piechotę papierosem, żeby aromat dymu zabił woń zatęchłej perfumerii, która ulatniała się ze szwagra Machały przy każdorazowym otwarciu szczerbatych ust i leciała na Romka. A wolał stać pod wiatr, za to twarzą do jego kumpli. Nie dowierzał im.

Zaropiałe, żółte oczy mrugnęły powiekami o rudych rzęsach, gdy mignęła przed nimi otwarta legitymacja służbowa Romka.

– Muszę ci tłumaczyć, po co przychodzę?

Bezpardonowe „tykanie" wzbudzało zrozumienie w kręgach towarzyskich, w których Piechota się obracał. Podkreślało ważność rozmówcy, jego dominujące usytuowanie w hierarchii władzy, dające mu prawo do zadawania pytań i uzyskiwania odpowiedzi. Mięczakowate formy typu „obywatel", „pan" lub co gorsza „proszę pana" – uznawano za oznakę słabości.

– Pies was *znajet, towariszcz* władza! Może na ryby? Ale to złe miejsce!

Mówiąc, rozejrzał się po piaszczystych wydmach na przeciwległym brzegu, jakby sprawdzał, czy nie znalazł się w milicyjnym okrążeniu.

– A jeżeli nie na ryby?

– Na zgaduj-zgadulę? – domyślił się szyderczo Piechota.

– Trafiony, zatopiony! – Romek skinął głową. – Pytanie pierwsze brzmi: czy chcesz kiblować w warunkach recydywy za kradzież motoroweru? Pytanie drugie: czy znasz Bezbolesnego?

– Nie.

– Na które „nie"?

– Na oba!

Romek pstryknął niedopałek do wody. Płynęła leniwie w oszalowanym wikliną korycie, w górze wodospadu głęboka najwyżej na metr, w dole jeszcze płytsza.

– Nie mogę ci tego uznać, Piechota. To wbrew regułom. Na każde pytanie odpowiedź musi być inna. Tak i nie albo nie i tak.

– Nie znam żadnego Bezbolesnego. I odwalcie się ode mnie!

– Wolisz kiblować? Szwagier chyba ci mówił, że osobiście cię z tego wyciągnę, jeśli będziesz grzeczny i uczynny.

Piechota splunął pogardliwie w środek burego, nieprzejrzystego nurtu. Nie zanosiło się, że będzie grzeczny

220

i uczynny. Tak już miał z natury czy raczej coś się zmieniło od rozmowy z Machałą w Morzysławiu?

– Gówno mi udowodnią! Motoroweru nie ukradłem, Bezbolesnego nie znam. Nie znam i już! To na razie nie jest karalne, nie?

– Bezwarunkowo! – zgodził się Romek. – Nie mówię, że się nie wykręcisz sianem z tego motoroweru. Ale z rozboju, ale z gwałtu?

– Zaraz, spokojnie! Z jakiego rozboju, z jakiego gwałtu?

– Na nierogaciźnie! Co ci za różnica? Coś większego się na ciebie wyskrobie, Piechota, możesz mi wierzyć. Ten motorower nam wisi! W pierwszej kolejności bekniesz za zabójstwo szwagra, jak w banku!

– W to na pewno mnie nie wrobicie!

– To ty nas nie doceniasz!

Piechota wzruszył ramionami. Wiedział, że Machała nie żyje! Nawet nie udawał, że nie wie, gdy Romek uraczył go znienacka tą wieścią. Tyle sukcesu, że z jego ospowatej gęby zniknęła dotychczasowa buta. Należało kuć żelazo, póki gorące.

Woda spadała z hałasem z betonowego progu. Tamci dwaj zezowali spode łba w stronę rozmawiających.

– Coś ci wyznam z ręką na sercu… – Romek złapał w garść klapę wygniecionej marynarki Piechoty i przyciągnął jego ucho ku sobie. – Może w Związku Radzieckim ludzie są równi, ale nie u mnie! Ja mam pod czaszką taką miarkę do ich indywidualnej wyceny! Szukam teraz dziewczyny, która jest więcej warta niż ty, Piechota, razem ze wszystkim, co w życiu zjadłeś, wypiłeś i spłodziłeś. Jeśli mi nie pomożesz w tych poszukiwaniach, nie wspominając już o tym, żebyś mi w nich zawadzał, to załatwię cię na cacy. Prawo mi w tym nie przeszkodzi, bo prawo jest dla uczciwych, Piechota! Dla takich jak ty są wyroki! Daję ci słowo przodującego komsomolca, że będziesz mnie wspominał do końca życia i to będzie twoje najgorsze wspomnienie!

Puścił znienacka klapę marynarki, aż tamten zachwiał się na nogach.

– Czegożeś się uczepił, *towariszcz* władza? Co ci mam powiedzieć?

– To, co wiesz. Ani słowa więcej. Nie mam dużych wymagań, nie?

– Zależy – mruknął Piechota.

Nurt wody niósł ze sobą opadłe z drzew liście. Kolejno migały świetlistą od wilgoci żółcią, znikając za krawędzią wodospadu. Chłopak w cyklistówce, siedzący na betonowym występie, podniósł się na nogi. Teraz już otwarcie patrzył w stronę rozmawiających.

Ale nie na nich. Gdzieś dalej.

Rozbiegany wzrok Piechoty mówił Romkowi, że coś się dzieje za jego plecami. Nie odwracając głowy, próbował odgadnąć – co takiego. Nie potrafił. Nie łowił uchem żadnego szczególnego, rozpoznawalnego odgłosu za sobą. Szelest poruszanych wiatrem gałęzi i szum wodospadu skutecznie głuszyły pozostałe dźwięki.

W końcu nie wytrzymał, zerknął przez ramię kątem oka.

Nie zobaczył niczego, i pomyślał, że dał się nabrać. Ale jednocześnie powietrze rozdarł krzyk młokosa stojącego na wodospadzie:

– Bierz go!

Z zarośli wyskoczyło czarne psisko. Diabli wiedzą, czy warował tam od początku, czy ktoś go dopiero co przyprowadził. Mieszaniec, z obwisłą mordą buldoga i wilczą sierścią na potężnym karku. Obrzydliwy jak monstrualna, włochata ropucha. Jęzor łopotał mu między wyszczerzonymi, ociekającymi śliną zębiskami, ale pies nie szczekał, nie warczał. Skoczył ku Romkowi w kompletnej ciszy, ziając tylko zajadle, jak w filmach kryminalnych dyszą do słuchawek psychopatyczni mordercy. Sporą odległość dzielącą go od ofiary pokonał w ułamku sekundy.

Z kabury pod pachą Romek wyszarpnął pistolet, przydziałową tetetkę, ale nie zdążył jej użyć, gdy pies skoczył mu do gardła.

Tyle że nie stał z gołymi rękami. Ściskał w dłoni twardy, kanciasty przedmiot, toteż posłużył się nim jak młotkiem. Z całej siły, zamachem od góry, zdzielił lecącą w powietrzu bestię w środek płaskiego nosa, między oczy. Pies stęknął z bólu, ale siła jego bezwładności odrzuciła Romka na trawę. Polecieli razem.

Leżąc na wznak, Romek jeszcze raz uderzył w psią czaszkę kantem rękojeści. I jeszcze raz. Na oślep. Słyszał trzask pękającej kości.

Ręce miał we krwi. Pistolet też nią ociekał.

Mieszaniec zaskomlał i odczołgał się tyłem, zakosami, przekrzywiając na boki wielki łeb. Machał łapą nad czołem, jakby usiłował coś z siebie strącić. Bulgotliwie ciekąca po sierści jucha zalewała mu wybałuszone oko. Ziewał raz po raz, ten osobliwy skurcz szczęk musiał być efektem urazu.

Ledwo Romek odblokował jęzor spustowy tetetki, poczuł przeszywający ból nerek. Z jednej strony, a gdy się przeturlał na brzuch – z drugiej. Rannemu psu przyszedł z pomocą podkuty bucior Piechoty.

Trzeci kopniak był wymierzony w głowę Romka.

Zdążył osłonić się ramionami, osłabił cios, a zanim mgła zniknęła mu sprzed oczu, usłyszał głośny plusk wody. Zobaczył Piechotę gramolącego się na drugi brzeg Powy i uciekającego ku piaszczystym wydmom.

W tym momencie jawiły się Romkowi bielsze od śniegu.

Pozbierał się na nogi. Kręciło mu się w głowie. Drugi ze starszych „pyków" zniknął, ale ten w cyklistówce, prawdopodobnie właściciel psa, nadbiegał z drągiem w rękach. Dyszał z wściekłości jak jego pies z bólu.

Romek podniósł lufę pistoletu ku niebu.

– Stój, bo cię zastrzelę! – ostrzegł.

Gdy to nie poskutkowało, opuścił pistolet i wypalił w stronę wodospadu.

Huk wystrzału wyhamował furię napastnika. Nie zatrzymał się wprawdzie, ale skręcił ku wałowi przeciwpowodziowemu, pokrzykując bełkotliwie. Walił drągiem w mijane drzewa. Zachowywał się jak wariat, może faktycznie miał nie po kolei w głowie.

Romek skierował wzrok ku wydmom.

Pięły się pochyło, spora część terenu była widoczna jak na dłoni.

Piechota przystanął lękliwie na odgłos wystrzału, obejrzał się za siebie, ale znowu ruszył biegiem, grzęznąc po kostki w piasku.

224

Romek puścił się za nim w pogoń.

Przeskoczył strugę na szczycie betonowej konstrukcji. Woda rozlewała się tam szerzej, za to płytko, zamoczył tylko buty. Był młodszy od Piechoty i szybszy, ruchy tamtego krępowało mokre ubranie, lepiące się do ciała i zbierające piach. Potykał się, upadał, w zauważalny sposób zwalniał tempo tam, gdzie robiło się stromo.

Przedzierając się przez wiklinowe zarośla, Romek stracił uciekiniera z oczu. Ujrzał go dwieście metrów przed sobą, gdy wydostał się na otwartą przestrzeń. Pochylony wpół Piechota wspinał się z trudem na piaszczysty stok, zmuszając do nadzwyczajnego wysiłku serce, które pompowało przez jego żyły już nie krew, ale chemiczną mieszaninę na bazie alkoholu.

Następny strzał w powietrze, zgodnie z przewidywaniem, jeszcze raz poplątał mu rytm ucieczki. Romek dopadł go na skraju sosnowego lasku i szczupakiem zbił z nóg. Poturlali się w zmieszany z igliwiem piasek.

Leżeli, dysząc na dwa głosy, z tym że Romek szybciej odzyskał miarowy oddech. Okraczył Piechotę udami, ale broni nie chował. Trzymał ją tak, żeby tamten – nawet przygnieciony do ziemi – widział pistolet.

– Gdybym cię tutaj zastrzelił w samoobronie, Piechota, pies z kulawą nogą się o ciebie nie upomni. Więc przestań mnie denerwować. Wystarczy!

– Gówno prawda! – wycharczał Piechota.

– Nie bądź chojrak! Obiecywałem, że znajdę na ciebie coś ekstra? Patrz, nawet nie zdążyłem się obejrzeć, a samo mi się pcha do rąk. Napaść na funkcjonariusza państwowego w trakcie pełnienia przez niego obowiązków służbowych! Wyjdziesz o lasce, siwy, z rakiem prostaty. Aż mi cię żal!

– Czego ode mnie chcesz, glino przeklęta?

– Już ty wiesz czego.

– A jeżeli ci powiem?

– Zależy, co powiesz. Jeżeli prawdę, to wycofasz się na z góry upatrzone pozycje, a ja zapomnę, jak się nazywasz. Nie jestem pamiętliwy.

Piechota wykręcił spoconą, rudą głowę ku górze.

– Mogę usiąść?

– Siadaj. Tylko wbij sobie do łba, że jeżeli to, co powiesz, nie będzie się zgadzało z tym, co już wiem, nie chciałbym być w twojej skórze... – Romek przykucnął naprzeciw niego i schował pistolet do kabury.

– Dobra już, dobra!... Zapalić mogę?

– Pal.

– Ale nie mam co.

– Masz! – Romek wyjął z kieszeni kurtki napoczętą paczkę marlboro i podał mu ją razem z jednorazową zapalniczką.

Ostrzeżenie, którego udzielił Piechocie, było czystym blefem. Nie wiedział niczego, oprócz mało prawdopodobnych bajek zaserwowanych mu w Morzysławiu przez Machałę – więc nie miał możliwości zweryfikowania tego, co powie jego szwagier. Ale nie miał też nic do stracenia.

Wytrząsnął rzadkie błoto z butów, wyżął zdjęte skarpetki. Wytarł nimi przyschniętą między palcami rąk psią krew, słuchając opowieści Piechoty.

To było tak. Nie wiedzieli, gdzie Bezbolesny ma metę, ale Machała dowiedział się od kogoś, że co rano zjawia się na leśnym parkingu trzy kilometry za Gamratką. Nikt już się w tym miejscu nie zatrzymuje, bo pod wsią postawili CPN i przydrożny bar. Pusto, cicho, kawałek uklepanej ziemi między drzewami, wkopany stół z drewnianą ławką. Bezbolesny jakoby wyrusza stamtąd zbierać grzyby. Zostawia samochód i z koszykiem rusza w las.

Wyglądało, że zapalony z niego grzybiarz, są tacy.

Nazwę Gamratki Romek widział wcześniej w przeteleksowanych z Goliny notkach. Na bitej wiejskiej drodze, wzdłuż której z rzadka stały chałupy w zapuszczonych obejściach, zatrzymał się w czwartek Koperski wiozący ziemniaki do gorzelni. Zostawił traktor pod płotem, a sam zaszedł się gościć u kuzyna. Krótko, kwadrans, góra dwa. „W interesie zaprosin na kościelne ksciny curki Antoniny" – odnotował nieortograficznie starszy sierżant Cieplik.

– Zaczaili my się na tym zasranym parkingu na własną zgubę! – powiedział ponuro Piechota, odpalając od niedopałka następnego papierosa. – Już przed świtem my byli, we dwóch, na jednym komarku. Tyłek urywało po drodze! Pada, wieje, zimnisko! Nikt nie przyjdzie na grzyby w taką pogodę, powtarzałem szwagrowi! Wracamy, spróbujemy jutro! A on, że musi, bo jak mnie ręce świerzbią na widok motoroweru, mówi, to on musi! Żeby rodzinę ratować... Jeszcze gęby dobrze nie zamknął, aż tu patrzeć: światła na szosie! Skręcają ku nam. Ciemno jak u Murzyna w szałasie, nie widać, kto przyjechał, tylko z reflektorów wiadomo, że mały samochodzik. Fiacik, trabant, może syrenka, pyrkotał i pyrkotał, ale po silniku ja ich nie rozpoznaję! Jakiś mały. Pyrkoczący... Zatrzymał się kawałek od nas. My w krzakach, mokre gałęzie włażą

227

do gaci, za kołnierz się leje!... Poczekamy, aż wróci, mówi szwagier, i rura za tym jego śmierdziuchem! Sprawdzimy, gdzie gościu mieszka. Uważać tylko trzeba, w oczy się nie rzucać, bo nerwowy jest! Jak niedaleko, może byśmy za nim komarkiem nadążyli! Najwyżej jeden zsiądzie, to drugi pojedzie szybciej, nie? Lżejszy...

Piechota wysmarkał się w dwa palce.

– Ale coś mnie tknęło jak na złość! Mówię szwagrowi: kto w taką pogodę grzybów szuka! No przecież przyjechał, szwagier na to. Ale chyba nie na grzyby, mówię, ciekawe, czy w ogóle koszyk weźmie ze sobą! Jak nie na grzyby, to na co? – pyta się szwagier... Czy ja jestem Duch Święty, żebym wiedział, na co? Trzeba by sprawdzić, mówię... Jasna cholera! W złą godzinę powiedziałem! Jak nic, w złą godzinę!...

Zapalił następnego papierosa. Opowiadając, kiwał się w przód i w tył, niczym w sierocej chorobie.

Nieznajomy, który wysiadł z samochodu, trzymał w dłoni ręczną latarkę. Koszyk też miał. Chyba czymś wypakowany, bo wyglądał na ciężki, nie na pusty. Przykryty z wierzchu gazetą, a na to jeszcze foliową chustką od deszczu.

Zawiesił go w zgięciu łokcia i nie poruszał się przez dłuższą chwilę. Kręcił głową, jak gdyby nasłuchiwał. Niewiele mógł usłyszeć. Głośno szumiały drzewa, szemrał w gałęziach rzęsisty deszcz. Jego krople zacinały ukosem, przecinając stożek światła latarki. W półmroku odchodzącej nocy ukryci za krzakami mężczyźni dostrzegali tylko sylwetkę przybysza. Przeciwdeszczowa peleryna, nasunięty na czoło kaptur. Mógł być kimkolwiek, wcale nie tym, na którego czekali. Tym bardziej że Piechota go nie znał, a Machała znał go wyłącznie z portretu pamięciowego. Ktoś mu powiedział, że podobizna przypomina niejakiego Bezbolesnego. Może tak, może nie.

Świecąc sobie pod nogi, mężczyzna w kapturze zagłębił się w rzadki las. Między pniami drzew panowała jeszcze zupełna ciemność. Stanowczo to nie była pora na grzybobranie.

Machała szturchnął szwagra w ramię.

– Idziemy za nim.

Miejscami prawie nic nie było widać. Potykali się, macali mokrymi dłońmi po oślizgłej korze. Na szczęście hałas deszczu i wiatru głuszył kroki, trzeszczenie deptanych gałęzi, szelest zarośli. Nie słyszeli i nie widzieli idącego przed nimi mężczyzny, ale dostrzegali światełko jego latarki. Wędrowało pośród czarnych, ruchomych cieni krzaków, migotało na pniach. Niekiedy niknęło lub rozsypywało się jak szkiełka w kalejdoskopie. Wtedy przyspieszali. Nie mogli sobie pozwolić na to, żeby stracić je z oczu. Raz zgubione, więcej by się nie odnalazło.

Szli i szli. Znali tutejszy las, ale teraz, na granicy nocy i dnia, zdawał im się wielki i poplątany jak amazońska dżungla. Nie miał końca. Aż Machała przystanął w pół kroku, wyraźnie czymś zaniepokojony. Otarł wierzchem dłoni kapiące mu z czoła na oczy krople deszczu.

– Wie, że za nim idziemy – szepnął Piechocie do ucha.

– Niby czemu wie?

– Bo nigdzie nie idzie. Wodzi nas w kółko. Tutaj żeśmy już byli.

Wskazał palcem na złamane drzewko. W półmroku czarny kształt przypominał ogromną miotłę opartą o ziemię. Rzeczywiście już raz obok niego przechodzili, Piechota też to sobie przypominał. Nie rozwidniło się jeszcze, ale górą przezierało przez gałęzie blednące niebo. Lecące stamtąd jasne krople deszczu szarzały, gubiły świetlisty połysk, nikły w ciemności u podnóża drzew.

Nieodległe światełko latarki wisiało nieruchomo między czarnymi kolumnami pni. Już dobrą minutę. Może jednak nieznajomy nie wodził ich na manowce, przywidziało im się po ciemku.

– Zatrzymał się.

– Znaczy się, że doszedł, gdzie miał dojść?

Zastanawiali się. Czekali. Ale zastygłe w jednym punkcie światełko nie ruszało w dalszą drogę.

Machała gestem nakazał szwagrowi, żeby przykucnął.

– Siedź cicho, sam podejdę bliżej. Będzie mniejszy hałas.

Oddalił się przychylony, czujny. Zlewał się z otoczeniem, z ciemną mgłą lasu w przedświcie, raz po raz nikło w czerni znieruchomiałe światło latarki, gdy przesłaniał je sobą, idąc. Piechota wpatrywał się zmrużonymi oczami w ledwo widoczną sylwetkę. Tak samo szumiały gałęzie, szemrał deszcz – aż monotonię dźwięków rozdarł przeraźliwy trzask łamanych gałęzi.

Na Machałę spadł czarny, drapieżny cień.

Zatrzepotali razem, zapadli w ciemność ściółki, znieruchomieli. Potem tylko jeden kształt wolno dźwignął się do pionu. Pochylony nad ziemią, zakapturzony.

– Skręcił mu kark gołymi rękami – opowiadał Piechota, patrząc ponuro na Romka. – Na moich oczach. Powiesił latarkę na gałęzi, a sam przyczaił się z boku. Poleźliśmy za nim jak ćmy. Zabił i gadał z trupem.

230

– Jak to, gadał? – zapytał Romek.

– „Po coś za mną lazł?", „Po coś tu przylazł?"... Coś takiego mamrotał. Za daleko był, nie usłyszałem dobrze. Siedziałem w wykrocie i modliłem się, żeby nie szukał, czy ktoś tu się jeszcze nie pałęta. Zdusiłby mnie jednym palcem, gdyby wiedział. Ale tylko poświecił wkoło, rozejrzał się. Już się prawie rozwidniło. Nikogo nie zobaczył i poszedł dalej.

– Dokąd?

– Tego to ja nie wiem, *towariszcz* władza! I nie chcę wiedzieć. Spieprzałem stamtąd na komarku, jakbym miał drugi motorek w dupie! A teraz rób z tym, co chcesz, ale ja tego więcej nie powtórzę. Nikomu. Nigdzie. Przed żadnym sądem. Chcę jeszcze pożyć!

Prosto znad Powy Romek pojechał do komendy i wydzwonił Szczerbica z rodzinnego obiadu. Podporucznik odebrał telefon z pełnymi ustami, a jego smakowite pomlaskiwanie świadczyło, że nie chodzi o tradycyjną kaszankę z kapustą, tylko przynajmniej o pieczonego kurczaka. Ale Romek nie miał litości, bo nie miał wyjścia. Czekając na przybycie kolegi, wysmażył wymagany raport o użyciu broni palnej oraz uszkodzeniu służbowego pistoletu. Rozkalibrował lufę tetetki na psim nosie.

Nie zostało mu wiele czasu do wieczora. Przed umówionym roberkiem u prokuratora Rogulskiego zamierzał jeszcze coś zjeść, żeby nie paść z głodu na oszczędnościowych koreczkach z tuńczykiem, marzył o porządnej kąpieli i chciał się na świeżo ogolić. Wprawdzie zrobił to z rana, ale całodniowy zarost chrzęścił mu już pod dłonią, a to go irytowało.

Zresztą ostatnio irytowało go wiele rzeczy.

Dochodziła szesnasta, gdy usiedli ze Szczerbicem przy biurku, a gdy od niego wstali, za okratowanym oknem trwała noc. W tym czasie przeprowadzili tuzin rozmów przez telefon, uruchomili poszukiwania Bezbolesnego w całym województwie i skrzyknęli grupę operacyjną. Szczerbic oddał ją pod komendę sierżanta Dusznickiego. Obaj mu ufali. Nazajutrz od rana grupa miała przeczesać las pod Gamratką. Ze specjalnie sprowadzonym psem. Takim, co szuka przysypanych przez lawiny, ziemne zwałowiska czy osypiska hałd kopalnianych.

Skoro Bezbolesny wyekspediował ciało Machały do Goliny, żeby odciągnąć śledztwo od miejsca zabójstwa, coś musiało się kryć w tamtejszym lesie. Po coś tam przyjeżdżał w tajemnicy. Upewniał się, że nie znaleziono tego, co schował lub zakopał? Czy też czerpał żywotne soki z własnej przebiegłości? Poczucie władzy nad światem, który nie wie i nie może!

– Znaczy się, że szukamy…? – Szczerbic zawiesił głos.

A Romek powiedział to, przed czym dotąd się wzbraniał:

– Ciała, Szczerbic. Tak, szukamy jej ciała.

U Rogulskiego zjawił się spóźniony, więc na powitanie dostał karniaka. Pół szklanki wypitej duszkiem wódki dobrze mu zrobiło.

Wielu obecnych znał.

Sędziemu Dzięciołowi towarzyszyła małżonka Jadzia. Romek był z nią na ty. Nie zamykała jej się buzia na temat kożuchów, które przywiozła z Turcji, i kremów Nivea, które wywiozła do Bułgarii. Wzięty ginekolog Baranowski afiszował się z narzeczoną w wieku licealnym. Było też dwóch dyrektorów po pięćdziesiątce – u tego z kopalni Romek bywał w gościach, drugiego wcześniej nie spotkał. Towarzyszyła mu kobieta, która nie była jego żoną, jak wynikało z rozmowy, natomiast stanowczo nie wyglądała na kochankę. Podstarzała brunetka z cieniem wąsika nad górną wargą. Dyskutowała z kimś zażarcie o UFO, które niedawno wylądowało w Emilcinie.

Kobieta zagadka, najciekawsza postać tego wieczoru, jak dla Romka.

Gdyby nie Dosia, rzecz jasna…

Goście grali w brydża, tańczyli, trzeźwili się na tarasie i gawędzili mniej lub bardziej dyskretnie. Rozbawiona para przeglądała „Playboye" z kolekcji Rogulskiego. Któryś z dyrektorów przyniósł amerykański polaroid, kupiony w peweksie. Pstrykał zdjęcia, z miną znawcy wachlował nimi powietrze, póki nie nabrały kolorów, i rozdawał je chętnym.

Gosposia Rogulskich uwijała się w białym, krochmalonym czepku à la sanacyjna służąca i roznosiła drinki z parasolkami lub alkohole wykwintnych marek, podług życzenia.

Na Romka zagięła parol natapirowana szatynka o jaskrawo wymalowanych ustach. Wcześniej jej tu nie spotkał, mimo że bywał już u Rogulskiego. Prowadzili razem parę spraw. Niektóre należało zatuszować w imię wyższych celów, inne rozdmuchać. Romek w lot pojmował, o co chodzi, toteż szybko zyskał sympatię prokuratora. Odmówił mu tylko raz, dwa dni temu. Rogulski pilnie go potrzebował i zaproponował, żeby Romek oddał sprawę tej zaginionej dziewczyny.

– Zrozum, stary, to dla mnie życiowa kwestia i nie odpuszczę – szczerze wyjaśnił Romek. – Coś mi mówi, że muszę.

Prokurator nalegał, ale polemika z niejasnymi odczuciami Romka nie rokowała powodzenia. W końcu dał spokój. Romek sam się dziwił swojemu uporowi. Wlazł po uszy w zagadkę zaginionej dziewczyny, jakby komuś jeszcze był winien jej rozwiązanie. Komu? Sherlockowi Holmesowi z Konstancina-Jeziorny? Sierżantowi Kociubie, który najwidoczniej żywił niewiadome zastrzeżenia co do Romka, ale nie miał serca ich wyłuszczyć i zabrał ten bagaż ze sobą? A może był to winien nastoletniej dziewczynce, biegnącej przed laty z głośnym płaczem wzdłuż torów?

Zjawiła się na jego drodze ponownie, jakby ów dzień się nie skończył. Nie zaszło słońce nad Romkiem sprzed lat. Dobrze zapowiadającym się chłopcem, który nie zamierzał iść na ustępstwa wobec zła.

I akurat to jedno mu w życiu nie wyszło.

Popłynął z nurtem, bo tak było wygodniej.

W takim razie może tę sprawę był winien sobie? Żeby postawić na nogi to, co stanęło na głowie. Poczuć grunt pod stopami. Nie mydlić sobie oczu wyższą koniecznością albo innym dowolnym wykrętem, tylko złapać za kark pospolitego bydlaka – bo to jest cała filozofia, niczego więcej nie potrzeba!

Rogulski nastawił na gramofonie zagraniczną płytę. Boney M., *Rivers of Babylon*. Szlagier ostatniego sezonu. Romek z szatynką tańczyli rozochoceni alkoholem i sobą, podrygiwali z werwą na posadzkowej szachownicy w holu, obojętni na świat. Romek widział tylko lśniące jak rubin usta partnerki, jej brokatowe powieki, fruwające przy uszach kolczyki i zgrabne nogi, u których zbiegu migały w tańcu jaskrawożółte majtki.

Posępny las pod Gamratką odpłynął w niebyt.

By the rivers of Babylon, there we sat down,
Yeah, we wept, when we remembered Zion...

Miała na imię Dosia.

Śliczna dwudziestoparolatka w nieprawdopodobnie krótkiej sukience o barwie miodu i w nieprawdopodobnie długich złocistych kolczykach. Oszałamiająco pachniała dewizową Poison Diora. Córka poznańskiego sędziego, przyjaciela państwa domu. Sympatyczna, błyskotliwa, na dodatek nosząca w sobie cierpką życiową mądrość, zaskakującą u osoby w jej wieku. Oboje nie kryli wzajemnego oczarowania. Romek założyłby się, że jeszcze tej nocy pójdą do łóżka.

Ale w trakcie rozmowy okazało się, że istnieją także bardziej dalekosiężne przedsięwzięcia, które mogą ich połączyć. Dosia wybierała się na wycieczkę do Egiptu. Okazja! Darmowy dwutygodniowy wyjazd zorganizowany przez poznański sąd. Skoro jej ojciec wkręcił tam córkę studiującą ekonomię, a nie prawo, bez problemu wkręci także osobę towarzyszącą.

Ona, Dosia, to załatwi!

Podniosła szklaneczkę sherry do toastu.

– Możesz się czuć turystą! Za trzy dni wypijemy drinka pod piramidami!

– Już za trzy? – zaniepokoił się Romek.

Miał na myśli prowadzoną sprawę, ale Dosia uznała, że niepokoje rodaków przed wyjazdem za granicę są monotematyczne.

– Zdążysz – uspokoiła go z uśmiechem. – Kto jak kto, ale ty nie będziesz chodził za paszportem w nieskończoność. Dostaniesz go u kolegi w pokoju obok.

Prawda. Propozycja była kusząca.

Z urlopem Skalski też pójdzie na rękę, jeśli w lesie pod Gamratką grupa Dusznickiego znajdzie jutro zwłoki Małeckiej. Nic już nie będzie trzymało Romka w Koninie. A że je znajdą – jest więcej niż prawdopodobne.

Stuknęli się z Dosią kieliszkami.

– Jeszcze nie uruchamiaj ojca – poprosił ją Romek. – Upewnię się w zawodowych sprawach.

– Nie ma czasu! Za pięć dwunasta staruszek niczego nie załatwi!

– Jutro potwierdzę. Na pewno.

– Więcej ikry, Romek!... – naburmuszyła się. – Zaczekam do jutra, ale jeśli zrezygnujesz... Wrócę z mumią faraona w walizce, a wiesz, co potrafi zdziałać prawdziwa egipska klątwa!

Wychodząc z łazienki, wpadł na pana domu.

No tak, jeszcze tego trzeba ugłaskać. Rogulskiemu na pewno się nie spodoba, że Romek rzuci obowiązki dla byle siuśmajtki, choć dwa dni temu odmówił prokuratorowi. Co z tego, że wtedy jeszcze Romek nie przewidywał, jak prędko poniesie klęskę? Dla Rogulskiego zawsze najważniejszy był Rogulski. Tylko jego niekłamanej sympatii Romek zawdzięczał, że dzisiaj nadal się tu gościł, że otwarta odmowa uszła mu na sucho. Ale w tej sytuacji?

Być może prokurator podejrzewał, że coś się kroi, bo robiąc dwuznaczny gest zgiętą ręką, szepnął Romkowi do ucha, że Dośka się do niego klei, niech uważa, to ostra zawodniczka! Zachichotał. Zionął alkoholowym chuchem i wodą kolońską Real. Na wiadomość, że ona nie tylko się klei, ale ciągnie Romka ze sobą do Egiptu, zareagował niedowierzającą miną.

Jego szok przyniósł zbawienne skutki. Na pytanie Romka, co z tym fantem począć, złapał się za głowę teatralnym gestem.

– Żartujesz? Wiesz, kto na nią leci? Z telewizji takich znasz! Zapłaciliby w zielonych, gdyby im zaproponowała wspólną zupę w barze mlecznym! Ile cię ten Egipt wyniesie?

– Kieszonkowe.

Rogulski parsknął śmiechem.

– Ja pierdzielę! Zatańcz kozaczoka, chłopie, jak nie wiesz, co w tej sytuacji zrobić!

Puknął Romka w czoło i zatoczył się na ścianę. Odbił się o nią jak nieforemna piłka, a potem ruszył do łazienki, rozpinając po drodze rozporek.

Około trzeciej w nocy pijane towarzystwo zaczęło się rozjeżdżać do domów. Romek wracał z Dosią taksówką. W wielkiej warszawie zaledwie na moment przytulili się do siebie, bo w Koninie wszędzie było blisko. Dziesięć minut później Romek wytoczył się z taksówki na chwiejnych nogach i przytrzymał Dosi drzwi. Nie ruszyła się z miejsca.

– Wyjdź, zapłacę.

– Ja stawiam ten kurs – zaoponowała. – Podrzuciłam cię po drodze i jadę dalej.

Roześmiał się, na wypadek gdyby to był żart.

– Dokąd?

– Jak to dokąd? Do domu. Do Poznania.

Trzymając się otwartych drzwi, Romek pochylił się i spojrzał na nią z niedowierzaniem. Siedziała w półmroku na tylnym siedzeniu, uśmiechnięta. Pomachała mu dłonią. Nie żartowała. Pierwszy raz w życiu widział taki wielkopański kaprys. Taksówką do Poznania! Nonsens, do tego nonsens kosztowny i męczący. Zwariowała?

– Poznań leży za górami, za lasami – przypomniał.

– Bo ja jestem jak z bajki – wyjaśniła i przesłała mu całusa. – Dobranoc, Romku! Nie zapomnij! Przedzwoń do mnie jutro!

Wychyliła się i przyciągnęła drzwi, skoro ich nie zamykał. Trzasnęły, echo pobiegło pustą ulicą. Romek chwiał się na ciemnym chodniku, patrząc za oddalającą się warszawą. Taksówką do Poznania! Już to było nie do wiary, owszem, ale że spędzi dzisiejszą noc samotnie? To już absolutny ewenement w przyrodzie. Dosia chce go bardziej rozpalić czy raczej sama jest lodową panienką?

Wszedł po schodach wściekły, ze złością zapalił światło w przedpokoju, ale ściągając buty, uznał, że dobrze się stało. Stęknął z bólu, mocując się ze sznurowadłem. Może ona to przewidywała i ulitowała się nad nim? Ledwo się trzymał na nogach. Ciężki dzień, pijaństwo, poobijane nad Pową kości... Gdyby przyprowadził ze sobą Dosię, czekałaby go smutna męska kompromitacja.

A tak – padł na łóżko i zasnął w mgnieniu oka.

Śnił mu się Egipt. Rozpalona słońcem Giza. Stał w gorącym piasku pustyni u stóp Sfinksa. Górująca nad nim zagadkowa, okaleczona twarz kamiennego człekozwierza przesłaniała połowę błękitnego nieba. A Dosia przebrała się za nałożnicę faraona. Obwieszona amuletami ze złota i lapis lazuli, w muślinach, pod którymi nosiła jaskrawożółte majtki, i w wielkiej czarnej peruce jak z filmu Kawalerowicza tańczyła taniec brzucha.

Ale nie dla Romka. On był wielbłądem…

Obudził go brzęczek telefonu. Nie otwierając oczu, wymacał aparat przy łóżku i podniósł słuchawkę. Długo trwało, nim trafił nią do ucha.

– Słucham?

Jeszcze dłużej trwało, zanim połapał się w sytuacji.

Julka Małecka? Kto to jest Julka Małecka? Ach, Julka Małecka!

No tak, dał jej swój adres, dał numer telefonu i pozwolił dzwonić o każdej porze dnia i nocy. Nie przewidział, że ona weźmie to dosłownie.

Julka Małecka, jasne…

Chciała się z nim zobaczyć. Przypomniała sobie coś ważnego, bardzo ważnego, a jest niedziela. W komendzie każą czekać do poniedziałku. Czy Romek zgodzi się na spotkanie dzisiaj? Gdzie tylko mu odpowiada.

– Pani jest teraz w domu?

– Nie. Dzwonię z budki telefonicznej przy poczcie.

Za niezasłoniętym oknem kłębiły się deszczowe chmury.

Romek łyknął herbaty ze szklanki stojącej z łyżeczką w środku na stoliku. Przedwczorajsza. Miała smak siana. Takiego, które leżało na deszczu i podgniło. Skrzywił się z obrzydzeniem, odkaszlnął sucho raz i drugi. Odruchowo sięgnął po papierosa. Język stał mu w ustach kołkiem, głowa rozpadała się przy najmniejszym ruchu.

Odsunął mankiet koszuli, w której spał. Dziesiąta rano. Wczorajszy ból kości przeszedł, ale nie chciało mu się ruszać z mieszkania. Zerknął przez otwarte drzwi, czy w dużym pokoju naprzeciwko ma względny porządek.

– To może u mnie. Jest pani o dwa kroki stąd.

– Bardzo panu dziękuję! Zaraz będę!

Nie zdążył powiedzieć, żeby się nie spieszyła. W słuchawce buczał sygnał przerwanego połączenia.

Ledwo się wysikał, wyrzucił do sedesu na pół wypalonego papierosa, wziął w wannie szybki prysznic na stojąco, a już rozległ się dzwonek do drzwi. Krzyknął, że idzie – i powlókł się do przedpokoju, naciągając na grzbiet frotowy szlafrok.

Stała w drzwiach w wełnianym toczku na głowie, w długim płaszczu z naszytymi na ramionach patkami, zarumieniona, ładniutka, ale jakby zabiedzona. Bezradna jak zgubiony piesek. Wpuszczając ją do środka, pomyślał przewidująco, że dziewczyna znowu zemdleje i osunie mu się bezwładnie pod nogi. Jak niedawno w parku.

Odebrał od niej płaszcz i wprowadził ją do stołowego, żeby usiadła.

Miała na sobie turkusowy, opięty na piersiach sweterek i ciemne rajstopy pod jasną zamszową spódnicą maksi, ale wysoko rozciętą z przodu, toteż gdy szła, wyzierało spod niej smukłe, zgrabne udo. Do tego czarne kozaczki z miękkiej skóry.

Chodziła też zgrabnie, z gracją…

Zamierzał zostawić ją na moment samą, żeby się ubrać, ale nie dała mu na to szansy.

Jeszcze zanim usiadła w fotelu, wyłuszczyła, co ją sprowadza.

– On ma psa! – oznajmiła z przejęciem. – Przypomniało mi się! Ten człowiek, który porwał moją siostrę, ma psa! Pękający łeb i do tego to!... Romek posadził ją na fotelu i poprosił, żeby powtórzyła jeszcze raz, co mu chciała powiedzieć. Od początku.

Ale najpierw niech się wyciszy, odetchnie. Kawy?

Sam chętnie by się jej napił. Nie czekając, aż Julka skinie głową, zniknął w kuchni. Błyszcząca torebka z namalowanym ziarenkiem kawowca była pusta, w elektrycznym młynku pozostał tylko zapach. Wrócił do pokoju i przeprosił, że kawy nie ma. Skończyła się. W męskim gospodarstwie zdarzają się kompromitujące luki w zaopatrzeniu.

Może herbaty w takim razie? Ma ceylon, tylko musi zaparzyć.

Zaproponowała, że sama zaparzy. On niech w tym czasie dokończy to, w czym mu przeszkodziła. Pewnie wyrwała go z łóżka.

Pospieszył się, a gdy wrócił ubrany, ogolony, pachnący yardleyem, na ławie stał już czajniczek z zaparzoną esencją i szklany dzbanek z wrzątkiem. Ciekawe, gdzie ona go znalazła, Romek bezskutecznie poszukiwał tego dzbanka od miesięcy. W ramach bonifikaty zdążyła też zmyć naczynia, które zarastały pleśnią w zlewie.

Podziękował, ale nie zwróciła na to uwagi. Widocznie wzięła się do zmywania odruchowo, w domu nie przywykła do stosów brudnych naczyń. Ochłonęła przy tym zajęciu, pozbyła się emocji, bardzo dobrze. Gdy usiedli naprzeciw siebie nad herbatą i rozpakowaną paczką delicji, Julka nadawała się do logicznej rozmowy.

Z tym że nie od razu. Z początku opowiadała o halucynacjach. Przeczuciach albo wizjach, diabli wiedzą. Romek od rana miał kłopoty z pozbieraniem myśli, tymczasem ona wysoko ustawiała mu poprzeczkę. Bezlitośnie wysoko.

Więc te majaki...

Na początku jej się śniły, teraz wystarczy, że się zamyśli... Błysk, ruch, zerknięcie kątem oka. Można to wziąć za urojenia, jasne. Znalazłoby się sto powodów – ostatnie przeżycia, nerwy... Ale jej złudzenia bywają szokująco realne, można się przestraszyć. Na przykład krzaki, przez które ucieka – i serce jej wali jak opętane. Jej, Julce. Przytyka rękę do piersi i czuje, jak ono łomocze. Albo ściana, przy której leży i nie może się ruszyć. Odrapana, zimna ściana. Z betonu, jak bunkry w wojennych filmach.

Widzi ją nie swoimi oczami. Oczami Majki, na pewno, bo czyimi?...

Może to faktycznie nie ma sensu. Strach i nerwy. Ale pewnych rzeczy by nie lekceważyła. Właśnie tego psa, na przykład. Pojawiał się w jej snach od kilku dni, to prawda. Tylko że wczoraj przypomniała sobie jego szczekanie. Rzeczywiste szczekanie, prawdziwe. Teraz wie, że właśnie w ten sposób trafił do jej głowy, to nie było żadne niewiadome urojenie. Podświadomość, intuicja... To nie są fantazje, takie zjawiska istnieją, analizują je psycholodzy, piszą o nich w książkach naukowych, więc dlaczego miałaby machnąć na nie ręką, jakby pozjadała wszystkie rozumy i wszystko już wiedziała?

Umilkła. Zapadła krępująca cisza.

– Jakie szczekanie? – odezwał się Romek.

Tylko ten konkret wyłowił z zawiłej opowieści Julki. Mówiła, jąkając się, jakby krępowały ją własne doznania. Ludzie biorą takie wstydliwe historie za sny. Wszystko, co jej się ostatnio przydarzyło, dla innych jest snem. Nie doświadczają podobnych rzeczy na jawie.

– Słyszałam szczekanie, wracając z dyskoteki – wyjaśniła. – Za blokami na Górniczej. W domu o tym zapomniałam, szczekanie psa słyszy się sto razy dziennie. Ale dzisiaj w nocy dotarło do mnie, że jeżeli ktoś szedł z psem Górniczą, a potem skręcił na Kolejową, musiał spotkać Majkę. Szła Kolejową w tym samym czasie.

Po szklance herbaty Romek poczuł się znośniej, ale głowa wciąż mu pękała.

Pies? Po co jeszcze do tego pies… Bezbolesny nie woził ze sobą psa. W każdym razie nikt nie zauważył jego psa, nikt o nim nie mówił.

Coś sobie wymyśliła po czasie? Zabiera ją w dół druga fala rozpaczy?

Ale skinął głową.

– Dobrze, że pani z tym przyszła – zapewnił, żeby jej ulżyło.

Pochodzą po mieszkaniach, sprawdzą zarejestrowane psy. Właściciel będzie ważnym świadkiem, jeśli widział Majkę.

– Nie, nie świadkiem! On miał z tym coś wspólnego! – uparła się.

– Co?

– Nie wiem.

– Więc dlaczego pani tak sądzi?

– Czuję to! Widzę psa biegnącego przez trawnik. Pod-rywają się liście spod jego łap. Jakbym była Majką, leżącą na ziemi Majką. Jesteśmy bliźniaczkami, często potrafimy się zrozumieć, wymieniając spojrzenia. Bliźniaczki to nie są osobne organizmy, jak wszyscy inni ludzie, wierzy mi pan? Myśmy już czegoś podobnego doznały. Kiedy ona była skaleczona, mnie bolało tak samo jak ją. Gorączkowałyśmy razem… – przerwała bezradnie. – Majka nie rozwiała się, istnieje, coś odczuwa! Dlaczego akurat teraz miałabym pozostać nieświadoma, jakby nas obie rozcięto na pół?

W pewnym sensie przyznawał jej rację. On potrafił sobie wyobrazić, co ona przeżywa. Obca osoba. Więc em-patia w stosunku do rodzonej siostry jest jak najbardziej oczywista. Ale tym nie można się bawić bezkarnie. Dać się ponieść wyobraźni, żeby mniej bolało. Zaplątać się w pobożnych życzeniach. Pomieszać pragnienia z faktami.

Tak wpada się w paskudne choroby.

Julka siedziała nad niedopitą herbatą nieobecna, jakby straciła poczucie miejsca i czasu. Romek powinien ją zawiadomić, że dokładnie w tej chwili grupa operacyjna szuka ciała jej siostry w lesie pod Gamratką. O ile jeszcze nie znalazła. Ale teraz bał się tego tematu. Cholernie. Co będzie, jeśli ona utożsami się z martwą siostrą równie łatwo, jak z żyjącą?

Poczuje zjadające ją żywcem czerwie…

Spocił się na tę myśl. Makabryczne. Niemożliwe. Z tym że tamto też jest niemożliwe, pies, bunkier, wszystko jed-nakowo. Najlepiej, żeby w ogóle przestała o tym myśleć. Ale tak się nie da…

Podsunął jej papierosy, podał ogień.

– Pani mnie nie poznaje, prawda?

Drgnęła jak obudzona ze snu.

– Czyżbym tak źle wyglądała? – zdobyła się na kwaśny żart. – Zdaję sobie sprawę, że nie robię najlepszego wrażenia.

– Przepraszam, chciałem powiedzieć co innego – zreflektował się. – Czy pani pamięta, że spotkaliśmy się już wcześniej?

Zerknęła na niego, zaciągając się papierosem.

– Nie. – Pokręciła przecząco głową. – A kiedy?

– W siedemdziesiątym pierwszym roku. Przy mojej pierwszej sprawie w Koninie. Zapytała mnie pani o kobietę w pomarańczowym spodnium.

Papieros zadrżał w jej dłoni, jakby do tej pory nie uporała się z tym odległym wspomnieniem. Tak jak i on. Ale odpowiedziała spokojnie:

– To była moja mama.

– Tak, wiem.

– Rzuciła się pod pociąg.

– Wiem.

Dopiła herbatę, patrząc na niego z uwagą.

– Racja, pan tam był i wie. To dobrze. Nie muszę niczego wyjaśniać jak wszystkim innym.

Ale wyjaśniła mu, że tamtego dnia była na samym dnie rozpaczy i zdawało jej się, że nigdy nie przeżyje niczego gorszego. Boże, jaka była głupia! Najgłupsza pod słońcem! Do dziś wszystko złe w jej rodzinie dzieje się przez nią. Jest jak Jonasz!

Miała do siebie niewiadome pretensje, w których Romek nie chciał się grzebać. Spytał gestem, czy dolać jej

245

herbaty, a zalewając dwie porcje świeżej esencji w tych samych szklankach, zmienił poniekąd temat.

Przyznał jej się, że tak samo myślał tamtego dnia o sobie. Przy czym jego nie usprawiedliwiała rodzinna tragedia. Długo leżał chory, a gdy się z tego wykaraskał, żył w radosnym złudzeniu, że człowiek, który ma dwie zdrowe nogi i dwie zdrowe ręce, jest panem samego siebie. Zawsze i wszędzie. Tam, przy torach, zwątpił w porządek świata, który wydawał mu się taki oczywisty. Naturalny jak śnieg zimą, a upał latem. Czy to nie była ostatnia głupota z jego strony?

– Pan jest dla mnie uprzejmy… – Julka westchnęła. – Kochałam ją, ale wiem, że sama siebie zapędziła w kozi róg. Porządek świata nie miał z tym nic wspólnego. Ani porządek, ani bałagan… Nieważne! Przyjmijmy, że życie rozjechało się nam ze złudzeniami na tych samych torach. Panu i mnie. Miło spotkać bratnią duszę.

Około jedenastej zostawił ją, żeby z drugiego pokoju przedzwonić do Szczerbica. Dusznicki jeszcze się nie odmeldował.

Romek postanowił poczekać, aż klamka zapadnie. Na razie nic dziewczynie nie powie, bo po co? Jeśli nie znajdą ciała, nadzieja będzie żyła nadal… Nadzieja żywi się powietrzem.

Tylko co wtedy z wycieczką do Egiptu? Byłoby mu szkoda, gdyby miał nie jechać. Podobała mu się ta Dosia z bajki. Kto wie, czy ich znajomość nie miałaby przyszłości…

Trzeba by ją tylko oduczyć nocowania w Poznaniu! – uśmiechnął się do siebie pod nosem.

W południe odprowadził Julkę do domu. Chciał przewietrzyć głowę, ćmiącą jak chory ząb. Ale gdy żegnali się na Kolejowej, zaproponowała, żeby do niej wstąpił. Ona, w przeciwieństwie do Romka, ma kawę. Jeszcze siostra kupiła. I ma cytryny. Sąsiadki znoszą jej i ojcu rozmaite rarytasy, żeby im dodać otuchy.

– Kawa z cytryną świetnie leczy kaca!

Bystra, nie ma co! Romek ani słowem nie wspomniał jej o wczorajszym pijaństwie. Może miewała przywidzenia, ale poza tym patrzyła na świat trzeźwo i konkretnie.

Wstąpił. Kawa chodziła za nim od rana.

Starego Małeckiego nie było, poszedł do kolegi na szachy. Julka wyjaśniła, że sama wygania ojca z domu, żeby się oderwał od zgryzot.

Dobrze im się piło tę kawę w pustym mieszkaniu, przy ciepłych już kaloryferach, nie mogli się nagadać. O życiu, lękach, nadziejach. Tylko o śmierci nie. To był na razie temat tabu, zgodnie go omijali.

Dokopali się wspólnych korzeni, czyli tej samej podstawówki. Nie zetknęli się w niej co prawda, ale mieli tych samych nauczycieli. Odgrzebywali nazwiska w pamięci: Wolińska, Wojnarowska, Ciesielska, Wanatowa, Żabierek… Ona opowiedziała mu o zazdrości o Majkę, o fatalnym cechowaniu bydła w westernie *Rzeka Czerwona* i o szczególnej więzi łączącej ją z siostrą. On opowiedział jej o bandzie Szmai, o wypadku na budowie i długiej drodze, pełnej upokorzeń i zaciskania zębów. O Krystynie, pani Helenie i „wiecznym sierżancie" Kociubie. Julka wystawiła na ławę koniak ojca, bo w tej sytuacji nie pozostało im już nic innego jak bruderszaft.

– Romek – powiedział, cmokając ją w policzek.

– Julka – odpowiedziała. – Dla bezpartyjnych!

Nie zrozumiał tego żartu. Najwidoczniej znaczył, że nie wie jeszcze o niej wszystkiego. Ale sam też nie zapędził się zbyt daleko w zwierzeniach, zostawił w cieniu sprawy, które nie były na wynos. Tego przedpołudnia Julka go zaskoczyła. Zrobiła na nim wrażenie. Gdy wrócił do domu, miał przed oczami jej twarz, a nie Dosi.

Tamtej nie umiał już sobie przypomnieć.

Wyjął z kieszeni marynarki dwa wykonane polaroidem zdjęcia, które dostał od ich autora. Wczoraj nie rozstawał się z Dosią przez cały wieczór, tymczasem ani na jednym, ani na drugim zdjęciu nie znalazł jej wśród agaw, kryształowych luster, barków na kółkach, drapowanych zasłon w willi Rogulskich. Była pani z wąsikiem, Baranowski z cielęcą narzeczoną, Dzięciołowie. Dosi nie było.

O piątej przyszedł Szczerbic. Minę miał nietęgą.

Grupa Dusznickiego nie znalazła zwłok – i to była dobra wiadomość. Przynajmniej na razie. Milicjanci spenetrowali każdy metr powierzchni i odkryli ziemiankę. Nie taką prawdziwą, oszalowaną drewnem, tylko pozostałości starego bunkra, do którego ktoś dorobił zamykaną na kłódkę klapę. Dwa pomieszczenia pod ziemią, praktycznie nie do odkrycia, jeśli się ich nie szukało. W środku pusto, ale niedawno ktoś tam przebywał. Był przetrzymywany. W ścianie tkwił metalowy uchwyt, do którego mocowano łańcuch lub linę. Strzęp zbutwiałego materaca na betonowej podłodze, lampa naftowa z resztką nafty w pojemniku i z knotem śmierdzącym świeżym kopciem, podarte kartki kolorowych tygodników. Część przyklejona na ścianach, część pozrywana i pomięta. Na wszystkich damskie akty, starannie powycinane nożyczkami.

Krew także. Trochę rozmazanej krwi na betonowej podłodze. Oraz garstka obciętych włosów, prawdopodobnie łonowych.

Pies nie podjął tropu. W bunkrze rozsypano pieprz albo tabakę, żeby go zmylić.

– Trzymał ją tam! Te dwa pacany spłoszyły ptaszka! – orzekł Szczerbic. – Cholera wie, dokąd się wyniósł i co z nią zrobił!

Julka mówiła o bunkrze, przypomniało się Romkowi.

Poczuł chłód na plecach. Ale na zdrowy rozum w jej słowach nie było nic osobliwego. Jeśli kogoś uwięziono w nieznanym miejscu – to jest pierwsze nasuwające się skojarzenie. Bunkier albo piwnica. Naturalne skojarzenie...

Zrobiło mu się jednak nieswojo.

Z zamyślenia wyrwały go słowa Szczerbica. Z początku ich nie zrozumiał, wydało mu się, że nie słuchał uważnie.

– Jaka Lola Montezuma? – spytał machinalnie.

Zajrzał Szczerbicowi przez ramię. Podporucznik podniósł polaroidowe zdjęcie, postukał palcem w postać w tle. Niewyraźne damskie odbicie w lustrze, na które Romek nie zwrócił wcześniej uwagi. Plama żółci.

– A co ona tu robi u ciebie? – Szczerbic zachichotał. – Znajomość, że tak powiem, jeszcze z moich poznańskich czasów, Zdun, ale rozpoznam ją z daleka! Palce lizać! Taka luksusowa bladź z hotelu Merkury!

Rozdział XI

W ZASTĘPSTWIE

Majka leżała na lewym boku. Twarzą do ściany. W tej pozycji ból stawał się znośniejszy i nie pojękiwała przy każdym ruchu. Od pasa w górę była naga, okrywał ją tylko zwiewny tiulowy szal. Na ścianie nad nią wisiał obrazek ze śnieżnobiałym łabędziem płynącym pośród szuwarów, a skóra Majki miała mniej więcej ten kolor, co upierzenie łabędzia. Wydawała się sztucznie odbarwiona. Nie do wiary, że jeszcze niedawno kryła ją naturalna opalenizna. Złocisty brąz. Na tle wyblakłej cery wypieki na policzkach – skutek podwyższonej temperatury – wyglądały niczym rumieńce namazane burakiem.

Prawą rękę opuściła za plecy, odsunęła od tułowia. Bezwładnie wygięta zwisała jak szyje upolowanych ptaków na starych martwych naturach. Jakby przegub został przywiązany niewidzialną nicią do pudła tapczanu.

Jaskrawe światło z okna, padające na plecy Majki, rysowało na ścianie przed nią głęboki cień w kształcie dziewczyny, uwięzionej przez cierpienie w boleśnie nienaturalnej pozie.

– Boli cię?

– Myślisz, że nie?

– Stąd dotąd? – Julka przesunęła dłonią wzdłuż swojego boku.

Majka obróciła ostrożnie głowę, ukazując brunatne cienie wokół oczu, podobne do okrągłych przeciwsłonecznych okularów. Jeszcze jeden efekt szoku i bólu, który miał swoją medyczną nazwę, ale obie siostry zdążyły zapomnieć, jak brzmiała.

– Jakim cudem możesz wiedzieć, skąd dokąd?

Julka poprawiła szal, który przy poruszeniu zsunął się po nagim ramieniu Majki. Uniosła go delikatnie i położyła z powrotem, uważając, żeby nie urazić bolącego miejsca. Nic oprócz szala nie sprawdzało się w roli nakrycia, koce i kołdry były zbyt ciężkie lub zbyt ciepłe.

– Mnie też tutaj boli… – wyjawiła wstydliwie. Zdawała sobie sprawę, że to nie brzmi wiarygodnie, ale naprawdę tak było. Przynajmniej od czasu do czasu. – Nieraz jestem pewna, że coś tam mam, chociaż nic przecież nie mam. Sprawdziłam.

Zamilkły. Przy łóżku Majki stało krzesło, na nim dwie buteleczki z lekarstwami i szklanka kompotu z wiśni. Nawet on pachniał apteką, nieprzyjemnie i intensywnie.

Julka podała go siostrze razem z plastikową słomką do picia, zabraną kiedyś na pamiątkę z letniej restauracji w parku.

– O czym myślisz?

– O niczym. Boli mnie. O czym mam myśleć, jak mnie boli? Żeby przestało – odpowiedziała Majka.

– Kiedy następny zastrzyk?

– O szóstej wieczorem.

– Ale już mniej boli niż na początku?

– Nie wiesz? Podobno cię boli tak samo?

– Ale inaczej. Nie ma porównania... – odpowiedziała mało logicznie Julka.

Odstawiła kompot i uklękła przy łóżku. Zajrzała Majce w twarz, pieszczotliwym ruchem kładąc głowę na kolanach siostry.

– Wybaczysz mi, Majeczko? Daję słowo, że nie chciałam! Byłam głupia jak but! Nie wiedziałam, co robię!

Majka znów zerknęła na nią przez ramię, jakby sprawdzała, czy to rzeczywiście mówi jej siostra, a Julka jeszcze raz poprawiła szal na białej gazie opatrunku, zakrywającego pachę i pół piersi Majki. Przytrzymywały go naklejone na krzyż pasemka plastrów. Brzegi gazy zesztywniały od zaschniętego surowiczego płynu sączącego się z rany.

– Wiesz co, Julka... – szepnęła Majka. – Jedno mnie cieszy! Że nie ty wylosowałaś złamaną zapałkę, bo wtedy ja bym ci to zrobiła! Aż mi zimno chodzi po plecach, jak o tym pomyślę... I co, ty byś mi przebaczyła?

– Nie wiem... – uczciwie odszepnęła Julka z samego dna poczucia winy, które okazało się głęboką i ciemną jamą bez słonecznego światła, bez magicznego blasku księżyca, bez widoku na znajome, pogodne niebo dwunastoletnich dziewczynek.

– Ty byś mi wybaczyła, wiem… – Majka wbiła w siostrę chorobliwie błyszczące oczy. – Ale żebym ja ci wybaczyła, musisz coś dla mnie zrobić.

– Co? – chlipnęła Julka.

– Powiedz, że się zgadzasz!

– Ale na co?

Żądanie Majki brzmiało zatrważająco tajemniczo. Ale zanim zdążyła je Julce wyłuszczyć, za matową szybą drzwi ich pokoju przesunął się znajomy cień i w progu stanęła mama.

Bliźniaczki przerwały rozmowę w pół słowa.

– Cóż to za konspiracyjna cisza? – zapytała mama surowo. – Żywię nadzieję, że nie szykujecie dla mnie i ojca kolejnych niespodzianek! Jak się czujesz, Majko?

Była na nie wściekła. Ten chłodny, wykwintny styl wyrażania stanowił formę nauczki z jej strony.

Wydarzenia ją przerosły, pogubiła się tej sobotniej nocy. Inaczej niż tata, który po pierwszym szoku zajął się także stanem psychicznym córek, równie opłakanym, jak ich stan fizyczny.

Majka gryzła palce z bólu, wymiotowała, popadała w histeryczny słowotok, Julka przeciwnie – śmiertelnie przerażona nie potrafiła wydukać składnego zdania. Jąkała się w sposób niemożliwy do opanowania.

Przybiegła po rodziców w środku nocy.

Drogę do starego Konina przez dwa mosty pokonała w dziesięć minut, jej wystraszone odbicie przefrunęło po powierzchni ciemnego zalewu, który lśnił w ciemnościach jak jezioro smoły. Pędziła po ratunek dla jęczącej siostry, ale gdy stanęła zadyszana przed rozbawionym imieninowym towarzystwem – nie mogła wykrztusić, czego chce. Na szczęście jej stan dobitnie wskazywał, co robić. Brać taksówkę i pędzić do domu.

Półprzytomna Majka leżała na tapczanie, gdzie wcześniej dowlokła się przy pomocy Julki. Ojciec zniósł ją na rękach do taksówki, która wciąż czekała pod blokiem, i zawiózł na pogotowie przy placu Wolności.

W tym czasie roztrzęsiona mama wypytywała drugą córkę o przebieg zdarzenia. Jąkająca się Julka szczękała zębami, jakby zamknięto ją w lodówce. Mieszkanie cuchnęło spalenizną, za oknem rozpościerała smoliste skrzydła noc, groźny cień rozczochranej, nadpobudliwej mamy skakał po ścianach, nachylał się nad zapłakaną Julką, miotał gromy na jej głowę – i ten poniżający koszmar niczym się nie różnił od piekła.

Tak, od najprawdziwszego piekła z obrazów w kościele!

Gdy tata wrócił z opatrzoną Majką i lekarstwami kupionymi w nocnej aptece, sytuacja się nie uspokoiła. Zaczęło się szukanie winnego. Mama próbowała odreagować naiwne zaufanie, jakie do tej pory okazywała córkom. Ponieważ Majka, jako poszkodowana, dostała już za swoje – pretensje i wyrzuty skrupiły się na Julce. Zresztą ona była główną winowajczynią, ona trzymała w dłoni rozpalone żelazo!

Ze strony mamy padła propozycja rozdzielenia córek i wysłania Julki do szkoły z internatem, skoro nie mogą się wychowywać razem. A nie mogą, ponieważ we dwie są zdolne doprowadzić do zagłady świata.

Nie było widać końca koszmaru!

Trudno się dziwić mamie, że uległa zwątpieniu i rozpaczy, miewała do tego skłonności, ale przez to Julka ostatecznie popadła w depresyjny nastrój. Nie znajdowała dla siebie usprawiedliwienia ani ratunku.

W duchu planowała rzucić wszystko i uciec z domu z Cyganami, którzy jeszcze czasem przejeżdżali taborem przez Konin, ze skrzypem wiązań i osi ciągnął boczną drogą szereg ich rozkołysanych na wybojach, jakby roztańczonych wozów. Mogła się też zabrać z cyrkiem As. Ten rozbijał namioty na podmiejskich błoniach dwa razy do roku. Jasne, że nie umiała chodzić po linie, tresować gołębi ani wyciągać królików z cylindra, ale mogła występować jako asystentka kowboja rzucającego nożami. Kręciłaby się rozpięta na drewnianym kole, a on – z czarną przepaską na oczach – obrysowywałby jej figurę, ciskając na ślepo śmiercionośne ostrza. To zajęcie odpowiadało obecnym pokutnym potrzebom Julki. Może mistrz kowbojski nie trafi kiedyś w deskę, lecz w asystentkę – i tym sposobem ona zrehabilituje się wobec rodziny za swój niewybaczalny postępek.

Na szczęście względny spokój ojca tonował rozhuśtane nastroje. Poza tym propozycja dotycząca internatu przeraziła także Majkę. Biała jak kreda ujęła się za siostrą z głębin swojego cierpienia. A ona miała teraz okres ochronny, więc temat upadł. Julka porzuciła Cyganów i cyrkowców, żeby z ulgą pozostać w domu.

Niemniej złość mamy – objawiająca się lodowatym milczeniem lub kąśliwymi uwagami – przeszła w stan chroniczny. Trudno się z tym żyło.

Po osiemnastej, gdy wyszła pielęgniarka, która robiła Majce zastrzyki przeciwzapalne, bliźniaczki wróciły do przerwanej przez mamę rozmowy. Z początku enigmatycznie. Majka bała się odmowy.

Gdzie te czasy, kiedy przebierała wśród chłopaków – rozpoczęła łzawo. Z okaleczoną piersią nie będzie księżniczką z bajki. Doktor zapowiada, że paskudna blizna zostanie na zawsze. Postrzępione znamię w kształcie czarciego profilu, a nie inicjału ukochanej siostry. Rozsądek podpowiada, żeby w tej sytuacji trzymać w ręku, co się ma. Nie gonić za ułudą, za dziewczęcymi mrzonkami. Na szczęście Majka znalazła kogoś, kto ją pokochał. Trzeba chuchać na ten skarb, żeby inna go nie skradła.

Od tej mowy pogrzebowej wygłaszanej przez samą nieboszczkę Julkę znów rozbolała rana, której nie miała, i powróciły wyrzuty sumienia. Długo nie pojmowała, że siostra mówi o tej samej osobie, od której się zaczęło. O Jarku Siekierskim, małpiorękim piegusie, który zakochał się w siostrze Julki nad zalewem. A teraz Majka poczuła się na tyle bezpieczna w pancerzu swojej krzywdy, że przestała się wypierać zdradzieckiego uczucia. Kazała Julce przełknąć gorzką pigułkę zadośćuczynienia.

Jak ona ma pielęgnować rodzącą się miłość, leżąc w łóżku z temperaturą trzydzieści osiem i siedem? Zwijając się z bólu, gdy nieopatrznie zakaszle?… Czy mogła to przewidzieć, gdy umawiała się z Siekierskim na randkę? A termin nadszedł! Dziś o dziewiątej wieczorem.

– Dlatego, Julka, zastąpisz mnie ten jeden jedyny raz! – ujawniła swój zdumiewający plan.

– Jak mam cię zastąpić? – Julka zdębiała.

– Oczekuję od ciebie jakiejś formy przeprosin! – oświadczyła Majka. – Więc spotkaj się z nim zamiast mnie! Nie moja wina, że nie mogę iść, dobrze o tym wiesz. A jak nie przyjdę, to on się obrazi i zerwie ze mną! Pójdziesz za mnie, prawda?

Z początku Julka była przekonana, że to gorączka ma wpływ na słowa jej siostry. Jak na słowotok, w jaki Majka popadła bezpośrednio po zranieniu. Położyła dłoń na jej udzie kojącym gestem.

– Ale po co to? – zaoponowała. – Pójdę i powiem mu, że jesteś chora!

– Może jeszcze powiesz na co? – fuknęła Majka. – Całe podwórko będzie się ze mnie nabijało! Ciekawe, czy ty byś to zniosła?

Julka pogłaskała ją delikatnie po spoconych włosach.

– Nie bój się. Powiem, że zaraziłaś się ode mnie. Jeszcze się nie wygrzebałam z przeziębienia. Uwierzy, zobaczysz. Wszyscy wiedzą, dlaczego nie wychodziłam przed blok.

– Nie! Nic mu nie powiesz, bo mnie ośmieszysz! Mało ci tego, co zrobiłaś? Groził, że jak nie przyjdę, to się umówi z Agniechą! Tego chcesz?

– Niech się wypcha, wielki amant!

– Nie proszę cię o radę, tylko żebyś poszła zamiast mnie! Myślałam, że mogę na ciebie liczyć! Dlaczego nie chcesz?

Tego Julka nie wiedziała. Po prostu nie podobał jej się ten pomysł.

– Przecież on mnie pozna! – szepnęła z rezygnacją.

– Ubierzesz się w moje rzeczy, będzie ciemno…

– O dziewiątej wieczorem?

– No to prawie ciemno. Spóźnisz się trochę. Kobiecie wypada, żeby się spóźniła! Jak przyjdzie punktualnie, to znaczy, że latawica! Że jej zależy! – Majka wymownie modulowała głos, gdyż obolałe ciało uniemożliwiło jej inną ekspresję.

– Nie pozna, przekonasz się. Mało mów, a najlepiej nic nie mów. Pozwól mu trzymać się za rękę. Robi się wtedy taki roznamiętniony jak na francuskich filmach...

– Skąd wiesz? – przerwała jej Julka.

Majka wstydliwie przymknęła powieki.

– Już raz się z nim spotkałam.

Więc to już się stało! A Julka pozostawała w błogiej nieświadomości, kartkując swój głupi pamiętnik z jeszcze głupszymi szkolnymi wpisami. Tymczasem Majka za jej plecami wkraczała w dorosłe życie.

Nieistniejąca rana przeszyła bólem pierś Julki, jakby przebito ją na wylot włócznią.

– Nie mogę – orzekła sucho. – Jestem jeszcze chora.

– Ekstra! O to chodzi! – ożywiła się Majka. – On się od ciebie zarazi, wpakują go do łóżka, a ja w tym czasie wrócę do zdrowia. Muszę z nim dalej chodzić, bo kto mnie teraz zechce?

Julka spróbowała konkretu. Ma przecież szlaban na wychodzenie z domu.

Ale jej siostra uśmiechnęła się tylko na to tryumfująco. A co to za przeszkoda? Jak można zapomnieć, że dzisiaj leci Sopot? Kydryński, Niemen, *Guantanamera*, Lautrec!... Rodzice mają gości na telewizji! Rybickich z drugiego piętra. Do północy nikt się nie ruszy od telewizora!

– I co z tego? – mruknęła Julka. – Musieliby zasnąć na krzesłach!

Stołowy pokój, największy, w którym oglądało się telewizję i przyjmowało gości, usytuowany był jako pierwszy od wejścia do mieszkania.

– A kto powiedział, że wyjdziesz drzwiami?

– Chyba że przez komin! – zgodziła się szyderczo Julka. Majka zniżyła głos.

– Szkatułka mamy… Klucz na dnie! Rozumiesz?

Teraz Julka zrozumiała. Ogarnął ją lęk, a z nim bezradność wielka jak Mount Everest. Wyglądało na to, że klamka zapadła. Majka zapięła swój plan na ostatni guzik.

– A jeżeli on się nie zarazi? Ilu ludzi koło mnie chodziło i się nie zarazili, ty też… To po co pójdę? Jak idiotka!

– Zarazi się! Przez kropelkowanie. Światowe epidemie wybuchają przez kropelkowanie.

– Przez jakie kropelkowanie?

– Takie w ślinie! – wyjaśniła fachowo Majka. – Bo jeszcze ci nie powiedziałam… Wiesz, obiecałam Jarkowi, że będziemy się całować!

– Przestań! – Julka otrząsnęła się z obrzydzeniem. – Ostatecznie mogę za ciebie iść, ale tego mi nie każ robić!

– Właśnie, że tak! – Majka bezlitośnie przypieczętowała swoje druzgoczące zwycięstwo. – Będziecie się całować! Inaczej się połapie!

Rybiccy przyszli przed dwudziestą. Przynieśli placek drożdżowy, ale bliźniaczkom nie zaproponowano poczęstunku. Ich kara obejmowała komplet przyjemności: wychodzenie z domu, oglądanie telewizji, jedzenie słodyczy… Mama zrobiła kawę, tata wystawił alkohol na stół, niebawem ze stołowego huknął na całe mieszkanie hejnał sopockiego festiwalu.

Julka zakradła się do toaletki pod przedpokojowym lustrem. W jej szufladzie leżała srebrna szkatułka mamy. Na spodzie, pod biżuterią, ukrywał się płaski klucz do patentowego zamka Łucznik.

Pierwszy etap można było odhaczyć. Najłatwiejszy.

Następny też nie nastręczał trudności. Ułożyć w łóżku wałek z tapczanu, żeby wyglądał na śpiącą pod kołdrą Julkę. Majka, kontrolująca operację ponad obolałym ramieniem, skinęła głową. Dobrze. Gdy któreś z rodziców zajrzy do pokoju, w poświacie z ulicy zobaczy dwie śpiące córki.

Przed dziewiątą Julka włożyła białą sukienkę siostry w niebieskie grochy i osłoniła głowę kapeluszem przeciwsłonecznym. Słońce już zachodziło, ale czuła się pewniej, zasłonięta rondem ze słomy.

W głębi mieszkania czwórka widzów komentowała występy piosenkarek i piosenkarzy. Droga była wolna!

Julka skinęła Majce ręką i przemknęła do sypialni rodziców. Pomieszczenie, umeblowane szerokim łóżkiem i trzydrzwiową szafą z lustrem, stało puste. Drzwi balkonowe były otwarte na oścież. Nic się tu nie powinno zmienić, póki trwa Sopot.

Tyle Julka miała czasu.

Zerknęła w przelocie na swoje majkopodobne odbicie w drzwiach szafy, ledwo widoczne w wieczornej szarówce, jakby w lustrze majaczył duch z ektoplazmy, poprawiła kapelusz i wyszła na balkon od strony Alej.

Centralna ulica przypominała pustynię. W dali spieszył dokądś samotny przechodzień, przez skrzyżowanie z Dworcową, nie zwalniając, przejechała z włączonymi reflektorami zielona syrenka o białym dachu, jakby pokrytym śniegiem. Miejskie latarnie już zapalono. Poniżej balkonu, na tarasie restauracji Kolorowa, nie było żadnych gości. Parasole w prążki rzucały znad pustych stolików plamy cieni.

Okna w blokach jaśniały siną poświatą kineskopów, jakby w niezliczonych szybach odbiła się ta sama błyskawica znad dachów. Nad osiedlem kołysała się sopocka piosenka, zniekształcona przez pogłos architektonicznych tuneli.

Julka chwyciła się dłońmi wspornika ze zbrojoną szybą, dzielącą sąsiednie balkony. Wspięła się na barierkę. Odwróciwszy się tyłem do ulicy, ostrożnie przełożyła stopę w sandałkach na drugą stronę metalowego stelaża. Okręciła się zgrabnie nad tarasem Kolorowej i wciąż trzymając się dla bezpieczeństwa zielono malowanej rury, zeskoczyła po cichu na balkon Zielińskich.

Gospodarze wyjechali nad morze. Zostawiali klucz kuzynce, żeby podlała kwiaty, przewietrzyła pokoje, wyjęła pocztę ze skrzynki na drzwiach, więc Julka bała się, żeby na nią nie trafić. Ale w mieszkaniu było ciemno. Kuzynka jak wszyscy siedziała w domu przed telewizorem albo przy radiu.

Przytrzymując na głowie słomkowy kapelusz, Julka wślizgnęła się do środka przez otwarty lufcik.

Nigdy nie była u Zielińskich, macała rękami po meblach, żeby czegoś nie potłuc. Rozkład mieszkania był podobny jak u nich. Bez problemu trafiła do wyjściowych drzwi. Przekręciła gałkę patentowego zamka i zerknęła przez szparę. Schody były ciemne, nikt nie nadchodził. Obok, zza drzwi jej własnego mieszkania, dolatywał głos mamy i perlisty śmiech pani Rybickiej. Niewiele więcej mogła usłyszeć, bo od parteru po czwarte piętro dudnił Sopot.

Przyciągnęła drzwi Zielińskich, szczęknął zatrzaskowy zamek.

Z duszą na ramieniu zbiegła na dół po dwa stopnie.

Przed blokiem z ulgą wciągnęła w płuca rześkie wieczorne powietrze. Uff... Udało się!

Siekierski miał czekać w przejściu pod łącznikiem. Skręciła tam, po raz pierwszy w życiu zastanawiając się, jak Majka chodzi, jak oddycha, jak mówi, czy to się jakoś różni od sposobu chodzenia, oddychania i mówienia jej, Julki. Żeby się nie wydało, że ona to ona.

W ogromnej kwadratowej bramie panowała ciemność. Niżej, po drugiej stronie, lśniła w świetle latarni brukowa kostka na Alejach 1 Maja.

Julka zatrzymała się niepewnie.

Siekierski siedział na murku, niewidoczny w nocnym cieniu, póki nie wstał. Pojawił się znienacka przed Julką w prześwicie pasażu. Chuda sylwetka z długimi rękami i sterczącym nosem. Po ciemku sprawiał korzystniejsze wrażenie, ponieważ nie widziało się jego twarzy, nakrapianej jak indycze jajo.

Ubrał się w spodnie do kostek, wzorem dorosłych mężczyzn, i założył okulary przeciwsłoneczne, równie bezsensowne o tej porze dnia jak kapelusz Julki. Oboje zadawali szyku. Na dodatek Siekierski przytargał pod pachą nowiutki longplay Niemena *Dziwny jest ten świat*. Mało kto posiadał to cudo na własność. Ale płyta bez gramofonu była bezużyteczna, więc stanowiła wyłącznie element eleganckiego wystroju Siekierskiego.

– Jesteś, maleńka! – przywitał się z nonszalancją Casanovy. – Bałem się, że o tej godzinie starzy cię nie puszczą! Ja mogę wychodzić na dwór, kiedy chcę, kurna, ale z dziewuchami nigdy nie wiadomo!

Ten wstęp zrobił na Julce jak najgorsze wrażenie, więc gdy Siekierski spróbował objąć ją ramieniem, bez namysłu się wywinęła.

– Uhm – mruknęła w odpowiedzi.

Przypomniała sobie zalecenie Majki, żeby jak najmniej się odzywać.

Nie zraziło go jej wstrzemięźliwe zachowanie.

– Przespacerujmy się – zaproponował.

– Uhm.

Przecięli na ukos mgliste od latarń i nocy Aleje. Siekierski kierował się ku ceglanemu barakowi na wydeptanym placu. Szedł śmiało, Julka natomiast jak zawsze o nocnej porze – nie wiadomo czemu, bo nigdy nie miała z nimi do czynienia – bała się milicjantów. Już od przedszkola tak miała. Dzisiejszego wieczoru szczególnie. Idąc bez entuzjazmu za Siekierskim, zerkała na boki, czy zza bloków nie wyjdzie spacerowym krokiem dwójka funkcjonariuszy z założonymi za plecy rękami, z białymi pałkami przy przewieszonych przez ramię raportówkach. Patrol w szaroniebieskich mundurach. Tacy, co po dwudziestej ganiają dzieciaki szwendające się po osiedlach bez opiekunów.

Ale szeroka, ujęta w dwa rzędy ciasnej zabudowy ulica była pusta jak okiem sięgnąć.

Minęli zdziczały ogród na tyłach przedwojennej willi, ocalałej w morzu gomułkowskich bloków.

– Ej, nie wlecz się, bo ślimaki cię wyścigną! – Siekierski odwrócił się do Julki, żeby popisać się zręcznością potrzebną do chodzenia tyłem. – Klapniemy sobie tutaj, co nie?

– Nie ma na czym – zauważyła posępnie Julka.

– Na ławeczce – objaśnił. – Stoi za krzakami. Nikt o niej nie wie, normalnie przejdziesz obok i nie zauważysz. Można się schować i cię nie znajdą.

– Śmierdzi! – Julka pociągnęła nosem.

Nie podobało jej się to miejsce, ale zdawała sobie sprawę, że gdyby Siekierski zabrał ją na złotą plażę z zielonymi palmami i szmaragdowym ciepłym morzem, też by wybrzydzała.

– Bo tu pije piąta zmiana, przypasował im punkt. Rzygają, kurna, leją, srają… Od razu paskudzą wkoło siebie, pijusy, to jak ma nie śmierdzieć? – Siekierski z odrazą splunął w ciemność.

Romantyczny zakątek, nie ma co!

Julka skoncentrowała wzrok na sandałkach, żeby w coś nie wdepnąć. Czuło się, że sporo tu tego leży w trawie. Psie, ludzkie. Niewiele widziała w plątaninie czarnych cieni spowijających parkan na tyłach ogrodu.

Odetchnęła, gdy w sączącym się przez liście elektrycznym świetle dostrzegła krzywą ławkę. Siadając, podłożyła sobie chusteczkę, bo brzydziła się dotknąć desek gołą skórą. Udami wyczuła chłód drewna pomalowanego olejną, złuszczoną ze starości farbą.

Siekierski usiadł obok z szeroko rozstawionymi nogami, po męsku.

– Fajnie tu, co nie? – zachwycił się.

– Uhm – zgodziła się nieszczerze Julka.

W każdym razie fetor był tutaj mniejszy. Zalatywało rdzą, wilgocią, przebijał przez te zapachy intensywny aromat ogrodowych roślin, które szeleściły za ich plecami. Pogłos sopockich melodii rozmywał się w monotonnym, kojącym poszumie.

– Jak chcesz, możemy się położyć w trawie i poglądać niebo – zaproponował nastrojowo Siekierski. – Pokażę ci Wielki Wóz i Gwiazdę Polarną. Sucho jest, jeszcze nie pora na rosę.

– Obejdzie się! – palnęła Julka, ale uświadomiła sobie, że jest na dobrej drodze, żeby zaprzepaścić kunsztowny plan siostry. Zmusiła się do spuszczenia z tonu: – W sumie... możesz mnie złapać za rękę!

Siekierski zająknął się z wrażenia.

– Dobra, jak chcesz... Tylko że ten... Wolę za nogę... – wyznał bezwstydnie. – Za nogę fajniej się trzyma, co nie?

Julka straciła rezon. Tej sytuacji nie przećwiczyła z Majką.

– Niech ci będzie... – zgodziła się niechętnie. – Ale przed kolanem!

– Dlaczego przed kolanem?

– Bo tak! Jak nie chcesz, to nie musisz!

Nie odpowiedział, tylko ostrożnie odłożył płytę Niemena na ławkę. Z wrażenia pociły mu się ręce. Julka poczuła na kolanie jego wilgotną dłoń, najpierw ostrożnie przymierzające się palce, potem całą skuloną garść. Akurat na kolanie, ani niżej, ani wyżej. Nie była pewna, czy uznać to za złamanie warunków umowy, więc nie reagowała. Czekała na dalszy rozwój wydarzeń.

Ale prawdę powiedziawszy, nic się nie rozwijało.

Siedzieli w milczeniu.

W pobliżu strzeliła rura wydechowa przejeżdżającego samochodu.

I nadal nic. Nuda.

Julka z samozaparciem doszukiwała się u siebie pod-wyższonej temperatury. Niezaleczonych resztek przezię-bienia, dzięki którym zarazi Siekierskiego bez szczególnych zabiegów i raz-dwa ucieknie do domu. Ale czuła tylko rześki, przyjemny chłód sierpniowej nocy. Wychodziło na to, że bez kropelkowania ani rusz...

Dłoń Siekierskiego poderwała się z kolana Julki i przez kretonową sukienkę uchwyciła lewą pierś dziewczynki. Na szczęście nie tę obolałą, z urojoną raną, ale i tak prze-straszona Julka podskoczyła na pupie.

– Zgłupiałeś? – wrzasnęła.

Zdzieliła go palcami przez nagie przedramię, aż klasnęło.

– Zgłupiałaś? – powtórzył jak echo Siekierski. W jego głosie usłyszała autentyczne zdumienie. – Białe je wabi po ciemku! Chciałem ci ją zdjąć!

Zerknęła w dół.

Psiakość! To była niewinna operacja łapania ćmy. Speszyła się paskudnie. Emocje, które ją ogarnęły, źle wpływały na zdolność rozpoznawania sytuacji.

W zamkniętych na kształt klatki dłoniach Siekierskiego obijała się czarna, włochata motylica.

– Weź ją wyrzuć! – Julka odsunęła się przezornie. – Obrzydlistwo!

– Co ty? Ja się nie brzydzę, kurna! – zapewnił nie-ustraszenie Siekierski. – Jak chcesz, wezmę do ust. Czego się brzydzić? Ćmy są czystsze niż świnie, nie babrają się w błocie, a świnie się zjada!

– Przestań, bo się zwymiotuję!... – Julka z gulgotem przełknęła ślinę. – I wytrzyj ręce, jak chcesz mnie znowu dotknąć! Inaczej się nie zgadzam!

– Dziwna jesteś, kurna! – ocenił z zadumą Siekierski, ale posłusznie wytarł ręce o spodnie.

Położył dłoń na kolanie Julki i zamilkli znowu. Nie poruszali się.

Nocny ogród za nimi szumiał jak morze.

Przypełzł stamtąd chłodniejszy powiew, owiał im plecy i ni stąd, ni zowąd Julka kichnęła. Odezwała się w niej ledwo zaleczona choroba, pod skórą ożywiły się wirusy, bakterie, miazmaty. Policzyła w myślach do dziesięciu, potem jeszcze raz. Trudno, raz kozie śmierć!

– Chcesz się pocałować? – mruknęła, zaciskając zęby, jakby liczyła, że Siekierski nie dosłyszy jej słów.

– Jeszcze się pytasz!

– Tak czy nie?

– Mowa, kurna!

Julka westchnęła z rezygnacją.

– To dalej!

Przytrzymała dłonią kapelusz na głowie, obróciła twarz ku Siekierskiemu i zdesperowana zamknęła oczy.

– No już! – zachęciła z irytacją przez zasznurowane wargi.

Poczuła w kąciku ust nieśmiałe, mokre dotknięcie. Spiczasty nos kłuł ją w policzek. Przekrzywiła głowę, Siekierski też. Przestało kłuć. Długa ręka przesunęła się za oparciem ławki na plecy Julki.

Piegus, nie piegus, ale odruchowo rozchyliła wargi. Nigdy by nie przypuszczała, że jest taka całuśna. Słomkowy kapelusz zsunął jej się za ławkę. Przez skórę przebiegły miłe dreszcze i nagle zesztywniała. Na nodze poczuła dłoń Siekierskiego. Tym razem bez wątpliwości – nad kolanem!

W połowie uda!

Zareagować? Przemilczeć?

Nie miała ochoty przerywać całowania. I to z kim? Z piegowatym, kłująconosym, małpiorękim Siekierskim! Jeszcze niedawno nie usiadłaby z nim na jednej ławce, było jej do tego tak daleko, jak stąd do Bombaju, a dziś?

Spocona dłoń pięła się nieustępliwie po jej udzie. Jak pająk. Wyżej i wyżej…

Ich zęby zderzyły się niechcący. Odskoczyli od siebie i przysunęli się znowu. Pocałunek Siekierskiego pachniał miętą, potem, smażoną cebulą.

Najgorsze, że to nie było przykre! Gdyby było, Julki nie dręczyłyby wyrzuty sumienia. W jej wyobraźni odzywała się zdegustowana Majka.

„Nie przesadzaj, Julka! Tego ci nie kazałam!".

„Czego?".

„Żeby ci było przyjemnie. Podoba ci się to! Jarek jest mój, ty mnie tylko zastępujesz! Nie daruję ci, słowo honoru!".

„Ojejku, Majka, nie żołądkuj się! Wcale się nie dowiesz!".

„Ja już wiem, Julka! Czuję to przez skórę!".

Ręka Siekierskiego wpełzła pod kusą sukienkę Julki. Kciuk zahaczył o jej majtki…

Chcący czy niechcący, została przekroczona nieprzekraczalna granica!

Niewiele myśląc, Julka skuliła się, wypchnęła do przodu ręce i nogi. Zaskoczony uderzeniem Siekierski zjechał z ławki. Pacnął tyłkiem o ziemię, aż echo odpowiedziało.

Pozbierał się, masując kość ogonową. Odszukał w trawie przeciwsłoneczne okulary i spojrzał przez nie ku światłu latarni, czy nie pękły. Zamaszyście otrzepał uwalane piaskiem siedzenie.

– Całkiem ci odbiło, kurna? – Nadąsał się. – Mogłem sobie coś zrobić!

– Jesteś bezczelny! Co ty wyrabiasz?

– Z czym?

– Co za chamskie maniery?

Siekierski z pogardą splunął w trawę.

– Wiedziałem, że z tobą nie ma co! Po co w ogóle przyłaziłaś, kurna? Jak nie chciałaś, trzeba było siedzieć w domu. Kto cię tu prosił? Miała przyjść Majka, a nie ty!

Dobrze, że było ciemno, bo Julka zarumieniła się po uszy. Jakby dostała w twarz! Ten nadęty, przemądrzały pajac przejrzał ją na wylot! Od początku wiedział! Wyszła przy nim na kretynkę! Jeszcze może sobie wyobraża, że przyleciała zamiast Majki, żeby się z nim całować! Obsmaruje ją na podwórku, każdemu się pochwali, jak przerobił na szaro Julkę Małecką! Boże, co za kompromitacja! A Majka okazała się jeszcze głupsza od niej! „Nie pozna cię, nie pozna cię!" Właśnie widać! Siostrzyczka Mądralińska!

– Wiesz co?! – wysyczała, dotknięta do żywego. – Straszna z ciebie wiśnia, Siekierski! Dlaczego się nie przyznałeś, że wiesz, kim jestem?

– Co mi, kurna, za różnica? – burknął obrażony. – Wszystkie baby są takie same! Wy dwie to już zwłaszcza! Będę się przejmował, którą pomacam! Byle chętna! Ona czy ty... Z tobą nawet lepiej szło, tylko po co wariujesz?

Julkę zamurowało. Co się dzieje? I na domiar złego jeszcze chętnie by mu wybaczyła i wróciła do tego obśliniania się! Powachlowała się podniesionym z ziemi kapeluszem, jakby chciała rozpędzić łzy cisnące się jej do oczu. Ochrzanić go? Kopnąć w kostkę i uciec?

Siekierski pogwizdywał nonszalancko. Wrócił mu rezon. Stojąc naprzeciw Julki, podparł się pod boki jak ruski gieroj.

– No dalej, szkoda czasu! – odezwał się pojednawczo.

– Całujemy się! Możesz być zamiast Majki, jak chcesz! Jej nie ubędzie, tobie też, a mi tam nie zawadza! Fajnie było, co nie?

Julka poderwała się z ławki jak oparzona.

– Gadasz głupio, jak nie wiem, Siekierski! – wrzasnęła z furią. – Wcale nie jesteśmy takie same! Jesteśmy całkiem inne, wbij to sobie w ten kwadratowy łeb!

– Ciekawe, w którym miejscu jesteście inne! Już lecę wierzyć!

– W tym! – Julka porwała z ławki płytę Niemena. – W tym miejscu jesteśmy inne! Bo Majka by ci tego nie zrobiła!

Z całej siły uderzyła płytą o ławkę. Raz, drugi, trzeci, aż usłyszała trzask pękającego winylu. Ze złośliwym uśmiechem przechyliła kopertę, a ze środka wysunęły się odłamki czarnego krążka i rozsypały się w trawie.

Siekierski zerwał z nosa przeciwsłoneczne okulary. Nie wierzył własnym oczom.

– Jesteś kopnięta! – wybełkotał. – Normalnie kopnięta!

Osunął się na kolana i bezradnie złożył ze sobą dwa szczerbate fragmenty płyty. Jakby miał nadzieję, że zrosną się czarodziejskim sposobem.

– Pożałujesz, franco jedna! Moja matka pójdzie do twojej na skargę.

Matka Siekierskiego słynęła na osiedlu z niewyparzonego języka, ale ta groźba nie zrobiła na Julce wrażenia.

– Spróbuj! – zachęciła zimno. – Naskarżę, że się do mnie dobierałeś! Leć i zakabluj! Na co czekasz? Odprowadzić za rączkę?

Odwróciła się na pięcie i co sił w nogach pobiegła wzdłuż ogrodowego parkanu. Zwolniła dopiero przed blokiem.

Oba okna nad ulicą były ciemne – to od sypialni rodziców i to u Zielińskich. Alejami przetoczył się szum braw z sopockiego amfiteatru. Telewizyjna transmisja jeszcze trwała.

Julka przekręciła klucz w zamku i wślizgnęła się do mieszkania Zielińskich. Elektryczna poświata zza okna malowała sylwetki mebli. Przemknęła między nimi do okna, tylko tym razem starła kolano o parapet, wyłażąc przez wąski lufcik.

Z ciemności za zbrojoną, matową szybą pachniało kawą i papierosowym dymem.

Było spokojnie jak poprzednio, pusto na całej ulicy.

Ale gdy Julka zeskakiwała na posadzkę po swojej stronie, pokój rozjaśniło zapalone światło, wylało się na balkon jak fala potopu. Wchodzący do sypialni ojciec zesztywniał w drzwiach na widok córki sfruwającej z balkonowej barierki.

Julka miała identycznie niemądrą minę jak on.

– Co ty? – odezwał się podejrzliwie. – Jeszcze ci nie dość? Gdyby zamiast mnie weszła tu teraz mama, już byłabyś zapisana do szkoły z internatem! Miej litość nad sobą, dziewczyno!

Przyjrzał się jej nieufnie i nagle przytulił ją mocno. A z jego niespokojnych słów Julka zrozumiała, że przestraszył się własnego podejrzenia. Wyobraził sobie, że złapał córkę na niezdarnej próbie samobójczej. Co z tego, że to pierwsze piętro i najwyżej można by się zdrowo potłuc, skoro Julka już wcześniej nie grzeszyła mądrością. Może poczuła się winna, zaszczuta, może przelała się czara goryczy... Kochany tata! Wcale nie miała mu za złe, że uważał ją za głupiutką gąskę. Zalała ją falą czułości świadomość, że tak się przestraszył! Nie chciałby, żeby jego niemądrej córce stało się coś złego! A więc ją kocha! Mimo wszystko nadal ją kocha!

Objęła go rękami, przytuliła głowę do ojcowskiego brzucha.

– Przepraszam, tatusiu, byłam tylko na dworze. Obiecałam koleżance, a mam karę.

Nie zrozumiał jej.

– Przez balkon? – przeraził się na nowo. – Mogłaś połamać ręce i nogi!

– Nie! Przeszłam przez mieszkanie państwa Zielińskich.

Ojciec odsunął ją na odległość wyprostowanych rąk.

– Przecież ich nie ma w domu – przypomniał podejrzliwym tonem.

– Sama sobie otworzyłam. Wzięłam klucz od ich mieszkania.

– Skąd?

Julka wyjęła klucz z kieszeni sukienki i pokazała na otwartej dłoni.

– Ze szkatułki mamy. Ma go od doktora, żeby nikt nie widział, kiedy do niego idzie. Myśli, że ja z Majką też nie wiemy. Nie mów mamie, proszę. Odłożę go na miejsce i nic nie zauważy. Więcej już nie będę, przysięgam!

Ręce ojca zacisnęły się na ramionach Julki jak kleszcze. Nazajutrz zobaczyła tam sińce. Po pięć fioletowych pieczęci na każdym ramieniu.

– Ma klucze Zielińskiego i chodzi do niego tak, żebym nie wiedział? – upewnił się chrapliwym głosem. – Nasza mama?

Po plecach Julki przebiegł dreszcz. Na pozór tata powtórzył jej słowa, ale wymówił je tonem, jakiego dotąd nie słyszała. Jakby w jego ustach znaczyły coś zupełnie innego niż w jej ustach.

Ale co takiego?

Tej nocy obie z Majką nie zmrużyły oka, przerażone tym, co się dzieje w domu. Po wyjściu Rybickich rodzice syczeli na siebie do rana, jakby zamienili się w dwa ogromne węże. Siostry słyszały to przez ścianę, ale bały się zajrzeć do ich sypialni. Nie umiały się zorientować, czy to awantura, czy płacz, czy coś, z czym dotąd się nie zetknęły, więc nie mogły wiedzieć, co to takiego. Były tylko w stanie rozpoznać, że mają do czynienia z czymś strasznym.

Od następnego poranka świat wokół zamienił się w łamigłówkę i nic już nie było takie jak co dzień. Jakby ktoś rzucił urok na każdy drobiazg.

Mama wyjechała do sanatorium. Tak powiedział tata.

Tata uderzył doktora Zielińskiego w jego własnym mieszkaniu. Tak powiedział dzielnicowy.

273

Przyszedł do nich w szaroniebieskim mundurze, z pałką przyczepioną do raportówki, jakby ziścił się najgorszy sen Julki.

Przez następny rok szkolny obie mieszkały u dziadków w Lądku i chodziły do obcej szkoły. Rodzice odwiedzali je na zmianę, ale w nich też coś się odmieniło. Zaczarowało. Mama stała się nienaturalnie wesoła, śmiała się głośno, kiedy nie było z czego, albo patrzyła sennie spod ciężkich, pomalowanych na niebiesko powiek, gdy inni się śmiali. A znowu tata zamyślał się na długie godziny albo zapominał się pożegnać z córkami, wyjeżdżając z Lądku rozklekotanym autobusem mającym przystanek na rynku.

Tylko dziadkowie byli sobą, chociaż wlókł się za nimi gorzki smutek starości, i rozmawiali ze sobą o świecie, którego siostry nie znały.

Gdy nareszcie wróciły do Konina, prosto z dworca autobusowego tata zawiózł je pod nowy adres. Blok przy ulicy Kolejowej stał naprzeciw nieistniejącej przed ich wyjazdem restauracji Megawat. Przeprowadzili się tam całą rodziną, a każda z sióstr dostała własny pokój. Pokoi w nowym mieszkaniu było więcej niż w starym, cztery plus kuchnia i łazienka, a bliźniaczki rosły, więc potrzebowały przestrzeni. Ale nie ma nic za darmo. W zamian utraciły starych znajomych z podwórka, zresztą prawdziwego podwórka też daremnie było tutaj szukać. Okoliczne bloki rozdzielało parę wydeptanych placyków, jeden z huśtawką, drugi z piaskownicą, na którymś zainstalowano nawet napędzaną na pych karuzelę.

Nic już nie było takie samo.

Mama nie kochała taty, tata nie kochał mamy. Trudno było tego nie dostrzec. Nie kłócili się już, ale nie obdarzali się też czułością. Żyli ze sobą, ponieważ kochali córki. Pragnęli dla nich spokojnego dzieciństwa.

Siostry podrosły i zdążyły przegadać ze sobą tyle nocy, że rozumiały to, co wcześniej zdawało im się nie do pojęcia. Wiedziały, co to romans, co to związek dla dobra dzieci, co znaczy małżeństwo na papierze. Nie domyślały się tylko, że rany pozostały niezabliźnione.

Pewnego upalnego dnia Majka zawołała do Julki:

– Szybko, popatrz! Czy to nie nasza mama?

Julka stanęła w piżamie za jej plecami, na wprost kuchennego okna. Spojrzała tam, gdzie wskazywał palec Majki. W głębi parku, wśród zakurzonych zarośli, mignął pomarańczowy kolor. Julka zdążyła jeszcze dostrzec znikającą nogawkę obcisłych spodni. Kobieta w eleganckim spodnium, nierozpoznawalna z tej odległości, przeszła przez betonowy parkan przy torach. Zeskoczyła po drugiej stronie.

– Nasza mama nie łazi po płotach! – mruknęła zaspana.

Może miały złe przeczucia. W każdym razie ta zagadka nie dawała im spokoju. Inaczej po co sprawdzałyby szafę na ubrania? Nie znalazły w niej pomarańczowego kompletu mamy, musiała go mieć na sobie. Niedawno wyszła do pracy, ale córki zwlekły się z łóżek dopiero po jej wyjściu. W wakacje wylegiwały się do oporu.

Nawet nie powiedziały jej do widzenia tamtego dnia.

Widziany kątem oka pomarańczowy kolor nie dawał im spokoju. Dlaczego? Nie rozmawiały o tym tamtego ranka, nigdy później też nie odpowiedziały sobie na to pytanie. Ale od razu pognały co tchu na torowisko, gdy usłyszały dalekie krzyki, syreny karetek ratunkowych i milicyjnych, a gęstniejący tłum gapiów stał się widoczny z kuchennego okna.

Do końca miały nadzieję, że biegną niepotrzebnie.

Julka myślała o tym w poniedziałkowy poranek, leżąc jeszcze pod kołdrą, ale przed oczami miała piegowatą twarz Siekierskiego. Indycze jajo.

Nie zrozpaczoną twarz ojca, nie spierzchniętą od łez twarz mamy ani udręczoną twarz doktora Zielińskiego, którego żona wkrótce zapadła na nerwową chorobę, jak się o tym mówiło. Krzyczała po nocach, a we dnie z balkonu swojego mieszkania wygadywała nonsensy do gości Kolorowej.

Czy możliwe, myślała Julka, nie wyłażąc spod ciepłej kołdry, żeby Siekierski przez te lata chował urazę? Ona z Majką trwały w błogim przeświadczeniu, że był winien, chciał je skrzywdzić, ale on to widział inaczej. Prościej. I chyba prawdziwie. To one skrzywdziły jego. Sprowokowały. Czy możliwe, żeby chciał ukarać Majkę za Julkę lub Julkę za Majkę, skoro wszystkie baby są takie same? Niemożliwe! Ale Julka nie miałaby nic przeciwko temu, żeby się upewnić.

Gdyby tylko chciało jej się wstać z łóżka…

Wyciągnął ją z pościeli Janusz. Wypili wspólnie z ojcem kawę, a potem zostali we dwoje. Janusz był zdenerwowany. Narzekał, że wykańcza go bezczynność. Czekanie. Poleganie na innych, którym nie ufa. Nie wierzy w sprawność milicji, nie wierzy w zamawiane dzień po dniu msze swojej mamy. Musi robić coś konkretnego. Skoro nie w sprawie Majki – to w innej.

Przyszedł się pożegnać.

– A co chcesz zrobić? – zapytała kwaśno Julka.

To, co mówił, wydało jej się niestosowne. Bezduszne. Zniżył głos do konspiracyjnego szeptu.

– Przemycamy bibułę przez góry! Na czechosłowacką stronę. Trochę naszych dysydentów, trochę ich. Trzeba zrobić przynajmniej jedną rzecz, która będzie zależała od nas, skoro dzieje się tyle spraw, które nie zależą od nikogo. Inaczej zgnijemy w bezczynności! Tak jak gnije cały kraj!

Jeszcze niedawno głupi, nikogo nieobchodzący wyjazd do Warszawy kamuflował jako tajny wyjazd na Wybrzeże. Teraz zaś informował ją otwartym tekstem o swoich bohaterskich planach. Co za odmiana!

Julce przyszło do głowy, że on chciałby wpaść w łapy esbecji. Z największą przyjemnością. Nie miałby nic przeciwko temu, żeby parę lat posiedzieć za działalność wywrotową, może nawet dać się zatłuc nieznanym sprawcom w imię wielkich spraw. Bał się dalszego ciągu. Uciekał przed dniami, które miały nadejść. Bo niezależnie od tego, czy Majka się odnajdzie, czy nie – on miał przekichane. W końcu to przyzwoity chłopak.

Jeśli Majka nie wróci, zadręczą go wyrzuty sumienia, że nie był przy niej w tamten piątek, tylko zbawiał kraj, którego zbawić się nie da. A jeśli Majka wróci, to już nie będzie ona. Tylko zewnętrznie pozostanie Majką. To, przez co teraz przechodzi, zmieni ją nie do poznania. Bóg jeden wie, kto później w niej zamieszka. Tego kogoś Janusz się boi. Brzydzi się siebie, że się boi. Ale boi się. Kto by się nie bał na jego miejscu? Przesrał, przegrał i wieje przez wszystkie możliwe granice. Za kilka lat się pozbiera, ale na razie rzuca się na oślep do ucieczki. I kto miałby czelność mu wygarnąć, że nie ma do tego prawa?

Każdy ma prawo ratować swoją skórę.

– Pozdrów góry! – powiedziała Julka.

Nie lubiła go w tym momencie. Może dlatego, że myślał całkiem racjonalnie, naprawdę niegłupio, a ona nie potrzebowała teraz racjonalnego myślenia. Trzeźwy osąd był jej potrzebny jak dziura w moście. Pragnęła wiary w cuda.

Kto wie, czy nie z tego powodu rzuciła w kąt *Zbrodniarza i pannę*, zamiast dowiedzieć się nareszcie, kto zabił kasjera, kierowcę i naiwną wczasowiczkę z Kamocka. Co ją to mogło obchodzić! Wzięła do ręki *Sto lat samotności*, leżące przy łóżku Majki. Ktoś musi tę powieść doczytać do ostatniej strony, skoro jej siostra na razie nie jest w stanie tego zrobić.

Byle przypadek nie może kończyć ludzkich spraw. Dlatego otworzyła grubą książkę, której nigdy nie zamierzała czytać, i pochyliła się nad pierwszą stroną:

– „Wiele lat później, stojąc naprzeciw plutonu egzekucyjnego, pułkownik Aureliano Buendia miał sobie przypomnieć to dalekie popołudnie, kiedy ojciec zabrał go ze sobą do obozu Cyganów, żeby mu pokazać lód…" – zaczęła na głos, żeby usłyszał także ten lub ta, siedzący w jej brzuchu.

Skoro ciocia Majka wybrała tę książkę, lektura wyjdzie maleństwu na zdrowie. Okrzepnie przy niej intelektualnie. Gdyby przypadkiem było tam coś niedozwolonego dla dzieci, maleństwo i tak niewiele jeszcze zrozumie.

Niech się czymś zajmie. Niech go nie przeraża martwa cisza w mieszkaniu.

Złapała się na tym, że wciąż czeka na telefon od Romka. Wciąż ma nadzieję na wiadomość od niego.

Bez przerwy myślała, co on robi, gdzie jest, o czym rozmawia – i czy te zajęcia mają związek z Majką lub z nią samą.

Odebrała trzy telefony, ale to byli znajomi, którzy zadawali jej niepotrzebne pytania. Ona sama też zatelefonowała do znajomego, żeby się dowiedzieć o pewien adres. Zależało jej na nim. Zjedli z ojcem obiad, którego nie chciało jej się gotować, więc przyniosła go w trojakach z Megawatu naprzeciwko. Tata nie poznał, że to nie są domowe dania, pochwalił ją, że smaczne. A Julka nie prostowała. W trakcie jedzenia rozmawiali o dawnych czasach, gdy bliźniaczki nosiły powyciągane rajtuzy i takie same kokardki we włosach. Gdy po dachach miasta biegały jeszcze dzikie konie, które znały ludzkie obawy i potrafiły im zaradzić. Gdy Majka zapewniała Julkę, że jest jej aniołem stróżem. Gdy wszystko zawsze zmierzało w szczęśliwą stronę.

Nawet się pośmiali z tych głupiutkich wspomnień.

Ojciec na razie siedział w domu, gdyby ktoś się tu dobijał w ważnej sprawie, szedł na nockę, więc Julka pojechała zerówką na ulicę Kopernika. Bez trudu znalazła adres, o który pytała znajomych przez telefon parę godzin temu. Zaniedbany, dwupiętrowy budynek mieszkalny miał tylko dwie klatki schodowe. Grodzone siatką ogródki na tyłach szpeciły drewutnie i kryte papą komórki.

Mieszkanie, którego Julka szukała, mieściło się na parterze. Na brudnych drzwiach widać było ślady błota, smoły, soku pomidorowego, oleju, atramentu. Na górnej futrynie majaczył cień kredowego napisu K + M + B, na gumowej wycieraczce zaschły krople krwi.

Zapukała głośno, bo dzwonek nie działał.

Otworzył jej chłopak ostrzyżony przy skórze jak świeży rezerwista. Nosił granatowe spodnie od dresu i dziurawy podkoszulek na ramiączkach. Julka nie widziała go od lat, ale nie mogła się pomylić. Zostały mu długie małpie ręce i spiczasty nos. Tylko piegi znikły bez śladu albo ukrył je siny, niedogolony zarost.

– Poznajesz mnie? – zapytała.

Skinął głową w korytarzu, ale nie otworzył przed nią szerzej drzwi, w których stał. W mrocznym mieszkaniu grał telewizor, na spękanym suficie migał siny połysk.

– Poznaję. Cześć, Majka!

– Nie Majka – poprawiła go. – Julka.

– Aha. Cześć, Julka – zgodził się obojętnie.

Wyglądało na to, że znowu nie będą się do siebie odzywali jak jedenaście lat temu na ławce w krzakach za wyciętym już teraz ogrodem.

– Nie spytasz, czego chcę?

– Przyszłaś, to sama powiesz.

Julka sięgnęła do torby przewieszonej przez ramię. Wyjęła z niej *Dziwny jest ten świat* Niemena.

– Przyszłam oddać ci płytę.

– A pożyczałaś? – zdziwił się.

– Nie, ale kiedyś ci taką zniszczyłam. Nie pamiętasz?

Pokręcił głową i wsunął długie ręce do kieszeni dresu.

– Pierwsze słyszę. To musiałem nie być ja.

– A słuchasz jeszcze płyt?

280

– Po robocie, jak nic nie ma w telewizji i narzeczona nastawi, to słucham, czemu nie.

– W takim razie trzymaj! – Julka wręczyła mu trzy płyty. – To jest tamten Niemen i do niego nowiutki Niemen, *Idée Fixe*, album, nie masz go, mam nadzieję? A trzecia jest w prezencie od Majki, Locomotiv GT. Lubisz ich?

Siekierski obrócił płyty na boki, zajrzał pod spód, jakby sprawdzał, czy nie wybuchną mu w dłoniach.

– I co chcesz, żebym za to zrobił? Ja nie mam czasu, dużo pracuję.

– Chcę, żebyś przy niedzieli dla odprężenia posłuchał z narzeczoną fajnej muzyki! – wyjaśniła mu Julka. – Hej, Jarek, do miłego!

Wróciła do domu z lżejszym sercem, zaparzyła sobie gorącej herbaty i z powrotem usiadła do *Stu lat samotności*. Ojciec zdążył już wyjść na nockę, zostawił kartkę na ławie, że kupił salceson i że kocha Julkę. Uśmiechnęła się, czytając nabazgrane w pośpiechu słowa.

Po dziewiątej zadzwonił telefon w przedpokoju. Brzęczyk alarmująco rozdarł wieczorną ciszę. Julka popędziła odebrać, gubiąc po drodze kapeć.

– Tak, słucham?

W słuchawce usłyszała płacz. Kobiecy płacz.

Nogi się pod nią ugięły. Dopiero gdy płacząca się odezwała, poznała głos pani Reszczyńskiej, matki Janusza. Pomyślała w popłochu, że stało się coś złego. Bardzo złego. Ale zaraz potem zrozumiała, że ona płacze ze szczęścia. To jest płacz niepohamowany, ale radosny.

– Juleczko… Wiesz już, Juleczko?

– Nie – wykrztusiła. – Nic nie wiem.

– Boże, takie wielkie szczęście! Wiedziałam, że tak będzie!

Julka usiadła na wykładzinie podłogowej przy telefonie. Nogi nie chciały jej utrzymać. Znaleźli Majkę, uprzytomniła sobie. Ale dlaczego Reszczyńska dowiedziała się o tym wcześniej od niej? Dlaczego ten cały milicjant Romek nie powiadomił najpierw rodziny?!

– Jestem taka szczęśliwa! – płakała słuchawka. – Juleczko, czy zdajesz sobie sprawę, jakie to wspaniałe? Dlaczego nic nie mówisz? Taka łaska od Boga dla nas wszystkich! Teraz już się poukłada, moje dziecko! Koniec naszej męki, będzie dobrze! Oj, jak będzie dobrze! Czy ty mnie słyszysz, kochanie? Odezwij się!

– Ale co się stało? – krzyknęła Julka.

Pani Reszczyńska hałaśliwie wytarła nos po drugiej stronie telefonicznej linii.

– Więc jeszcze nie wiesz? Szybko włącz wiadomości, Juleczko, nawet nasi już o tym mówią! Polak, rozumiesz? Polak został papieżem!

Zachłysnęła się od radosnego płaczu.

Julka rzuciła słuchawkę na widełki, jakby ją oparzyła.

Nie podnosząc się z podłogi, oparła czoło o ścianę i zacisnęła dłonie między udami. Kręciło jej się w głowie, jakby łopotały tam skrzydła niezliczonych ptaków, które spłoszone podrywają się do lotu, całe chmary, czarne stada podnoszą się jedne za drugimi, zrywają się z ziemi w kurzawie pierza, nie ma końca ptasiemu niepokojowi…

Zdawało jej się, że to istotnie może być dobra pora na modlitwę, ale do kogo? Czy Bóg cokolwiek teraz widzi poprzez zachmurzone październikowe niebo, czy nowy polski papież ma teraz czas na jakąś biedną, cichą Majkę, której nikt na świecie nie zna? Nie zdążyła jeszcze pojechać do swojego wymarzonego Paryża ani do Rzymu...

Jest gdzieś daleko, ogromnie daleko, ale nie tam...

Ty, który przetrzymujesz moją siostrę... – pomyślała, oszołomiona czarnym zamętem swoich myśli. – Bandyto, który ją porwałeś. Błagam cię, nie rób jej krzywdy, pozwól jej wrócić do domu, uszczęśliw nas, bo jeśli zechcesz tak zrobić, stanie się wola twoja. Ocal nas od złego, bo ty jeden wiesz, co nas czeka! Proszę cię o to z całego serca! Oszczędź nas wszystkich, skoro to leży w twojej mocy. Tylko ciebie proszę, bandyto, w tobie pokładam nadzieję! Miej Boga w sercu!

Rozdział XII

POZNAŃ

W niedzielę wieczorem Romek parę razy telefonował do Rogulskiego, ale nikt nie odbierał. Gospodarzy nie było w domu, gosposia miała wolne. Poszedł do prokuratora w poniedziałek z rana. Nie zastał go w gabinecie, ale lada chwila powinien się zjawić.

– Proszę zaczekać, jeśli ma pan czas – poradziła mu sekretarka.

Wcisnął się w niewygodny fotel z drewnianymi poręczami, przeznaczony dla interesantów. Na niskim stoliku znalazł numer „Forum", tygodnika z wybranymi przedrukami z zachodniej prasy. Zerknął bez zaciekawienia na tytuły artykułów, na szarą, rastrową fotkę nagiej modelki na odwrocie. Z niechęcią myślał o czekającej go rozmowie.

Sekretarka tłukła z szybkością kulomiotu w klawisze maszyny do pisania. Nie zwracała na niego uwagi.

Na ścianie za nią wisiał wielki kalendarz z polską panienką prężącą roznegliżowane ciało pośród ojczystych łanów pszenicy i czerwonych maków jak spod Monte Cassino. Ruchome foliowe okienko, ustawione na aktualną datę, pokazywało, że jest szesnasty października tysiąc dziewięćset siedemdziesiątego ósmego roku.

Obok cykał na ścianie kwadratowy zegar z białego plastiku.

Rogulski wpadł jak burza dwadzieścia po dziewiątej. Miał zwyczaj pędzić korytarzami w rozwianym płaszczu, z aktówką pod pachą, przeskakiwać na schodach po dwa stopnie, jakby załatwiał sto spraw jednocześnie, a każda niecierpiąca zwłoki.

Rzucił płaszcz sekretarce, przywitał się z Romkiem wylewnym uściskiem dłoni i zagarnął go ze sobą połą marynarki z wielbłądziej wełny jak skrzydłem. W gabinecie, wymalowanym białą farbą i zastawionym ciemnymi meblami na wysoki połysk, rozsiadł się w klubowym fotelu, trzymając ręce za głową. Po korytarzach i schodach prokuratury szwendali się interesanci, przed którymi należało trzymać fason, ociekać potem urzędniczego znoju i wypruwać sobie żyły w społecznej służbie, ale przy Romku mógł już być sobą. Panem swojego czasu i władcą swojego kawałka świata. Całkiem sporego.

– W dupę, normalnie, proszę ciebie! – zagaił niejasno, ale z werwą.

Użalił się heroicznym tonem, ile alkoholu był zmuszony przepuścić wczoraj przez swój sterany organizm. Ale nie ma co kwękać. Żyje się, póki się ma z kim napić. W tym kraju wszystko się przewraca, co nie jest oparte o bufet, więc trzeba mieć wątrobę na miarę historii!

Otworzył klapę barku w meblościance i z zachęcającą miną pokazał Romkowi napoczętą butelkę napoleona.

– Halo, tu klinika!

– Nie, Bóg zapłać! – Romek pokiwał palcem. – Żadnego klinika! Mam dzisiaj urwanie głowy.

– Chorego się pytają! Trzymaj! – Rogulski napełnił dwa pękate kieliszki i jeden wręczył Romkowi. – Coś ty, chłopie, przed Egiptem przeszedł na islam? Lepiej pij na zapas, jak wielbłąd!

Klapnął ciężko w fotelu.

Dla świętego spokoju Romek zamoczył usta w kieliszku. Wpadł powiedzieć do widzenia. Urlop już uzgodnił ze starym, jutro przed wylotem ma się odliczyć na poznańskim lotnisku. Tak powiedział Rogulskiemu. Rzekome pożegnanie miało uzasadnić jego dzisiejszą wizytę. W pracy nigdy nie odwiedzał prokuratora bez powodu.

– No to strzemiennego! Zazdroszczę ci, chłopie! – Rogulski podniósł kieliszek jak do toastu. – Ale ja też śmignę zimą pod palmy! Należy mi się, a co, ja od macochy?

– Z tym że to jeszcze nic pewnego – uzupełnił Romek.

W istocie przyszedł tutaj, żeby powiedzieć właśnie to zdanie, a nie żeby się pożegnać. Powiedzieć je i sprawdzić reakcję.

Rogulski spojrzał na niego z zaskoczeniem.

– Co nic pewnego? Twój wyjazd? A to czemu?

– Z powodu osoby towarzyszącej.

Prokurator stuknął zawadiacko kieliszkiem w kieliszek Romka.

– Chyba się nie pokłóciliście? Wrzuć na luz, chłopie! Przecież gapiłeś się na nią jak kot na sperkę! Tylko czekałem, kiedy się zaczniesz oblizywać przy ludziach!

Bagatelizująco machnął dłonią i uchylił okno. Powiało zapachem jesieni, butwiejących liści i wilgoci. Mówił coś jeszcze, ale protekcjonalne tony, w jakie uderzył, drażniły Romka. Zamiast podtrzymywać rozmowę, którą od początku uznał za nieszczerą, przeszedł do kontruderzenia. Zagadnął lekkim tonem, czy Rogulski zna Dosię jako Lolę Montezumę.

Cios, zadany pozornie od niechcenia, był dotkliwy.

– Jako kogo?

Prokurator czym prędzej siadł za biurkiem i uniósł kieliszek do ust. Jakby próbował ukryć swoją skwaszoną minę przynajmniej za taką zasłoną.

– Na drugie ona ma Lola Montezuma – objaśnił Romek.

– Wyszukana ksywka jak na zwykłą dziwkę z Merkurego!

Ręka Rogulskiego opadła. Odstawił niezgrabnie kieliszek, rozchlapując koniak na blacie biurka. Jego wybałuszone oczy wbiły się w Romka z niedowierzaniem.

– Żartujesz! Kto tak powiedział? Jaja sobie robisz, chłopie?

Był autentycznie wzburzony. Tylko czym? Tym, co Romek mówi, czy tym, że wie? Że zdążył się dowiedzieć w krótkim czasie, jaki mu dano do dyspozycji. Jeszcze w niedzielę nad ranem był zielony jak szczypiorek na wiosnę. Naturalnie druga możliwość także wchodziła w rachubę. Że Rogulski dostał nieoczekiwaną wiadomością jak obuchem w łeb.

– Wiem z pewnego źródła.

– Romek, pieprzysz razem ze swoim źródłem! – żachnął się prokurator. – To brednie! Typowe obrzucanie gównem, że a nuż coś przylgnie! Jakiś skurwiel cię wpuszcza w maliny! Znam jej starych od lat, chłopie! Ojca jeszcze ze studenckich czasów!

– O ojcu nie mówię. Nie słyszałem, ty wiesz lepiej. Ale co do niej, uwierz. Plotki mnie nie interesują, upewniłem się.

Nie upewnił się, bo nie miał jak, ale wierzył Szczerbicowi.

Rogulski wychylił duszkiem koniak i nalał sobie przy barku następną porcję. Pod względem babrania się w życiorysach Romek zachowywał umiar. Nie wciągał partnerów od kieliszka w pijackie zwierzenia, nie zajmowały go obmowy, nie brał udziału w popularnej zabawie w proroctwa – kto z kim kogo i po co. Godna podziwu wstrzemięźliwość jak na milicjanta, którego fach polega na rozgrzebywaniu śmietników. Trudno było zaprzeczyć, że plotek nie przynosił. Jeśli coś mówił, to wiedział.

Z pełnym kieliszkiem Rogulski ciężko usiadł w fotelu.

– Kurwa mać! – zaśmiał się nieszczerze. – Jeśli to prawda... Romek, pardon, chłopie, za głupią sytuację, w końcu poznałeś pindę u mnie... Jeżeli jest, jak mówisz, mamy problem. Szlag by trafił!... Egipt Egiptem, ale poradź, co ja mam zrobić? Zameldować jej starym, że córeczka im się puszcza na boku? Przecież ona ma wszystko, czego dusza zapragnie! To są nadziani ludzie! Skoro sprawdziłeś i wiesz, co mówisz, znaczy, że co? Daje dupy, bo lubi! No tak mi z tego wychodzi! Tobie nie? Kurewski charakterek! Stary, ja im tego nie powiem. Przez gardło mi nie przejdzie.

Nerwowym ruchem rozluźnił krawat pod szyją, jakby go uwierał.

Romek łyknął koniaku z trzymanego w dłoni kieliszka. Tym razem nie dla pozoru, tylko do dna. Nie umiał zgadnąć, czy bierze udział w przedstawieniu, czy wszystko dzieje się naprawdę.

– Masz czas na obranie taktyki – powiedział kwaśno.
– A mnie goni termin. W tej sytuacji pojechałbyś z nią do Egiptu na moim miejscu?

– Oczywiście, że nie! – Rogulski wstał zza biurka i przespacerował się po gabinecie. – Nigdy w życiu, chłopie! Nie ruszyłbym tyłka z Konina, bo…

Przerwał.

Zatrzymał się przy oknie, patrząc przez firankę na ulicę. Romek widział jego plecy. Dużo by dał, żeby zajrzeć mu w twarz. Prokurator ustawił się celowo w tej enigmatycznej pozie czy przez przypadek? Jaki miałby cel, żeby raić Romkowi prostytutkę i ekspediować go razem z nią do dalekiego Egiptu?

Wszystko ma swój powód. Oczywistszy niż się zdaje. Czasami łatwiej go odgadnąć, niż w niego uwierzyć…

Prokurator nie ruszał się od okna, za którym z okratowanej milicyjnej suki wyprowadzano skutego mężczyznę. Podobne scenki rozgrywały się pod jego nosem parę razy dziennie, niemniej teraz wydawał się niezwykle zainteresowany.

Na dworze od świtu zawiewało wilgocią, nie padało, ale deszcz wisiał w powietrzu. Październik był w tym roku ciepły, choć szary. Zza zamkniętych drzwi obitych wygłuszającą dermą słychać było, jak sekretarka rozmawia przez telefon. Coś tłumaczyła, coś objaśniała. Poszczególne słowa pozostawały niezrozumiałe. W przypływie nostalgii Romek wyobraził sobie, że ona paple tak o maku, miodzie, rodzynkach. Chyba dobiegło go słowo „ciasto". Albo

„wypieki"… Może podawała komuś przepis na domowy makowiec, taki jak u pani Heleny, czarny, wilgotny, pulchny, różny od kupnego, w którym ledwo widać w bladym cieście pasemko maku, a po dwóch dniach można nim zabić człowieka jak maczugą…

Prokurator odwrócił się od okna. Jaśniał jak wiosenne słońce na szarym tle nieba, które miał za plecami. Rozłożeniem rąk zademonstrował bezradność wobec dylematu, który sobie uzmysłowił.

– Bo co? – dokończył wcześniejsze zdanie, a właściwie postawił znak zapytania na jego końcu. – No, faktycznie, Romek? W gruncie rzeczy dlaczego masz sobie odmawiać przyjemności? Haka szukają? Daj spokój! Jesteś organem ścigania, wymiar sprawiedliwości to twój wujek! Równie dobrze mogliby wrabiać prezydenta Cartera w obrót dolarami. Poza tym ja tu jestem, poświadczę! Nie, nikt by się nie ważył! A taka okazja nie trafi ci się prędko. Jeżeli ona jest luksusową dziwą, jak twierdzisz, to ma przejrzystość kryształu, chłopie. Nawet w gumki szkoda inwestować! Przez dwa tygodnie będziesz miał u niej gratis to, za co inni płacą w dewizach. Zrobisz, jak chcesz, ale ja bym się zdecydował. Tracisz na tym? Wkurza cię Dośka, to ją w dupę kopnij! Tam będą inne! A na wielbłądach pojeździsz, na piasku się wybyczysz, ululasz się Łzami Horusa z lodem! Co użyjesz, to twoje.

Romkowi przemknął w pamięci pijacki sen, w którym występował w roli wielbłąda. Coś było na rzeczy. O tym, że Lola Montezuma jest damą z wyższej półki cenowej, nie mówił Rogulskiemu. Ale załóżmy, że prokurator wywnioskował to na podstawie jej prezencji.

Zapalił, pokiwał głową, udając przekonanego. Na odchodne wysłuchał jeszcze dowcipu o wizycie Gierka i Breżniewa w wesołym miasteczku. Wychodził z gabinetu, śmiejąc się głośno. Spieszył się po urlop do starego. Chciał się też urwać wcześniej z pracy, żeby pożyczyć od znajomego neseser na podróż. Tak powiedział. Zanim wyszedł, z telefonu na biurku Rogulskiego zadzwonił do Dosi, żeby potwierdzić swój udział w wycieczce. Chyba ją obudził, głos miała jeszcze zaspany. Telefonował za późno, nie tak się umawiali, teoretycznie lista powinna być już zamknięta.

Ale miejsce, jak przewidywał, czekało na niego.

– Jutro będę na Ławicy najdalej o siódmej z rana! – pożegnał się z nią, a potem uścisnął rękę prokuratora.

W tym, co mówił jej i jemu, prawdy było tyle, że faktycznie zamierzał urwać się dzisiaj z pracy. Co do reszty – kłamał.

Wpadł do swojego gabinetu, żeby się przebrać przed wyjściem. Był już w cywilnych ciuchach, gdy zawiadomiono go, że zgłosił się nowy świadek w sprawie zaginionej Małeckiej.

Romek cofnął się od drzwi i kazał go wprowadzić.

Inżynier Męclewski, tęgi brunet z ulizanymi włosami i mięsistym nosem krzywo usytuowanym na okrągłej twarzy, miał czterdzieści pięć lat. Wczoraj wrócił z tygodniowej delegacji do Hoyeswerdy. W Koninie pracował na odkrywce Jóźwin, a mieszkał w jednym z poniemieckich budynków przy Kolejowej.

Usiadł naprzeciw Romka, nie zdejmując kurtki ze ściągaczami. Tylko z namaszczeniem rozpiął w niej zamek błyskawiczny, jakby zaznaczał, że wprawdzie nie ma czasu, jednakże spełni swój obywatelski obowiązek.

Dowiedział się od sąsiadów, że milicja chodziła po mieszkaniach przy Kolejowej i przesłuchiwała zameldowane tam osoby. Ponieważ go nie było, zgłasza się teraz. Spisując jego dane, Romek wyjaśnił, że w zeszłym tygodniu nikogo nie przesłuchiwali na Kolejowej. Funkcjonariusze ustalali tylko, czy nikt nie zauważył niczego podejrzanego w nocy z piątku na sobotę.

– No właśnie! O to chodzi, że bynajmniej ja zauważyłem! – oświadczył Męclewski. – Dlatego przyszłem do was.

Stylistycznie jego wypowiedź brzmiała rozczarowująco, ale chyba miał coś do przekazania. Romek skinął trzymanym w dłoni długopisem, żeby tamten kontynuował. Serce zabiło mu żywiej. „To, co najcenniejsze w naszej robocie, Romuś, to nie węch, nie zdolność kombinowania, nie spostrzegawczość – pouczał sierżant Kociuba. – Najcenniejsze są szczęśliwe przypadki!"

Na razie inżynier wyglądał na pierwszy i jedyny szczęśliwy przypadek w tej sprawie. Chyba że okaże się mitomanem.

– Wyjeżdżałem nocnym pociągiem. O godzinie drugiej z minutami. Siedemnaście minut po drugiej... – rozpoczął z męczącą skrupulatnością. Mitomani bywają skrupulatni, to pozwala dłużej skupić na sobie uwagę. – Na dworzec mam przysłowiowe dwa kroki, więc nastawiłem budzik na dwadzieścia minut po pierwszej. Obudziłem się, jak zadzwonił, i jeszcze leżąc w łóżku, usłyszałem krzyk. Po drugiej stronie ulicy, gdzieś w parku. Biorąc na słuch, kawał od mojego okna. Może przy świetlicy.

Obserwował Romka, jakby z jego miny próbował wydedukować, czy mówi do rzeczy.

– Proszę dalej. Słucham.

– To by było na tyle. Nic nie widziałem, tylko słyszałem. Znaczy, krzyk.

Skromnie. Cholernie skromnie. Dlatego był chorobliwie skrupulatny, żeby sklecić przynajmniej dwa zdania na podstawie tak szczuplutkiej wiedzy.

Romek oparł się na krześle i założył ręce na piersiach.

– Nie wyjrzał pan przez okno, żeby sprawdzić?

– Wyjrzałem, a jakże! – Męclewski skinął głową. – Nie jestem z tych, których dotkła znieczulica społeczna. Z innymi różnie to bywa, ale bynajmniej ja reaguję na zjawiska. Jak najbardziej wyjrzałem. Może nie od razu. Tak nastawiłem wieczorem budzik, żebym nie musiał wyskakiwać spod kołdry jak oparzony, bo nie lubię tego. Jak się człowiek spieszy, to się diabeł cieszy. Ale za niedługi moment wstałem i wyjrzałem, tak... Nawet okno roztworzyłem, żeby mnie zimno z dworu przewiało, obudziło do reszty, to najlepsza metoda, polecam. Ale nic nie widziałem. Ciemnica tam była straszna, daleko od latarni, a człowiek zaspany... Gdybym wyjrzał od razu, też nic bym nie zobaczył.

Romek odłożył na biurko długopis. Nie zanosiło się na duże notowanie.

– Jak by pan określił ten krzyk?

– W jakim sensie?

– W sensie emocjonalnym. Krzyk rozpaczy, radości, zdziwienia, wołanie o pomoc, kłótnia, strach...

Męclewski potarł palcem skroń.

– Nie, nie. Bardzo mi przykro, ale to był zwyczajny ludzki krzyk. Taki, jak kogoś biją, a on w następstwie

293

krzyczy. Chyba była też jakaś awantura... Szarpanina, tupot, pies szczekał... Ratlerek albo jamnik, w tym sensie, że nieduży... Raczej piskliwy. Jazgotliwy... Ale byłem wyrwany ze snu, to się inaczej słyszy.

– Poszczególne słowa pan rozpoznał w tym krzyku?

– Jakie słowa?

– Nie wiem, pana o to pytam. – Romek wzruszył ramionami. – „Na pomoc!", „Ratunku!", czyjeś imię, cokolwiek. Jakieś zrozumiałe słowa.

Męclewski pokręcił przecząco głową.

– Nie, sam krzyk.

– Nieartykułowany krzyk, tak?

– To znaczy... Taki, jak kogoś biją... – użył tego samego określenia co wcześniej, może nie był pewien znaczenia słowa „nieartykułowany". – On robił wrażenie, ten krzyk mianowicie... Nieprzyjemne wrażenie. Z tej racji go zapamiętałem. Tak, krzyk bólu, jak zeznaję. Pojedynczy, ja bynajmniej bym sugerował, że po uderzeniu czy jak... I potem cisza.

Romek odczekał, żeby pozwolić mu na zebranie myśli, ale Męclewski niczego więcej nie dodał. Powtórzył jeszcze raz:

– Krzyk bólu...

– Uściślijmy – powiedział Romek. – Ona nie wołała niczego konkretnego czy też pan nie był w stanie tego rozpoznać?

– Kto?

– Zaatakowana kobieta, której głos pan słyszał.

Męclewski poprawił pederastkę ze skaju, której w czasie rozmowy nie wypuszczał spod pachy. Zerknął niepewnie na Romka.

– Ale to nie była kobieta.

– Słucham?

– To nie była kobieta.

Romek wyprostował się na krześle, jakby oparcie dźgnęło go w plecy.

– Bita osoba, której krzyk pan słyszał, nie była kobietą?

– Nie. Przecież nigdy tak nie zeznałem. Krzyczał mężczyzna. Jak najbardziej. Męski głos.

– Z bólu?

– No, jak zeznaję, tak jak kogoś biją. Z bólu.

Palce Romka przebierały po blacie biurka, jakby próbowały dopasować rytm do słów Męclewskiego. To była zupełnie nowa melodia. Jak dotąd nikt jej nie wyśpiewał, i dlatego nie chciała czysto zabrzmieć w uchu.

Na arkuszu papieru kancelaryjnego w kratkę Romek zanotował długopisem parę słów. Luźne skojarzenie, co do którego zamierzał się upewnić.

– Co jeszcze pan widział?

– W ogóle nic nie widziałem. Tak zeznaję. Słyszałem nadmieniony krzyk.

– Nie mówię teraz o samym zdarzeniu. Co pan widział, wyglądając na ulicę dwadzieścia po pierwszej? Coś pan widział. Przechodnia, psa, samochód?

– Aha, w tym sensie. Nie, to w zasadzie też nic… Żywego ducha. Znaczy, samochody, tak, owszem. Samochody widziałem. Po mojej stronie ulicy stała syrenka, a po drugiej na chodniku dostawczy żuk. Z zieloną budą, taką brezentową, wie pan, na pewno z zieloną, bo niedaleko za nim była latarnia, więc się widziało kolor… Z zieloną. Ale żuk stał dalej w stronę Megawatu, a syrenka bliżej…

Żółta. Nie pamiętam, czy widziałem po ciemku kolor, ale to bez znaczenia, bo to samochód sąsiada. Ma żółtą syrenkę i doskonale znam jej kolor, tak... O, jeszcze pamiętam, że na postoju taxi było pusto. Ani taryf, ani czekających klientów...

Oba samochody, które Męclewski wymienił, odnotowano w aktach. Rozmawiano z ich właścicielami, te rozmowy niczego nie wniosły.

– Tak... No i trzeci samochód – zakończył Męclewski.
– Jechał.

Romek podniósł wzrok. O trzecim samochodzie nikt dotychczas nie wspominał.

– Trzeci... – powtórzył zachęcająco. – Proszę o nim opowiedzieć dokładniej.

– No, on jechał... Po prostu. Nie ma o czym opowiadać. Odjeżdżał. Nie w moją stronę, tylko do Torowej. Widziałem tylne światła na zakręcie.

– Jaki to był samochód? Rozpoznał pan?

– O, nie! Za szybko jechał, za ciemno... Mały w każdym razie. Tak, mały samochód. Prawdopodobnie mały fiat.

– Rozpoznał pan, że mały fiat?

– Nie rozpoznałem, jak zeznaję. Ale myślę, że mały, bo taki mały... Tak wyglądał, że mały.

– A kolor?

Męclewski zrobił zdegustowaną minę.

– Dowolny, że tak powiem. Nieustalony. Widziałem tylko światła stopu. Mrugły czerwono w ciemności i znikły.

Przeczytał podsunięty mu protokół, podpisał go zamaszyście, z zawijasem, i poszedł, kłaniając się sztywno w drzwiach.

Romek zamyślił się. Pozorny chaos, który zapanował po zeznaniach Męclewskiego, niósł ze sobą światło. Na to wychodziło. Coś się Romkowi przypominało, coś kojarzyło, zaczynało składać w całość.

Zanim zszedł do samochodu, zatelefonował do Szczerbica. Spytał go o sznurek zabezpieczony na miejscu zdarzenia.

– Zgadza się – potwierdził Szczerbic. – Sznurek do snopowiązałki. Ale nie ma wariantu, że on się łączy z naszą sprawą. Mnóstwo śmiecia żeśmy tam pozbierali. Należy nam się premia od przedsiębiorstwa oczyszczania miasta!

Romek zatrzymał palec na odpowiednim ustępie akt.

– Mam – odczytał. – Pięćdziesiąt sześć centymetrów zanieczyszczonego krwią sznurka. Zapętlony, przecięty ostrym narzędziem. Małym ostrzem, prawdopodobnie scyzorykiem.

– Tak jest.

Romek zamknął akta.

– Dobra, Szczerbic – powiedział. – Załatw laboratorium. Przypilnuj, kogo trzeba, zastrasz albo przekup… To do twojego uznania. Chcę wiedzieć, czy krew na sznurku ma tę samą grupę, co krew w bunkrze. Twoja głowa, żeby analizę zrobili na wczoraj.

Po drugiej stronie słuchawki zapadła stropiona cisza.

– Myślisz, że to ma sens? – upewnił się Szczerbic. – Dał dziewczynie w łeb, przerzucił ją przez ramię i wywiózł do bunkra. Wszystko na to wskazuje. Po kiego groma miałby ją wiązać w parku i uwalniać?

– Tego nie wiem – odpowiedział Romek. – Ale zdaje mi się, że sens to ma. Wiesz, nad czym się zastanawiam?

Że Bezbolesny rozgniótł Machałę jak pluskwę, chociaż to nie był ułomek. A ze słabą dziewczyną się naszarpał, zryli ziemię, połamali krzaki i ona jeszcze zgubiła but...

– Próbowała uciekać. Normalne.

– Sam mówiłeś, że dał jej w łeb, zarzucił na ramię i wywiózł do bunkra. Gdzie tu masz miejsce na uciekanie? Jak dał Machale w łeb, to Machała już nie uciekał, nie?

– No tak... – zgodził się Szczerbic. – A co to znaczy?

– Powiedz mi, a ufunduję ci nagrodę – obiecał Romek. – Wycieczkę do Egiptu z Lolą Montezumą!

– Poważnie, Zdun? – rozmarzył się Szczerbic. – Wchodzę w to bez mydła! Dam z siebie wszystko!

Romek zjadł jajecznicę w stołówce na dole i wskoczył do fiata. Po drodze zatrzymał się na leśnym parkingu pod Gamratką. Właz do bunkra blokowała zaspawana klamra, ale przespacerował się po okolicy. Nic szczególnego nie wpadło mu w oko, zresztą niczego się nie spodziewał. Teren był już brany pod lupę. Zamierzał zejść na dół, do bunkra, ale nie dzisiaj.

Dzisiaj się spieszył.

Miał przeczucie, że swojski las pod Gamratką i daleki Egipt łączą się ze sobą w sposób naturalny i oczywisty, tylko on nie potrafi wpaść na trop powiązania. Ale musi, jeśli chce ruszyć z miejsca. Równie dobrze może więc zacząć od Egiptu, a Gamratkę zostawić na później.

W CPN-ie za wsią zatankował do pełna i zjechał na poznańską szosę.

Kilkanaście kilometrów za Koninem złapał go ulewny deszcz. Włączył wycieraczki, trochę zwolnił. Od Wrześni znów było sucho, jakby nie padało przez wiele dni. Wyszło słońce. Romek przydepnął gaz, nastawił radio. Ludowa kapela cięła od ucha skoczne oberki, więc je wyłączył.

Przeszkadzały mu myśleć.

Taka sekwencja zdarzeń, dajmy na to…

Najpierw ten sukinkot.

Majkę upatrzył sobie na dyskotece. Ma przysposobione betonowe gniazdko, brakuje mu ptaszyny. Babeczka z dyskoteki byłaby jak znalazł! Wychodzi za nią, ale ona wraca w towarzystwie. Nie wiadomo, gdzie mieszka. To znaczy, on tego nie wie. Świadczy o tym rozwój wydarzeń. Czyli ten sznurek…

O nim za chwilę.

Teraz idzie za nią. Idzie bez wiary, że dopnie swego. Nie ma okazji. Nie zanosi się. Ale idzie, nie jest w stanie zrezygnować. Zew natury.

Tymczasem los się do niego uśmiecha. Kandydatka na ofiarę żegna się ze znajomymi i samotnie rusza wyludnioną ulicą. Szansa jedna na sto!

Ma daleko? Blisko? Czas płynie, okazja ucieka sprzed nosa. W pierwszym dogodnym miejscu Bezbolesny atakuje. Może uderza ją w głowę, może ściska za gardło… Dziewczyna pada bez przytomności.

Teraz pojawia się problem. Samochód został na parkingu. Bezbolesny nie przewidział, że będzie mu potrzebny na Kolejowej. Zanim wróci, dziewczyna się ocknie i ucieknie.

Ale on ma sznurek. Wpycha jej do ust szmatę, chusteczkę do nosa, oddarty strzęp koszuli. Cokolwiek. Używa co najmniej trzech kawałków sznurka. Na ręce, na nogi, do knebla. Potem je pozbierał. Ale ten jeden, znaleziony przez ekipę operacyjną, przeoczył. Dlaczego? Bo kiedy wrócił, wokół leżało więcej kawałków sznurka. Pięć, sześć, siedem… Pogubił się w rachubie.

Skąd cudowne rozmnożenie?

Pora na przechodnia z psem. Bezsenność? Wiek? Choroba? Może wszystko naraz. Ten ktoś spaceruje nocą po Górniczej, skręca w Kolejową. Pies biega bez smyczy. Siusia, znika, wraca, jego pan przystaje, gwiżdże, idą dalej. Aż za którymś razem pies nie przybiega na wezwanie. Poszczekuje z ciemności.

Znalazł w krzakach związaną, szarpiącą się dziewczynę.

Poturbowana, ma zakrwawione przeguby, sznurek trzyma mocno. Właściciel psa jest przestraszony jak ona, ale pomaga. Przecina więzy – i na to wraca Bezbolesny.

Schorowany emeryt, ścierpnięta po unieruchomieniu panna, piesek. Bezbolesny ma co robić, ale uwija się raz-dwa. Zbiera sznurki, łapie dziewczynę pod pachę i niesie do samochodu. Gdy zaspany Męclewski otwiera okno, nie ma już nic. Czerwone światła stopu mrugają na Torowej jak diabelskie ślepia i nikną bez śladu.

Tak było?

A gdzie się podział nieznajomy z psem?

Dlaczego nie zaalarmował milicji? Jego zwłok nie było w parku. Karetka nikogo nie zabierała tamtej nocy, nikt się nie zgłosił do szpitala. Nie plątał się po okolicy bezpański pies. Facet zaszył się w mysiej dziurze? Nie był taki strachliwy, skoro stawił czoło Bezbolesnemu…

Czyżby to wszystko przebiegło inaczej?

Dzień zszarzał w popołudniowym świetle. Na szosie zrobiło się tłoczniej, dźwięczały klaksony, kierowcy wygrażali sobie zza szyb samochodów.

Romek wjechał na rogatki Poznania.

Trafił na godzinę szczytu, więc odstał swoje w długim korku na Armii Czerwonej. Sznur pojazdów przesuwał się w ślimaczym tempie, ulicę tamowały dzwoniące tramwaje. Szczerbic zapisał mu na skrawku gazety dawny adres Loli Montezumy. Gdyby od tamtego czasu się przeprowadziła, zamierzał jej szukać w Merkurym.

Skręcił w ulicę Kościuszki na wysokości kina Pałacowego. Ogromne żółte litery nad jego frontonem zapowiadały premierę komedii *Hallo Szpicbródka*. Fronczewski, Kobuszewski, Kwiatkowska... Pierwszy garnitur, ale Romkowi przyszedł na myśl Kociuba. On był dla niego odpowiednią parą dla Szpicbródki, a nie tacy czy inni aktorzy. Stary sierżant przeżył naprawdę to, co oni tylko udawali.

W tunelu zeszłowiecznej zabudowy na Kościuszki zalegał wieczorny półmrok. Ulica była wąska, kilkupiętrowe kamienice przesłaniały niebo. Romek minął postój taxi i zaparkował naprzeciwko kamiennego gmachu poczty, oświetlonego ulicznymi lampami jak teatralna dekoracja. Za łukiem ulicy znalazł dębowe, oszklone odrzwia, nad którymi dwa piętra wyżej wybrzuszał się wykusz kamienicy. Policzył wzrokiem okna. To prostopadłe do płaszczyzny frontu i dwa sąsiednie należały, zdaniem Szczerbica, do dużego mieszkania Loli Montezumy. W pierwszym paliło się zielonkawe światło, przez firanki widać było żyrandol z ozdobnym abażurem.

Jeszcze nie zasłoniła okien.

W pasażu za bramą Romek skręcił w odrapaną klatkę schodową i wcisnął klekoczący włącznik. Na wysokim suficie rozjarzyły się klosze w żelaznych koszyczkach. Mdłe światło osiadło jak mgła na zakurzonych stopniach z łódkowato wydeptanego drewna.

Na drugim piętrze, w centrum zabejcowanych na czerwono drzwi, błyszczała pozłacana tabliczka z wygrawerowanym imieniem „Dosia". Samo zdrobnienie bez nazwiska. Infantylnie albo przezornie.

Romek nakrył dłonią wizjer i wcisnął guziczek dzwonka.

Czekał zbyt długo, przynajmniej takie odniósł wrażenie. Usłyszał szelest za drzwiami, ale nikt nie otwierał.

– Kto tam? – Rozpoznał głos Dosi.

– Proszę otworzyć! Milicja!

Zamek szczęknął dwukrotnie. A potem zasuwa. Drzwi otworzyły się na długość założonego łańcucha. Słusznie, w tym fachu przezorność nie zawadzi, zwłaszcza gdy gość nie chce się pokazać przez wizjer.

W szparze pojawiła się twarz Dosi. Nieumalowana, a raczej źle umalowana, jakby nie zrobiła do końca makijażu albo nie do końca go zmyła. Ściągnięte podejrzliwie brwi nie wygładziły się na widok Romka.

Zdobył się na promienny uśmiech.

– Niespodzianka!

– Romek! – westchnęła. – Miałeś być jutro!

– Dziś mnie nie wpuścisz?

Zamknęła drzwi, żeby zdjąć łańcuch. Gdy je otworzyła na powrót, już zapraszająco, Romkowi wydało się, że przez tę chwilę, gdy zniknęła mu z oczu, zmieniła charakteryzację. Była teraz uśmiechnięta, wyluzowana.

Pocałowała go w policzek i odezwała się z czułym wyrzutem:

– Nastraszyłeś mnie!

– Dlaczego? Boisz się milicji?

– Ktoś, kto zakrywa wizjer i woła, że milicja, raczej nią nie jest.

– Jak widać jest. Nie skłamałem.

– Skłamałeś. Tylko wcześniej. Mówiłeś, że przyjedziesz dopiero jutro. Faceci zawsze kłamią i zawsze mają nieczyste intencje! Ale niech już będzie moja strata! Właź, właź! Co nie zmienia faktu, że jestem na ciebie zła! Zobacz, jak wyglądam. Dżentelmen nie powinien zaskakiwać kobiety po domowemu, bo może się rozczarować.

– Ja się nie rozczarowałem! – zapewnił ją szarmancko.

Zastanawiał się, czy Rogulski zdążył już do niej zatelefonować i czy ona już wie, że Romek wie. Zbyt krótko ją znał, żeby to odgadnąć. Jej zachowanie wydawało się naturalne, ale odkąd ją poznał, nie powiedziała ani słowa prawdy i zawsze wyglądała z tym tak samo niewinnie i szczerze.

W kwadratowym przedpokoju zabudowanym wieszakami i lustrami było czworo drzwi z szybkami w szczeblinach. Światło paliło się tylko za jednymi z nich. Nie było tym zielonkawym światłem, które Romek widział z ulicy. Zwykła żarówka w mlecznym kloszu.

Dosia wprowadziła go do tego pomieszczenia.

Było zagracone poduchami do siedzenia, karłowatymi stoliczkami, makatami, stojakami na płyty. Ze stereofonicznych gramofonowych głośników sączyła się egzotyczna melodia grana na flecie. Niepokoiły go pozostałe ciemne pomieszczenia. Może kogoś tam ukryła, kiedy zadzwonił do drzwi… Zazdrosnego alfonsa? Przestraszonego klienta?

Świrusa, który skoczy Romkowi na plecy, jeśli nie spodoba mu się jego zapach albo jego przypadkowy gest?

– Nie przeszkodziłem ci?

Odpowiedziała, że nie. Nie ma dzisiaj niczego do roboty. Późnym wieczorem umówiła się na spotkanie u znajomych, ale to nic ważnego, może odwołać. Romek zapewnił, że nie ma takiej potrzeby. On zanocuje w hotelu. Spotyka się tam z przyjacielem, zejdzie im długo w noc. Niech Dosia trzyma się tego, co zaplanowała.

– W którym hotelu się zatrzymałeś?

– Wielkopolska.

Uświadomił sobie, że doszukuje się drugiego dna w jej słowach. Teraz upewniała się, czy nie wynajął pokoju w Merkurym.

Poprzednio zwrócił uwagę, że nie zaproponowała mu wspólnej wizyty u przyjaciół, tylko jej odwołanie.

Było coś obmierzłego w jej sposobie bycia, wyczuwał fałsz w każdym geście i każdym słowie. Wcześniej tego nie zauważał, teraz drażniło go to, co Dosia mówi i robi. Na przykład, że dała mu do picia colę z lodem, nie pytając, czy ma na nią chęć. Nawet jej strój go drażnił. Luźne wdzianko z indiańskimi frędzlami i czarna peruka w murzyńskim stylu. Podobna do noszonej przez nią w jego idiotycznym śnie, w którym był wielbłądem.

Drażniło go, że głaszcze go zalotnie, przechodząc obok po popielniczkę. Że w przelocie, niby od niechcenia, przeczesuje mu włosy palcami, co nieodmiennie budzi w nim erotyczny dreszczyk. Wstydził się sam przed sobą, że zdarzyło mu się pomyśleć o niej poważnie. Nie powinien się tu rozsiadać. Wciąż robiła na nim wrażenie. Może się zdarzyć, że przestanie panować nad sytuacją.

Wyjął z kieszeni zdjęcie Szczerbica i położył je na widoku.

– Znasz faceta?

Dosia pochyliła się nad fotografią.

– Nie. Nie rozumiem, dlaczego o to pytasz?

Po raz pierwszy wypadła z formy. Zadała o jedno pytanie za dużo. Nic złego w tym pytaniu nie było, tyle że padło niepotrzebnie. Niespokojnie.

– Twierdzi, że przesłuchiwał cię jako siedemnastolatkę podejrzaną o uprawianie nierządu i w tamtym czasie kazałaś się nazywać Lolą Montezumą. A mnie każesz mówić do siebie Dosia... – zawiesił głos. – Dlaczego?

Spojrzała na niego z niechęcią. Nie z zaskoczeniem, nie z oburzeniem, tylko z niechęcią.

– Bo tak mam na imię. Zdrobnienie od Doroty.

– A Lola Montezuma, ta kurwa, to kto?

– Skąd mam wiedzieć?

– Nie ty?

– Wyobraź sobie, że nie ja.

Pokiwał głową ze zrozumieniem. To także nie była najbłyskotliwsza z odpowiedzi, jakich mogła mu udzielić.

– W takim razie zastanawiam się, dlaczego mnie nie wyprosisz z mieszkania? Ubliżam ci przecież.

Oparła się na łokciu. Rogulski do niej nie zadzwonił, uznał w swoim zadufaniu, że rozmowa z Romkiem załatwiła sprawę, zostawił Dosię samej sobie, a ona teraz nie miała pojęcia, co się dzieje. Pogubiła się. Daremnie próbowała odzyskać przewagę.

– Odbiło ci, Romek? Masz dziwne poczucie humoru, naprawdę, stawiasz mnie w idiotycznej sytuacji. Owszem, wyproszę cię, jeśli nie zmienisz tonu.

– Nie wyprosisz – odparł. – Za wyciągnięcie mnie z Konina dostajesz taką marchewkę jak ja, tak? Wystarczyła ci? Luksusowa wycieczka na koszt państwa. Kto jest pomysłodawcą tej szampańskiej egipskiej eskapady?

Nie odpowiedziała. Wpółleżąc na wielkiej, haftowanej w koty poduszce, nadal patrzyła mu prosto w twarz, tylko niechęć w jej oczach zamieniała się w nienawiść. Nie dysponowała żadną bronią w potyczce, której się nie spodziewała. Wiedziała, że przegra.

– Coś ci powiem! – Zapalił marlboro, nie częstując jej. Zresztą ona paliła peweksowskie camele. – Nic mnie nie obchodzisz. Nie zamierzam ci podkładać nogi. Chcę się z tobą dogadać. Przyszedłem ubić interes, a nie dochodzić sprawiedliwości.

– Jaki interes?

– Najpierw odpowiedz na moje pytanie. Dlaczego się zgodziłaś, żeby zrobić ze mnie wała? Tylko szczerze.

Skrzywiła się i zdjęła z głowy czarną perukę. Pod nią miała tłuste, wiotkie włosy, zniszczone ustawicznymi fryzjerskimi zabiegami. Patrząc Romkowi w oczy, wygarnęła z goryczą, spod serca, jak ktoś, kto już wyciągał rękę po milion trafiony w totolotka, gdy okazało się, że skradziono mu zwycięski kupon:

– Nie wiesz dlaczego? Zabawny jesteś! Bo to była jedyna szansa, żebym wyjechała z tego zasranego kraju! Wyobrażasz sobie, że inaczej daliby mi paszport? Że gliny takie jak ty, które siedzą mi na karku dzień i noc, pozwolą, żebym się urwała choć na krok w lewo albo w prawo? Mogą ze mną zrobić, co chcą, a ja nie mogę nic. Wyrzygać się i tyle! Gdybym zdołała wystawić choć jedną nogę za granicę, już byście mnie tutaj nie zobaczyli! Wreszcie mogłabym żyć jak człowiek, a nie kisić się w tym peerelowskim smrodzie!

Romek pokiwał głową na znak, że akceptuje jej odpowiedź. Była przekonująca.

– Kim naprawdę jest twój ojciec?

– Nie wiem. W życiu go nie widziałam. Nie znam jego nazwiska.

Rogulski łgał. Ostatnie wątpliwości Romka uleciały z papierosowym dymem pod wysoki sufit pokoju.

– Niech będzie! – Zgasił niedopałek w kiczowatej mosiężnej popielnicy o kształcie wielkiej muchy. – Proponuję ci następującą zabawę. Wymienię jedno nazwisko, tylko jedno, a ty mi odpowiesz „tak" albo „nie". Więcej nie będę od ciebie wymagał.

– Myślisz, że nie odkują się na mnie w dogodnie wybranej chwili, jeśli ci cokolwiek odpowiem?

– Myślę, że nie.

– Niby dlaczego?

– Dlatego, że polecisz do Egiptu. Co prawda beze mnie, ale to cię nie zmartwi, mam rację? Dowiedzą się, że nie wziąłem udziału w wycieczce, kiedy twój samolot już wyląduje. Więc jak?

Patrzyła na Romka spod oka, zastanawiając się, czy powinna mu zaufać. Ale nie miała szczególnego wyboru. Nie był raczej po jednej stronie barykady z tymi, których się obawiała, skoro za nimi węszył, jakby mu nadepnęli na odcisk. Mogła zaryzykować i przez parę godzin czekać w niepewności albo, nie podejmując ryzyka, stracić nadzieję od ręki. Mieć przekichane już w tym momencie.

Usiadła po turecku i odkleiła sztuczne rzęsy, ściągając je leniwym ruchem z nieumalowanych powiek. Wyjęła z uszu kolczyki w kształcie amfor. Jakby zrzucała skórę. Najpierw peruka, teraz to. Przypominała owada w czasie wylinki, bezbronnego i zajętego tylko sobą.

– Wymień to nazwisko – zgodziła się.

– Rogulski.

Dosia skinęła głową i zsunęła z palców pierścionki.

– Tak – powiedziała. – Chcesz u mnie zostać na noc za tę wycieczkę?

– Przeciwnie. Chcę wyjść od ciebie jak najprędzej. Musisz się spakować na długi pobyt. Do późnej starości.

Przymusiła się do uśmiechu. Tym razem to był blady uśmiech szarej myszki. Może dlatego wydał się Romkowi ujmujący, po raz pierwszy prawdziwy – i podniósł się czym prędzej, żeby stąd wyjść. Nie kusić losu.

– Mam nadzieję, że mnie nie okłamujesz. W takim razie nie zatrzymuję cię dłużej!

Mówiąc to, Dosia też wstała z poduch i wyprzedziła go w przejściu, żeby pootwierać tuzin blokad w drzwiach na klatkę schodową.

Nie żegnali się.

Na dworze było już ciemno.

W samochodzie Romek zapalił papierosa, ale nie ruszał. Na nic nie czekał. Nie rozmyślał. Zapadał się w noc jak w płynną smołę. Nie patrzył do góry, żeby sprawdzić, czy w mieszkaniu Dosi znów zapali się zielone światło, magiczny znak jej prywatności lub intymności. Wiedział, że nie ukryła faceta, na którym jej nie zależy i dla którego się nie maluje. Nie byłaby taka bezpośrednia w rozmowie, gdyby ktoś jeszcze mógł ją usłyszeć. Przebywali sami w mieszkaniu, tylko we dwoje.

Romek też rozmawiał z nią szczerze. Zgodnie z obietnicą, nie zamierzał jej przeszkadzać w ucieczce. Tutaj była przegrana. Służyła dobrze ustawionym cwaniakom za sposobne narzędzie, za przykrywkę, za alibi, za marionetkę. Rozmaitym Rogulskim i nie-Rogulskim. To już nie była prostytucja, tylko rosyjska ruletka. Pewnego niedalekiego dnia zaplątałaby się na amen w czyjeś mętne interesy i skończyła tam, gdzie jej podobne – w milicyjnej kostnicy. Jeśli jej się nie powiedzie z dala od Polski, będzie przynajmniej nieszczęśliwa na własną rękę.

Wyrzucił niedopałek papierosa przez okno, przekręcając kluczyk w stacyjce. Włączył światła. Wydostał się z plątaniny ciemnych, wąskich uliczek i skręcił na most Dworcowy. W dole jaśniały płyty peronów, dworzec, reflektory w plątaninie torowiska. W porównaniu z tamtym rozproszonym blaskiem – na górze wydawało się ciemniej. U wylotu mostu czerniała wieża Targów Poznańskich. Jadąca przed Romkiem ciężarówka zmieniła pas i wtedy to zobaczył.

Wielki świetlny napis przesuwał się po kopule wieży, gdzie na podłużnym elektronicznym ekranie wyświetlano aktualne wiadomości: POLSKI KARDYNAŁ KAROL WOJTYŁA WYBRANY NA PAPIEŻA. Litery przesuwały się skokami, chowały jedna po drugiej za krawędź wyświetlacza, podczas gdy zza przeciwnej krawędzi wyłaniały się kolejne.

Romek gapił się w nie jak sroka w kość.

Za mostem zjechał dwoma kołami na krawężnik i zatrzymał się na wprost wieży. Poczekał, aż napis przesunie się przed jego oczami dwa razy. Nie był pewien, czy czegoś źle nie odczytał. Ale odczytał dobrze. Polski papież Wojtyła!

Ręka w białej rękawiczce zastukała w okno fiata od strony kierowcy. Wyłoniła się z ciemności jak blady, pięciopalczasty duch. Romek spojrzał ku górze, a potem opuścił szybę. Nachylał się ku niemu plutonowy w milicyjnym mundurze, z białą czapką drogówki na głowie.

– Dlaczego zatrzymujecie się w takim miejscu, obywatelu? Zawadzacie innym użytkownikom!

Romek bez słowa wskazał głową rozjarzony napis, przesuwający się ponad nimi na tle czarnego pochmurnego nieba.

Milicjant nawet się nie obejrzał.

– Władza ludowa zwalczyła analfabetyzm! Czytaci i pisaci jesteście, ma się rozumieć! – orzekł beznamiętnie. – I co z tego? To dla was takie interesujące, że musicie tamować ruch? Dokumenciki poproszę!

Romek wyciągnął z kieszeni milicyjną legitymację. Podał mu ją przez okno. Tamten przesunął po niej światłem latarki i zasalutował służbiście.

– Przepraszam, obywatelu poruczniku! Macie słuszność, że trzeba się temu przyjrzeć! Nie przeszkadzam! Ludziom normalnie bije w dekiel! Ponoć nie tak dawno jakaś szajka chciała wysadzić dynamitem pomnik Lenina w Poroninie... – Nachylił się ku Romkowi i oddając mu dokumenty, dokończył konfidencjonalnym szeptem: – Ale papież? Takiego numeru jeszcze nikt u nas nie wywinął! Nawet po pijaku!

Romek skinął mu głową i pojechał dalej.

W Koninie był po dwudziestej pierwszej. Po drodze wysłuchał wiadomości w radiowej jedynce, mimo że radio trzeszczało i gubiło fale. Też mówili o nowym papieżu. Jan Paweł II. Polak. Na Stolicy Piotrowej. Pieska niebieska! Bez szumu, bez fanfar, niemniej podali tę szokującą informację.

Zaraz po wejściu do mieszkania zadzwonił do Rogulskiego. O tej porze mógł to zrobić, nie zdradzając jeszcze, że Dosia wybierze się do Egiptu bez pary. Gosposia odebrała, nawet skojarzyła nazwisko „Zdun" z osobą Romka, ale prokuratora nie było w domu. Został w trybie nagłym wezwany do Warszawy. Nie wiadomo, kiedy wróci.

Można się było tego spodziewać. Po wyborze papieża Polaka musiał na wierchuszce zapanować nielichy zamęt. Co zrobić z tym fantem, z tym kukułczym watykańskim jajem? Brak praktycznych doświadczeń. Takiego cyrku jeszcze u nas nie mieli nawet po pijaku, jak przenikliwie zauważył plutonowy z Poznania. Prawdopodobnie dlatego Rogulski nie przedzwonił do Dosi, nie dlatego, że po rozmowie z Romkiem uznał sprawę za załatwioną. Nie miał kiedy. Pilny telefonogram z centrali zmusił go do galopu.

Przed snem Romek włączył telewizor, ale tam nic nie mówili. Może wcześniej, w „Dzienniku Telewizyjnym". A teraz, zgodnie z programem w „Gazecie Poznańskiej", leciał film dokumentalny, po ekranie kręcili się robotnicy w kufajkach, odbywał się spust surówki i walcowanie blachy na zimno. Polska rosła w siłę, a ludziom żyło się dostatniej.

W nocy przyśniła mu się Julka. Czekał na nią na słonecznej polanie z opiekuńczo wyciągniętymi ramionami, ponieważ uciekała przez gęsty las przed czarnym psem.

Rano nie potrafił sobie odpowiedzieć na pytanie, czy to był sen zawodowy, czy prywatny. Julka uciekała w ponętnym negliżu, który na dodatek gubiła, zostawiając strzępy na gałęziach zarośli. Wobec tego wyciągnięte ramiona porucznika nabierały dwuznacznego charakteru. Nie kojarzyły się z opiekuńczą postawą funkcjonariuszy wobec społeczeństwa, opiewaną w serialach o poruczniku Borewiczu i w komiksach o kapitanie Żbiku.

Z rana zajrzał na Kolejową. Na jego widok Julka uśmiechnęła się tak szczerze i szeroko, że nie był w stanie opędzić się od skojarzeń ze swoim dzisiejszym snem. Na domiar złego nosiła domowy strój na gołe ciało. Luźna męska koszula w chwilach nieuwagi rozchylała się na jej piersiach.

Romek daremnie starał się nie zauważać tych chwil.

Przyniósł ze sobą wykonane polaroidem zdjęcia. Bardziej dlatego, żeby nie wyrzucać sobie zaniedbań, niż w nadziei na efekt. Małecki pokręcił przecząco głową, ale Julka przytaknęła.

Owszem, rozpoznaje jedną z osób na zdjęciu.

– Jego!

Wskazała palcem roześmianego Rogulskiego z przekrzywionym krawatem i kieliszkiem wzniesionym ponad łysiejącą głowę.

Romek poczuł nieprzyjemną suchość w ustach. Jak dalekie wspomnienie kaca. Do tej pory zakładał, że prokurator kryje niewiadomą osobę. Dostał w łapę albo odwala przyjacielską przysługę. Coraz mniej dyskretnie odsuwa od sprawy porucznika Zduna, który niepotrzebnie przejął się rolą. Swoją nadgorliwością utrudnia komuś wygodne życie.

Fakt, że Julka rozpoznała prokuratora, zmieniał perspektywę spraw.

– Skąd go znasz?

– Widziałam! – Złożyła dłonie czubkami palców, jakby próbowała wywołać ducha. – Tylko nie pamiętam gdzie.

– Postaraj się!

– Nie wiem. – Pokręciła głową. – Ale na pewno go znam. Kto to?

Romek przytrzymał zdjęcie na wysokości jej oczu.

– Prokurator Rogulski z Glinki. Może w sądzie?

Zdecydowanie potrząsnęła głową.

– W życiu nie byłam w sądzie. Jakieś przelotne spotkanie. Nie rozmawiałam z nim, mignął mi przed oczami. Na ulicy, w kinie, w sklepie… Niedawno, skoro tak dobrze pamiętam. Co on ma do Majki?

Romek wetknął zdjęcie za szkło segmentu.

– Nie wyobrażam sobie, żeby mógł z nią mieć coś wspólnego. Ale facet mi się nie podoba. Zostawiam zdjęcie. Jeśli przypomnisz sobie, skąd go znasz, dzwoń!

Przed wyjściem poprosił, żeby Julka pozwoliła mu skorzystać z telefonu. Wykręcił poznański numer Dosi. Czekał z słuchawką przy uchu, ale nikt nie odebrał. Jeśli wszystko poszło według planu, Lola Montezuma za kwadrans wyląduje w Kairze. Niezależnie od rozwoju sytuacji, nie przydałaby się Romkowi jako świadek. Żaden świadek go nie ratował. Na jego zęby Rogulski był nie do ugryzienia.

W komendzie powiedziano mu, że szef się o niego dopytuje. Poszedł prosto do gabinetu Skalskiego. Major stał za biurkiem i gestykulował nerwowo, szarpiąc pod brodą kołnierz niebieskiej koszuli. Rozmawiał przez telefon. Właściwie darł się przez telefon. Pogroził Romkowi zaciśniętą pięścią i ruchem podbródka wskazał fotel przed sobą. Wytarł mankietem spocone czoło. Poczerwieniał z irytacji jak pierwszomajowa szturmówka, porozpinał na sobie mundur, gdzie tylko znalazł guziki i klamry pasów.

Trzasnął słuchawką o widełki i opadł na swoje miejsce za biurkiem.

– Wszystko wiesz, Romek! – sapnął. – Jesteśmy w dupie! Niezwyciężona Służba Bezpieczeństwa zwraca się o oddelegowanie dodatkowych funkcjonariuszy. Nie radzą sobie własnymi siłami w zaistniałej sytuacji. Odpierdzieliło im koncertowo! Do szczętu ocadzili! Spodziewają się wybuchu powstania czy, kurwa, masowych komunii? Coś trzeba posztukować, póki się tego bajzlu nie opanuje! Wyślij kogoś, sam włóż cywilne ciuchy i przejedź się do kościoła w Morzysławiu, zajrzyj do Kolbego! Zajmij się, kurwa, czymkolwiek! Se wymyśl i raportuj!

Oczy miał przekrwione od niewyspania. Miał nóż na gardle. Miał wszystkiego dosyć. Dotychczas omijał politykę łukiem, był ostrożny i wygodnie usadowiony, ale w końcu się nie udało. Wściekł się, gdy Romek spróbował wywinąć się z absurdalnego zadania.

– A co nam do tego, obywatelu majorze? Biorą nas za indiańskich tropicieli?

– Nie interesuje mnie to, Romek! O nic nawet nie pytaj! Na razie nikt nie wie, kto w czym umoczy. Nie zamierzam nad tym filozofować na zapas. Wszystkim strach lata koło tyłka, a ja nie będę czekał z wystawioną dupą, aż się na nas skrupi!

– Ale ja mam zaginioną dziewczynę na głowie, obywatelu majorze! Przecież jej nie zostawię! Każda minuta się liczy!

Skalski wytarł chusteczką spocone czoło.

– Niczego nie masz na głowie, Romek – powiedział. – Prokuratura nie widzi podstaw, umarzamy postępowanie.

Romek poderwał się z fotela.

– A trup?

– Bandyckie porachunki. Trup nic do tego nie ma, niech se poczeka. W zaistniałej sytuacji nie pali mu się.

– Mam odpuścić?

Skalski uderzył otwartą dłonią w blat biurka.

– A jaki masz wybór? I po co? Romek, cholera, nie jesteś nowicjuszem! Rodzinę możesz mamić jeszcze na pogrzebie, ale sami chyba wiemy, co jest grane! Upłynęło dziesięć dni! Gówniara od dawna nie żyje albo siedzi pod kluczem w podrzędnym burdelu w Hamburgu! Kogo jeszcze chcesz szukać? Odmaszerować.

– Ale, obywatelu majo…

Zadzwonił telefon na biurku.

Wściekły Skalski porwał słuchawkę z widełek i zakrył dłonią mikrofon.

– Żadnego ale, Romek! Nie wkurwiaj mnie przynajmniej ty! Nie będzie mi esbecja rozkazywała jak pętakowi, że mam kroki, kurwa, poczynić! Wyślesz paru swoich do kościołów, informatorzy w dużych zakładach mają być na gwizdnięcie, pójdziesz między lud pracujący, kurwa, rozejrzysz się, ucha nastawisz na społeczne nastroje, a jutro z rana na wspólnej odprawie z pułkownikiem Szczytnickim będziesz w imieniu służby kryminalnej błyszczał ku chwale ojczyzny! Rozumiemy się? Sami podejmiemy decyzje, jakie, kurwa, trzeba! Już cię tu nie widzę! – wrzasnął i przyłożył słuchawkę do ucha. – Major Skalski! Czego znowu?

Romek opuścił jego gabinet, zaciskając bezsilnie pięści.

Więc to tak miało być. On wyjedzie, postępowanie się umorzy, nikt nie będzie gardłował na odprawach, że za wcześnie, że ustalenia, że harmonogramy, a gdy syty egzotycznych wrażeń wróci z dalekiego świata ten, co pilnował interesu, nikt już sobie nie przypomni, o cośmy toczyli zamierzchłe boje. Nie rozgrzebie się od nowa zamkniętej sprawy, bo po kiego grzyba?

Poszły konie po betonie!

A Julka?

Julka odwróci się do niego plecami i będzie miała rację.

Powtórzył Szczerbicowi rozmowę z majorem, kazał mu coś z tym zrobić i wyszedł z komendy zły jak osa.

W knajpie po drodze wypił dwie setki z rzędu, po czym z powrotem usiadł za kółkiem. Wybierał się do Morzysławia, wybierał zgodnie z rozkazem, ale jechał tam okrężną drogą, jakby nie chciał dotrzeć na miejsce. Wstępował do każdej mijanej knajpy. Zalać robaka. Opanować roznoszące go nerwy.

O zmierzchu, tuż przed siedemnastą, wjechał w wąską uliczkę biegnącą wzdłuż licealnego ogrodzenia. Czuł się nieporównanie lepiej niż po wyjściu z gabinetu Skalskiego. Nawet pogwizdywał piosenkę *Takiemu to dobrze...*

Zwolnił dla bezpieczeństwa, bo ludzie plątali mu się pod kołami jak pijani. Grupkami ciągnęli brukowaną, wyboistą drogą i krzywymi chodnikami. Wyłaniali się z półmroku, gęsto majaczyli w rozproszonych światłach. Zlot cieni. Powszechne ruszenie szaraków.

To nie był ten sam Morzysław, co podczas spotkania Romka z Machałą. Można by pomyśleć, że minęło ze sto lat i świat się zmienił nie do poznania. Ruch, hałas, pogłos śpiewów, brzęk sygnaturek. Na poboczach parkowały prywatne samochody, kursowały w tę i nazad taksówki, trzeba było lawirować między ludźmi idącymi środkiem ulicy. To irytowało Romka najbardziej, trąbił na przechodniów, kręcił kierownicą, aż ściągało go na jedną lub drugą stronę jezdni.

Kościół jarzył się setkami świec, lampy na placyku oświetlały tych, którzy nie zmieścili się w środku. Zwielokrotnione w sztucznych światłach cienie zgromadzonych, blade jeszcze o tej wieczornej godzinie, kołysały się w rytmie chóralnej pieśni *My chcemy Boga...*

W tłumie tajniak na tajniaku. Romek rozpoznawał znajome twarze, szukając miejsca do zaparkowania.

My chcemy Boga w naszym kraju,
Wśród starodawnych polskich strzech...

Oni też to śpiewali, tajniacy, ale nie znali słów. Desperacko otwierali usta jak duszące się ryby wyrzucone na piasek. Nie trafiali w takt, nie trafiali w samogłoski. Było więcej takich, którzy nie znali słów, ale tamci trzymali gęby zamknięte. Nie udawali wiernych synów Kościoła. Chcieli tu być i już! Na złość komunie! Niewierzący praktykujący.

Romek zostawił samochód w połowie drogi na dół, zaciągnął ręczny hamulec. Pieszo wrócił na plac i zatrzymał się z boku, usiłując przybrać natchniony wyraz twarzy. Nie dla zmyłki, lecz uczciwie, w ramach solidarności z zebranymi w kościele wiernymi.

On sam nie był nadmiernie wierny. Pomyślał o sierżancie Kociubie, który nie dożył białego dymu nad Watykanem, choć bardzo by pragnął. Umarł za pięć dwunasta, można powiedzieć. Cztery miesiące za wcześnie. Ilu czerwonych oficjeli szlag trafił podczas poniedziałkowych wiadomości! Już tylko z tego powodu sierżant byłby w siódmym niebie.

Myślał też o pani Helenie, która ani chybi klęczała rozmodlona w swojej parafii Konstancin-Jeziorna. Płakała ze wzruszenia przez cały dzień, gdy Szurkowski wygrał Wyścig Pokoju, no to co dopiero teraz! Stary wyga Conan Doyle nie wymyśliłby dla niej bardziej zaskakującego zwrotu akcji, niż wymyśliło konklawe…

Głównie dla tych dwojga Romek próbował wywołać na swoim obliczu podniosły wyraz wiary, nadziei i miłości. Niestety, co rusz odbijało mu się głośno, jakby modlił się w ramach zupełnie innego obrządku.

Ktoś za nim stanął. Romek zerknął kątem oka.

Esbek w cywilu, kapitan Żechliński. Francowata menda. Nigdy dotychczas jego charakterystyka moralna nie sformowała się w głowie Romka tak precyzyjnie jak w obecnym stanie wskazującym na spożycie.

Odstąpił o krok, ale tamten się przysunął. Szukał swoich. Zalatywał szykownym zapachem wody Brutal, który mieszał się z wonią kadzidła i świecowego kopcia, niesioną przez wiatr od rozwartych drzwi kościoła.

– Pochwalony! – mruknął do Romka.

Mówiąc, dyskretnie przysłaniał usta numerem „Gościa Niedzielnego", który przyniósł dla kamuflażu.

– Cześć! – odparł Romek i czknął.

– Myszki wylazły z dziurek. Macają wąsikami, co teraz wolno! Skoro idioci z cenzury zwolnili taką sensację, to może już więcej wolno, główkują zasrane myszki kościelne!

– No – potwierdził Romek.

Pieśń niosła się nad ich głowami.

– Bóg, Bóg… – mruknął z przekąsem Żechliński. – A za Bugiem Breżniew!

– Co?

– Zawodzą pod niebiosa, że na Podolu słychać! Pieprzenie o Szopenie! Oni chcą Boga, akurat! Oni by chcieli powywieszać nas na latarniach, jakby się tylko udało! Ale nie uda się, nie uda, spokojna czacha!

– Tak? – Romek nie wychodził w rozmowie poza monosylaby.

Żechliński zawsze działał mu na nerwy, więc wolał nie ryzykować w swoim obecnym stanie. Mogła w nim zagrać ułańska krew przodków. Zwłaszcza że okoliczności były w pewnym sensie podniosłe. Niektórzy z obecnych płakali patriotycznymi łzami, inni bohatersko dzielili się szeptanymi na ucho komentarzami politycznymi z Radia Wolna Europa. Ewidentnie szedł jakiś nieznany dotąd hyr po narodzie. Szedł i huczał. Romek nie widział powodu, żeby się tym entuzjazmować, ale wspólny front z Żechlińskim też mu się nie uśmiechał. Francowata menda jest francowatą mendą, niezależnie od tego, kto szefuje w Watykanie.

Łamał go w kościach pijacki animusz. Jak grypa, tylko przyjemnie.

Żechliński tłumaczył mu pod osłoną „Gościa Niedzielnego", że jeśli jakiemu debilowi nie strzeli do łba, żeby zaprosić dziadygę na pielgrzymkę po kraju ojców, to myszki się z powrotem rozbiegną wystraszone, znowu poczują kota. Nie ma co panikować. Poprzedni papież wykitował po miesiącu klepania zdrowasiek! A władzy ludowej, chwalić Boga, benzyny do czołgów nie zabraknie przez długie lata! Zagoni się myszki do dziurek jedną po drugiej! No nie tak będzie? Sto razy już tak się skończyło! U nas, w Czechosłowacji, na Węgrzech...

O coś pytał raz, drugi, ale Romek nie umiał zrozumieć, o co mu chodzi.

– Jajco! – odrzekł równie zaczepnie, jak bez sensu.

Nagle ogarnęła go prowokacyjna chęć, żeby tak właśnie się wypowiedzieć. Może to nie była prawidłowa odpowiedź, ale podobała mu się w tej chwili nadzwyczajnie.

Nie chciał tu sterczeć i liczyć na palcach ludzi. Chciał szukać zaginionej dziewczyny, jednej jedynej zaginionej dziewczyny, bo to przez nią nie zgadzał się rachunek na świecie, a nie przez to rozmodlone zbiegowisko. Ale Skalskiemu też strach się plącze po gaciach! Co z tego, że stary dziarsko pokrzykuje do słuchawki? Podkulił ogon pod siebie.

– Co mówisz? – Żechliński nie dosłyszał.

– Że odwal się! – powiedział Romek.

– Że co?

– Odwal się ode mnie! Spokojnie stoję, to żeś się przyssał jak pijawka! Zapraszałem cię? Może się modlę, kurwa, nie? Nie przeszkadzaj!

– Jak się odwal? Jak się modlę? – zdumiał się tamten. – Ty tu żeś jest cywilnie?

– Gówno ci do tego!

– Koleś, koleś! – zmitygował go szeptem esbek. – Nie szuraj, bo kurz wzbijasz! Do kapitana mówisz!

– Tak jest! – Romek zasalutował, ale nie trafił dwoma palcami w skroń. Wyglądało to jak imitacja wystrzału w powietrze. – Odwalcie się, kapitanie!

– Zgłupiałeś? – Żechliński pociągnął nosem. – Zachlany w trupa! W takiej nadzwyczajnej sytuacji państwa, jego mać, ludowego? To w podobie dezercji, pacanie!

– Nie strasz, nie strasz, bo się zesrasz!

Romek podniósł głos. Parę najbliżej stojących osób obejrzało się z niesmakiem w ich stronę.

– Cicho! – szepnął Żechliński przez zęby. – Morda w kubeł!

– Paszoł won! – Romek czknął. – Albo wejdę na coś i krzyknę, kto ty jesteś, swołocz!

Esbek odszedł o kilka kroków.

Ale za moment wrócił.

– Masz przesrane, durna pało! Już ja się o to postaram! – syknął za plecami Romka zza parawanu „Gościa Niedzielnego" i zniknął w tłumie z profesjonalną wprawą.

Romek został przed kościołem niewiele dłużej.

Uznał, że powinien być teraz wszędzie, gdziekolwiek, ale nie tutaj. Nie w tym celu, w jakim jest. To nie jego miejsce. Gdyby w tłumie śpiewających ludzi natknął się na „wiecznego sierżanta" Kociubę albo na panią Helenę, przepędziliby go stąd. Za nieszczerość. Bo oni zjawiliby się tutaj z potrzeby serca. Trzeźwi.

Chwiejnym krokiem zszedł do samochodu w dół stromej, nierówno wybrukowanej drogi. Poprzednio, pod górę, szedł sprawniej, teraz plątały mu się nogi na kocich łbach. Z ulgą usiadł w fiacie, wcisnął blokadę drzwi i natychmiast zasnął.

Obudziło go własne chrapanie. Pod ciężarem odchylonej ku tyłowi głowy ścierpł mu kark. Wygrzebał się zza kierownicy, żeby rozprostować kości i przypomnieć sobie, gdzie jest. Szyby były mokre, zaparowane. Musiało padać, kiedy spał.

Minęła druga w nocy. Zimny wiatr wciskał się pod ubranie.

Usiadł z powrotem za kierownicą, włączył wycieraczki i światła. Zjechał w dół na szosę wylotową, żeby skręcić do centrum miasta. Puste ulice lśniły po niedawnym deszczu, na skrzyżowaniach pulsowały pomarańczowe światła.

Był jeszcze zdrowo pijany.

Na Alejach dogonił go wóz patrolowy, ale pokazał im służbową legitymację i machnęli ręką, żeby jechał dalej. Tych z drogówki też wyroiło się więcej od wczoraj.

Nazajutrz zaspał. Zerwał go z łóżka telefon od Szczerbica, że ma się odmeldować na dywaniku u Skalskiego.

Na pół przytomny, na pół ogolony pojechał do komendy w mundurze.

Było już po odprawie, major siedział za biurkiem niewyspany i wściekły, zaciekle mieszał łyżeczką kawę w szklance. Dzwoniło to Romkowi w głowie jak wczorajsze kościelne sygnaturki.

– Jesteś w końcu! Co masz mi do powiedzenia?

Romek służbiście stuknął obcasami, stojąc na baczność przed biurkiem. Ten dźwięk też odbił mu się echem pod czaszką.

Zaczął bez przekonania, ale stopniowo się rozpędził. W jego głosie pojawiła się żarliwość, mająca moc przekonywania. Wyjaśnił, że nie zgadza się z zawieszeniem śledztwa w sprawie zaginionej dziewczyny. Ma podstawy sądzić, że prokuratura stosuje obstrukcję. Nie umie powiedzieć, o co tu chodzi, ale tym bardziej nie wolno zaprzestać dotychczasowych działań. W razie potrzeby gotów jest na konfrontację z prokuratorem Rogulskim w obecności obywatela majora. Jego zdaniem sprawa ma jakieś podteksty.

Skalski wyszedł zza biurka i stanął tuż przed Romkiem. Prawie dotykali się nosami. Jeden wyprężony jak struna, drugi ze złowieszczo wyciągniętą do przodu szyją.

– Przestań bredzić, tylko odpowiedz na moje pytanie!

– To jest moja odpowiedź, obywatelu majorze!

Skalski sięgnął za siebie po maszynopis z czerwoną pieczęcią u dołu, leżący na biurku. Machnął nim w powietrzu.

– Wpłynęła skarga na ciebie! Piszą, że wczoraj o mało nie doprowadziłeś do zdekonspirowania agenta! Potwierdzasz to?

– Z niego słoniowa żopa, nie agent! Ale tak jest, potwierdzam.

Major pokręcił głową, jakby nie dowierzał temu, co słyszy, a może nawet temu, co sam mówi.

– Masz coś na swoje usprawiedliwienie?

– Mam – przytaknął Romek. – Na pewno. Tylko że nie pamiętam. Byłem pijany, obywatelu majorze.

Skalski odwrócił się do niego plecami. Nie siadając za biurkiem, założył okulary do czytania i długopisem nabazgrał parę słów na kartce.

– Dobrze się bawicie, poruczniku? Żebyś nie żałował, Romek, ostrzegam cię! Na razie jesteś zawieszony w czynnościach służbowych do odwołania! Jak w takiej sytuacji, kurwa, pajacujesz, to się doprosiłeś!

Klepnął otwartą dłonią w wypełniony przed chwilą świstek.

Zamiast karnie zasalutować, Romek w odruchu bezradności wzruszył ramionami. Poniekąd cywilnie.

Otworzył usta. Zamknął je. Wykrztusił wreszcie, że zamierza się odwoływać. W niczym nie zawinił. Chce po prostu nadal prowadzić dochodzenie, którego nie należy jeszcze spisywać na straty. Tylko tyle.

Skalski popatrzył na niego z politowaniem. Nawet nie podniósł głosu.

– Miałem cię za mądrzejszego, Romek! Gdybym nie zaręczył za ciebie głową, wiesz, czym by się skończyło? To ten popapraniec miał rację, nie ty! A przynajmniej miał w ręku atuty!

– Obywatelu majorze! Nie zamierzam przyjąć do wiadomości...

Skalski machnął nad biurkiem ułożoną poziomo dłonią, jak dyrygent, który kończy koncert.

– Dość, Romek! Nic więcej nie mów, bo robisz z siebie idiotę! Idź do domu, wytrzeźwiej do końca, może to ci wróci rozum! Jedzie od ciebie gorzałą na całą komendę! Zdaj broń, zdejmij mundur i nie pokazuj mi się na oczy, póki cię nie wezwę! Zanim ta twoja wczorajsza afera nie przyschnie, szlus! Nie istniejesz! Nie ma cię! Umarłeś! Dla własnego dobra, Romek! Martw się lepiej o swój tyłek, a nie o jakąś dziewczynę, której nic już nie pomożesz!

Rozdział XIII

PAN BUNIA

Julka zerkała na zdjęcie wetknięte za szybę meblościanki, ilekroć koło niego przechodziła. Co najmniej raz na pół godziny. Gdzie mogła spotkać prokuratora Rogulskiego? Dosłownie wszędzie. W bibliotece, na imieninach u koleżanki, w Komitecie Wojewódzkim, na własnej klatce schodowej, w życiu nie istnieją rzeczy nieprawdopodobne, tylko te, które się zdarzyły lub nie zdarzyły…

Gdyby kiedyś kazano Julce wskazać osobę, z którą jej ojciec nigdy nie zagra w szachy, wymieniłaby doktora Zielińskiego. Coś takiego było wprost niewyobrażalne. Tymczasem dzisiaj obaj wykorzystują każdą okazję, żeby się spotkać na partyjkę. Nie muszą wtedy rozmawiać, a mogą ze sobą być. Dwóch samotnych facetów – jeden z żoną w psychiatryku, drugi wdowiec – którzy kochali tę samą kobietę. Szczerze i namiętnie. Dłużej niż trwało jej życie, wypełnione szamotaniną pomiędzy nimi dwoma.

Ich szachowe rozgrywki ścierały piętno szaleństwa z losu matki, z jej romansu, ze wszystkiego, co się zdarzyło w kręgu czterech osób, zajmujących sąsiadujące mieszkania. Odczarowywali to szaleństwo rok po roku, wytrwale, choć bezskutecznie.

Ale w ten sposób Julka oceniała to dopiero od niedawna. Od zniknięcia Majki. Odkąd zaczęła szukać sensu w tym, co się dzieje.

Snuła się po pustym mieszkaniu, nie wiedząc, co ze sobą począć. Już o dziewiątej rano zabrała się do gotowania obiadu dla ojca. A robiąc to, odruchowo zerkała na kartkę odłożoną na kuchenny stół.

Zapisała na niej adres.

Koleżanka urwała się z pracy, żeby osobiście go Julce dostarczyć. Tak doniosłej sprawy nie chciała odfajkować przez telefon, jak, nie przymierzając, urody Kamasa w telewizyjnej *Lalce*. Uroniła łzę na wspomnienie Majki, wycałowała współczująco Julkę, namawiając ją gorąco, żeby nie zwlekała. Niech wybierze się tam jak najszybciej. I niech natychmiast da znać, czego się dowiedziała.

Aleksander Mielniczak, Kolonia Sarbin. Za podpoznańskimi Skokami, na uboczu. Pekaes dochodzi raz dziennie. Trzeba by zanocować, a skąd tam wytrzasnąć hotel?

Julka uświadomiła sobie, że boi się jechać stopem. Jeszcze niedawno uważała go za naturalny sposób podróżowania, a teraz się bała. Od kiedy? Czy to też z powodu Majki?

Z zamyślenia wyrwał ją dzwonek do drzwi.

Na widok Romka stojącego na wycieraczce zrobiło jej się ciepło na sercu. Z ochotą rzuciłaby mu się na szyję, gdyby nie to, że nie wypadało. Przypomniała sobie, co na początku znajomości z Januszem powtarzała Majka. „Kiedy go nie ma, nie tęsknię, ale kiedy się zjawia, uprzytamniam sobie, że cały czas mi czegoś brakowało, żyłam na pół gwizdka!"

Śmiała się z niej, ale teraz zrozumiała, co Majka miała na myśli.

Ostatnio nie tylko bez niej, ale i bez Romka, jak się okazuje – Julka żyła na pół gwizdka. Nagle to do niej dotarło.

Ale już moment później wystraszyła się jego miny. Ścierpła ze strachu, zanim jeszcze otworzył usta. Wyobraziła sobie, że przyniósł wieści o Majce i że są straszne. Znaleźli ją za późno. Martwą.

Toteż gdy usłyszała, o co chodzi, w gruncie rzeczy odetchnęła z ulgą. Dotarła już do punktu, z którego znacznie wyraźniej widać, że może być gorzej, niż że może być lepiej. Ale jednocześnie zrozumiała, że potrzebuje nowego przypływu otuchy – i pokazała Romkowi adres, na który zerkała od rana.

– Jasnowidz – powiedziała. – Nic mnie nie obchodzi, co napiszecie w waszych aktach milicyjnych! Ja po prostu będę szukała swojej siostry! Bo ona w końcu musi się znaleźć, nie wyobrażam sobie, żeby mogło być inaczej!

Romek wziął kartkę z jej rąk.

– Kolonia Sarbin... Wiem, gdzie to jest. Kawałek drogi.

Spojrzał badawczo na Julkę i dokończył nieśmiało, choć nigdy nie wydawał jej się nieśmiały. A może niepewnie. Takie odniosła wrażenie.

– Zabrali mi te akta – wyjaśnił. – Zawiesili mnie. Ja się w nich nie podpisałem, że to koniec. Więc gdybyś się zgodziła, chętnie cię podwiozę do tego jasnowidza. Ja też będę szukał twojej siostry.

Julka poczęstowała go kawą, a gdy ją pił, zadzwoniła do Mielniczaka, żeby się z nim umówić jeszcze na dzisiaj. Przez telefon zrobił na niej dobre wrażenie. Miał ciepły, przekonujący głos i nie obiecywał cudów. Nie przechwalał się sukcesami. A przecież wiedziała od koleżanki, że odnalazł dziesiątki zaginionych osób, na których milicja postawiła krzyżyk.

Nabrała nadziei, że ta wyprawa coś da.

Przebrała się, na lodówce zostawiła kartkę dla ojca, żeby nie czekał na nią z obiadem. Wszystko jest prawie gotowe, wystarczy doprawić zupę i wrzucić mielone na patelnię. Niech zje sam, smacznego. Ona musi najpierw coś załatwić.

Nie napisała co.

Nie chciała go łudzić nadziejami, które na razie miały dużo wspólnego z czarną magią. Jeszcze dwa tygodnie temu wyśmiałaby każdego, kto by jej powiedział, że wybierze się po pomoc do wróżki lub innego specjalisty od szklanych kul i pasjansów. Ale ostatnio wszystko stanęło do góry nogami. Który to już raz w jej życiu dzieje się coś takiego, za co ręczyłaby wcześniej głową, że nigdy, przenigdy się nie zdarzy…

Zrobiła na drogę kanapki i herbatę do termosu. Wyłączyła gaz pod garnkiem z kartoflanką i zajrzała do Romka już w płaszczu.

– Jestem gotowa! – oświadczyła. – Możemy jechać, jeżeli jesteś taki miły! Dziękuję ci.

Skinął głową, dopił duszkiem kawę i podniósł się bez słowa.

Gdy szli do jego fiata zaparkowanego pod blokiem, Julce nie dawała spokoju myśl o Barczu. Gdyby interweniował, jak obiecał, nie ukręcono by łba dochodzeniu. Przynajmniej nie tak szybko. Dlaczego nie ruszył palcem? Przecież zagroziła, że nie da mu spokoju, jeśli ją zlekceważy. A on był ostrożny i przezorny, wystrzegał się skandali, bo skandale fatalnie wpływają na karierę, jedyne słońce jego życia. Planował wspiąć się bardzo wysoko w blasku jego promieni.

Oględnie wspomniała Romkowi, że ona ma nieźle umocowane partyjne znajomości, a gdy zgodził się z nią, że ci z komitetu góry przenoszą, poprosiła, żeby zatrzymał się pod gmachem KW. Wyskoczyła z fiata w rozpiętym płaszczu, wbiegła na piętro, ale nie zastała Barcza. Pracował w domu nad wytycznymi dla komitetów zakładowych w obliczu nowej sytuacji społeczno-politycznej kraju.

Tak ją poinformowała sekretarka.

O jego mieszkanie też zahaczyli po drodze. Nikt nie otwierał, za drzwiami panowała głucha cisza. Julce przyszło do głowy, że wytyczne dla komitetów są przykrywką dla nowego romansu Barcza, tak jak wcześniej wakacje z nią samą nazywał na użytek małżonki referatem dla sekretarza. Zaszył się w gniazdku nowej flamy i doświadcza kolejnej miłosnej nirwany. Dlatego w mieszkaniu pusto. Dzieci w szkole, a Bóg Ojciec, kobieta niepracująca, ma co robić przedpołudniami! Krawiec w Poznaniu, fryzjer na Chorzniu, sklepy dla zamożnych, manikiur, pedikiur, kosmetyczka…

Mieli tu jeszcze zastukać w drodze powrotnej. Na razie pojechali dalej.

Jak zwykle w środku tygodnia na szosę wyległy zawalidrogi wszelkiej maści.

Skrajem drogi wlokły się chłopskie furmanki, a zaprzęgnięte do nich konie potrafiły się spłoszyć na dźwięk wyprzedzającego je samochodu i skręcić wprost pod jego koła, na poboczach stały baby z koszami grzybów na sprzedaż, zatrzymywał się przy nich sznur chętnych do zakupu, blokując połowę jedynego pasa jezdni, z polnych dróg wyjeżdżały traktory, których kierowcy byli przekonani, że ludność tubylcza ma w każdej sytuacji pierwszeństwo przejazdu. Z przeciwka gnały po dziurawym asfalcie, na nikogo nie zważając, ciężarówki łopoczące brezentowymi budami – stary, jelcze, wielkie ruskie ziły, rozklekotane i hałaśliwe – tamowały ruch małe fiaciki, powolne i gasnące w najmniej oczekiwanej chwili, za to niezliczone, bo najpopularniejsze na polskich drogach. „Volkswageny" towarzysza Gierka, auta dla każdego obywatela, który miał dość oleju w głowie, żeby skołować pieniądze i przydział!

W kabinie fiata było ciepło. Romek włączył radio.

By the rivers of Babylon, there we sat down,
Yeah, we wept, when we remembered Zion...

Boney M. Przebój, przed którym nie było ucieczki tego roku. Zdaje się, że dla nich obojga nie niósł ze sobą przyjemnych skojarzeń, bo wkrótce Romek wyłączył radio i rozmawiali przy dźwięku mruczącego silnika.

Julka mówiła, że nie widziała Majki od dwunastu dni. Dwieście siedemdziesiąt cztery godziny, licząc od pierwszej po północy w piątkową noc. Szesnaście i pół tysiąca minut. Cała wieczność bez wieści o jej losie. Za jedną jedyną wiadomość o tym, co się stało z jej siostrą, oddałaby dzisiaj resztę życia!

Przejeżdżali obok wiejskiego sklepu GS-u. Na małym placyku przed wejściem, ujętym w ramiona szeroko rozwartych krat, plotkowała grupka klientów. Stali, siedzieli na betonowych schodkach. Jeden z nich, w milicyjnym mundurze, popijał piwo z zielonej butelki. Julka obejrzała się, gdy go mijali – i rozpoznała twarz wakacyjnego Archanioła Gabriela mającego włochate plecy zamiast skrzydeł. On też spojrzał jej śladem, powiódł wzrokiem za tylną szybą fiata.

Rozpoznał Julkę? Czyżby to był znak od losu?

Kilka kilometrów dalej poprosiła Romka, żeby skręcił w wyboistą drogę wiodącą ku Jezioru Głodowskiemu. Zaczekał na uboczu w samochodzie, a ona pobiegła do rajskiego domku Barcza. Metalowa furtka była zamknięta, nikt się nie pokazał na ganku, gdy Julka szarpnęła za druciany uchwyt dzwonka. Nie była pewna, czy Barcza nie ma w środku. A nuż sprawdził z okna, kto się dobija – i nie ma ochoty jej wpuścić?

Powiesiła płaszcz na gałęzi, podwinęła luźne rękawy, po czym w dżinsach i swetrze przelazła przez ogrodzenie z siatki.

Po drugiej stronie nic nie zostało z atmosfery minionego lata. Mokry piasek na plaży i pożółkłe, szeleszczące sucho trzciny. Inne kolory, inne dźwięki, inne zapachy.

Właściwie tylko przykry zapach wilgoci, osamotniony i wiejący chłodem.

Samochodu Barcza nie było.

Julka weszła na werandę i zapukała w szybę okienną, osłaniając oczy dłońmi, żeby cokolwiek dojrzeć w mrocznym wnętrzu. Wygaszony kominek, wypreparowany łeb dzika naprzeciwko, zdjęcia na ścianach. Tu z kolei od lipca nic się nie zmieniło. Nie licząc nakrytego koronkową serwetką stołu pod oknem. Stał na nim fajansowy kubek, jakby zostawiony przez zapomnienie, a obok leżała złożona na pół gazeta. Ze swego miejsca Julka odczytywała wybite większą czcionką tytuły artykułów. Niebieska farba drukarska jak w „Sztandarze Młodych". W dolnym rogu upchnięto notkę o wyborze Polaka na papieża, czyli świeży numer. Te informacje ukazały się we wczorajszych dziennikach.

Niedawno ktoś tu był.

Za kuchennym oknem w szczycie domku panował idealny porządek. Umyta cerata na stole, równo zawieszone ściereczki w kratkę i czyste noże w stojaku przy zlewie. Przed wyjazdem stąd na dłużej Barcz zostawiał uchylone drzwi lodówki, gdy wyłączał prąd. Żeby się nie zatęchła. Może dopiero co się tutaj zjawił i najpierw wybrał się przywitać z sąsiadami. Na przykład podjechał do Wyczółkowskiego, to dobry kilometr stąd, szkoda nóg.

Na stromym dachu trzepotały wrony, które obsiadły kalenicę. Wiatr grał w blaszanej rynnie.

Julkę kusiło okno sypialni na pięterku. Jeśli Barcz miał zamiar migdalić się z nową flamą, tam najłatwiej wypatrzy ślady ich pobytu. Ale z dołu widziała tylko sufit i narożnik szafy. Co innego, gdyby wlazła na kryty papą daszek szopy naprzeciwko. Drabina jak zwykle stała na zewnątrz...

Pohamowała się w ostatniej chwili.

Do Wyczółkowskiego mieli z Romkiem po drodze. Barcz pokazywał jej kiedyś, gdzie on mieszka. W chałupie na skraju wsi nie było nikogo, ale pod wiatą za płotem stał czerwony fiacik, a Julka wypatrzyła dym w sadzie. Osobisty proletariusz Barcza odymiał ule. Poowijany ciuchami, z pszczelarską siatką na głowie – nie kojarzył się Julce ze słonecznymi rybakami Wyczółkowskiego jak w letnie dni. Przypominał raczej melancholijne jesienne chochoły z pasteli Wyspiańskiego.

– Panie Józefie! – zawołała. – Poznaje mnie pan?

Nie podchodziła blisko, bo głośne brzęczenie roju wzbudzało respekt. Pszczelarz odwrócił się, uniósł siatkę z twarzy, pokazując znajome wąsiska i zapadnięte, niezbyt rozumne oczy.

– Może i poznaję. Bo co?

– Szukam Barcza. Nie wie pan, gdzie się podziewa?

Wzruszył ramionami, że nie wie. Już nie pracuje u Barcza. Trzeba by sprawdzić w domku nad jeziorem.

Julka zamierzała odpowiedzieć, że już tam była, ale zanim zdążyła otworzyć usta, zapomniała o Wyczółkowskim i zadanym mu pytaniu. Stanęły jej przed oczami okna rajskiego domku, przez które niedawno zaglądała. Przypomniała sobie, że dostrzegła za nimi coś zaskakującego. Ale co? Nie potrafiła sobie tego uzmysłowić. Wiedziała jedno – że to ma związek z gnębiącym ją pytaniem.

Tylko którym? Gnębiły ją tuziny pytań.

Na odczepnego wyjaśniła Wyczółkowskiemu, że ma nowiny w sprawie siostry. Gdyby się widział z Barczem, niech mu to powtórzy. I nie mówiąc mu do widzenia, wróciła zamyślona do samochodu.

Co było w domku? To co wcześniej. Widziała przez okna te same sprzęty, co w lipcu. Zwróciłaby uwagę, gdyby pojawiło się tam coś nowego i niezwykłego...

Nie przyznała się Romkowi do swoich rozterek. Powiedziała tylko, że nie miała szczęścia. Może gdy będą wracali.

Wyjechali na główną szosę i ruszyli już prosto do Kolonii Sarbin.

Mijali rozrzucone na poboczach szare wioski, bezlistne zagajniki, łyse połacie łąk i pól, nad którymi kładły się na wietrze siwe dymy ognisk. Romek zaprosił Julkę na obiad w którymś z mijanych zajazdów, miała wybrać, czy woli zjeść teraz, czy w drodze powrotnej. Odpowiedziała, że później – i zrobiło jej się nieswojo. Jakby z góry zakładała, że nie będą się wtedy spieszyli do Majki. Jasnowidz też nie odgadnie, gdzie jej szukać...

Nie rozmawiali już o niej z Romkiem po drodze. Rozmawiali o życiu, to znaczy o wszystkim i o niczym. Ale gdyby wsłuchać się w ich słowa, Majka w każdym była obecna. Przycupnęła pomiędzy sylabami cicha, nierzucająca się w oczy, eteryczna, ale niewątpliwa. Rozpoznawalna. W niewytłumaczalny sposób brała udział w tym, co się dzieje. Zbliżała do siebie ich oboje, tłumaczyła jednemu, czego doświadcza drugie, stykała ze sobą ich ręce zapalające papierosa, skłaniała ku sobie ich głowy, gdy wypatrywali drogowskazów na poboczach. Towarzyszyła im przez całą drogę do Kolonii Sarbin, jakby jechała z nimi na tylnym siedzeniu, tak zsunięta na fotelu, tak wciśnięta w kąt kabiny, że nie odbijała się we wstecznych lusterkach.

Ale istniała. Była, póki jej szukali.

Minęli Skoki, gdy Julka poprosiła Romka, żeby się zatrzymał. Wyskoczyła z samochodu i zwymiotowała na poboczu, oparta o bagażnik fiata. Romek wybiegł za nią. Ukucnął nad rowem, na którego dnie lśniły oczka kałuż, zmoczył chusteczkę w zimnej wodzie i przyłożył jej do czoła. Objął Julkę wpół i poprowadził do otwartych drzwi samochodu, chociaż zapewniała, że czuje się dobrze, pójdzie sama.

– Dlaczego nie uprzedziłaś, że źle znosisz jazdę? – zapytał, pomagając jej usadowić się wygodnie na fotelu pasażera. – Kupiłbym aviomarin.

Pokręciła przecząco głową, nalewając parującą herbatę do zakrętki termosu. Poczęstowała Romka kanapką, ale sama nie chciała jeść. Nie tłumaczyła mu, że nigdy w życiu nie miała choroby lokomocyjnej. To musiało być ze zdenerwowania. Albo jeszcze inaczej – to nie ona, tylko pasażer z jej brzucha źle znosił jazdę samochodem. Właśnie po raz pierwszy uprzedził o tym mamusię.

Dom Mielniczaka zobaczyli, gdy minęli podrdzewiałą tabliczkę z napisem „Kolonia Sarbin". Zapuszczony, dawno niemalowany, stał w szczerym polu, z daleka rzucając się w oczy. Piętrowa willa pamiętająca sentymentalne przedwojenne czasy, z balkonem na kolumnach i z szerokimi półkolistymi stopniami od frontu.

Oczywiście nie mieli pewności, że to dom, do którego zmierzają, póki nie przeczytali numeru na emaliowanej tabliczce przybitej do tynku. Na tyłach dziczał stary sad, nieogrodzony jak i budynek mieszkalny, poza tym w zasięgu wzroku nie było widać niczego więcej, żadnej szopy czy choćby psiej budy, dopiero zza horyzontu sterczały dymiące kominy zakładu przemysłowego o niewiadomym przeznaczeniu.

Romek zaparkował na żwirowanym placyku, który od szosy odgradzały wystające z ziemi połówki opon.

Skrzypiące drzwi otworzył im wysoki, długowłosy blondyn ze szklaną papierosową fifką w ustach. Z zażółconego szkła wystawał niedopałek sporta. Mężczyzna nosił skórzaną kamizelkę obszytą futerkiem i wypchane na kolanach spodnie ze sztruksu. Gołe stopy wsunął w drewniane chodaki z płóciennym wierzchem. Jego oczy i usta otaczała sieć zmarszczek, głowę pochylał na bok, jakby mu ciążyła. Kruczoczarne brwi przy jasnej czuprynie wyglądały na umalowane henną.

Za jego plecami spacerował po domu rudy, osowiały pies z opuszczoną nisko głową. Nie zwracał uwagi na gości.

Julka przypomniała Mielniczakowi, że telefonowała rano i umówili się na spotkanie. Skinął głową, że pamięta. Wprowadził ich do pomieszczenia na parterze. Były tu dwa zasłonięte firankami duże okna, z których widziało się sad na tyłach domu. W narożniku stał kaflowy piec, a za jego niedomkniętymi drzwiczkami buzował ogień. Świeżo rozpalony, szufelka z resztką węgla leżała jeszcze na blaszanej osłonie parkietu.

Julka z Romkiem usiedli tyłem do pieca na krzesłach z wysokimi oparciami, gospodarz naprzeciw nich za politurowanym biurkiem. Wybity zielonym suknem blat zajmowały bibeloty z porcelany, mosiądzu, drewna, lampa ze szklaną umbrelką, posążek byczka, najada na podstawce w kształcie muszli, plastikowe korytko do długopisów i ołówków. Na ścianie obok biurka wisiała administracyjna mapa Polski, taka jak w szkolnej pracowni geograficznej.

Nic magicznego czy też niesamowitego. Zeszłowieczna nuda, jakby czas się tu zatrzymał. Pachniało jabłkami i tytoniem.

– Proszę!

Mówiąc to, Mielniczak wystukał niedopałek w skuloną dłoń. Wyrzucił go do fajansowej popielniczki i przedmuchał szklaną fifkę, zerkając na Julkę.

– Nie wiem, o czym mówić... – zawahała się. – Moja siostra zaginęła dwa tygodnie temu. Co chce pan wiedzieć?

– Nic. Ani co się stało, ani skąd przyjechaliście. To mnie niepotrzebnie sugeruje. Do wprowadzenia się w trans potrzebny jest czysty umysł. Proszę o rzeczy należące do zaginionej, przywiozła je pani?

Julka zdjęła z ramienia torebkę. Wyjęła z niej apaszkę, którą Majka przymierzała przed wyjściem na dyskotekę, i zdjęcie siostry z wakacji. Najnowsze. Uśmiechnięta, z butami w ręku, pozowała do obiektywu na środku płytkiego bieszczadzkiego potoku, stojąc po kostki w wodzie.

To było ładne zdjęcie. Zrobił je Janusz. Zakochany Janusz – i jego uczucie też utrwaliło się na fotograficznej emulsji. Majka jaśniała od wysokiego słońca, jak aureola otaczała ją poświata roziskrzonego nurtu. Przyćmiewała ostrość konturów, zatapiała pełną radości Majkę w pastelowym, szczęśliwym świecie, który zniknął razem z nią.

Mielniczak podsunął apaszkę do nosa, jakby sprawdzał, czym pachnie. Zastygł w tej pozie na moment, uniósł do oczu zdjęcie. Przeniósł wzrok na Julkę i znów na fotografię Majki. Przyłożył ją do czoła.

– Jesteśmy bliźniaczkami – wyjaśniła mu podobieństwo.

Bez słowa skinął głową, że domyślił się tego. Albo odgadł, od tego jest w końcu jasnowidzem.

– Proszę na mnie zaczekać. To może potrwać do godziny, zależy od intensywności wizji. Bądźcie państwo cierpliwi.

Zniknął za drzwiami klitki o białych ścianach, która przylegała do gabinetu. Gdy wchodził, Julka zdążyła spostrzec, że jest tam pusto, nie licząc dywanu na podłodze i leżanki obitej czerwonym skajem. Zasłonięte roletą okno pogrążało małe pomieszczenie w półmroku.

Zostali sami. Rudy pies stanął jak duch w otwartych drzwiach do holu, popatrzył na nich w milczeniu i odszedł z opuszczoną głową. Julka odezwała się pierwsza.

– Wierzysz, że odgadnie prawdę?

Romek bezradnie wzruszył ramionami.

– Wypytywał cię o coś przez telefon?

Gdy przecząco pokręciła głową, orzekł:

– Więc nie wie. Poczekajmy, aż wróci. Zorientujemy się po pierwszych słowach, czy mówi do rzeczy.

Nie rozmawiali wiele. Słuchali tykania zegara w mosiężnej, barokowo ozdobnej obudowie, który stał na biurku tyłem do nich, tak że nie widzieli cyferblatu. Żeby sprawdzić godzinę, musieli zerkać na własne zegarki. Widzieli za to drzewa za oknem, niskie, pokręcone, podobne do niesamowitych postaci z filmów grozy. We mgle firanek poruszały się na wietrze, potrząsały ramionami konarów, jakby zaciskały krąg wokół dwóch osób siedzących na krzesłach z wysokimi poręczami naprzeciw biurka, za którym nikogo nie było. Drzewa potwory. Wcześniej nie robiły na Julce wrażenia. Teraz w ich trzeszczące kształty wcielał się jej własny lęk. Bała się tego, co usłyszy, gdy jasnowidz stanie w drzwiach, za którymi być może widzi teraz Majkę.

Żywą czy umarłą?

Najwidoczniej oprócz leżanki w pokoiku był także pulpit z przyborami piśmiennymi, bo Mielniczak wyszedł stamtąd z odręcznie zapisanymi arkuszami maszynowego papieru. Czekali na niego czterdzieści siedem minut. Julka zacisnęła palce, ukrywając drżące dłonie między udami. Zapiski, które jasnowidz położył na biurku, widziała do góry nogami. Dostrzegła, że są to głównie rysunki. Liter było niewiele, jakieś podpisy, objaśnienia ze strzałkami.

– Nie sądzę, żebym pani pomógł – powiedział Mielniczak.

– Dlaczego? – zaniepokoiła się. – Niczego pan nie zobaczył?

Wyjaśnił, że zobaczył, owszem, zawsze coś widzi. Szkopuł w tym, że zobaczył za wiele. Klęska urodzaju. Jeśli nie potrafi zinterpretować swoich wizji, stają się bezużyteczne. Jak sen, który czerpie garściami z rzeczywistości, ale niczego nie tłumaczy. Zaciemnia ją tylko.

Mielniczak osadził połówkę papierosa w szklanej fifce i łapczywie zaciągnął się dymem. W tamtym pomieszczeniu nie palił, papierosy zostały na biurku.

Położył przed Julką i Romkiem wykonane przez siebie szkice.

– Widzę krew. Dużo, bardzo dużo. To śmiertelna krew. Krew wiodąca ku tajemnicy... Ale nie widzę śmierci, dziwne.

Na kartce narysował w czasie transu nieregularne figury.

Pokazując je teraz palcem, objaśniał, że takim kształtem oznacza drzewa, takim budowle, a zagęszczone kropki są krwią. Mapka wydawała się zbiorem chaotycznych symboli, zupełną abstrakcją, ale Julka rozpoznawała na niej park przy Kolejowej. Budowla to był ich blok, w obrębie konturu duży iks oznaczał łóżko Majki w narożniku jej pokoju.

– Znam to miejsce. Ale mojej siostry już tam nie ma – powiedziała.

Mielniczak rozłożył drugi szkic.

Na nim także widniały drzewa i budowla, wyglądało to łudząco podobnie, tylko ślady krwi układały się inaczej.

– A to miejsce pani zna?

– Ja znam – odezwał się Romek.

Powiedział to ze zdumieniem, jakby dziwił się sobie, że potwierdza magiczne sztuczki, którym w gruncie rzeczy nie dowierza.

– Znam – powtórzył, spoglądając na Julkę. – Bunkier w lesie. Znaleźliśmy tam ślady krwi. Nie zdążyłem potwierdzić, że twoja siostra w nim przebywała i że to jej krew. Dlatego nic nie mówiłem. Ale sądzę, że...

– To ta sama krew – wszedł mu w słowo Mielniczak. – Ale jest jeszcze inna. Inna też jest.

Położył przed nimi trzeci szkic. Zapełniały go odmienne symbole.

– Co to? – zapytała Julka.

– Woda. Widzę wodę. A ona w wodzie. Pogrążona w niej, otoczona nią.

Julka struchlała. Nie mogła wydobyć z siebie głosu, więc inicjatywę przejął Romek.

– Utonęła?

– Właśnie że nie. – Mielniczak pokręcił głową. – Nie rozumiem tego. Jest w wodzie, ale żyje. Nigdy czegoś takiego nie widziałem. Tutaj też żyje. I tu. Ale krew jest śmiertelna.

Mówiąc, przesunął na skraj biurka kolejne szkice. Na jednym nie było nic prócz poziomych linii, na drugim gęsta kratownica kresek. Pierwsze oznaczało przemieszczanie się, osobę będącą w ruchu, jadącą lub przewożoną. Drugie symbolizowało osobę, która nie ma świadomości, gdzie się znajduje.

Jasnowidz cofnął się na krześle, ręce założył na piersi. Zacisnął w ustach szklaną fifkę.

– To nam w sumie nic nie daje – powiedział Romek.

Wskazał stosik szkiców na skraju biurka.

– Zgadza się – przytaknął Mielniczak. – Zwykle moje wizje są bardziej pomocne. Nie zawsze trafne, ale konkretne. Tym razem coś nie wyszło.

Romek patrzył na niego podejrzliwie, a może nawet lekceważąco. Dotknął tym Mielniczaka.

– Zaręczam, że to nie jest normą! – oświadczył. – Utrzymuję się z tego. Gdybym szachrował, nie miałbym na chleb, bo nikt by nie zapukał do moich drzwi. Mam listy z podziękowaniami od takich osobistości, że… Dzięki ich poparciu przyznano mi oficjalną licencję. Od państwa nie wezmę pieniędzy. Mam swój zawodowy honor. Może ten gest przekona pana do mojej prawdomówności. Przykro mi, że się nie powiodło.

Już na schodach, gdy zamknął za nimi drzwi, Julka odpięła torebkę, żeby schować szkice Mielniczaka – i rozpłakała się jak dziecko. Romek objął ją, a wtedy wtuliła się w niego. Uspokoiła się z wolna, wsłuchana w miarowe bicie jego serca, otoczona znajomym zapachem yardleya, jakby powróciło do niej poczucie bezpieczeństwa, jakie miewała dawno temu w dzieciństwie. Zdążyła zapomnieć, że coś takiego może się człowiekowi przydarzyć w najmniej spodziewanej chwili.

Zatrzymali się na obiad w pierwszym zajeździe. Kmicic albo Zagłoba – żadne z nich nie zwróciło uwagi na szyld. Weszli tam raczej dlatego, że tak się umówili, niż dlatego że byli głodni.

Wzięli zestaw firmowy, zaproponowany przez kelnerkę w białym fartuszku obszytym koronką. Chyba rumsztyk z frytkami i buraczkami. Nie zastanawiali się nad tym, co jedzą. Mieszając herbatę, w której rozpuszczały się dwie kostki cukru, Julka mówiła o śmiertelnej krwi. Właściwie mówiła o tym w kółko, odkąd wyszli od jasnowidza. Nie rozumiała tego określenia, ale nie mogła się od niego uwolnić.

– Tam prawie wcale nie było krwi! W parku! A on mówił, że widzi jej całe morze! Morze śmiertelnej krwi!

– Mówił, żeby coś nam powiedzieć. Nie przykładaj do tego wagi! – uspokajał ją Romek.

Ale przykładała do tego coraz większą wagę. Nie bez powodu. Mielniczak mówił również, że Majka żyje. Julka mogła uwierzyć we wszystkie jego słowa albo w żadne. Nie umiała inaczej.

– Dlaczego nie szukaliście tam krwi?

Nie dawała się przekonać. Romek opowiadał jej przecież o mężczyźnie, który próbował bronić jej siostry. Uznawał tę wersję za prawdopodobną. Może ta inna krew to krew tego człowieka? To podobno ważny świadek, Romek sam tak twierdził! Dlaczego nikt nie sprawdził tej krwi?

– To naprawdę obojętne – westchnął. – Nie odnajdziemy człowieka, ustalając grupę jego krwi. Co nam to da?

– Ale można spróbować! – uparła się. – Jest na to sposób?

W gruncie rzeczy sama nie rozumiała swojego uporu. Jakby jedynym efektem wizyty u jasnowidza były transcendentne przestrzenie, które pootwierały się w jej ciele, a dmuchający tam kosmiczny wiatr wywiał z niej dotychczasowe racjonalne oczekiwania. Rzucił ją w jakiś metafizyczny wir, po którym czegoś się spodziewała, mimo że nie wiedziała czego. Nie potrafiła się uporać z własnymi myślami.

Romek też to zauważał. Był zły, ale bezradny. Nie umiał jej pomóc.

– Luminol – powiedział, zaciągając się poobiednim papierosem. – Hydrazyd kwasu ftalowego, o ile dobrze pamiętam. Wala się u nas w magazynie, żeby się nim chwalić na szkoleniach. Nikt tego nie używa. Ruscy ukradli patent Amerykanom, mają skuteczniejszych szpionów niż wynalazców.

– Luminal? – powtórzyła z wahaniem Julka. – To na sen?

– Luminol, nie luminal. Wchodzi w reakcję z krwią. W świetle o odpowiednim zakresie staje się widoczna. Nawet jeśli została wytarta. Fosforyzuje.

Podekscytowana Julka złapała go za rękę. Czy mógłby...? Jasne, że mógłby. Całą cysternę i jeszcze ze dwa wiadra dodatkowo! Tylko że to się mija z celem!

– Dlaczego?

Rozłożył szeroko ręce, uniósł brwi. Nie mam pojęcia, jak cię przekonać – mówiła ta zniechęcona pantomima.

– Tego się używa w pomieszczeniach zamkniętych. A chodzi o park! Minęło już trochę czasu, padał deszcz... Widziałem zdjęcia lasu spryskanego luminolem. Wszystko tam świeci, nie tylko krew. Grzyby, paprocie, mech, jedno bardziej na niebiesko, drugie na zielono, ale praktycznie wszystko.

Wymogła na nim, że mimo to spróbują. Gdy wychodzili z zajazdu, był zły nie tylko z powodu jej zachcianek, ale i na siebie, że się zgodził.

Na dworze zapadał już zmierzch. Świeciło się coraz więcej okien w miastach i wsiach, które mijali. Jeszcze raz zboczyli ku rajskiemu domkowi Barcza. Stał ciemny i ponury na tle mrocznego jeziora, już z daleka było widać, że nikogo tam nie zastaną, więc nawet się nie zatrzymali.

Zawrócili na główną drogę.

Nie ujechali pięciu kilometrów, gdy Julka rozwiązała dręczącą ją od rana zagadkę. Uświadomiła sobie nagle, co dostrzegła przez okna rajskiego domku. Nawet nie to, że dostrzegła. Po prostu przypomniała sobie, co tam było.

– Barcz powywieszał na ścianach łowieckie trofea! – odezwała się podekscytowana do Romka. – Rogi, łby...

I zdjęcia też. Jest takie jedno, na którym stoi w ko-
żuchu, ze strzelbą na ramieniu, a w śniegu przed nim
leży martwy dzik... Sfotografował się z jeszcze jednym
myśliwym! Objęci jak dobrzy kumple! Pamiętam! Ten
drugi to jest on!

– Kto? – zapytał Romek.

– Prokurator Rogulski!

Światła jadącego samochodu wydobyły z ciemności żółty znak drogowy z czarną sylwetką wyprężonego
w skoku jelenia.

Trzasnęła gruba gałąź pod kołem samochodu.

Romek zerknął na Julkę zza kierownicy.

– No to jedno się wyjaśniło! A co to za ptaszek ten
Barcz, że go szukamy przez cały dzień?

Po jej plecach przebiegł zimny dreszcz.

Po raz nie wiadomo który pomyślała, że po Barczu
można się wszystkiego spodziewać, ale nie mógł mieć
związku ze zniknięciem Majki. Co by mu z tego przyszło?
Pomylił się? Chciał usunąć kochankę w ciąży? Nonsens!
Nie jest mordercą ani idiotą! Nie pakowałby się w aferę
kryminalną, żeby uniknąć komplikacji ze strony Boga Ojca.
A gdyby nawet, kazałby Julkę przejechać samochodem
pod biblioteką, gdzie nikomu z nikim by się nie pomyliła
i nikt by niczego nie podejrzewał.

– To jest zero! – szepnęła. – Ten Barcz. Zupełnie nikt!
Głupi partyjny dupek!

I natychmiast dodała z ciężkim sercem, o pół tonu głośniej, uznając szczerość tego wyznania za zasłużoną karę:

– Jestem z nim w ciąży!

W kabinie fiata zapadła głucha cisza.

Jakby odgórnie, zapewne w samym niebiańskim centrum, wyłączono wszelkie dźwięki, mimo że silnik samochodu mruczał jak wcześniej.

Być może Romek przestał oddychać.

Nie odzywał się tak uparcie, aż jego milczenie przestraszyło Julkę. Zdała sobie sprawę, że wie, co on teraz myśli. I to nie przypadek, że ona wie. Po prostu od jakiegoś czasu ich myśli i emocje coraz ściślej splatają się ze sobą. Tańczą do tej samej melodii. I z winy Julki tę zgodną, liryczną melodię zakłócił oto przejmujący zgrzyt żelaza po szkle.

– Chcę ci powiedzieć... – odezwała się niepewnie.

– Nic nie mów! – przerwał jej raptownie.

Niegrzecznie. Zdał sobie z tego sprawę, bo złagodził to zdanie.

– Nic teraz nie mów – mruknął. – Pozwól mi się zastanowić.

Nad czym się zastanawiał? Nad związkami Barcza z Rogulskim czy nad tym, czego się dowiedział o stanie Julki? Nie zdradził tego do końca jazdy. Wysadził Julkę przed blokiem na Kolejowej, ale nie wysiadł razem z nią. Przechylił się tylko przez fotel pasażera, zanim zamknęła drzwi.

– Odezwę się. Dobranoc – powiedział chłodno.

– Dobranoc – odpowiedziała. – Dziękuję za pomoc, Romku.

Miała wrażenie, że oba te zdania cofają ich relacje o lata świetlne. Zbierało jej się na płacz. Jej życie wciąż wypuszczało zatrute pędy, które kłuły i parzyły Bogu ducha winnych ludzi wokoło. Pobiegła po schodach do mieszkania, kryjąc nos w kołnierz. Dopiero gdy zapaliła światło w pokoju, usłyszała warkot odjeżdżającego fiata. Romek zaczekał pod blokiem, aż bezpiecznie znalazła się w domu.

Ale nie miała odwagi pomyśleć, że to coś jeszcze znaczy. Zwykła ludzka przyzwoitość. Romek jest przyzwoitym człowiekiem – i tyle.

W nocy przyśniło jej się Jezioro Głodowskie. I nagi Barcz. Ciągnął Majkę za włosy po pomoście, żeby ją utopić. Szarpała się, wrzeszczała w panice.

Julkę obudził jej rozpaczliwy krzyk.

Leżała w ciemności rozdygotana, wpatrując się w ledwo widoczny sufit nad sobą. Nie rozumiała, co się dzieje. Dlaczego Barcz miałby ramię w ramię z Rogulskim tuszować sprawę zniknięcia jej siostry? Majka nikomu się nie naraziła, nikomu nie zdążyła nadepnąć na odcisk. Nie znała żadnego ważniaka, którego los byłby wart zachodu dla dwóch prominentnych facetów.

Po suficie przesunęły się światła przejeżdżającego samochodu.

Sen wrócił do Julki w jednej chwili, zasnęła z ukośnym wężem blasku, pełznącym nad jej głową.

Nazajutrz Romek się nie odezwał.

Wytrzymała do dwunastej, zanim wykręciła jego numer na tarczy telefonu. Dzwoniła parokrotnie – nikt nie odebrał. Do Alej miała dwa kroki, więc o zmierzchu wyskoczyła na moment z domu. Tylko na moment, bo gdyby w tym czasie zajrzał albo zadzwonił...

Okna w jego mieszkaniu były ciemne.

Ogarnął ją lęk. Co będzie, jeśli po tym, co od niej usłyszał, machnie ręką na wszystkie zagmatwane sprawy rodziny Małeckich? Nie zechce mieć więcej do czynienia z Julką? Tym bardziej że nie musi. Śledztwo umorzono, a jego zawieszono w czynnościach.

Po osiemnastej odezwał się dzwonek przy drzwiach.

Julka podskoczyła na fotelu jak oparzona. Rzuciła na podłogę *Sto lat samotności*, które pochłaniała w kącie przy lampce, jak w dzieciństwie pochłaniała bez opamiętania tabliczki czekolady, które dostawała pod choinkę. Popędziła do przedpokoju, gubiąc po drodze kapcie.

W słabym świetle żarówki na klatce schodowej dostrzegła przez wizjer milicyjny mundur.

Otworzyła drzwi z impetem, jakby chciała je wyrwać z zawiasów. Ale za nimi nie było Romka. Na wycieraczce stał nieznajomy młody milicjant.

Radosny uśmiech zniknął z twarzy Julki, jakby zmroził go chłód ciągnący z parteru od otwartych drzwi na zewnątrz.

Milicjant zasalutował i spytał, czy zastał porucznika Zduna.

– Tutaj? – zdziwiła się. – Nie.

Wyciągnął spod pachy pudełko po butach obwiązane sznurkiem.

– Od podporucznika Szczerbica. Miałem tu przynieść.

Zasalutował jeszcze raz i zbiegł po schodach, zanim Julka zdążyła o cokolwiek zapytać. Została z pudełkiem w rękach. „Półbuty męskie czarne rozmiar 42" – przeczytała na przykrywce. Położyła je na tapczanie i usiadła bezczynnie obok, jakby czekała na Romka.

Pudełko miało z nim związek, skoro młody milicjant spytał najpierw o porucznika Zduna. Ale jaki związek? Romek przyjdzie po nie do Julki?

Kiedy?

Luźny sznurek przesuwał się po lakierowanej tekturze pudełka. W środku nie mogło być butów. Ani męskich, ani czarnych, ani żadnych. W sklepach nie przewiązują ich sznurkiem od bielizny.

Julka uchyliła wieko, zajrzała pod nie, a potem zdjęła je całkiem.

W otulinie z ligniny leżały dwie blaszane tuby. Niebieska i czarna. Ta pierwsza miała na końcu zawór z otworkiem, jaki mają spreje. Druga wyglądała jak latarka – podłużny reflektor o grubym, kanciasto zeszlifowanym szkle.

LUMINOL – głosił koślawy napis mazakiem na niebieskim pojemniku.

A więc Romek nie machnął na nią ręką. Wywiązał się z obietnicy. Ale dlaczego nie dostarczył paczki osobiście? Czy Julka ma rozumieć, że dotrzymał słowa – i na tym koniec? Reszta go nie interesuje?

Od początku nie wierzył w ten luminol… Przymusiła go.

Wyłączyła lampkę w pokoju i stanęła przy oknie.

Odruchowo poprawiła doniczki z kaktusami, a potem przyłożyła czoło do zimnej szyby. Ostatnio spędzała przy oknie zbyt wiele czasu. Potrafiła przez godzinę gapić się na ciemną ulicę, jakby wierzyła, że jeśli będzie konsekwentna, wypatrzy wracającą do domu Majkę.

Tego wieczoru szukała za oknem Romka.

Jego także nie było.

Po kolacji ojciec poszedł spać. Wcześniej opowiedział Julce o szeroko zakrojonych poszukiwaniach, jakie prowadzi przy pomocy kolegów z pracy. To jeden z największych zakładów przemysłowych w skali kraju, pracownicy mieszkają w każdym punkcie Konina, w okolicznych miejscowościach, mają setki sąsiadów. Taka pajęczyna obserwatorów zwróci uwagę na każdy szczegół – ojciec zacierał ręce. Ktoś musi trafić na jakiś ślad, nie ma siły.

Słuchając go, Julka nie wiedziała, czy wierzył w to, co mówił, czy też uczestniczą w kolejnym obrzędzie nadziei, jaki oboje, na zmianę, urządzają sobie raz po raz, zgnębieni własną niemocą.

Gdy położył się do łóżka, ucałowawszy ją na dobranoc, Julka już się nie łudziła, że o tej porze Romek jeszcze do niej zajrzy. Znów stanęła przy oknie, gapiąc się na ciemny park i nielicznych przechodniów, snujących się jak widma na granicy światów. Było zimno, fruwały płatki śniegu. Topniały, zanim dotknęły ziemi. Może nie były niczym więcej niż złudzeniem Julki. Nieistniejące białe drobinki tańczące w ciemności za szybą.

Ale to one przeważyły. Jeśli w nocy spadnie śnieg, jutro nie będzie już czego szukać w parku.

Zegar z Myszką Miki pokazywał dwudziestą trzecią z minutami.

Julka zasznurowała buty, wsunęła za pasek skórkowe rękawiczki, do każdej kieszeni płaszcza włożyła po jednej blaszanej tubie z pudełka po butach. Luminol do prawej, latarkę do lewej.

Na dworze było ciemno i pusto, w czarnych zaroślach po drugiej stronie ulicy Kolejowej szumiał wiatr, gdzieś za blokami znów jazgotliwie szczekał pies. Ten odgłos niósł się echem nie wiadomo skąd. Ciarki przebiegły Julce po plecach.

– Nie bój się, maleństwo! – szepnęła do własnego brzucha. – Nic nam się nie stanie!

Nie miała obok siebie nikogo więcej, komu mogłaby wyszeptać swój strach i swoją otuchę.

Miejsce, w którym znalazła but siostry, odszukałaby z zawiązanymi oczami. Przebiegła ostrożnie przez pustą ulicę, rozglądając się na boki, niczym wypłoszona myszka, która przemyka pod ścianami i boi się otwartych przestrzeni. Po drugiej stronie obejrzała się. W ich bloku świeciło się tylko w dwóch oknach – na ostatnim piętrze, u Zięciaka, który miał stany lękowe i sypiał przy zapalonym świetle, oraz w pokoju Julki. Nie zgasiła lampki, wychodząc, jakby w ten sposób zamierzała sobie dodać odwagi. Udać, że wcale nie wyszła z domu, a jeśli już, to tylko za próg i na ułamek sekundy. Właściwie wciąż siedzi w swoim pokoju przy lampce, czytając *Sto lat samotności*.

Rozejrzała się dookoła. Upewniona, że w pobliżu nikt się nie kręci, sięgnęła do kieszeni po pojemnik z luminolem. Pochyliła się nisko, nacisnęła główkę zaworu i powiodła ręką wokół siebie półkolistym, zamaszystym ruchem żniwiarza.

Trysnęła biała mgiełka, osiadła na ziemi i znikła. Przez zapach wilgoci przebiła się nowa, kwaśna woń. Poza tym nic się nie zmieniło.

Nie świeciło, nie jaśniało, nie nabrało barw. W ciemności Julka zaledwie dostrzegała zdeptaną trawę, na której stoi.

Wyglądało na to, że Romek miał rację, nie było tu krwi.

Wsiąkła w ziemię wraz z deszczem albo przysypały ją liście.

Jeszcze raz prysnęła pod nogi luminolem. Nic.

W ostatniej chwili przypomniała sobie o latarce w drugiej kieszeni płaszcza. Racja, potrzeba jeszcze odpowiedniego światła! Długo szukała po omacku przycisku na jej korpusie, aż przypadkiem odkryła, że włącza ją przekręcenie blaszanego tubusu.

Niesamowity, zimny blask – Romek mówił o ultrafiolecie – wykwitł wprost pod nogami Julki. Z niedowierzaniem zmrużyła oczy.

Jak w bajce. Nie do wiary, że to krew…

Ziemia wokół rozjarzyła się seledynem, jakby pokryły ją świetliste, kiełkujące spod liści roślinki. Kwiaty jednej nocy. Błękitne i zielone płatki fosforyzowały w mroku.

Blask wykwitał chaotycznie, rozprzestrzeniał się we wszystkich kierunkach, może istotnie ultrafiolet rozjarzył tylko jesienną pleśń, gnijące liście albo grzyby, a nie pozostałości krwi.

Jednak w którymś miejscu ze świetlistych plam ułożyła się fosforyzująca ścieżynka, wiodąca dalej w mrok. Ale nie tam, dokąd kiedyś poprowadził pies tropiący. Ślad krwi skręcał, okrążał łukiem miejsce, gdzie rzekomo parkowało auto, do którego wciągnięto Majkę. Doprowadził Julkę do jezdni na wysokości jej bloku. Tam zniknął na asfalcie, rozjechany oponami samochodów. Zatrzymała się bezradnie na krawężniku. Co teraz? Gdy gończe psy gubią trop na brzegu rzeki, przeprawia się je przez wodę!

Z bijącym sercem, na palcach, Julka przebiegła przez czarną jezdnię.

Odnalazła fosforyczny blask po drugiej stronie Kolejowej. Ten ktoś, broczący krwią, nie kluczył. Prostą drogą zmierzał w wiadome sobie miejsce. Jeśli ścieżka wiła się, to dlatego że słaniał się na nogach, osłabiony upływem krwi. W tamtą straszną noc Julka mogłaby dostrzec go z okna, gdyby wyjrzała w odpowiedniej chwili.

Trop przecinał jasny skrawek chodnika, na który padało niezgaszone światło z jej pokoju.

Jarzył się tak wyraźnie, jakby Julka szła po śladach zostawionych parę godzin temu. Upiorna, zimna tęcza wypełzała spod ziemi niczym dżdżownica. Fosforyzowała trawa na trawniku, niebiesko lśniły podnóża mijanych pni... Każdy spryskany przez Julkę skrawek ziemi podbiegał błękitem, zielenią, fosforyczną bielą, rdzawym granatem.

Rzeczywiście od luminolu rozjarzały się kałuże zgnilizny, strzępy jesiennej miazgi, rozkładające się w lepkiej wilgoci byliny, ale główny trop nie znikał w gmatwaninie barwnych plam.

Wiódł Julkę na podwórka między blokami.

Przecinała na ukos trawniki i piaszczyste alejki, aż dotarła do dziecięcej karuzeli na zapuszczonym placyku. Drewniane, oblazłe z farby kolisko, na którego obwodzie przyśrubowano ławeczki, wchłonęło pod siebie rozjarzoną smugę krwi.

Julka obeszła karuzelę, ale nie znalazła miejsca, gdzie trop wychodził.

Niczego nie widziała w ciemności, więc rozpięła płaszcz i przyklękła. Pochyliła się nisko, zajrzała. Uderzył ją w nos dławiący smród.

Podest karuzeli wznosił się na żelaznym trzpieniu nie wyżej niż dwadzieścia centymetrów nad ziemią. Człowiek

354

się tam nie wcisnął. Więc co wpełzło w czarny cień i już stamtąd nie wylazło?

Zresztą trop od początku był wąski, zbyt wąski jak na człowieka. Coś innego czołgało się tędy w bólu i męce, wlokło po ziemi bezwładny, przetrącony zad. Pies? Julka modliła się żarliwie, żeby to był pies! Nic innego, nic okropnego i zaskakującego, bo umrze ze strachu!

Romek opowiedział jej, jak mogło przebiegać nocne zdarzenie. Wiedziała. Ale wiedzieć, a stanąć z czymś zagadkowym oko w oko – to dwie różne sprawy.

Serce podeszło jej do gardła.

– Nie bój się, maleństwo! – szepnęła. – W razie czego uciekniemy!

W miejscu, gdzie trop się urwał, wsunęła drżącą rękę pod kolisko karuzeli. Płytko. Potem trochę głębiej. Aż zacisnęła zęby i wetknęła ją prawie po pachę. Nacisnęła przycisk, wypuściła syczącą smugę luminolu – raz, drugi – i błyskawicznie odskoczyła.

Zerwała się na równe nogi gotowa do ucieczki, jakby bała się kontrataku ze strony tego czegoś.

Ale nic się nie stało. Noc i wiatr. Ze szczeliny pod karuzelą nie odezwał się najcichszy dźwięk, upiorny kształt nie wychynął z głębin cienia.

Julka przyklęknęła ponownie.

Skierowała w ciemność snop światła. Poruszyła reflektorkiem w prawo, w lewo, przesunęła nim z wolna w czarnej pustce…

I skamieniała w bezruchu.

Przed nią rozjarzył się fosforyzujący bukiet. Świetlisty kłąb błękitu, wciśnięty pod drewniane kolisko, zakleszczony w trzewiach ciemności jak połamany krzak, płonący zimnym blaskiem. To musiał być pies. Zdechły pies. Śmierdzący z daleka i oblepiony śmiertelną krwią. Tą, którą zobaczył Mielniczak, nie widząc śmierci, ludzkiej śmierci.

Coś jeszcze lśniło w ciemności. Jaśniało, bielało.

Jakby za skulonym psem ukrył się jeszcze ktoś, kto wpatrywał się w Julkę martwym okiem wywróconym białkiem do góry.

Włożyła rękawiczki.

Wsunęła rękę pod karuzelę i odwracając z obrzydzeniem twarz, palcami obmacała na oślep ziemię. Nie mogła dosięgnąć biednego psiego trupka. Rozejrzała się dokoła. Karuzela była zaniedbana, jeden z metalowych drążków mocujących oparcie ławki wisiał na przerdzewiałej śrubie. Julka zaparła się kolanem i wyłamała go z trzeszczącego drewna.

Został jej w dłoniach pręt zakończony haczykowatym zaczepem.

Wsunęła go pod podest i za którymś razem wymacała bezwładny ciężar. Poddawał się naciskowi pręta jak wyrobiona plastelina, a gdy go poruszyła, smród buchnął jak żar z otwartego pieca.

Zatkała nos rękawem.

Dwa razy wyciągała sam pręt oblepiony kępkami sierści. Aż spod karuzeli wysunęła się kudłata łapa. Chwyciła ją przez rękawiczkę, ale zaraz puściła. Widziała już, co lśniło fosforyzującą bielą w ciemności.

Chromowana klamra skórzanej obróżki.

Odpięła ją na ślepo, odwracając twarz w drugą stronę.

Gdy skończyła, na powrót wsunęła psie truchło tak głęboko, jak potrafiła. Zapamiętała miejsce, żeby wskazać je później właścicielowi. Bo temu pieskowi należał się godziwy pochówek. Za życia był malutkim, ale dzielnym kundelkiem. Bojowym. Wyzionął psiego ducha – a nie uciekł z pola walki.

Dlaczego pan, którego bronił, nie szukał go później? Oświetliła napis wygrawerowany na spodzie klamry.

„Nazywam się Bunio. Zgubiłem się. Tęsknię za moim panem. Dziękuję za odprowadzenie. Mieszkam pod adresem…"

A więc pan Bunia kochał go, dbał o niego, a jednak nie odnalazł swojego czworonożnego pupila.

Mieszkał o dwa kroki stąd, na Górniczej. Z tego miejsca było już widać blok. Biednemu kundelkowi zabrakło sił na progu własnego domu.

– Dziękuję, Buniu! Nigdy ci tego z Majką nie zapomnimy! – szepnęła Julka. – Dobry piesek!

Brakowało kwadransa do północy. Wahała się, czy odwiedzić o tej porze właścicieli Bunia. Ale niedługo się wahała. Są rzeczy ważniejsze od savoir-vivre'u. Zaginięcie Majki znajduje się na czele tych spraw.

Pod blokiem spojrzała ku górze.

Ciemno, światła wygaszone. Wejściowe drzwi do klatki schodowej flankowały stare, postrzępione klepsydry. Osłupiała, gdy nazwisko, które na nich przeczytała, zobaczyła także na drzwiach szukanego mieszkania. Na papierowej wizytówce przyśrubowanej pod szklaną płytką.

„S. i W. Ziemscy".

Na klepsydrze wydrukowano imię w całości. Wiktor Ziemski, pan Bunia, nie żyje?

Teraz już nikt by nie odwiódł Julki od natychmiastowej rozmowy z panią S., Stefanią albo Sylwią, najprawdopodobniej żoną pana Wiktora.

Na zmianę pukała i dzwoniła do drzwi. Nie przestawała. Dwa razy zgasło automatycznie regulowane światło na klatce schodowej, a drzwi nikt nie otworzył. W mieszkaniu trwała głucha cisza.

W końcu szczęknął patentowy zamek – ale w drzwiach obok.

– Wiesz pani, która godzina? – wymamrotała zaspana sąsiadka w papilotach i szlafroku. – Jeśli te hałasy się nie skończą, dzwonię po milicję!

Julka odwróciła się do niej. Staruszka blokowała drzwi stopą, przez wąską szparę widać było twarz pognieciną jak zleżałe jabłko.

– Znalazłam ich psa. Na pewno go szukają.

– Bunia?

Sąsiadka otworzyła drzwi szerzej, z jej twarzy znikły gniewne pionowe zmarszczki.

Julka podniosła ku górze zdjętą z psiej szyi obróżkę.

– A co on, niewidzialny się zrobił? Zniknął?

– Nie zniknął. Powiem im, gdzie jest.

– Musisz pani medium nająć, żeby im nowinę przekazać. Ziemski umarł.

– A jego żona?

– Sabina? Już pięć lat nie żyje. Sam tu mieszkał z Buniem.

– Dlaczego umarł?

– A dlaczego się umiera? Kiedyś sama się pani przekonasz. Stary był. Serce nie wytrzymało.

– Na serce?

– Na zawał. Sąsiad go znalazł wcześnie rano na pół-piętrze, Drzewiecki z trzeciego, jak do pracy szedł. Po nocach się Ziemski z Buniem wałęsał i się doigrał. Widać źle się poczuł, bo psa zostawił i sam wrócił. Ale już nie doszedł. Leżał potłuczony, jakby mu manto spuścili. Lekarz przyjechał i zbadał, że zawał. Spadł, to się poobijał. Na schodach go złapało. Po nocach się śpi, a nie spaceruje!

– Spojrzała z naganą na Julkę. – Bo potem są kłopoty!

Z hukiem zamknęła drzwi.

Julka wróciła do domu po północy.

Zrobiła sobie herbatę, siadła w kuchni i patrząc w okno, w którego czarnej szybie odbijała się ona sama, pijąca herbatę w kuchni, myślała o panu Bunia. Gdyby nie próbował pomóc Majce, gdyby nie stres, wysiłek fizyczny – zawał by go tamtej nocy nie dopadł.

Zgon we własnym domu z przyczyn naturalnych. Przy takiej diagnozie lekarza milicja nie miała szans, żeby wpaść na ślad Ziemskiego.

On i Bunio umarli zamiast Majki.

Jeśli jest na świecie sprawiedliwość, jeśli istnieje wyższy ład, Majka powinna przeżyć, żeby ich ofiara nie poszła na marne. Ale czy ona jest, ta sprawiedliwość? Czy kiedykolwiek była? Czy ktoś się z nią zetknął?

A może tak będzie, że Majka nie tylko umrze, ale się nie odnajdzie? Julka uprzytomniła sobie z przygnębieniem, że jej najgorętsze pragnienia kurczą się, nikną z dnia na dzień jak topniejąca garść śniegu. Niedługo zostanie jedno, to najbardziej upiorne: żeby Majka miała przynajmniej swój grób.

Nazajutrz kupiła wiązankę, znicze i pojechała do Morzysławia. Za dwa złote wciśnięte w brudną dłoń grób pomógł jej znaleźć grabarz, siedzący na murku w pogniecionej marynarce i mętnym wzrokiem zapatrzony w przestrzeń jak w wieczność. Na granitowej płycie starego pomnika umieszczono już złocone litery. Po lewej zmatowiała lekko Sabina Ziemska, po prawej lśniący od nowości Wiktor Ziemski. Urodzony 24 maja 1902 roku. Zmarły 7 października 1978 roku.

Najgorszego dnia w życiu Julki.

Stała nad jego grobem, a łzy jak groch płynęły jej po policzkach. Zainteresowała się nią przechodząca alejką kobieta. Oparła o pomnik siatkę, w której niosła grabki i konewkę. Pocieszająco objęła Julkę ramieniem.

– Nie płacz, dziecko! – uspokoiła ją. – Po tej stronie muru wszystko wydaje się bez sensu, ale po tamtej jest inaczej. Wytrzyj łzy. Jesteś jeszcze młodziutka, dasz sobie radę. To dla ciebie kto? Dziadek?

Julka przecząco potrząsnęła głową. Dotychczas nie zastanawiała się, kim jest dla niej Wiktor Ziemski.

– Nie dziadek – odparła.

– A kto?

– Nie wiem... – Rozgoryczona otarła nos rękawem. – Moja siostra.

Nieznajoma odsunęła się od niej z niesmakiem i odeszła bez słowa.

A Julka płakała w autobusie do domu, płakała, jedząc drugie śniadanie i otwierając drzwi, przy których odezwał się dzwonek. Zobaczywszy Romka, rzuciła mu się na szyję, aż zachwiał się na nogach.

Przyglądał jej się zaniepokojony, gdy tłumaczyła mu, łykając łzy, że odnalazła mężczyznę, który próbował pomóc Majce. Odnalazła jego psa. Obaj nie żyją, mimo że nie zasłużyli na śmierć. Tak jak Majka nie zasłużyła na swój los.

Trzeba pochować psa, który leży pod karuzelą, jakby nigdy nikomu nie był potrzebny. A to nieprawda. Julka go kocha, tego małego Bunia.

Czy Romek jej pomoże?

– Uspokój się. – Pogłaskał ją czule po głowie. – Zrobimy, co trzeba, we wszystkim ci pomogę. Nie martw się. Zostanę z tobą tak długo, jak długo będę ci potrzebny. Daję słowo!

Uświadomiła sobie, że powiedział coś ważnego. Pięknego. Ale na tym nie koniec. Zaraz powie coś jeszcze ważniejszego, tylko to już nie będzie piękne.

Zamarła z niepokoju, obserwując to, co robił.

– Musisz mi odpowiedzieć na pewne pytanie – rzekł.

Wystawił krzesło na środek pokoju. Usiadł na nim naprzeciw Julki, ustawiając nogi w charakterystyczny sposób. Przyjrzał się jej z uwagą.

– Czy znasz kogoś, kto siedzi w ten sposób?

Przestała płakać.

Z niedowierzaniem zamrugała piekącymi oczami. Skąd mu to przyszło do głowy?

Wpatrywała się w Romka z zabobonnym lękiem. Na pozór jego pytanie brzmiało idiotycznie. Nigdy nie pomyślała, że można spytać o rzecz tak nieistotną. Drugorzędną. I że będzie się w tym krył jakiś nierozpoznawalny dla niej sens. Bo nie mogła zbyć Romka wzruszeniem ramion.

– Tak – odparła zdumiona. – Oczywiście, że znam.

Rozdział XIV

STASZICA 4

J estem z nim w ciąży – powiedziała Julka.

Światła jadącego samochodu wydobyły z ciemności żółty znak drogowy z czarną sylwetką wyprężonego w skoku jelenia. Romkowi wydawało się przez moment, że rogacz naprawdę przebiegł przed maską fiata. Mało tego – zderzyli się z nim. Usłyszał huk, przednią szybę zmatowiła siatka pęknięć. Ta mgła przemknęła mu przed oczami jak w ataku furii i zostawiła po sobie złość na siedzącą obok dziewczynę. Żal do niej. Niechęć do dalszej rozmowy. Toteż kiedy Julka się odezwała, uciszył ją pod pierwszym lepszym pretekstem.

Irytowała go jej obecność na sąsiednim siedzeniu. I własne głupie mrzonki.

Z początku tłumaczył sobie, że nie miała prawa ukrywać przed nim tego faktu. Istnienia tak istotnej dla śledztwa osoby. Ale w ten sposób tylko się oszukiwał, niezależnie

od wiarygodnych lub niewiarygodnych motywów przestępstwa, jakie był w stanie sobie wyobrazić. Jego obec-
nemu nastrojowi pod psem winna była wiadomość o ciąży
Julki, nic innego. To go strzeliło prosto między oczy. Coś
sobie obiecywał, zaangażował się bardziej, niż powinien.
Za nieroztropność się płaci.

Uspokoił się dopiero w domu. Rozłożył się na kanapie,
nogi w skarpetkach oparł na ławie. Zjadł kolację, wypił
kieliszek koniaku, włączył telewizor. Nadal myślał o Julce,
ale już bez nerwów. Potrafił ją pojąć. Wyobrazić sobie
górę nieszczęść, która na nią spadła. Trzymała się dzielnie,
a Romek lubił ludzi, którzy trzymają się dzielnie. Jego
współczucie zmieniło się w rodzaj wyrozumiałości, gdy
o niej myślał. Może nawet wybaczającej czułości. Odniósł
osobliwe wrażenie, że rozumie Julkę bardziej niż siebie.

Na koniec podniósł słuchawkę telefonu.

Ale zawahał się z palcem wskazującym w otworze
tarczy. Przycisnął widełki i w rezultacie wykręcił numer
Szczerbica.

Poprosił go o załatwienie luminolu z magazynów komendy.

Nazajutrz wstał z łóżka ponury, jednak gotów do działania. To już było względnym osiągnięciem. Chciało mu
się coś robić.

Na dodatek wiedział, od czego zacząć.

Mimo że nie miał na to ochoty i nie wróżył sobie
sukcesu. Jeszcze nie teraz. Toteż nie spieszył się. Zjadł
na śniadanie to, co miał w lodówce, czyli konserwę rybną,
przegryzł ją czerstwym chlebem, popił mocną herbatą.
Ogolił się starannie, wykąpał, wykropił wodą kolońską,

włożył dżinsy, koszulę w pepitkę i kurtkę z futrzanym kołnierzem. Zaparkował przed Komitetem Wojewódzkim po dziewiątej rano.

Po jednej stronie przeszklonych frontowych drzwi wyeksponowano afisz z hasłem „Polska Zjednoczona Partia Robotnicza siłą przewodnią Narodu", po drugiej był kantorek z marmurową ladą. Sterczał za nią znudzony, kostropaty portier w marynarce wyświeconej na łokciach.

Skierował Romka na drugie piętro.

Tam drzwi gabinetu strzegł następny cerber, sekretarka w granatowej garsonce z białą lamówką, uczesana w kunsztowny kok nad równo przyciętą nad brwiami grzywką. Romek wszedł bez pukania i zaskoczył ją przed ustawionym na biurku lusterkiem. Pochylona ku swojemu odbiciu, popluwała na szczoteczkę do rzęs.

– Do kogo? – zapytała opryskliwie, zatrzaskując w pośpiechu szufladę z przyborami do makijażu.

– Do pana Barcza.

– Towarzysz Barcz – poprawiła go z naciskiem – jest zajęty.

– Czym?

– Co za różnica? – oburzyła się. – Czymś ważnym. O dziesiątej ma egzekutywę, wy w tej sprawie? Nie? To proszę przyjść kiedy indziej. Najlepiej umówić się przedtem telefonicznie. I zapukać!

Wydęła wargi, sięgając ostentacyjnie po pilnik do paznokci.

Romek nie mniej ostentacyjnie odsunął mankiet koszuli. Pokazał kobiecie zegarek. Do dziesiątej brakowało trzydziestu minut.

– Znajdzie jeszcze chwilkę. Uwinę się raz-dwa, nie zamierzam mu recytować *Pana Tadeusza*. Zapowie mnie pani czy mam wejść?

Wskazał obite dermą drzwi z mosiężną wywieszką. Sekretarka zarumieniła się, jakby swoją namolnością ubliżył jej osobiście.

– Czy ja nie mówię po polsku? Jeżeli się zamierzacie upierać, zadzwonię po mili…

Zanim skończyła zdanie, Romek otworzył przed jej oczami legitymację służbową.

Spojrzała na nią i zająknęła się.

– …zadzwonię po towarzysza Barcza! – dokończyła płynnie. – Nie ma go aktualnie w gabinecie. Spocznijcie z łaski swojej, obywatelu poruczniku.

Gdy Romek siadł na wskazanym mu krześle, podniosła słuchawkę białego telefonu. Wcisnęła czerwony przycisk na aparacie i końcem długopisu wykręciła trzycyfrowy numer wewnętrzny. Półgłosem powiadomiła Barcza o wizycie funkcjonariusza MO.

– Powiedz mu, że zaraz! Nie pali się!

Jego głos dobiegł do Romka ze słuchawki. Donośny, pewny siebie.

Za chwilę Barcz wszedł do sekretariatu ze stertą papierów pod pachą. Były to jakieś broszury, maszynopisy, przebitki. Położył je na biurku sekretarki, poprosił o przepisanie przez kalkę notatki, którą wyciągnął na wierzch. Nie zwrócił uwagi na gościa. Zerknął na niego przelotnie zza przydymionych szkieł okularów, jakby patrzył z głębi cienistej kryjówki.

Romek za to obrzucił go uważnym spojrzeniem.

Wcześniej się nie spotkali. Barcz miał około czterdziestki, nosił się z ostentacyjną elegancją. Modne okulary, stanowcze ruchy i woń old spice'a ciągnąca się za nim jak tren. Podobny do maski sztuczny uśmiech wydawał się przylepiony do twarzy. W starym Koninie mówiło się o takich „elegancik z morskiej pianki, co nosem puszcza bańki". Tylko niewielki plaster na czole psuł harmonię.

Romek wyobraził sobie, że zdzielił go przez łeb ktoś, kogo lektor drażnił tak jak jego. Można by powiedzieć, że czuł do faceta instynktowną antypatię, gdyby nie to, że miał całkiem konkretny powód.

Najzwyklejszą zazdrość.

– Barcz! – Tamten zauważył go w końcu i wyciągnął dłoń na powitanie. – Czekacie na mnie?

Miał ciepłą, gładką w dotyku skórę i to także budziło w Romku obrzydzenie.

– Tak – potwierdził. – Porucznik Zdun z Wydziału Służby Kryminalnej. Chcę z panem zamienić dwa słowa na osobności.

– Proszę uprzejmie! – Barcz uchylił przed nim drzwi gabinetu. Nim się otworzyły, zatrzymał się z dłonią na klamce. – Przepraszam, czy możecie mi powtórzyć swoje nazwisko?

– Zdun. Porucznik Roman Zdun.

– A, tak. Wejdźcie! – zaprosił, puszczając go przodem.

Gabinet miał spory metraż, daleko naprzeciw drzwi ulokowano biurko, obok stała tradycyjna biurowa meblościanka i eleganckie wyściełane krzesła dla interesantów. Na ścianach Lenin, Gierek i orzeł biały, gustownie rozwieszeni w newralgicznych punktach.

Barcz nie poprowadził Romka w tamten kąt. Usiadł przy owalnym stoliku pod oknem i łaskawym gestem wskazał gościowi fotel po drugiej stronie. Pod wyprofilowanym szkłem, przykrywającym blat stolika, widniała barwna panorama miasta z lotu ptaka.

– Napijecie się czegoś, poruczniku? Kawy, koniaku?

– Nie, dziękuję. Podobno zaraz ma pan naradę.

– Nieważne. Mówcie, co was do mnie sprowadza.

– Zaginięcie Marianny Małeckiej – wypalił Romek bez ogródek. – I pana znajomość z prokuratorem Rogulskim.

Barczowi nie drgnęła powieka, jego przylepiony uśmiech nie skwaśniał ani odrobinę. Jakby nie usłyszał lub nie zrozumiał.

Poczęstował Romka papierosami leżącymi na stoliku, podał mu ogień, używając złotego ronsona. Sam też zapalił. Zgrzytnęło szkło o szkło, gdy przesunął ku gościowi popielnicę. Źle wymierzony ruch. Jedyna oznaka emocji towarzysza Barcza, gdyby ktoś próbował doszukać się ich na siłę.

– Proszę wybaczyć ciekawość, ale co ma jedno do drugiego?

– O to chciałem pana spytać.

– Mnie? W jakim trybie?

– Grzecznościowym – odpowiedział Romek. – Żeby panu nie zajmować cennego czasu przesłuchaniami na komendzie.

– Przeciwnie. – Barcz uśmiechnął się jeszcze szerzej. – Wezwijcie mnie w trybie formalnym. Wnoszę o to.

– Tak panu pilno?

– Bynajmniej. Jestem ciekaw, jak się do tego zabierzecie, poruczniku Zdun. O ile wiem, dochodzenie umorzono, a wy jesteście zawieszeni w czynnościach służbowych. Pieczątkę do podstemplowania urzędowego druczku musielibyście sobie wyciąć z kawałka linoleum.

Roześmiał się, dmuchając dymem. Został uprzedzony o rozwoju wydarzeń i nie da się zaskoczyć. Przynajmniej to jedno stało się jasne.

– Dużo pan wie. Ta sprawa szczególnie pana interesuje?

Za oknem pokazało się słońce. Ostatnie promienie złotej polskiej jesieni. Ich blask prześwietlił smugi dymu, który Barcz wypuścił pod sufit.

– Można rzec, że szczególnie – przyznał pojednawczym tonem. – Znam siostrę zaginionej. Co prawda z samą ofiarą nie zetknąłem się osobiście, ale słyszałem o niej wiele dobrego. Zwróciłem się do prokuratora Rogulskiego, mojego starego znajomego, żeby pilotował dochodzenie, na ile może…

Strzepnął papierosa do popielniczki i rozsiadł się wygodnie w fotelu, zakładając nogę na nogę.

– Formalnie biorąc, nie macie prawa zadawać pytań, poruczniku – dokończył. – Ale umówmy się, że to zostanie między nami. Nie poskarżę się waszemu szefowi. A na przyszłość radzę, żebyście nie sięgali po uprawnienia, które wam nie przysługują. To jest karalne. Coś jeszcze chcecie wiedzieć? Tylko szybciutko, bo zaraz będę musiał was pożegnać.

Zgasił na pół wypalonego papierosa w popielniczce.

– Nie udało się panu – powiedział Romek.

– Z czym?

– Z otoczeniem tego dochodzenia szczególną pieczą. Umorzono je.

Barcz nachylił się konspiracyjnie nad stolikiem.

– Wiecie dlaczego? Bo prosiłem.

– O umorzenie?

– Najpierw o zintensyfikowanie procedur. Później o ich zaniechanie. Wiem, że to nieformalne… – Machnął lekceważąco dłonią.

– I nielogiczne – wtrącił z przekąsem Romek. – Sprzeczne z sobą.

– Przeciwnie, poruczniku, logiczne, a do tego humanitarne. Od zniknięcia Małeckiej minęły dwa tygodnie. Jeśli nie uciekła z domu, tylko wpadła w łapy zwyrodnialca, co pan przewiduje? Od prokuratora Rogulskiego dostałem jasną odpowiedź. Po takim czasie znajdziecie zwłoki. Nie ma mowy o uratowaniu żywej dziewczyny. Zmasakrowane, zbezczeszczone, sponiewierane ciało, z którego ktoś zrobił sobie okrutną zabawkę. Wasz sukces niczego nie odmieni. Zło się dokonało. Martwej ofierze nie wrócicie życia, rodzinie przysporzycie katuszy, z których nigdy się nie otrząśnie. Czy w tej sytuacji warto szukać dalej, czy warto dogrzebywać się prawdy? To jak z rakiem, poruczniku. Lepiej nie wiedzieć!

Przyjął najprostszą taktykę: nie łgał ani odrobinę więcej, niż to było rzeczywiście niezbędne. Prawda wykrzywiona w krzywym zwierciadle pozostaje prawdą, mimo że już wcale jej nie przypomina. Ale żeby ją zakwestionować, Romek potrzebowałby dowodu. Nie miał go.

– Mówi się, że najgorsza pewność jest lepsza od niepewności – mruknął.

– Macie rację, poruczniku – zgodził się Barcz. – Mówi się. Żeby to jedną niemądrą rzecz ludzie mówili… Na szczęście my mamy własny rozum!

Wstał i z uśmiechem wyciągnął rękę na pożegnanie.

Romek z przyjemnością nakładłby mu po gębie, jednak zdawał sobie sprawę z konsekwencji. Dla siebie także, ale przede wszystkim dla Julki. Gdy jego zabraknie, zostanie sama i bezbronna z takimi typkami jak ten marksistowsko-leninowski cwaniak.

Uścisnął wyciągniętą dłoń.

Barcz protekcjonalnym ruchem położył mu rękę na ramieniu.

– Powiedzieliśmy sobie wszystko? Zreasumuję. Nie grzebcie się w tym, poruczniku, szkoda zdrowia. Miejcie litość nad rodziną zaginionej. Już dosyć przeszli.

Romek zatrzymał się przy drzwiach.

– Prawda bywa przykra – zgodził się. – Ale bezkarność rozzuchwala. To może być jeszcze bardziej przykre. Bo co, jeśli sprawca zasmakuje w dziewczętach, których nikt nie szuka?

Barcz uniósł wymownie brwi.

– Nie znam się na tym, poruczniku. O interwencję prosiła mnie siostra zaginionej i w tej sprawie troszczę się o jej dobro, a nie o całą ludzkość. Nie przeczę, że to prywata, ale zrozumiecie mnie. Zwłaszcza wy mnie zrozumiecie. Służbowe uprawnienia wam odebrano, więc skoro mimo to mnie dzisiaj odwiedzacie, wami także powoduje osobiste umiłowanie ładu i porządku, jak się domyślam.

– Gdyby się pan domyślił czegoś więcej, jestem do dyspozycji o każdej porze – powiedział Romek.

– Weźcie sobie do serca dobrą radę i odpuśćcie.

– Dla mnie to żaden problem, nic mnie nie wiąże z rodziną ofiary. Zamykam akta i zapominam o nich w drodze do wyjścia... – Romek pożegnał ukłonem siedzącą sztywno sekretarkę. – Ale panu, towarzyszu lektorze, przy pańskim szczególnym zaangażowaniu, ta sprawa na pewno nie da tak łatwo spokoju. Może się jeszcze przydam, kto wie.

Barcz zamknął drzwi gabinetu, nie odpowiadając. Na do widzenia z uśmiechem zasalutował dwoma palcami do gołej głowy.

Romek zszedł do samochodu. Oparł łokcie na kierownicy zaparkowanego fiata i zapatrzył się przed siebie. Poranna chęć do działania przeszła mu, jak ręką odjął. Nic dziwnego, był teraz ślepy i głuchy. Nie miał ludzi, środków, śladów, niczego. Nawet pistoletu w kaburze pod pachą. Nie chciało mu się wracać do domu, nie miał ochoty iść do Julki.

Nie wiedział, na co czeka.

Odprowadził wzrokiem pijanego faceta, który chwiejnym krokiem przemierzał przeciwległy chodnik. I tknęła go zbawienna myśl. Całkiem naturalne skojarzenie, które przyszło w samą porę.

Gorzelnia! Gorzelnia w Golinie!

I starszy sierżant Cieplik, który sporządził raport o śmierci Machały.

W trakcie późniejszej rozmowy jak z rękawa sypał nazwiskami, okolicznościami, domysłami. Cwana gapa. A gdyby uderzyć do niego? Tylko że tam też poszły listy gończe i z golińskiej komendy nikt się nie odezwał, tak jak z pozostałych komend w województwie.

Ale z braku laku... Nie jest daleko, słońce świeci, tyłek swędzi od bezczynnego siedzenia. Depnąć gaz i jakoś zleci następny marny dzień.

Wstąpił do domu, zabrał, co trzeba, w barze przy Alejach zjadł kaszankę z ziemniakami piure i kapustą i pojechał do Goliny. Po drodze trzy razy zatrzymywał się przy budce telefonicznej, zanim znalazł czynny automat. Sprawdził, czy Cieplik będzie uchwytny. O umówionej godzinie sierżant czekał na niego przy wjazdowej ulicy do miasta. Siedział na ławce przed zakładem fryzjerskim, polując na fiaty bahama yellow z konińską rejestracją. Bez pudła rozpoznał nadjeżdżającego Romka i podniósł rękę na jego widok.

Okazał się niskim, szczupłym mężczyzną w średnim wieku. Z wyglądu przypominał raczej dżokeja niż milicjanta. Ubrany też był jak do jazdy konnej: w czapkę z daszkiem, kusą kurteczkę, obcisłe spodnie.

Wsiadł do samochodu, przywitał się z Romkiem i pokierował go wąskimi uliczkami ku placykowi, na którym stała budka z piwem. Zielony, obskurny kiosk z drewna wyposażono od frontu w długą deskę spełniającą rolę szynkwasu. Opierało się o nią kilku klientów, wśród których sierżant, z tupetem stałego bywalca, utorował sobie drogę bez kolejki. Wrócił do Romka z czterema butelkami w ręce.

Stanęli na uboczu, przy pniu wysoko ściętego drzewa, od biedy mogącym służyć za stolik. Górowała nad nimi latarnia, którą już zapalono, mimo że niebo dopiero szarzało. W tle dźwięczały bełkotliwe głosy piwoszy, podmuchy wiatru przynosiły odór piwa i moczu, którym przesiąkła ziemia wokół, ale nikt nie przeszkadzał w rozmowie.

Starszy sierżant Cieplik obejrzał przywieziony przez Romka portret pamięciowy i potwierdził, że widnieje na nim Bezbolesny. W każdym razie okazana podobizna przypomina bandziora o tej ksywce. Ci, co mieli pecha go spotkać, tak go opisywali. Blizna przez czoło, wielkie wąsiska, tłuste włosy do ramion, raz ciemne, raz jasne, widocznie farbowane.

I zimne oczy psychola.

Cieplik go nie widział, ale słyszał o nim niejedno. Typek spod ciemnej gwiazdy. Ludzie się go boją. Włóczy się, wywołuje awantury w knajpach albo na weselach, bije chłopów, zaczepia baby. W kupie trudno mu poradzić, a co dopiero w pojedynkę. Opowiadają sobie o nim jak o żelaznym wilku, niedługo dzieciaki będą nim straszyli zamiast Babą-Jagą. A nie w ciemię bity skurczybyk, z rozmysłu sieje postrach, żeby ludziom gęby pozamykać! Jak mu udowodnić ciemne sprawki, skoro świadkowie odmawiają zeznań?

Nawet na przepisowe czterdzieści osiem godzin nigdy nie był zatrzymany. Przynajmniej nie w Golinie, chociaż tu też niewąsko narozrabiał zeszłej wiosny.

– To on zabił Machałę, sierżancie – powiedział Romek. – Tego przywiezionego w kartoflach do waszej gorzelni.

Cieplik łyknął piwa i w zadumie zapatrzył się w szkło butelki.

– No to nowość u niego, obywatelu poruczniku – orzekł. – Do tej pory trzymał się z dala od mokrej roboty. Lubił, żeby go się bali, a trup się nie przestraszy, żeby nie wiem co. Szkoda fatygi. Chodził z blizną na wierzchu, jakby się nią chwalił, gęba zarośnięta, samą fizjonomią narodowi pietra napędzał. Lał, kogo popadnie, ale nie zabijał. Może to nie on?

– On – powtórzył Romek. – Tym razem miał dobry powód.

– Jaki?

Opowiedział Cieplikowi o porwanej dziewczynie, o bunkrze w lesie, o tym, że Machała nieświadomie nastąpił Bezbolesnemu na odcisk.

Słuchając, sierżant ze zrozumieniem kiwał głową.

– Chyba że tak – zgodził się. – Do dziewuch faktycznie się dobiera. Pies jest na nie. Kto wie, czy jedna z drugą by z nim nie poszła za ładne słówko. Ale on tak nie lubi. Garścią za czuprynę lepiej mu się podoba.

Romek dopił do dna pierwszą butelkę piwa.

– Co jest z tym, że on podobno bólu nie czuje? – zapytał podejrzliwie. – Opowiadali mi, że spacerował z nożem pod sercem, że nie ma na niego siły... O co tu chodzi, sierżancie?

Cieplik wzruszył ramionami.

– Tego nie wiem, obywatelu poruczniku, ale w Świętego Mikołaja już od dziecka nie wierzę! Cudów nie ma! Ludzie opowiadają niestworzone rzeczy, żeby nie wyjść na strachliwych. Jak przed potworem spieprzają, to każdy przyklaśnie, że słusznie, bo po co tyłek wystawiać pod baty. Nikt nikogo nie wyśmieje, palcem nie wytknie, że tchórz. Chociaż...

Zastanowił się. Uderzeniem dłoni o kapsel zahaczony na brzegu ściętego pnia otworzył następne butelki piwa. Jedną podał Romkowi.

– Też słyszałem o takich czarach-marach – dokończył. – Podobnież to było w Kawnicach w remizie. Zaczął rozrabiać i ktoś go przybił widłami do podłogi. Przez stopę. A on się wyrwał i uciekł. Ledwie trochę utykał na schodach, ale nie dogonili. Kiedy indziej zdzielili go kłonicą przez łeb i tylko się obliznął... Skąd się takie durne plotki biorą, nie umiem was objaśnić, obywatelu poruczniku. Musi, że to jest cholerne dziwadło, ten cały Bezbolesny. Mieszka nie wiadomo gdzie, pretensje wnosi do świata nie wiadomo o co, chadza własnymi drogami, podobnież nawet siada na własną modłę...

– Jak to na własną modłę?

– No tak, dajmy na to...

Sierżant Cieplik rozejrzał się za czymś do siedzenia. Znalazł plastikową skrzynkę po piwie i ustawił ją do góry dnem.

– Jak by obywatel porucznik usiadł? Tak jak wszyscy, nie? – zademonstrował, siadając na skrzynce. – Ja też bym tak usiadł. A on siada tak, ludzie mówią, o tak! Zawsze tak!

Romek wierzchem dłoni otarł usta z piwa. Z niedowierzaniem patrzył na pokaz starszego sierżanta Cieplika.

Znał bardzo dobrze kogoś, kto tak siadał. Marek Zielczyk, trzydziestolatek, hydraulik z zawodu. Romek poznał go jeszcze w Konstancinie-Jeziornie u pani Heleny i przez dwa lata ten mężczyzna był jego przyjacielem. Tylko przez dwa lata, bo później zginął w wypadku samochodowym. To był dobry, wesoły chłopak, tyle że roztargniony. Wlazł pod ciężarówkę na warszawskiej szosie.

Marek Zielczyk siadał dokładnie tak, jak pokazywał starszy sierżant Cieplik. Romek wzdrygnął się, coś mu się przypomniało, coś przeleciało przez głowę jak błyskawica, aż się otrząsnął. Nie chciał tych myśli. Nie dowierzał im. Były niemądre. Prędzej uznałby je za lęki niż za myśli.

Podniósł kołnierz kurtki, bo nagle zrobiło mu się zimno.

– Nie macie pomysłu, gdzie znaleźć gnojka?

– Pojawić się może wszędzie i nigdy nie wiadomo kiedy. A gdzie mieszka, tego nikt nie wie. Chociaż szczerze powiedziawszy, obywatelu poruczniku… – Sierżant pomacał się po kieszeniach, jakby czegoś szukał. – Zastanawiałem się nad tym. Nie ma obywatel porucznik mapy?

– Może być samochodowa?

Cieplik skinął głową, że tak, więc Romek poszedł do samochodu. Przyniósł atlas drogowy w plastikowej okładce. Podał go sierżantowi, a ten odszukał mapę województwa.

Mówił, dźgając paluchem w napisy.

– Tu się szwendał, obywatelu poruczniku, tu i tu. Tu też go widziano. Tutaj kogoś pobił na drodze, tu był… W Koninie, mówicie, zaszalał… Ma chyba jakiegoś rzęcha, wszędzie go pełno. Tu też się odmeldował…

Palec sierżanta niestrudzenie krążył po mapie. Zawędrował na niebieską plamę i zakreślił wokół niej krąg.

– Rozumiecie, obywatelu poruczniku? – Podniósł głowę. – Tylko w tych okolicach nikt się na niego nie uskarża!

Romek odsunął się w bok, żeby światło latarni padło na miejsce, które wskazał jego rozmówca. Bezgwiezdne niebo nad nimi już poczerniało.

– Jezioro Głodowskie! – Spojrzał z uznaniem na Cieplika. – To pewne?

– Nic nie jest pewne na tym świecie, obywatelu poruczniku. Może tam też miał gościnne występy, tylko nikt nie puścił pary z gęby. Trzeba by się popytać, wywiedzieć… Ale jedno każdy wam powie, że rasowy złodziej nie okrada sąsiadów we własnej kamienicy, nie?

Romek czuł ten nowy trop nosem, jakby jego zapach snuł się w powietrzu. Czuł więcej, niż mógł wiedzieć. Więcej niż chciał się domyślić.

Po powrocie do Konina odwiedził parę instytucji państwowych, których drzwi otworzyła mu milicyjna legitymacja. Szpital, urząd meldunkowy. Z rana zadzwonił do Szczerbica. Przy jego pomocy chciał odnaleźć akta dawnego wypadku drogowego.

Dopiero gdy miał to za sobą, odwiedził Julkę, żeby zadać jej pytanie, które ją zszokowało.

– Czy znasz kogoś, kto siedzi w ten sposób?

– Tak – odpowiedziała. – Oczywiście, że znam.

Wpatrywała się w Romka z przerażeniem, jakby zdała sobie sprawę, że za jej odpowiedzią będzie się kryło coś strasznego.

– Nie wiem, jak on się naprawdę nazywa – szepnęła.
– Na imię ma Józef, a ja go nazywam Wyczółkowski.

– Ten od Barcza?

– Tak. Ten, do którego wstąpiłam, kiedy jechaliśmy do jasnowidza. On dokładnie w taki sposób siadał na ławce w ogrodzie. Pamiętam. Wtedy tego nie zauważałam, to znaczy, nie zastanawiałam się nad tym. Ale tak siada, na pewno. Jedna stopa normalnie, płasko na ziemi, a druga z palcami ku górze. Dlaczego o niego pytasz?

Przytulił ją, zanim odpowiedział – i poczuł, jak zadrżała.

– On porwał twoją siostrę! Wiem to na pewno!

Nie chciała wierzyć. To spokojny człowiek, nawet trochę niedodziałany, jak się o takich mówi. Ciężko myślący niezgrabiasz. Julka z Barczem podśmiewali się czasem z niego, kiedy nie słyszał.

Tyle że faktycznie siłacz.

Ale nie miał blizny na czole! To po pierwsze! Jak może być Bezbolesnym?

Romek zastanawiał się nad tym już wcześniej.

– Nie miał czy jej nie widziałaś? – spytał. – Oglądając portret pamięciowy, powiedziałaś, że Bezbolesny wygląda jak ucharakteryzowany. Pamiętasz? To szczera prawda, tylko akurat na portrecie on nie był przebrany. Wcześniej go widywałaś w przebraniu. Plątał się taki nieważny, cichy, wciśnięty po uszy w kapelusz jak z Wyczółkowskiego!

Odludek. Przed sąsiadami wstydził się blizny. Stawał się flegmatycznym mrukiem. Wyżywał się na gościnnych występach, jak je nazywał Cieplik. Ujawniał okropności ciała i duszy, żeby się bawić strachem innych.

Tam szalał bez kamuflażu.

Barcz znał go lepiej od sąsiadów. Józef Fronczak, bo tak Bezbolesny vel Wyczółkowski nazywa się naprawdę, był jego prawą ręką nad jeziorem, na polowaniach. Rozpoznał go z opisu Julki. Upewnił się, że ona nie kojarzy osoby – i wykorzystując swoje znajomości, ukręcił sprawie łeb. Dla świętego spokoju.

Co go mogła obchodzić jakaś Majka? Siostra jakiejś Julki!

Afera z udziałem zausznika podcięłaby mu szczeble drabiny, po której się mozolnie piął. Gdyby tylko się rozniosło, co go łączyło z siostrą ofiary... A przecież nie miał nic wspólnego z porwaniem. Za co miał cierpieć? W imię czego miał narażać na szwank swoje polityczne talenty? Zwłaszcza teraz, w tym mieście, gdzie każda kariera jest już na miarę wojewódzką! O krok od krajowej! Wyrzucił

Wyczółkowskiego na zbity pysk i umył ręce. Nie chciał mieć nic wspólnego ze zbirem!

Towarzysz Barcz. Niewinny człowiek, który brzydzi się zbrodnią!

– Jedźmy do Wyczółkowskiego! – Julka zerwała się na równe nogi.

– Byłem – powstrzymał ją Romek. – Nie ma go w domu. Zniknął wczoraj, podobno ktoś widział, jak pakuje walizkę do fiata. Nie wykluczam, że spłoszyła go nasza wizyta.

– Musimy go szukać! Proszę cię!

Wystraszona, rozgorączkowana złapała Romka za ręce.

– Zostaw to mnie! – Posadził ją łagodnie na powrót w fotelu. – Bądź spokojna. Czekam na telefon. Podałem twój numer, więc na razie posiedzę z tobą, dobrze?

Bezmyślnie skinęła głową.

Błądziła myślami daleko stąd, unosiła się ponad światem i wypatrywała stamtąd Majki. W rozpaczy i bez nadziei. To, że Romek ustalił dane porywacza, nie natchnęło jej otuchą, lecz wprawiło w popłoch.

Teraz wszystko się rozwikła, tylko jak?

Powinna zapanować nad sobą, jej nerwy szkodzą dziecku. Tak powiedział Romek. Wypowiadał ten sąd z pewnością siebie, mimo że nie miał zielonego pojęcia o życiu płodowym. Co się dzieje w brzuchu matki, kiedy zwinięta w kłębek kijanka przestaje być kosmiczną nicością. Kształtują się zalążki oczek, rączek, nóżek, rozkwitają na boki pierwociny uszek, więc to małe coś, pływające na końcu pępowiny jak balon na uwięzi, być może podsłuchuje, co się koło niego gada. Gotowe piekielnie się wystraszyć, że na świecie istnieje kreatura zwana Bezbolesnym...

Ale Julka nie potrafiła zapanować nad sobą.

Przypominała sobie rzeczy, które dotychczas miała za przywidzenia. Ścigający ją ukradkiem wzrok Wyczółkowskiego, gdy wychodziła z jeziora w kostiumie kąpielowym. Łapane przypadkiem spojrzenie, lepiące się do jej mokrej skóry. Cień za oknem sypialni, jakby słońce przesłoniła postać na dachu pobliskiej komórki...

– Przestań – powstrzymał ją Romek. – Zadręczysz się. Takim jest wszystko jedno. Sama widzisz, że nie zaatakował ciebie, tylko twoją siostrę.

– Bo była do mnie podobna.

– Bo wpadła mu w oko. Tak jak kiedyś ty, tylko ty miałaś więcej szczęścia. Podobieństwo nie grało roli.

Zapewne podobieństwo grało rolę, istotną rolę, napaleniec szukał Julki – łaził, wypatrywał, w końcu trafił przypadkiem na Majkę i uznał, że nie robi mu to różnicy. Niemożliwe, żeby je pomylił. Takie świrusy mają szósty zmysł. Może drugą z sióstr postanowił zostawić sobie na deser, na następny raz...

Ale tego wszystkiego Romek nie chciał powiedzieć głośno. Po co?

Julka była jednak bystra. Zauważała więcej, niż się spodziewał.

– Tobie też się wydawał ucharakteryzowany... – Spojrzała na niego pytająco. – A przecież nie widziałeś na oczy Wyczółkowskiego?

Zdrętwiał. Nie wiedział, co jej odpowiedzieć, skoro nie chciał mówić prawdy. Prawdzie sam jeszcze nie dowierzał. Wyglądała mu na omam, czczy wymysł, który wyląg się pod jego czaszką jak krokodyl z jaja.

Na szczęście zadzwonił telefon.

Julka przekazała słuchawkę Romkowi.

– Do ciebie.

Po drugiej stronie linii telefonicznej odmeldował się plutonowy Jastrzębski. Z polecenia Szczerbica.

– A Szczerbic gdzie? – zapytał Romek.

– Zajęty, ale ja od niego wszystko wiem, jak trzeba, po kolei. Powtórzę obywatelowi porucznikowi.

Potwierdził to, co Romek wcześniej ustalił. Zacytował fragment lekarskiej obdukcji. Po ranie, jaką miała na głowie ofiara wypadku, powinien zostać trwały ślad. Mniej więcej taki, jak u Fronczaka. Czyli Bezbolesnego i Wyczółkowskiego w jednej osobie.

Jedyne, co Romka zaskoczyło, to adres.

– Jak? – zapytał. – Jeszcze raz!

– Staszica cztery – powtórzył Jastrzębski. – To w starym Koninie.

– Wiem, gdzie to jest – powiedział Romek.

Na Staszica pod numerem czwartym stała kamienica Essowej, ta sama, w której przyszedł na świat. Jakby czas zatoczył koło, żeby mu pokazać kształt rzeczy od gorszej strony.

Już na ulicy spojrzał w górę. Julka stała w oknie, patrząc za nim. Była blada i spięta. A może tylko widziana pod kątem przez szybę wydawała się półprzezroczysta, jakby na pierwszym piętrze nad Romkiem ukazał się duch Majki. Majki, która umarła.

Nie pozwolił jej pojechać ze sobą. Nie był w stanie przewidzieć, jak się skończy spotkanie z Fronczakiem, co się wydarzy. Obecność Julki przeszkadzałaby mu, czuwałby nad jej bezpieczeństwem, zamiast myśleć o tym, o czym trzeba. Chciał mieć swobodę ruchów.

Wsiadł do samochodu, skręcił w Dworcową i pojechał w stronę żelaznego mostu. Nie padało. Dzień był ponury, stary Konin szarzał za rzeką, utopiony w mgiełce smogu przywianego przez jesienny wiatr znad okolicznych zakładów przemysłowych.

Jedyne rodzinne uczucie łączyło podobno Fronczaka z teściem. Zbliżyła ich szczera nienawiść do tej samej kobiety, żony i córki, która uciekła przed nimi gdzieś w Polskę. Teść pracował na jednej z odkrywek, a od czterech lat mieszkał samotnie w kamienicy Essowej. Od wczoraj miał gościa, jak doniósł któryś z informatorów Szczerbica. Nieznajomy przyjechał do niego małym fiatem i z walizką pod pachą. A dotąd teścia nie odwiedzali goście ze świata, tacy, co się zjawiają z bagażami.

Trop pachniał znajomo.

Romek minął kościół farny i wjechał w ulicę Staszica. Zaparkował w sklepionej, wąskiej bramie kamienicy Essowej. Zalatywało tam kiszoną kapustą i mydlinami. W narożniku podwórza stał czerwony fiacik. Taki sam widzieli pod wiatą u Fronczaka, gdy Julka poszła do sadu, gdzie gospodarz odymiał ule. To mógł być ten sam fiacik. Parkując w bramie, Romek blokował mu wyjazd. Czyżby Fronczak nie liczył się z tym, że ktoś będzie go tutaj szukał? A może po prostu był głupi. Zawsze i niezmiennie głupi. Strach pomyśleć, jak łatwo tryumfuje zachłanna tępota, gdy staje w szranki przeciwko zdrowemu rozsądkowi. Inteligencja Majki nie miała najmniejszych szans w starciu z brutalnym prymitywem.

Klatką schodową na wprost bramy Romek wbiegł na ostatnie piętro po trzeszczących schodach. Wydeptane z farby i nieodnawiane zbielały od starości, jakby pokryła je siwizna. Wychodziły na ganek, obok wspólnych ubikacji. Budynek się sypał, z góry było to wyraźniej widoczne niż z podwórza. Zacieki na murach, cegły wyłażące spod tynku. Wyszczerbiona baszta, gdzie mieściła się jedna z klatek schodowych, przypominała ruinę średniowiecznego zamczyska. Nawet betonowe ganki, którymi zastąpiono te drewniane z czasów Romka, zdążyły się postarzeć. W czworokątnej studni podwórza błyszczały lustrzanym połyskiem dwa kolory, jaskrawa czerwień fiacika i pociemniała żółć dużego fiata, kryjącego się w głębi bramy. W lakierze obu samochodów odbijał się posępny cień murszejącej budowli.

Na gankach było pusto. O tej porze dorośli siedzieli w pracy, dzieci w szkole, zostawały tylko niepracujące mamy albo babcie. Ale już nie plotkowały ze sobą, doglądając rozwieszonego na poręczach prania, jak to się działo w dzieciństwie Romka. Zmienił się klimat, zmienili się lokatorzy. W wielu oknach nie było firanek ani zazdrostek, umilkły śmiechy, elokwentne rozmowy, gramofony, pianina. Zastąpiła je cmentarna cisza. Liczne mieszkania stały opuszczone, zaniedbane, za ich mrocznymi szybami straszyły odrywające się od ścian tapety, krakały wrony na dziurawych rynnach i cuchnęło wokół umieraniem. Stęchlizną. Pleśnią zżerającą mury i ludzi.

Romek splunął odruchowo pod nogi, gdy to sobie uświadomił. Poczuł w ustach gorycz. Piętro niżej widział okno swojego dawnego mieszkania. Brudne, krzywe ze starości, ujęte w gnijące drewno okiennic, z szybą pękniętą na całej długości. Zdawało mu się, że patrząc na nie, ogląda los, jakiego cudem uniknął. Uciekł od niego na skutek splotu przypadków, które nie zależały od nikogo, a najmniej od Romka.

Okno za rogiem ganku, nad czterema betonowymi stopniami, należało do mieszkania, które zajmował teść Fronczaka. Jedyne okno otwarte szeroko. Zrobiło się chłodno i nikt więcej w kamienicy nie wietrzył się tak zapamiętale. Romek pamiętał, że z tamtego mieszkania są trzy wyjścia. Dwa do sąsiednich lokali, zamknięte na stałe, ale łatwe do wyważenia kopniakiem, oraz trzecie, na ganek, przez przedsionek i drzwi. Otwarte okno stanowiło czwartą drogę ucieczki, gdyby przyszło co do czego.

Fronczak liczył się jednak z niechcianą wizytą.

Romek wszedł na betonowe schodki. Nie krył się. Głośno stawiał kroki, nawet zakaszlał w kułak, żeby tamten – o ile jest w środku – nie odniósł wrażenia, że ktoś się do niego skrada. Zajrzał w głąb pomieszczenia z otwartym oknem, gdy je mijał. Było puste. Kuchenka szamotowa, skrzynia na węgiel, nienakryty stół, po którym walały się okruchy chleba i skórki kiełbasy, dwa drewniane krzesła z okrągłymi siedzeniami. W ostatniej chwili dostrzegł coś, co nie pasowało do reszty.

Ustawione skosem na płycie kuchenki owalne, zabytkowe lustro.

Odbijał się w nim mężczyzna przebywający w sąsiednim pomieszczeniu. Z opuszczonymi na podłogę nogami wpółleżał na zapadniętej wersalce. Przykryty był kocem, na głowę nasunął głęboko beret z antenką.

Patrzył prosto na Romka.

Nie ruszając się, wbijał w niego tępy, zły wzrok.

Lustro służyło mu do obserwowania nieproszonych gości.

– Barcz mnie przysłał – powiedział Romek w stronę odbicia. – Mogę wejść? Mam coś do powiedzenia, ale po cichu.

Mówiąc, rozejrzał się na boki, jakby się upewniał, że nikt go nie słyszy.

Mężczyzna w głębi lustra nie poruszył się. Nie odpowiedział. Zdawało się, że w owalnych ramach przyklejono wielką fotografię pokoju z postacią ludzką na wersalce. Dopiero po dłuższej chwili odbicie skinęło głową.

– Wejdź!

Za progiem Romek skręcił na prawo, w korytarzyk, a stamtąd na lewo. Stanął w drzwiach dużego, niskiego pokoju, pod którego przeciwległą ścianą warował na wersalce Fronczak. Patrząc na Romka, nie wyjmował rąk spod koca w kratę, który szczelnie okrywał jego brzuch i uda.

Na podłodze leżała gazeta. Czytał ją niedawno, mimo że nie był typem intelektualisty, który rozpoczyna dzień od lektury. Po co? Szukał kryminalnych nowinek, sprawdzał, czy coś się dzieje w jego sprawie? Niepokoił się, odkąd towarzysz Barcz zdjął znad jego głowy parasol ochronny.

Ale nie to zastanowiło Romka. Julka mówiła, że w domku nad jeziorem też leżała świeża gazeta. Nic nie wskazywało na to, żeby właściciel tam ostatnio zaglądał. A Fronczak bez problemu mógł się dostać do środka, dorobił zawczasu klucze albo znał niedomykające się okienko w piwnicy. Odwiedził skrycie domek Barcza.

Pod kocem chowa myśliwską fuzję, którą tam ukradł.

Mierzy z niej prosto w Romka.

Obwisłe wąsy zakrywały mu zdeformowaną górną wargę, jego cera zszarzała, włosy, zgodnie z domysłem sierżanta Cieplika, farbował, ale jego oczu nie dało się zapomnieć. Nawet na portrecie pamięciowym wydały się Romkowi znajome.

– My się znamy, dlatego Barcz mnie tu przysłał – powiedział. – Serwus, Szmaja!

Jedna stopa tamtego spoczywała płasko na podłodze, palce drugiej celowały w sufit pod kątem prostym. Stracił nogę poniżej kolana, a proteza nie wykonywała ruchu w stawie skokowym. Marek Zielczyk, przyjaciel Romka z Konstancina, wspinał się po górach, biegał na długich dystansach i nikt nie był w stanie rozpoznać, że brakuje mu obu stóp. Miał własne kolana, mocne uda, sprawne mięśnie. Dopiero gdy siadał z wyciągniętymi nogami, protezy sterczały niezdarnie jak klocki drewna.

Z tym tutaj było tak samo. Stracił nogę dawno temu w wypadku samochodowym, pewnie tak jak Marka nękały go bóle fantomowe amputowanej kończyny, wycięto mu nerkę i połowę płuca, dorobił się szkaradnej blizny, którą ukrył teraz pod granatowym beretem, zapuścił wąsy i włosy, ale to był ten sam Szmaja, co kiedyś. Zły człowiek.

Bardzo zły i bardzo niebezpieczny.

– Skąd się znamy? – zapytał podejrzliwym tonem.

– Ze szkoły. Romek jestem. Nie pamiętasz mnie?

– Nie.

– Szkoda. Ja cię pamiętam. Ale mniejsza o większość, jak powiada kochana partia, nie, to nie. Jestem od Barcza. Podobno to ważne. Chodzi o dziewczynę.

Szmaja zmrużył oczy, a Romkowi dreszcz przebiegł po plecach. Miał wrażenie, że tamten znowu stoi nad nim z kozikiem w dłoni i zaraz zrobi mu straszną krzywdę. Jeszcze raz poczuł dawny dziecięcy strach.

– O jaką dziewczynę?

– Nie wiem. Barcz mówił, że ty będziesz wiedział.

– Odmieniło mu się? Niedawno gadał, że to go nie obchodzi. Nie chce wiedzieć, o nic się nie pyta, mam mu aby szybko zejść z oczu.

Z tego wynikało, zdaje się, że Barcz wie równie mało jak Romek. Dobrze. Można śmiało pytać w jego imieniu.

– Sytuacja się zmieniła. Chce wiedzieć, co z nią zrobiłeś. Jeśli coś głupiego, będzie cię trudniej z tego wyciągnąć. Ale spróbuje.

Nagłym ruchem Szmaja odrzucił koc na deski podłogi. Pod nim rzeczywiście ściskał w obu rękach myśliwską dwururkę. Skierował lufy ku Romkowi.

– Pieprzysz, gnoju! Na co jemu mnie wyciągać, jak nikt nie wie, co zrobiłem? Tylko on jeden! Ale też gówno wie, domyślił się ino skądeś!

Na widok strzelby Romek cofnął się o krok. Ale nie uciekł. Nie mógł stąd odejść, niczego się nie dowiedziawszy. Przyszło mu do głowy, że to będzie zaskakujący psikus losu, jeśli umrze tu, gdzie się urodził. Piętro wyżej, ściśle biorąc. Tak wysoko pluli w dzieciństwie, robili w tym zawody na gankach pani Essowej. Ta drobna różnica poziomów trafnie podsumuje jego drogę życiową. Tyle przeszedł. Tego dokonał. Wdrapał się na wysokość splunięcia po próchniejących schodach walącej się kamienicy. Piękne osiągnięcie, spełnione życie! Brawo!

– Schowaj armatę, Szmaja! – mruknął. – To sprawa między tobą a Barczem! Ja nawet nie wiem, o co chodzi! Po co mnie w to mieszasz?!

– Sam żeś się wmieszał! Ja cię nie zapraszałem!

– Barcz mi kazał! Co miałem zrobić?

Ten argument przemówił do Szmai. Nie odwrócił strzelby w bok, ale opuścił lufy niżej. Do niedawna on także nie odmawiał, jak Barcz mu cokolwiek kazał. Zrozumiała sprawa.

– No to wracaj do niego.

– I co mu mam powiedzieć?

– Co chcesz!

Wyglądało na to, że wierny burek zwątpił w swojego pana i definitywnie urwał się ze smyczy. Barcz jest teraz dla niego takim samym zagrożeniem jak wszyscy inni. Nie ufają już sobie wzajemnie. Ta nieufność była jedyną kartą, na którą Romek mógł postawić.

Wyciągnął wskazujący palec ku fuzji skradzionej z domku nad jeziorem.

– Nie będzie zadowolony, jak się o tym dowie.

Szmaja ze zniecierpliwieniem zastukał stopą w podłogę. Druga stopa sterczała bez ruchu. Proteza z tworzywa sztucznego, którą mu przybili widłami do podłogi, w którą wgryzł się pies i w której sztuczną łydkę przy jakiejś okazji dziabnięto go nożem, a on nie zareagował. Owszem, walili go też łomem przez łeb – i wytrzymał. Był cholernie odporny, ale jego rzekoma niewrażliwość na ból okazała się bajką. Miejscową legendą. Nie była natomiast bajką jego siła. Jej nie należało lekceważyć. Romek do dziś miał przed oczami obrazek sprzed lat

– mały albinos o zimnych oczach, drący na strzępy potrójnie złożone zeszyty szkolne. Już w dzieciństwie, sukinkot, miał zdumiewającą krzepę. Dziś także załatwiłby Romka jedną ręką.

A jednak to Szmaja padł wtedy na kolana pod ciosem słabszego. Mimo że ostatecznie źle się skończyło.

– Zjeżdżaj, zjeżdżaj! – Pokazał dwururką ku drzwiom. – Nie ględź kazań, tylko zjeżdżaj, pókim dobry!

– Jak chcesz – powiedział Romek. – Mnie nie zależy. Ale co na to Barcz, to już nie wiem. Serwus, Szmaja.

Wyszedł, demonstracyjnie wzruszając ramionami.

Z powrotem szedł cicho. Nie tupał, nie pokasływał. Mijając otwarte okno, zerknął w lustro kątem oka. Szmaja siedział w tym samym miejscu, w którym go zostawił, trzymając fuzję w dłoniach. Obserwował odchodzącego Romka. Wraz z jego odejściem stracił ostatnią kryjówkę. W jego cwanej, choć ciężko kapującej mózgownicy musiała zaświtać myśl, że Barcz nie daruje mu tej fuzji. Co innego obca dziewucha, co innego włamanie do królestwa towarzysza lektora. Szmaja wlazł w szkodę. Teraz ani chybi naślą na niego bezlitosne siły socjalistycznego systemu. Już nie chodzi o samą milicję.

Na rogu ganku Romek przystanął. Zerknął za siebie dla pewności, zdjął buty i na palcach, w samych skarpetkach, pobiegł z powrotem. Przykucnął pod otwartym oknem, wychylił głowę ponad parapet. W lustrze nie było już nikogo widać. Na pustej wersalce leżał porzucony koc w kratę.

Okienny otwór był umieszczony nisko, poniżej bioder Romka. Zadarł nogę i wlazł do środka. Tam przykucnął.

Bał się iść dalej. Stara podłoga skrzypiała pod stopami, Szmaja raz-dwa usłyszałby, że ma nieproszonych gości. Romek wychylał się na boki, próbując dojrzeć go w lustrze. Nastawiał uszu. Tamten zachowywał się cicho, ale Romek go słyszał. Rozpoznawał poszczególne odgłosy. Szmaja ewakuował się pospiesznie. Stuknęła odstawiana przy drzwiach walizka, zaszeleścił wkładany prochowiec, w lustrze pojawiła się ręka, która zabrała koc. Prawdopodobnie miał posłużyć do owinięcia fuzji.

A potem wszystko ucichło.

I nagle Romek usłyszał oddech Szmai tuż nad sobą. Zdrętwiał ze strachu. Przemógł się, żeby wysunąć głowę nad parapet. Tamten, w szarym prochowcu i berecie, stał odwrócony tyłem o krok od niego. Wychylał się przez poręcz ganku, sprawdzając, czy Romek już sobie poszedł. Przy okazji musiał zauważyć żółtego fiata w bramie. Wbijał wzrok w to miejsce.

Nie należało czekać, aż pokojarzy jedno z drugim.

Gdy wychylił się mocniej, Romek ostrożnie postawił stopę na parapecie. Wyskakując z okna, uderzył całym ciężarem. Szmaja zdążył się odwrócić, usłyszawszy niepokojący odgłos – i to go zgubiło. Gdyby napastnik spadł mu na plecy, zdołałby go z siebie strącić. A tak stracił równowagę. Machnął niezdarnie ręką, Romek poczuł ból ramienia...

Barierki na gankach u Essowej były niskie.

Kopniakiem podciął Szmai zdrową nogę, na której ten się okręcił. Impet uderzenia wypchnął bandziora nad metalową rurą – i Szmaja runął bezwładnie w dół. Nie krzyknął. W kompletnej ciszy zniknął za betonową krawędzią, dopiero po ułamku sekundy w studni podwórka rozległ się głuchy huk.

Romek spojrzał przez barierkę.

Krew rozbryzgnęła się na bruku jak czerwony kleks.

Leżący na plecach Szmaja daremnie próbował się pozbierać. Robił to niezgrabnie jak przewrócony na grzbiet żółw. Wykręcał na boki zakrwawioną twarz, drapał rękami bruk, oberwana proteza wysunęła mu się z nogawki spodni. Ponad skarpetką i butem połyskiwał róż masy plastycznej. Żeby się zabić, spadając z tej wysokości, Szmaja musiałby mieć wyjątkowego pecha. Ale dość było tych dwóch niskich pięter, żeby przestał być niepokonanym siłaczem.

Romek zbiegł co tchu na podwórko i przykucnął nad nim.

Wystarczyło przydusić jedną ręką jego unoszącą się spazmatycznie klatkę piersiową, żeby go unieruchomić. Zastygł jak dotknięty palcem robak, który udaje martwego. Ale jego nienawistny wzrok przewiercał Romka na wylot. Szmaja nie miał rzęs ani brwi, dopiero w tej chwili Romek to zauważył.

– Może teraz mnie poznajesz? – zapytał.

– Nie – szepnął chrapliwie Szmaja, a z ust pociekła mu przy tym strużka krwi. – Kto żeś ty jest, gnoju, że ludziom krzywdujesz?

W środku też był potłuczony.

– Duch jestem – powiedział Romek. – Upiór. Dawno temu mnie zabiłeś, Szmaja. Powinieneś pamiętać, że też tak spadałem z góry. Tylko ty do mnie nie przyszedłeś, jak ja do ciebie. Leżałem sam.

– Pieprzysz! – warknął Szmaja. – Duchów nie ma.

– Ja wystarczę. Narobisz w portki, jakbyś spotkał ducha. Chcesz żyć? Chcesz karetkę? To mów, co zrobiłeś z dziewczyną. Tylko szybko, bo jest z tobą niedobrze. Liczy się każda minuta.

Na ganki wyszło parę osób, starszy mężczyzna stał w narożniku podwórza i przyglądał się tej scenie bez słowa.

– Zgadnij, jak żeś taki mądry – wychrypiał Szmaja.

– Co?

– Zgadnij, co z nią zrobiłem. Coś fajnego! Też byś tak chciał!

Romek zacisnął zęby.

– Nie masz czasu na żarty, Szmaja. Zdechniesz tu jak pies.

Ranny mówił coraz mniej wyraźnie, zdawał się tracić przytomność. W odpowiedzi zabełkotał coś, czego Romek nie zrozumiał. Nachylił ucho.

– Co?

– Hau, hau! – powtórzył Szmaja.

Natrząsał się czy bredził? Romek pomyślał w popłochu, że trzeba czym prędzej wezwać karetkę. Nie ma co się bawić w wymuszanie zeznań. Nie teraz. Krzyknął do stojącego opodal mężczyzny, żeby biegł po pomoc. Kiwnął ręką, popędzając go – i zauważył, że rękaw kurtki ma przecięty jak brzytwą.

Z ramienia sączyła się krew.

Stąd wziął się ból, który poczuł, wypychając Szmaję przez barierkę. Skurczybyk zdążył go dziabnąć. Czym? Niczego nie miał w rękach. Drapał nimi bezradnie bruk.

Ale podwinięta poła jego prochowca czerwieniała coraz mocniej. Romek odgarnął ją z niepokojem.

Spomiędzy żeber Szmai sterczał kozik. Podobny do tego, który nosił w dzieciństwie, może ten sam. Zaatakował nim Romka i nadział się na niego, spadając.

Konał, jego ręce drapały bruk w agonii. Beret zsunął mu się z czoła i spod obszytego brezentem brzegu wylazł kawałek brzydkiej, czerwonej szramy.

– Nie umieraj, Szmaja! Proszę cię! – wykrzyczał mu Romek w twarz. – Mów, coś z nią zrobił! Nie umieraj jeszcze! Zaraz będzie lekarz, wytrzymaj! Wyciągną cię z tego! Żyj, błagam cię, skurwielu, żyj, słyszysz?!

Oczy Szmai uciekły w głąb czaszki. Romek szarpał go za klapy płaszcza, dźwigał ku górze, próbując siłą posadzić na bruku, bił Szmaję po twarzy jak zemdlonego – i nie miał odwagi zaprzestać, gdy tamten już dawno przestał się poruszać. Aż mężczyzna, który miał biec po pomoc, ale tego nie zrobił, podszedł bliżej.

Złapał Romka za rękę.

– Daj pan spokój! – zaprotestował łagodnie. – Tak nie można! Przecież to już zimny trup!

Była wczesna popołudniowa godzina i niebo wisiało nad kamienicą Essowej sinoniebieskie jak rybi pęcherz. Widziało się je w czworokącie spadzistych dachów nad podwórkiem.

Romek podniósł na nie wzrok, ocierając rękawem pot z czoła. Próbował nie widzieć i nie słyszeć tego, co dzieje się pod tym niebem, na ziemi. Przyjść do siebie.

Dopiero gdy zapukał do mieszkania Julki, zauważył, że wrócił do nowego Konina w samych skarpetkach. Jego zdjęte buty zostały na ganku u Essowej. Już jedno spojrzenie na niego powiedziało Julce, co się stało. Gdy kajał się chaotycznie, że nie chciał, że nie dowiedział się, co z Majką, wszystko poszło nie tak, inaczej niż planował, diabelnie inaczej, schrzanił sprawę – po prostu przytuliła Romka do siebie.

– Nie rób sobie wyrzutów! – uspokoiła go. – Nic nie mogłeś poradzić!

A gdy mimo to się nie uspokoił i nadal przypisywał sobie winę za to, co się zdarzyło i nie zdarzyło, pogłaskała go po głowie jak matka głaszcze rozżalone dziecko.

– Nie rób sobie wyrzutów – powtórzyła martwym głosem. – Majka już nie żyje.

– Skąd wiesz? – Spojrzał na nią zdezorientowany.

– Przestałam słyszeć bicie jej serca – odpowiedziała.

Wkrótce – gdy tylko się ściemniło – pojechali razem nad Wartę. Wcześniej Julka zajrzała do mieszkania Romka na Alejach. Przyniosła mu buty i inną kurtkę, bo ta była poplamiona krwią. A po zmierzchu pojechali.

Romek zostawił samochód na parkingu przed amfiteatrem i wyasfaltowaną alejką zeszli nad brzeg rzeki. On niósł pod pachą pudełko po butach, które okazało się w sam raz na miarę Bunia, a ona dziecięcą łopatkę wyszukaną na pawlaczu. Pochowali dzielnego pieska pod krzakiem leszczyny, przykryli tekturową trumienkę kamieniami i udeptali świeżą ziemię. Julka postawiła na tym miejscu zabrany z domu znicz. Poprosiła Romka, żeby go zapalił.

– Tutaj? – zapytał. – Myślałem, że chcesz go zanieść do parku. Tam, gdzie twoja siostra…

Przerwał niepewnie, a Julka wzruszyła ramionami.

– Tu też jest moja siostra! – powiedziała, wskazując brodą placyk udeptanej ziemi nad Buniem. – Wszędzie jest moja siostra!

Postali jeszcze chwilę, objęci nad psią mogiłką, wpatrzeni w migoczący na wietrze płomyk, a potem wrócili tą samą alejką pod górkę, trzymając się za ręce. Dochodzili już do jej końca, gdy dostrzegli milicyjną nysę zaparkowaną w poprzek podjazdu. Światło niedalekiej latarni odbijało się na niebieskim lakierze. Oparty o zamknięte drzwi pojazdu czekał podporucznik Szczerbic z dwoma mundurowymi.

– Możemy zamienić słówko, Romek? – odezwał się, gdy podeszli.

Minę miał nietęgą, wytarł ręce w chusteczkę, jakby nie wiedział, co z nimi robić. Romek poprosił Julkę, żeby zaczekała, a sam zbliżył się do Szczerbica.

– Słuchaj, Zdun… – powiedział tamten półgłosem. – Jest taka sprawa, że mam cię zatrzymać. Znaczy, doprowadzić do aresztu.

– Za co? – zapytał Romek, mimo że odpowiedź znał z góry.

– Sam wiesz najlepiej, mnie nie pytaj. Podobno zabiłeś człowieka, a potem zbezcześciłeś jego zwłoki.

– Wierzysz w to, Szczerbic?

Podporucznik zapatrzył się na płynącą w ciemnościach rzekę. Na jej powierzchni mgliście falowały światełka z okien pobliskich wieżowców. Skrzywił się, jakby zjadł cytrynę.

– Jakie to ma znaczenie, w co ja wierzę? Nie wiem. Kazali mi. – Sięgnął ręką pod rozpięty płaszcz mundurowy.

– Wiem jedno, Zdun, że dawniej nie zadawałeś takich głupich pytań. Coś się z tobą porobiło, chłopie. Więc wybacz, ale wolę ci to założyć na drogę.

Wyjął spod płaszcza kajdanki. Błysnęły w dalekim elektrycznym świetle.

– Ostry kozak z ciebie, Szczerbic!

– A co byś zrobił na moim miejscu? No sam powiedz!

Romek wystawił przed siebie obie dłonie. Podciągnął rękawy kurtki, żeby odsłonić przeguby.

– Nie jestem na twoim miejscu, Szczerbic – odpowiedział. – Nie doszło do tego, dzięki Bogu.

Dopiero gdy kajdanki zatrzasnęły się ze szczękiem na jego nadgarstkach, Julka zorientowała się w sytuacji. Z desperacją podskoczyła do Szczerbica i szarpnęła go za rękę.

– Co pan najlepszego robi? – krzyknęła. – Zostawcie go!

– Proszę stąd odejść! – mruknął przez ramię podporucznik.

Nie ustąpiła. Szarpnęła jeszcze raz rękaw milicyjnego płaszcza.

– On nic złego nie zrobił! Czego od niego chcecie?

Nie odwracając się, Szczerbic uderzył ją łokciem w brzuch. Zatoczyła się na nogach, poleciała w gąszcz krzaków i przewróciła się na ziemię. Nie mogła się pozbierać, bo nagie gałęzie trzymały ją za ubranie.

Romek pchnął Szczerbica skutymi dłońmi.

– Nie tykaj jej, draniu! Bo ci obiję mordę i naprawdę będziesz miał powód do zatrzymania mnie!

– To każ jej się nie wtrącać!

Julka wyplątała się z gęstwiny, ale twarz miała zmartwiałą i chwiała się jak krzak na wietrze. Romek chciał jej powiedzieć, żeby się nie martwiła. Wszystko jakoś będzie. Nic się nie stało. W tym kraju tak się porobiło, że miejsce przyzwoitego człowieka jest teraz w więzieniu. Ale zorientował się, że ona go nie usłyszy. Dowlokła się do stojącej naprzeciw ławki i siadła na niej skulona, drżąca jak w febrze.

– Co jej zrobiłeś, Szczerbic? – szarpnął się, ale ci dwaj, którzy przyjechali z podporucznikiem, chwycili go pod ramiona. – Ona jest w ciąży! Zabierz ją do lekarza, proszę cię. Mamy po drodze.

Szczerbic wskazał tamtym otwarte drzwi z tyłu nyski.

– Daj spokój, Romek – powiedział. – Nie jestem karetką pogotowia!

Romek daremnie próbował się wyrwać. We trzech wrzucili go do samochodu i zatrzasnęli drzwi. Przywarł twarzą do zakratowanego okienka.

Już ruszali, gdy Julka podniosła się z ławki. Szła ku Romkowi, ale zarazem oddalała się w tempie odjeżdżającej milicyjnej suki. Przyspieszyła kroku. Coś krzyknęła, wskazując na swój brzuch. Krzyknęła, zdaje się, że dziecko się poruszyło, kopnęło ją, nic mu się nie stało!

Romek nie był pewien, czy dobrze usłyszał jej słowa w zamkniętym pojeździe. Czy w czwartym miesiącu dziecko naprawdę może już wierzgnąć nóżką?

W każdym razie przez okratowane okienko widział w świetle wysokich latarń uśmiechniętą Julkę, która biegła

397

w ślad za umykającą jej nyską. Machała do Romka, pokazując tryumfalnie na swój brzuch.

Więc on także pomachał do niej skutymi rękami i uśmiechnął się z radością.

Epilog

ONA

Lipiec był upalny na konińskiej Posadzie, ale po południu Marta opuszczała klimatyzowane pomieszczenia. Wychodziła z laptopem na ocieniony taras. Na stoliku stawiała kawę latte i pisała codzienny odcinek swojego bloga. Nazywał się „Moje dwa ukochane wcielenia". Włączała się w domowe życie, toczące się o tej porze na zewnątrz.

Lora spacerowała nobliwym krokiem podstarzałej wilczurzycy albo dyszała z wywieszonym jęzorem na chłodnych tarasowych płytach, wodząc wzrokiem za swoim panem. Grzegorz, z puszką zimnego piwa w dłoni, dokonywał gospodarskich inspekcji. To znaczy spacerował po trawniku w szortach, z opalonym gołym torsem, zadzierając wzrok ku drzewom albo kucając wśród kwiatowych rabatek. Realizował w praktyce przysłowie, że pańskie oko konia tuczy.

Kalina i Jagoda, czyli dwa ukochane wcielenia swojej mamy, ganiały tu i tam z niezmożoną energią pięciolatek. Nosiły wiaderkiem wodę z miejsca na miejsce albo przesypywały bez celu piasek z jednego kąta miniaturowej piaskownicy w drugi. Gdy raz na jakiś czas się zmęczyły, brały w dłonie plastikowe mikrofony, w których mama zaprogramowała im elektroniczny podkład muzyczny, i urządzały koncert.

Był to typowy odpoczynek czynny. Spocone, lekko zdyszane, kołysząc się na boki w czerwonych opalaczach, z jednakowo zaplecionymi warkoczykami, płynnie wykonywały rytmiczne gesty, co przy ich fizycznym podobieństwie sprawiało, że wyglądały jak urocze rozdwojenie jaźni.

Najczęściej bliźniaczki śpiewały swoją ulubioną piosenkę:

Laleczka z saskiej porcelany
Twarz miała bladą jak pergamin,
Nie miała taty ani mamy
I nie tęskniła ani ani...

Ciocia Em, jak ją nazywały, słuchała tego z dobrodusznym uśmiechem. Sama wyglądała jak laleczka z saskiej porcelany. Drobna, mało ruchliwa, o przezroczystej cerze i skąpej mimice. Do tego kręcone włosy, których nie pozwalała ułożyć, mimo że sprawiały groteskowe wrażenie przy jej twarzy starej kobiety. Ubrana w kwiecistą suknię z falbankami, bo innej nie uznawała, kołysała się w ulubionym fotelu na biegunach też z jakimś mechanicznym, jałowym uporem nakręcanej lalki. Tylko uśmiech nadawał jej ludzkie cechy. Ujmował ciepłem i rekompensował całą resztę. Sympatyczny, dobrotliwy uśmiech kogoś, kto przeżył szczęśliwe życie.

Chociaż na dobrą sprawę nikt nie wiedział, jakie życie przeżyła Ciocia Em. Prawdopodobnie ona sama tego nie wiedziała. O ile w ogóle przeżyła jakiekolwiek życie, powiedzmy sobie szczerze.

Marta i Grzegorz znaleźli ją w internecie. Przypadkiem, na jednym z kilkunastu zbiorowych zdjęć, gdy Grzegorz szukał czegoś, czego potrzebował do swojej pracy psychoterapeuty. To się zdarzyło pół roku po śmierci mamy Marty. Podobieństwo wydało im się na tyle szokujące, że przy pierwszej okazji Grzegorz zajrzał do szpitala w Gnieźnie.

– Ona niewiele się rusza, siedzi w jednym miejscu – powiedział po powrocie. – Ale gdy już zrobi jakikolwiek gest, wygląda zupełnie jak mama. Tylko mama się nie uśmiechała tak często.

Może on tak postrzegał swoją teściową, ale Marta wielokrotnie widywała śmiejącą się mamę.

Zabrali ze sobą ojca i pojechali do szpitala psychiatrycznego we trójkę.

Kartoteka medyczna pozostawiała wiele do życzenia. Chora tułała się po szpitalach i ośrodkach opieki od trzydziestu lat, nie było z nią kontaktu, w historii choroby nie zachowała się informacja, gdzie przyjęto ją najpierw i z jakim rozpoznaniem. Przez ten czas skończył się w Polsce komunizm, upadł Związek Radziecki i mur berliński, zjednoczyła się Europa, po ćwierćwiecznym pontyfikacie zmarł polski papież, sonda Voyager opuściła granice Układu Słonecznego – i odeszła na cmentarz w Morzysławiu

Julia Zdun. Osoba, która mogła wiarygodnie zaświadczyć, czy chora jest jej zaginioną siostrą. Zmarła młodo, ze zgryzoty, jak mawiał ojciec Marty, Roman. W wieku pięćdziesięciu sześciu lat powalił ją rak piersi. Odmówiła leczenia. Od zawsze ignorowała swoje choroby. Były dla niej niegodne uwagi wobec tego, co przytrafiło się jej siostrze. Przy tamtym cierpieniu – każde inne bladło. Więc poniekąd faktycznie zmarła ze zgryzoty, ale tej, która dopadła przed laty jej bliźniaczą siostrę.

Przestała słyszeć bicie jej serca, uznała ją za umarłą, ale do końca życia nie przestała czekać na jej powrót. Nie mówiła, jak jej zdaniem ma się dokonać to paradoksalne zmartwychwstanie. Jeśli przyjdzie na nie pora, po prostu się dokona – i już!

– Czy ona ma na piersi bliznę, jakieś znamię?

To było pierwsze pytanie, które ojciec Marty zadał gnieźnieńskim lekarzom. Trzymał się krzepko, szło mu dopiero na siódmy krzyżyk, ale córka, stojąca obok, poczuła, jak zadrżał, pytając o to.

On jeden z ich trójki widział kiedyś ciotkę Majkę. Poznali się z mamą, zanim ciotka zaginęła. Los zetknął ich ze sobą w trakcie dochodzenia z powodu śmierci babci, jak wiedziała Marta. Ojciec służył wtedy przez krótki czas w milicji, a mama była kilkunastoletnią dziewczynką.

A potem się pokochali – i stąd się wzięła Marta.

Urodziła się jako dziecko panieńskie, przed ich ślubem. Zwlekali z nim z konieczności, mimo że córka pojawiła się na świecie już w tysiąc dziewięćset siedemdziesiątym dziewiątym roku. Gdy mama zaszła w ciężę, wydarzyła się ta straszna tragedia z ciotką – to raz. A zaraz potem ojca wrobiono w rzekome zabójstwo i długo siedział w areszcie śledczym – to dwa. Wyszedł dopiero za Solidarności.

Mama opowiadała to Marcie ze sto razy. Jaka ciotka Majka była wspaniała, jaką miała przed sobą przyszłość, jak walczyła z komuną, jak uczyła swoich uczniów patriotyzmu, jak jej narzeczony poruszył niebo i ziemię, żeby ją odnaleźć. Nawet Wolną Europę zaalarmował, a to była wtedy potężna instytucja, której obawiali się partyjni bonzowie w kraju.

Ale nic się nie dało zrobić. Kamień w wodę.

Rok po ich ślubie urodził się Leszek, młodszy brat Marty. Zawsze był chłopakiem nie do okiełznania. Krnąbrnym. Nie to, co spokojna, zrównoważona Marta, „oczko w głowie" tatusia. Leszek wyniósł się z Polski wiele lat temu. W świat, ale dokąd konkretnie? Nie powiedział. Ostatni znak życia dał z Urugwaju. Przysłał Marcie mejl, że gdzieś tam daleko spotkał starszą panią imieniem Lola, która znała ich ojca w dawnych latach i do dziś pieje nad nim z zachwytu. Ale mimo że Marta natychmiast mu odpisała, nie odezwał się już więcej.

Podejrzewała, że w życiu jej rodziców jest więcej tajemnic niż tylko owa pani Lola, której ojciec nie pamiętał lub nie chciał się do niej przyznać. Jeszcze na przykład pan Wiktor. Ciotka Majka walczyła z komuną, mama nienawidziła komunistów, ojciec siedział nawet przez nich w więzieniu, a tymczasem co roku na pierwszego listopada nosili znicze na grób starego komunisty. Bo kiedyś Marta sprawdziła w internecie, kim był nieznany jej Wiktor Ziemski. Członek PZPR do tysiąc dziewięćset sześćdziesiątego ósmego roku. Ale to jeszcze nic. A znicze stawiane co roku nad brzegiem Warty? Tam przecież w ogóle nikogo nie pochowano ani nikt z rodziny się nie utopił.

Mama i tata mówili, że to na cześć przyjaciół, którzy poświęcili życie, próbując ratować ciocię. Ale chyba nie ratowali jej członkowie PZPR? Zdaje się, że oni wręcz utrudniali śledztwo.

Marta nienawidziła ich tak samo jak mama i cieszyła się, że nigdy nie miała z nimi nic wspólnego. Dobry los jej tego oszczędził.

– Trudno powiedzieć – odparł lekarz na pytanie o bliznę.

– Jak to trudno?

– Pacjentka nie ma jednej piersi. Trzy lata temu wykonano jej mastektomię.

Ojciec nie mówił „tak" ani „nie". Zachowywał się, jakby nigdy nie znał swojej szwagierki osobiście. A przecież wielokrotnie twierdził, że cioci Majce zawdzięczał w życiu najwięcej. Nauczyła go odróżniać dobro od zła. Ale ostatecznie tyle lat minęło, tyle się wokół odmieniło i umarło w niej samej...

Musieli dopełnić licznych formalności, zanim pozwolono im zabrać ją do domu. Nie była kłopotliwa, za każdą przysługę odpłacała swoim ujmującym uśmiechem. Tylko jej milczenie bywało uciążliwe. Może bardziej dla innych niż dla niej samej. Marta nie umiała się pogodzić z myślą, że cierpienia i sekrety, które utkwiły w drobnym ciele staruszki jak okruch czarodziejskiego zwierciadła, duszą ją od środka. Nie może ich z siebie wyrzucić, choć po części podzielić się tym ciężarem z inną osobą. Była jak martwa za życia. Niekiedy Marta zatrzymywała się oniemiała na jej widok, tak bardzo przypominała mamę. Pokutującego ducha mamy.

Tylko raz dostrzegła żywszy błysk w jej oku. Gdy w telewizji Ciocia Em usłyszała starą piosenkę *Rivers of Babylon*. Podniosła zaciekawiona głowę, ale zaraz opuściła ją znowu i zapatrzyła się w przeszklone drzwi do ogrodu, za którymi czerwieniał w słońcu różany krzew.

Nosili się z zamiarem zrobienia testów DNA, ale bali się ich wyniku, szczerze mówiąc. Wciąż z nimi zwlekali. Bo co, jeśli mieszka z nimi obca osoba? Mama twierdziła, że one trzy były połączone niezwykłą ponadzmysłową pępowiną, i kiedy chodziła w ciąży, nawet jasnowidz pomylił ze sobą mamę, ciocię Majkę i Martę, pływającą jeszcze w wodach płodowych w maminym brzuchu.

Nie licząc fizycznego podobieństwa, biblijne rzeki Babilonu okazały się jedynym łącznikiem pomiędzy siostrami – jeśli rzeczywiście nimi były – jaki Marta zauważyła.

Przypomniała sobie oprawioną w ramkę ze szkłem kartkę, która do ostatnich dni wisiała nad łóżkiem jej matki. Wydarta z Pisma Świętego stronica z Psalmem 137: „Nad rzekami Babilonu siedzieliśmy i płakaliśmy na wspomnienie Syjonu…".

Sądziła, że mama powiesiła ten psalm z uwagi na pamięć zaginionej siostry. Znajdowały się w nim symboliczne w tym kontekście słowa: „Jeśli zapomnę cię, Jeruzalem, niech uschnie prawica moja! Niech przylgnie język mój do podniebienia, jeślibym nie pamiętał o tobie…".

Ale dwa wersy w psalmie, które mama podkreśliła na czerwono, to nie były akurat te wersy.

Z początku Julka nie dowierzała, że one są naprawdę wzięte z Pisma Świętego. Nie była gorliwą katoliczką, Biblia nie interesowała jej do tego stopnia, żeby chciało jej się ją wertować. Żyła w naiwnym przekonaniu, że zawarto tam umoralniające opowiastki o miłości i bojaźni bożej. Toteż słowa podkreślone przez mamę wydały jej się zmyślone. Dopisane przez kogoś nie wiadomo po co.

Ale sprawdziła u źródła – i rzeczywiście je tam znalazła. Kończyły Psalm 137.

Wisiały nad maminym łóżkiem do jej ostatnich dni, podkreślone dla pamięci czerwonym pisakiem.

Błogosławiony, kto ci odpłaci to, coś nam wyrządziła!
Błogosławiony, kto pochwyci i roztrzaska niemowlęta twoje o skałę!

DO CZYTELNIKA

W tej opowieści jest kilka rzeczy prawdziwych. Bohaterowie anegdot sierżanta Kociuby. Psalm 137. Ślezko vel Bielaj. Przebój zespołu Boney M. *Rivers of Babylon*. Kręgarz Matusz. Polski Papież. Nauczyciele ze szkoły „czwórki". Suka Lora. Kamienica pani Essowej. Kalina z piosenką o laleczce z porcelany. Konin. Poznań. A nawet Egipt.

Ale reszta, łącznie z autorką, to tylko dzieło wybujałej wyobraźni.